山西省教育厅基金（2021W110）、忻州师范学院基金（ZT201316）资助

清代山西诗歌研究

张瑞杰 著

QINGDAI SHANXI SHIGE YANJIU

中国社会出版社
国家一级出版社 · 全国百佳图书出版单位

图书在版编目（CIP）数据

清代山西诗歌研究／张瑞杰著．—北京：中国社会出版社，2021.12

ISBN 978-7-5087-6624-9

Ⅰ．①清… Ⅱ．①张… Ⅲ．①古典诗歌—诗歌研究—山西—清代 Ⅳ．①I207.22

中国版本图书馆 CIP 数据核字（2021）第 220469 号

出 版 人：浦善新
终 审 人：李 浩
策划编辑：孙武斌
责任编辑：李新涛
责任校对：杨春岩
封面设计：时 捷

出版发行：中国社会出版社
地 址：北京市西城区二龙路甲 33 号
邮政编码：100032
编 辑 部：(010)58124851
网 址：shcbs.mca.gov.cn
发 行 部：(010)58124864；58124848
经 销：新华书店

印刷装订：北京虎彩文化传播有限公司
开 本：170 mm×240 mm 1/16
印 张：16.5
字 数：300 千字
版 次：2021 年 12 月第 1 版
印 次：2021 年 12 月第 1 次印刷
定 价：70.00 元

中国社会出版社微信公众号

中国社会出版社天猫旗舰店

序

瑞杰仁棣的博士论文即将出版，邀我写几句话作为序言。序者，叙也。回想当年和瑞杰一起讨论论文的场景，犹历历在目，仿佛就在昨天。

十年前，瑞杰返自山西。他是我曾经指导过的硕士研究生，此次回来又随我攻读博士学位。因其已经在忻州师院任教，学成后也会回去，故和他拟定的博士论文题目为“清代山西诗歌研究”。这是基于两方面的考虑。首先，博士论文要有创新的意义，要对学术的研究有所贡献。清代山西，虽无左右全国风会的大诗人，也没形成具有明显特点的晋诗派，但是在号称中兴的中国清代诗歌的发展历程中，山西诗人始终没有缺位，缺位的只是对他们的关注和研究。此前零星的发掘不时可见，而全方位审视清代之山西诗歌，从而形成一部地域性的断代文体史，学界尚无人所为。所以，这是开拓性的工作。其次，人说山西好地方，瑞杰生于斯长于斯，于斯则有较深的感知，而归于斯养于斯，于斯当有更深的思考。博士研究生的培养方案，目的就是帮助年轻学者开启学术之旅。瑞杰熟悉三晋文化，应该在其中的某些领域——譬如清诗研究方面具有更多的话语权。当然这需要不懈的努力，才能有所突破，有所领先。这也就是通常所说的学有所长，术有专攻。

我对清代山西诗歌最早产生兴趣，在于其和江南诗歌的联系。研究清诗，源头一般会追溯到明遗民。遗民中最具影响力者，无论文学，还是学识，甚至道德，当数吴郡顾炎武。在北方，也唯有晋中傅山能与之把臂入林。共同的理想和追求，让二位结成了深厚的友谊。有关二人交情，记得钱仲联先生在给我们上课时曾经开玩笑地说，顾亭林应该入《货殖列传》。他“行万里路，读万卷书”，常去秦晋，行李一定不少，不做生意，没有一定的财力，无法成行。其实财力为次，而路阻且长，才是必须面对的首要困难。那么，是什么原因促使其不畏艰险、一次又一次地北上秦晋？顾炎武在《与三侄书》中的解释是，在那里“虽足不出户，而能见天下之人，闻天下之事”。他所谓的“天下之人”，应该是首推傅山。就诗论诗，他们之间多有酬唱，这些酬唱彰显了俩人的志同道合。如顾炎武《又酬傅处士次韵二首》，先是说他们老而弥坚：“苍云日暮还行雨，老树春深更著花。”而伏枥老骥的千里之志，便是“待得汉庭明诏近，五湖同觅钓鱼槎”。由此可见，他们的结交，是因为有着共同的政治理想。解读此诗，可知二位老当益壮，却不移反清复明的白首之心。

正因为充满理想、充满追求，傅山的诗歌得到了顾炎武的高度评价。徐世昌《晚晴簃诗汇》说“亭林尝云：萧然物外，自得天机，吾不如傅青主”，其推重如此。由于是出自真性情，故以后论者一般都认为，在清初的山西诗人中，傅山的《霜红龛诗》，是内容上反映现实、风格上沉郁苍凉的代表。《晚晴簃诗汇》又言，“国初山右诗人，吴莲洋才名最，青主不屑标榜。傅稿晚出，论其深湛之思，莲洋殆非匹也”。吴莲洋乃是王士禛的学生吴雯。而邓之诚《清诗纪事初编》则谓，傅山“诗文外若真率，实则劲气内敛，蕴蓄无穷，世人莫能测之。至于心伤故国，虽开怀笑语，而沉痛即隐寓其中，读之令人凄怆。晋人重其诗文，自戴廷栻、张耀先两刻后，屡有增辑，片语只辞，无不蒐罗”。非但道出了傅诗之特点和价值，也将其视作清代晋诗的开山鼻祖。

顺便说一下，我们聆听钱仲联先生讲学之日，正是金庸小说风靡之时。受其影响，下课后我也曾半开玩笑地请教先生：顾亭林与傅青主过从甚密，是否可同入《游侠列传》？先生答曰：似乎亦可。他还告诉我，顾亭林惩处告密之恶奴陆恩，只手将其拎至江边沉入，一定臂力过人，且通晓武术。其实，顾炎武和傅山都有着多方面的才能，他们讨论学问，也如同切磋武艺。当然，对傅青主的神化，并不始于梁羽生。邓之诚《清诗纪事初编》言晋中“述傅山事，杂以神仙，不免近诞，然至今妇人孺子咸知姓名，皆谓文不如诗，诗不如画，画不如医，医不如人，其为人所慕如此”，是从侧面道出傅山于文、诗、画、医均有所长，而人品更为高尚。

另外，严迪昌先生《清诗史》讨论顾炎武诗，其第一编第四章标题即为“顾炎武与吴中、秦晋遗民诗人网络”，而本章第三节则为“傅山及秦晋诗群·附论河朔诗群”，可见，学界是以顾炎武和傅山作为南北遗民诗人交流之代表的。

但是清代山西诗歌的良好开端，如昙花一现。须知，貌似强大、实质非常专制的时代不能造就伟大的文学家，也无法产生有价值、有意义的文学作品。康熙年间天下稍稍安定以后，山西的诗歌便面临着如此窘境。其实又岂止是山西，全国的诗坛也大抵如此。我们从《晚晴簃诗汇》讨论傅山诗，称吴雯“才名最”，但“论其深湛之思，莲洋殆非匹也”，即可看出端倪。吴雯曾随王士禛学诗，而钱谦益序王氏所作，称“文繁理富，衔华佩实”，是谓与宋诗为近，而又言“感时之作，恻怆于杜陵，缘情之什，缠绵于义山”，可见其不乏哀婉凄楚的故国之思。钱谦益所言，或许也是王氏早年《秋柳》等作品留给读者的一致印象。但是，康熙以后，王士禛进京，得山东老乡、时任文华殿大学士的康熙宠臣冯溥提携，时常出入冯氏万柳堂，诗风转而宗唐。这是因为康熙希望诗歌能够表现出大清的“盛唐气象”。毛奇龄《西河诗话》说冯溥“尝率同馆官集万柳堂，大言宋诗之弊，谓开国全盛，自有气象。顿骛此佻凉鄙弇之习，无论诗格有升降，即国运盛杀，于此系之，不可不饬也。因庄诵皇上《元旦》并《远望西山积雪》二诗以示法”。而“侍讲施闰章、春坊徐乾学、检讨陈维崧辈皆俯首听命，且曰近来风气日正，渐鲜时弊”。是名为雅集，实则就是宣旨和效忠。并且，诗风已经上升到国运的高度，而皇帝的诗作更是成为诗歌创作用来临摹的碑帖，毛奇龄紧接又称“试诵御制诗，崇闳博大，何许气象？即其中对仗高警，一起衰鄙，此真前辟千古，后开万祀者”。从此以后，不但王士禛诗风大变，天下诗风亦大变，当其以宗唐的神韵说执诗坛之牛耳的时候，也因步趋明七子而被后人讥为“清秀李于麟”。与王士禛相比，沈德潜《国朝诗别裁集》称吴雯“不使才，不逞博，不尚声华，不求娟好”，似乎是与王氏“各行其是者”。但是，王士禛曾为吴雯撰写《墓志铭》，又亲自评骘《莲洋集》，师生情谊之深可见一斑。所以，沈德潜又说“新城赏之不啻口出，意所合者在神理意味，而不在轨辙之同途耶?”

尽管吴雯在当时就是个秀才，并无一官半职，有人称之为布衣诗人，或许正是有王士禛这样显赫的老师的谆谆教诲，其诗也充满着时代的正能量，绝对是一位顺民。读者非但不见其对朝廷的丝毫不满，即使是百姓生活的艰辛，他也很少形诸笔端。

人以诗显的吴雯尚且如此，诗以人显的程康庄、陈廷敬更何以堪。程、陈二人均仕清，陈廷敬位极人臣，曾官至文渊阁大学士，程康庄则仅为耀州知州。俩人在官场的地位悬殊，而王士禛却是他们共同的诗友。程康庄年长陈廷敬25岁，且认识王士禛也要更早。当王士禛还是扬州七品的推官时，程康庄则是镇江六品的通判。吴伟业序《程昆仑文集》，称其在镇江日，理政之暇，与王士禛“邮筒唱酬于烟江相望之内”，俩人隔江的唱和之作，曾刊为《过江集》。当时程康庄的影响，要高过王士禛，故而邓之诚《清诗纪事初编》也说“一时文士，盛誉康庄，实非士禛之比”。其实，程康庄经历了明清之际国变之痛，早期的诗歌也有黍离麦秀之思，文士所赞，更多也是这方面的考量。如其《赠李膺公》诗有云：“悬舆晏息历艰辛，流涕时看谏草新。行砥必无惭柱史，数其终自属遗民。”膺公为明末东林党人李应昇之子李逊之，应昇为阉党虐杀于狱中，当时常州地方万人请命，为其申冤。作为忠良之后，魏禧《落落斋记》谓逊之“当国变，弃诸生。性疏懒，不治事，而独好学，以诗文自娱。入其斋，书帧纵横，凝尘满席，膺公方吟哦不辍”。此可为程康庄赠诗作注。当然，对明朝的留恋，在与现实渐行渐远的时候，程康庄的情绪也逐步融入对新朝的认同之中。此时，他与王士禛后期的诗歌格局也已经非常接近了。

与程康庄相比，陈廷敬可算是长在大清之龙旗下的新一代。对于明朝覆亡和清兵入关的甲申之乱，陈廷敬只有模糊的童年记忆。况且，与一直是地方上中下级官吏的程康庄相比，陈廷敬则始终活跃在政治的中枢，甚至没有外放过。人在江湖，要遵循江湖的规矩，而身在朝廷，也有朝廷的不便。这就是陈廷敬与程康庄、吴雯等的最大不同。有关陈廷敬与王士禛的交往，据郑方坤《国朝名家诗钞小传》记载，康熙召见陈廷敬，“问朝臣谁最能诗”，陈氏则举王氏以答。又陈廷敬《西山道中作二首》有句云“昔与王侍郎，受诏并为诗”，据《晚晴簃诗汇》的诠释，陈氏“掌院事时，一日与王渔洋同入内殿，圣祖命各赋诗”。可见，陈廷敬还是很看重与王士禛的交谊的。但一般认为，陈、王二人诗歌宗趣并不一致，《四库全书总目》说“廷敬诗宗杜甫，不为流连光景之词，颇不与王士禛相合”，甚至陈氏自序其集，亦称与王士禛“不苟雷同”，但是，这仅限于诗风，至于诗歌的功用和诗歌的内容，则大同小异。林佶《午亭文集序》谓其“遭逢盛朝，位列上相，翊赞圣王齐于尧舜文武”，陈廷敬尽心尽力于康熙，其诗文的贡献，大概也是一个重要的方面。所以《四库全书总目》又说陈、王二人“蹊径虽殊，而分途并骛，实能各自成家”，并称王士禛“甚奇其诗”。个中原因，读者自可品味。

从此以后，整个清中叶，山西诗歌俱无足观。纵览嘉庆六年（1801）所刊《国朝山右诗存》凡二十四卷，又附集八卷，所收诗人589人，诗作4213首，收诗的写作时间始自顺治三年（1646）而讫于编书之时的嘉庆初。因其规模不能不算宏大，故而从保留乡邦文献言，誉之者甚多。然而，如果是以王道的标准来采集并筛选诗歌，又不能不说这实际上是一次诗歌史上的劫难，因为不能进入统治者法眼的作品，基本被摒弃了。有学者甚至以为，官修《四库全书》对于文化的破坏，不亚于秦始皇的焚书坑儒。朝廷名为命各地官府采集，实质是以强令搜刮书籍，而这些著作命运多舛，禁毁者不少，即便采入的，亦多遭删削篡改。而各地编纂地方性诗歌总集，哪怕并无借助官府的力量，其总的原则也是所选诗歌必须合乎官方的圭臬。对于沈德潜这样的文学侍臣，乾隆四十一年（1776）十二月初一上谕有云：“前因沈德潜选辑《国朝诗别裁集》进呈求序，朕偶加披阅，集内将身事两朝、有才无行之钱谦益居首，有乖千秋公论。而其中体制错谬，及世次前后倒置者，亦不复枚举。”是时沈氏已经去世七年，所谓“千秋公论”，其实也就是皇帝的个人好恶。沈德潜所编《国朝诗别裁集》的原版，因此遭到禁毁。此时的乾隆，对文人著作审查之严苛，已经变态到丧心病狂的地步。两年后，沈德潜又牵涉到另一桩文字狱：徐述夔《一柱楼诗》被人举报有“明朝期振翮，一举去清都”的诗句，并望文生义地曲解成反清复明。当得知沈德潜曾为徐述夔作传，龙颜顿时大怒，《清史稿》称廷议“夺德潜赠官，罢祠削谥，仆其墓碑”。

当然，选编当代的诗歌，如有千形一貌、百喙一声之感，责任也不全在编者。当诗人受到禁锢，喋喋不休地歌颂皇恩浩荡，或者干脆不去触碰具有现实意义的话题而沉浸在风花雪月之中的时候，编者除了明哲保身地剔除那些可能引起不必要麻烦的诗篇以外，实在也很少选择的回旋余地。这一时期的诗人，相当一部分已经沦为封建王朝的奴才。而做惯了奴才，首先身体不是自己的，接着嘴巴不是自己的，最后连脑子也不是自己的了。即使身体和脑子还归自己，但因害怕身首异处，所以嘴巴也派不上用场。如果我们将康熙以后山西诗坛的凋零，全部或者主要归咎于《国朝山右诗存》的出现，也并不符合实际。事实上，《国朝山右诗存》只是对当时山西诗坛的真实反映。清中叶在全国范围内，继王士禛醉眼蒙眬看世界的神韵派之后，沈德潜刻意粉饰太平的格调派，还有袁枚只是抒发个人情绪的性灵派，先后粉墨登场，已经席卷整个诗世界了。

文艺界这样的情形，一定要到国力之衰弱已经接近亡国，才会有大的转变。这也就是赵翼“国家不幸诗家幸，赋到沧桑句便工”的感叹至今尚能引起共鸣的原因。而《清史稿·赵翼传》所称“同里学人后于翼而知名”的黄仲则，在“千家笑语漏迟迟”的除夕之夜，却“忧患潜从物外知”。当他“悄立市桥无人识，一星如月看多时”的吟诵成为千古绝唱的时候，赵翼的感叹便有了最及时的验证。嗣后，变风变雅的诗风，逐渐在全国蔓延开来。而经历了百年沉寂的山西诗坛，在嘉道年间也悄然发生着变化。祁寯藻的出现，昭示着山西诗人在全国范围内的重新崛起。

祁寯藻是陈廷敬之后以能诗著称于世的又一位山西籍重臣。说到祁寯藻，首先想到的，是他作为道、咸、同“三代帝师”，曾经官至体仁阁大学士，故陈衍《石遗室诗话》称之为“道、咸间巨公工诗者”。而陈衍编纂《近代诗钞》，则置祁寯藻为篇首，并称“有清一代，诗宗杜、韩者，嘉道以前，推一钱萚石侍郎，嘉道以来，则程春海侍郎、祁春圃相国”，他们“以开元、天宝、元祐诸大家为职志，不规规于王文简之标举神韵，沈文悫之主持温柔敦厚，盖合学人诗人之诗二而一之也”。又说“余生也晚，不及见春海侍郎，而春圃相国诸公皆耆寿俊至，咸同间犹存，故《近代诗》自春圃相国始”。在陈衍看来，祁寯藻不仅是近代宋诗运动的先驱者，也是近代诗的开篇者。陈衍津津乐道所谓“合学人诗人之诗二而一之”，俨然将其作为同光体诗论的不二法门。可遍查陈衍著述，合乎“二而一之”标准的，只有在《石遗室诗话》卷十一列举的祁寯藻的《题䜴䜼亭集》。陈衍谓其“证据精确，比例切当，所谓学人之诗也。而诗中带着写景言情，则又诗人之诗也矣”。

祁寯藻一生经历了中国近代史上最早也是最惨烈的外患和内忧：鸦片战争和太平天国。言为心声，尽管做官讲究老成，需要持重，祁寯藻身为朝廷重臣，更不能轻易发表意见，但在《䜴䜼亭集》中，书写鸦片战争和太平天国的作品，屡见不鲜。现在讨论到鸦片战争时期的诗歌创作，常常会举到祁寯藻的《新乐府三章》，其自序称“为鸦片烟作也”，实质是祁寯藻在道光十七年（1837）简放江苏学政后，为配合当时的禁烟活动所创作的宣传品。诗歌通俗易晓，曾经在江苏各地广泛张贴，影响很大。而同样被阿英收入《鸦片战争文学集》的《闻道四首》和《感事》，分写战事的先胜与后败，或兴奋或沉痛，感情都十分真挚。

祁寯藻有六弟名宿藻，以江宁布政使的身份，在太平军攻陷南京的十天前病殁于围城之中。封建时期国内战争的正义性，往往由后人依据“成王败寇”加以定义，而战争的残酷性，却是当时所有人必须承受的。祁寯藻有《哭六弟幼章三首》，先云“昨作两篇诗，挥泪寄吾弟”，是谓其先前所作《得六弟金陵书感寄二首》。前一天的诗中，就弥漫着不祥之兆：“汝在书犹达，吾衰命亦轻。挑灯玩手札，便恐毕平生。”而后一天的诗作，则透出了无尽的悲伤哀痛。当噩耗传来，祁寯藻说“余时值枢垣，疏下不能启。欲读恐失声，欲哭惧非礼”，所谓“恩重命转轻”，作为封建官吏，在忠君报国的束缚下，痛失亲人也必须克制感情，实则反映了他们身不由己，甚至心不由己的无奈，只能通过写作诗歌来默默宣泄自己的情绪。

抒写鸦片战争和太平天国，属于爱国与忠君的范畴。而反映造成民间疾苦的天灾人祸，一定要有底线，否则就会有损朝廷以民生为要务的高大上的形象。这是为官的原则，祁寯藻当然也会维护。与其集名的生涩奥衍不同，祁寯藻《䜴䜼亭集》中也有不少效仿民间歌谣创作的乐府诗，如《采棉谣》《水轮歌》《请雨辞》等，所记均为民间农作的日常琐事。这些诗篇在形式上浅显如同白话，非常亲民。至于内容偶尔也会写到天灾，但主要是官府的赈灾。祁寯藻笔下的官民关系真是亲如一家。譬如明代万历年间在其家乡寿阳任县令的蓝尚质，因教民耕织，为民所爱。祁寯藻以此为题材，写下《蓝公教织歌》："冷寿阳，春晚无花秋早霜。山农卒岁苦寒逼，但知力耕不知织。自从蓝公宰吾县，男制纺车女纺线，大布着身衣装棉，春风一吹三百年。"号召和启发百姓自己动手，来解决温饱，突显扶贫必须健全"造血"功能，而不是"等靠要"朝廷"输血"的理念。祁寯藻大概也想立此标杆，让封建官吏都能如蓝尚质那样爱民如子，成为扶贫的模范。理想很丰满，实现却很骨感，而祁寯藻则用美好的理想虚构着现实。他这样写出的诗歌，我们又该如何理解、如何衡量、如何评价呢？

不过，清代的诗风再一次转向现实主义的道路，祁寯藻至少是起到了推波助澜的作用。因为近代一些非常重要的诗人，诸如何绍基、郑珍、莫友芝、曾国藩，甚至还包括魏源、江湜等，都被陈衍认为是受到程恩泽和祁寯藻的影响而纳入了宋诗派。随着社会矛盾的进一步激化，这一时期的诗人，无论地位高下，其诗歌创作的关注点，又一次聚焦到了社会现实。而清王朝的文网渐弛，在一定程度上也给了他们创作的自由空间。他们的诗篇，终于汇成了波澜壮阔的反映时代的交响乐。清代的诗歌在整个18世纪都少有亮色，甚至很少起色。至此，人们又看到了复兴的希望。而此次复兴，甚至还被后世学者认为标志着清诗在中国诗歌史上的再次崛起。近代诗歌以其独有的历史价值和艺术魅力，一直延续到20世纪初，成为伴随着清王朝覆亡的最后绝响。

只是在祁寯藻之后，山西诗歌的发展，并没有跟上全国的时代步伐。近代山西名人辈出，但少有诗歌达人。汪辟疆先生论《近代诗派与地域》，分湖湘、闽赣、河北、江左、岭南、西蜀六派，却没有山右或者秦晋。而钱仲联先生选编《近代诗钞》，收录诗人100位，竟没有山西作家的一席之地。今天受到学界关注的晚清山西诗人，他们中的绝大多数，首要的身份其实并不是诗人。如徐继畬是达官，其洋务的经历，让其对西方的认识，比之当时的其他官僚要客观许多。所以，人们津津乐道的是其《瀛寰志略》，因为这是中国较早介绍世界各地风土人情的地理著作，魏源编纂

《海国图志》，也征引了其中的材料。王轩室名耨经庐，可见其主要的兴趣是在经学。他为人知晓，是因为主持了《山西通志》的修撰。而杨深秀如果没有戊戌政变，便不可能成为“六君子”而死得其所，其名字或许也就鲜为人知了，更不用提他临刑前在狱中的那四首题壁诗。晚清山西有点名气的诗人，唯有董文涣似乎早年就是一位文艺青年。他痴迷诗歌格律，曾著有《声调四谱图说》十四卷，被誉为清人声律著作之集大成者。而其祖上靠经商起家，富有财力，故董文涣一直过着优渥的生活。咸丰六年(1856)考中进士后，居家养病，却又以在籍劝捐有功赏加五品衔，其实就是通过给朝廷捐款得到加官晋爵的机会。散馆后授翰林院编修，购得阮元在北京城南的故宅，与官场的朋友酬唱其间，逐渐赢得了诗名。当时与他诗酒往还者，有翁同龢、张之洞、林寿图、鲁一同、王拯等寄居北京的诗坛大佬，当然也有山西在京城为官的冯志沂、王轩等。所以，董文涣在北京是诗局的组织者，而非诗风的引领者。不过董文涣是一个正直的人，面对种种社会危机，他也表露出了忧国忧民之心。徐世昌《晚晴簃诗汇》说他“诗境清迥，寄托遥深，值咸同之间军事方殷，多感时之作”。又言其“集中与王定甫、冯鲁川、许海秋诸人唱和最多，诗格亦相骖靳”，则是将其纳入学宋的范畴。

序文一般也就是千字文。因重读瑞杰论文感慨良多，便即兴发挥，拉杂写来，也算是我对清代山西诗歌的一点肤浅，甚至不那么正确的看法。其实，我在这里主要讨论了傅山和顾炎武，吴雯、陈廷敬、程康庄和王士禛，以及祁寯藻和同光体诗人之间的联系和影响。这无非是想说明，从清初及至晚清，山西的诗歌自始至终都与全国诗坛密不可分，故对其研究，也应该置于更广阔的背景之下。而瑞杰的论文，也是紧扣着这一点而加以展开的。正因为如此，通过实事求是的研究，其对清代的山西诗歌作出了客观公允的评价。须知，研究对象与研究成果两者的价值，有着一定的关联，但不是可以画等号的。曹植所谓“人人自谓握灵蛇之珠，家家自谓抱荆山之玉”，即通过吹嘘研究对象以自高身价的现象，两千年来从未绝迹，且在今天的学界依然还有市场。“家有敝帚，享之千金。”人们似乎对此已经见怪不怪。所以，瑞杰的坚守学术良知，便越显得弥足珍贵。

仅有正确的治学理念还是不够的，还必须具有认真的治学态度和科学的治学方法。既然是实事求是，文献资料的搜集和梳理是第一步。为此，瑞杰在苏州大学，有很长的一段时间几乎天天都和学校图书馆的老师同进同出，山西人的刻苦、执着、坚守和实诚，不仅体现在其研究对象的身上，同样也是瑞杰性格的一部分。其论文所列参考文献，仅书籍便有130多本。这当然不是瑞杰阅读的全部，而只是对其写作有着特别重要的参考或借鉴作用者。唐代刘知几《史通·直书》谈到自己为学的体会，曾云："然则历考前史，征诸直词，虽古人糟粕，真伪相乱，而披沙拣金，有时获宝。"正是通过这样的披沙拣金，瑞杰才做到了去伪存真、去芜存菁。而文献的发掘，是没有止境的，我们今天所见的书稿，较之他毕业答辩时的论文，又增加了不少材料，因此更为翔实，更加令人信服。

回想1983年冬天，苏州大学联合《文学遗产》编辑部在苏州召开清诗讨论会，一时群贤毕至，而我作为钱仲联先生的学生，帮着做些会务工作，也聆听了诸多大师级专家的宏论。承蒙不弃，莅会的山西大学姚奠中先生——早我半个多世纪进入钱门、为我仰慕已久的著名前辈学者，书赠了"欲穷千里目，更上一层楼"的墨宝。我知道，这是姚先生作为山西人，在用山西的故事来激励后辈学人。所以我至今珍藏，作为自己治学，甚至做人的座右铭。比起当年的我，瑞杰现在各方面都要优越很多。但百尺竿头，能否更进一步，我想瑞杰可以利用地理之便，去黄河边的鹳雀楼体验一下王之涣的豪情。而当其归来，前程一定不可限量。

是为序。

马卫中

草于姑苏城胥门内风云一片楼，时值2021年国庆节

目　录

前 言

清代山西诗歌是清代文学的重要组成部分，也是山西诗歌发展不可或缺的一个阶段。本书以清代山西诗人为研究对象，在对原典文献进行详细梳理的基础上，遵循诗歌发展的客观实际，对清代山西诗歌的发展情况作深入探讨，揭示其作为一种地域文学的特点和对区域文化发展的意义。通过对各阶段具体诗人的生平、交游、创作等方面的分析，以展现清代山西诗坛的整体风貌和地域性色彩，了解诗人文学气质形成的地域原因。同时将清代山西诗歌与清代诗坛进行横向联系，探析地域诗坛与全国诗坛的互动，突破习惯性单一、平面地罗列作家作品的机械排列模式。从纵向发展和横向比较入手，以地域文化为诗歌发展大背景，从中勾勒清代山西诗歌发展的内在规律与诗歌之间的起承流变关系，以及与清代诗坛的互动、对清代诗坛的贡献及其应有的诗歌史地位。

有清268年山西涌现出了数以千计的诗人，根据诗歌发展历史可分为清初、清中和晚清三个阶段。本书按照五个部分分为五章展开论述。

绪论对该选题的意义和价值以及课题研究现状与方法进行综述，对入选的诗人范围、时间分段进行界定，并对其他相关问题作一些必要的说明。

第一章为人文地理特征与诗歌发展背景。通过对山西人文历史自然地理、清代社会政治科举文化以及山西诗歌发展历史等三个方面的梳理，厘清影响清代山西诗歌发展的历史因素、地域因素以及诗歌自身的传承因素，为顺利进入清代山西诗歌研究奠定良好的基础。

第二章为清代山西诗歌发展概述。清初、清中、晚清不同阶段的诗歌特点与时代思潮、社会政治等密不可分。本章从纵向历时性变化、横向地域空间性分布两方面来介绍山西诗歌发展概况，从理论上建构清代山西诗歌发展演变脉络以及各期诗歌特点，突出山西诗歌地域内部空间分布的差异性以及以整体面貌显现的地域性特征。

第三章为清代初期山西诗歌研究。此期战祸频仍，民不聊生，社会矛盾尖锐。选取遗民诗人傅山、贰臣诗人程康庄、台阁诗人陈廷敬、布衣诗人吴雯等身份不同的诗人为此期诗人代表，分由明入清和清初两个阶段，论述清初山西诗人心态的差异，诗风转向起步慢但完成快的特点，以及在对明诗继承基础上的独出机杼。他们身世不同、境遇各异，但对明清易代及清初重大时事均有关注，诗歌题材多样，内容丰富，大都具有鲜明的个人风格和独特的晋地色彩，在清初诗坛上各放异彩。

第四章为清代中期山西诗歌研究。此期民族矛盾缓和，经济较为繁荣，社会比较稳定，进入了所谓的“王朝盛世”，文化事业也得到了较大的发展。此期诗人诗作众多，山水题材较为发达，地域性诗歌特征明显。主要表现为地域性诗歌流派雏形初现，地域性诗歌总集大量刊刻，以及以诗话理论为代表的地域诗歌意识的显现（虽然零散，但毕竟开始了）。此期出现了以静乐边塞诗人李銮宣、灵石画坛诗人何道生、阳城文坛领袖张晋和延君寿等为代表的一大批诗人，其诗各有特点。但由于诗人政治地位较低，多是下层官吏甚至是布衣“草根”，当中缺乏能够引领或者影响全国诗坛的大家。

第五章为晚清山西诗歌研究。从鸦片战争至清亡的70年间，列强侵凌、农民起义频发，内忧外患啃噬着皇朝的根基，封建社会逐渐瓦解。该部分主要选取晚清诗坛盟主祁寯藻，宋诗派羽翼徐继畬与冯志沂，晋商出身的仕宦诗人董文涣及其弟媳冯婉琳，渊源魏晋诗学唐人的杨深秀作为研究对象，厘清由以祁寯藻为代表的宋诗派到以董文涣为中心的唐宋兼容，再到“诗学唐人”的杨深秀之间诗学风格演变的过程。晚期山西诗歌与社会现实联系紧密，诗歌叙事性与学问性较强，体现出浓郁的时代风貌。诗人地域内部交往与外在联系较为频繁，在一定程度上促进了诗歌的繁荣。

结语从诗歌纵向发展历程、诗歌自身创作特点、诗歌地域性空间分布三方面建构立体的清代山西诗歌发展的轮廓，从中总结其历史地位与诗坛影响。

张瑞杰

绪　论

文学的发生发展不仅是一种时间的存在，也是一种地理的存在。如果离开了相关地域文学的研究，那么所谓的整体研究或者概述就是一种虚幻和空中楼阁。只有在众多地域文学基础上汇集而成的文学，才是整体的文学、时代的文学。作为地域性的山西诗歌，不仅是山西文学的重要组成部分，也是中国诗歌不可或缺的一部分。

一、地域文学传统意识凸显

20 世纪前中叶，有关清代诗歌的研究较为薄弱，受西方思潮影响，学者们大多关注于清代小说、戏曲等。仅有的一些诗歌研究成果，也只是针对清代几大诗歌流派的文学理论研究。同时，受厚古薄今思想的影响，对清代诗文的研究仍然无法与唐诗宋词研究相媲美。有清近 300 年，创造了灿烂的历史文化，诗文之盛亦远超前代。20 世纪 80 年代以来，随着清诗研究的进一步深化，众多诗歌流派、诗坛大家逐渐进入学者研究的视野，取得了一批高质量的学术成果。但这与清代诗文作家众多，诗歌创作繁荣兴旺的事实仍存在极大的悬殊①。其实，诗文作为文人才力的集中表现、正统文学的主要形式，它仍旧是清代文学的主流，也是文人用力最勤之处。清代是中国诗歌史上一个极为重要的时期，涌现出钱谦益、吴伟业、顾炎武、王士禛、袁枚、龚自珍、祁寯藻、黄遵宪等为代表的一大批著名

---

① 仅 2010 年上海古籍出版社出版的《清代诗文集汇编》就收录了 3400 余名作家，诗文集 4000 余种，所录诗文不下 500 万首（篇）。

诗人。诗人身份庞杂，上有帝王皇族、文臣武将，下有学者、僧侣、画家、商贾。另外还包括许多少数民族诗人和女性诗人，对他们当中任何一位进行研究都有着重要的意义。

自古以来，文学发展的繁盛与否与地域文化密切相关。地域研究是文学研究中一个十分重要的领域。蒋寅在《清代文学与地域文化》中指出："文学史发展到明清时代，一个最大特征就是地域性特别显豁起来，对地域文学传统的意识也清晰地凸显出来。"① 章培恒《唐代三大地域文学士族研究·序》指出："如果没有关于文学的深入的地域研究，就既难以具体说明我国各个时期的文学的面貌，也不易说清我国文学演变的确切原因。"② 某种程度上，文学的繁荣有赖于地域文化的丰富多样性。不同地域的文化体现出不同的文学特色，所谓"江左宫商发越，贵于清绮。河朔词意贞刚，重乎气质。气质则理胜词约，清绮则文过其意。理深者便于时用，文华者宜于咏歌，此则南北词人得失之大较也"③。（《隋书·文学传序》）地域文化是诗人生存和感悟的土壤。诗人创作与其生活的特定地域密切关联。《诗经》《楚辞》便是南北文化不同面貌的文学体现，而宋元以来众多以地域命名的诗文流派，更昭示了地域文化与文学的重要关系。

地域文学研究是文学史研究向纵深推进和发展的趋势，因此，在清代文学领域中开展地域诗歌研究，本身就是符合有清一代文学发展规律的，也必然是有其价值的。清代山西诗人辈出，影响甚广，其中较有代表性的诗人有傅山、戴廷栻、傅眉、陈廷敬、程康庄、吴雯、折遇兰、靳荣藩、祁韵士、李銮宣、茹纶常、延君寿、张晋、何道生、祁寯藻、张穆、冯志沂、徐继畬、王轩、董文涣、冯婉琳、杨深秀、杨笃等。山西诗歌是清代诗歌的重要组成部分，从地域性角度对其加以研究和论述，探寻清代山西诗歌在不同阶段的发展特点、轨迹及其与整个清代诗歌的生成关系，分析诗歌与地域政治、经济、文化等的相互关系，这对于揭示整个清代诗歌乃

① 蒋寅：《清代文学论稿》，南京·凤凰出版社，2009 年版，第 60 页。

② 李浩：《唐代三大地域文学士族研究》，北京·中华书局，2002 年版，第 1 页。

③ 魏徵等：《隋书》，北京·中华书局，1973 年版，第 1730 页。

至整个清代文学的发展规律与特性，无疑有着重要意义。同时，本选题客观上拓宽了清代诗歌的研究范围，即将研究视角延伸到中西部的一般省份。至少到目前为止，本项研究有可能部分地填补山西诗歌研究的一些空白。

二、地域诗歌研究的延续与发展

清代山西诗歌研究是地域性的诗歌断代研究，就现状而言主要分为地域性概述与山西诗歌概述两部分，本部分重点介绍在后者。

中国诗歌有关地域文学的研究，可追溯至1905年刘师培《南北文学不同论》，“论其大旨，则南音、北音二种，其大纲也”，南北文学的差异主要受地域语言与水土等环境影响，“大抵北方之地土厚水深，民生其间，多尚实际；南方之地水势浩洋，民生其间，多尚虚无。民尚实际，故所著之文不外记事析理二端；民尚虚无，故所作之文或为言志抒情之体”①。1934年汪辟疆在《近代诗派与地域》中将各个区域的自然环境、人文风尚与诗派风格结合起来论述，“近代诗家，可以地域系者，约可分为六派：湖湘派、闽赣派、河北派、江左派、岭南派、西蜀派”②，开启了近代诗歌地域流派研究的先河。这些具体的研究实践为后来地域文学研究提供了精彩的范例，但是由于后来受庸俗政治学的影响，地域文学研究一度被认为“地理决定论”而受到批判，所以很长时期地域文学研究处于停滞阶段。

20世纪80年代以来，随着学术研究的逐步深入，文学的地域性研究愈来愈受到学界的关注，明清文学中的地域和流派研究也取得了许多可喜的成果。论文如王学泰发表于《文学遗产》1989年第5期的《以地域分野的明初诗歌派别论》，是文根据明初诗人成长生活地域的不同、文化传统及诗学承受的差别，分别论述了吴、越、江西、闽、粤五派形成的原因。

---

① 刘师培：《刘师培论文学论集》，北京·中国社会科学出版社，1997年版，第260—261页。

② 汪辟疆：《汪辟疆文集》，上海古籍出版社，1988年版，第275页。

专著如严明《清代广东诗歌研究》、严迪昌《阳羡词派研究》、陈书录《明代前后七子研究》、曹虹《阳湖文派研究》、张仲谋《清代文化与浙派诗》、张兵《清初遗民诗群研究》等，均从地域角度论述各自相关文学情况。

21世纪以来，地域文学研究和流派研究蓬勃发展。论文有曾大兴《中国历代文学家的地理分布——兼谈文学的地域性》（《学术月刊》2003年第9期）、梅新林《中国古代文学地理形态与演变》（复旦大学2004年博士学位论文）、李浩《地域空间与文学的古今演变》（《陕西师范大学学报》2005年第3期）、周晓琳《古代文学地域性研究的回顾与前瞻》（《文学遗产》2006年第1期）等，这些文章从地域角度出发，提出文学古今演变研究中应重视地域空间因素，强调古代文学地理研究的学术体系的构建。类似文章甚多，兹不一一列举。有关明清诗文地域研究的专著有马卫中师《光宣诗坛流派发展史论》、钟林斌《公安派研究》、刘世南《清诗流派史》、陈广宏《竟陵派研究》、王富鹏《岭南三大家研究》、刘勇刚《云间派文学研究》等，类似之书较多。这些著作对地域诗派的渊源、流变、特点及代表诗人作了细密而中肯的品评，总结出了相关诗歌发展的规律。2010年袁行霈《中国文学概论》专列《中国文学的地域性》与《文学家的地理分布》两节，论述了地域文化与文学家地理分布的关系，对于重新认识地域文学发展的不平衡有着重要意义。此期，运用现代科学方法研究中国文学的地域特性也成为学术研究的热点问题，有关明清文学地域和流派研究的博士学位论文出现很多。如2004年首都师范大学邸晓平的《明中叶吴中文人集团研究》，2006年苏州大学肖晓阳的《湖湘诗派研究》，2009年山东师范大学宫泉久的《清初山左诗歌研究》，2010年西北大学师海军的《明中期关陇作家群研究》，2011年复旦大学王魁星的《元末明初浙东文人群研究》，2012年南京师范大学冉耀斌的《清代三秦诗人群体研究》、武汉大学张清河的《晚明江南诗学研究》，2014年浙江大学黄治国的《清初河南诗歌研究》，2015年山东大学贺琴的《明清时期山左新城王氏家族文学研究》等。

与地域诗歌研究蓬勃发展蔚为壮观的情形相比，山西诗歌研究较为逊色。有关研究也多是零散性质的个案研究或是资料整理，并未形成整体性研究。“山西自明以来诗学不振，自清初到嘉庆二百年间有全国影响的诗人仅傅山、吴雯、陈廷敬三人，其中纯以诗名世者仅吴雯一人。”（王学泰语）[①] 这是当下对清代山西诗歌的典型评论。此说虽显偏颇，但某种程度上也说明有关清代山西诗歌研究的不足。尽管如此，前人的学术贡献，一定程度上为本课题研究奠定了基础。为了能够从整体上把握清代山西诗歌发展状况，有必要对相关研究进行梳理，以期能够在既有资料的基础上进一步向前拓展。

（一）整体论述清代山西诗歌的研究

目前有关清代山西诗歌的整体论述尚属于空白，但在一些有关山西文学史的介绍中，已经设专章或者专节介绍有关清代文学的内容。这些文学史大多仅就诗人诗作加以选录，简略介绍诗人生平经历并就其中某一诗歌加以赏析，缺乏宏观性、系统性研究。同时还存在选录诗人诗作较少、分量较轻等现象。

1980 年，姚奠中主编的《山西历代诗人诗选》由山西人民出版社出版，收录了武则天、王勃、温庭筠、元好问等 91 位山西诗人的 322 首诗歌，以及《诗经》中有关山西的 6 首诗歌。其中选录清代诗人 10 人，分别为阎修龄 4 首、傅山 8 首、魏象枢 2 首、吴雯 3 首、陈廷敬 1 首、李銮宣 2 首、祁寯藻 2 首、杨深秀 1 首、曹润堂 3 首、薛所蕴 1 首。1993 年，崔洪勋、傅如一主编的《山西文学史》由北岳文艺出版社出版，该书中涉及清代初期、中期诗歌较少，只简单介绍了傅山诗歌，同时提及了程康庄、吴雯诗歌，相关介绍仅有千余字。近代诗歌论及祁寯藻、徐继畬、张穆、董文涣、杨笃以及杨深秀等人，主要对其诗歌进行分类介绍。由于书成众手，求全求快，都是诗歌个案研究，文学的地域性、脉络性没能很好地凸显。同时清代中期文学与近代文学又有部分重合，年代起止不一。因

---

① 傅璇琮、许逸民主编：《中国诗学大辞典》，杭州·浙江教育出版社，1999 年版，第 790 页。

此，该书更像是一种普及性的文本读物。正如贾植芳在《山西文学史·序》所言："《山西文学史》是第一部地方性的文学史著作，但人是历史的存在，更是时代的产儿，历史总是有它的时代特点，也有它的时代局限性。"① 2005年，《山西文学大系（清代与民国初期文学）》由山西人民出版社出版，其中清代选编有傅山、程康庄、毕振姬、白允谦、于成龙、戴廷栻、田六善、范镐（鄗）鼎、张晋、陈廷敬、马骏等数十位诗人。书中有关清代山西文学的分期比较合适，但概述多为泛泛而谈，只是罗列相关山西籍诗人。同时还存有部分问题，如将明朝崇祯十二年（1639）出生的陈廷敬与出生于清朝乾隆十九年（1754）的张晋同置于清中叶论述，似有不妥。将陈廷敬、吴雯放置在张晋之后论述，显然不符合其诗歌地位与实际影响，同时也不符合历史排序。2016年，拙作博士学位论文《清代山西诗歌研究》以地域文化为诗歌发展大背景，通过对各阶段具体诗人的生平、交游、创作等方面的分析，展现山西诗坛的整体风貌和地域性色彩，分析诗人文学气质形成的地域原因。同时将山西诗歌与清代诗坛进行横向联系，探析地域诗坛与全国诗坛的互动，勾勒清代山西诗歌发展的内在规律与诗歌之间的起承流变关系，以及与清代诗坛的互动及对诗坛的贡献。2017年，南京师范大学赵丽萍博士学位论文《清顺康时期山右诗歌研究》，主要分析了顺康时期山西诗歌的地域性特征和诗歌创作的个性特征和贡献，出现了并州、上党、河东、雁北四大诗歌创作中心，形成了遗民诗人与新朝诗人、布衣诗人与官吏诗人并存，雄豪与清雅、奇崛与自然共存的创作局面。

（二）作为个案的清代山西诗人诗作研究

清代山西诗人诗作众多，目前研究的广度却相对比较狭窄，远未能与实际创作成就相媲美，但就其中个别诗人的研究已经相当深入，或者是逐步成为当下研究的重点。有关清代山西诗人的个案研究，相较而言大多集

---

① 崔洪勋、傅如一主编：《山西文学史》，太原·北岳文艺出版社，1993年版，第5页。

中在傅山、陈廷敬、祁寯藻等诗人身上，其中尤以傅山为最（有关这三人的研究现状在此一并述及，不再分开介绍）。

清代以来，有关山西的诗歌研究基本上都是围绕傅山来谈。日本汉学家很早就关注傅山的相关研究。1940 年三省堂发行的今关天彭《书苑·傅青主集》涉及傅山年谱以及生平经历。1994 年 5 月，艺术新闻社出版的明清文人研究汇编丛书之《傅山》，当中涉及“傅山的一生”（内山知也）、“考傅山交友”（河内利治）、“傅山的诗和诗论”（鹫野正明）、“傅山年谱”（池田利广）、“傅山关系资料”（河内利治）以及傅山的散文、戏曲、书论、绘画与画论等。20 世纪 50 年代国内开始了对傅山及其思想、书画、文学等研究。1961 年山西成立了“傅山著作整理委员会”，出版了郝树侯的《傅山的生平》一书，后来相关研究中断。中间值得一提的是，1970 年方闻编著的《傅青主先生大传年谱》在台湾中华书局出版，给傅山研究提供了基础性史料，但由于两岸音信不通，直到 20 世纪 90 年代才传入内地。经过一段时间的沉寂后，自 20 世纪 80 年代起，学术界开始了对傅山诗歌全面深入的研究。目前相关研究的专著、论文、编著均有涉及，并且数量较多、质量较高、论述全面。《晋阳学刊》从 1980 年创刊号起就注意刊登研究傅山的文章，开辟“傅山研究专栏”。1985 年《霜红龛集》由山西人民出版社出版，1986 年《霜红龛文》由岳麓书社出版。1991 年刘贯文等主编的《傅山全书》由山西人民出版社出版，全书按类编排，共 7 册 170 卷，当中第一册为诗文与杂记，是研究傅山较好的版本。此后又有不同版本的《傅山集》《霜红龛集》出版。21 世纪以来，有关傅山研究的新成果不断涌现，其中以 2003 年上海书画出版社出版，白谦慎著的《傅山的交往和应酬——艺术社会史的一项个案研究》较佳。该书以书法为切入点，对其诗歌也多有涉及，以傅山的交往唱和、题赠往来为研究对象，诗歌作为不同形式的表现，印证易代后傅山的心理在书法创作上的表现。2006 年生活·读书·新知三联书店出版了白谦慎的又一部研究力作《傅山的世界：十七世纪中国书法的嬗变》。该书较前书规模大，材料丰富考证严密，经由学术思想、物质文化、印刷文化之发展史的角度，来观察、诠释傅山的生活，以及由之生发的学术观念与艺术创作。此外，有关傅山诗歌研究的论文多达上千篇，兹不赘述。

陈廷敬的相关研究始于20世纪90年代，与山西皇城相府的开发密切相关。1998年，皇城相府组织召开了第一次陈廷敬学术研讨会，出版论文集《陈廷敬与皇城相府》。除此之外，三晋文化研究会编辑的《山西历史文化丛书》中又出版了《陈廷敬与康熙字典》分册，有的报刊还发表了一些有关陈廷敬的学术论文。上述都是从20世纪80年代起开始陈廷敬研究以来所取得的第一批研究成果。2001年刘伯伦《陈廷敬》由国际炎黄文化出版社出版，是书从政治、思想、文学等方面对陈廷敬进行了较全面介绍与评价。2003年“陈廷敬学术研究专业委员会”成立。2005年召开了陈廷敬诗学学术国际研讨会，对陈廷敬诗的文学定位、诗歌渊源、风格特征、价值取向及其对清初诗坛的贡献等方面，作了较为深入的探讨。论证了陈廷敬“和声以鸣盛”的诗学特点，认为其对康熙盛世的歌颂基本符合事实，并对“台阁体”有新的辨析。同时，对陈廷敬的诗学渊源与宗唐学杜、宗宋学苏也有论述。相关论文于2009年由山西人民出版社结集出版《陈廷敬诗学研究》。2008年，台湾蒋秋华的《陈廷敬与汪琬的交谊》发表于《经学研究集刊》第四期，是文分别从诗友之会、举荐鸿博、别后问存等三个方面论证了二人的交谊，论证逻辑严密，资料翔实，评价客观公正，是研究陈廷敬交友的典范之作。2009年卫庆怀编著的《陈廷敬史实年志》由山西人民出版社出版，是书采用编年体形式，梳理了陈廷敬一生的经历，征引了时人和后人对陈廷敬的评价资料，是了解和研究陈廷敬最为基本的一本书，学术价值较高。2012年任茂棠主编的《陈廷敬大传》由山西人民出版社出版，将清初学术史实特征与陈廷敬思想互证，从中展现清初学术之具体风采。2012年山西师范大学陈桂霞硕士学位论文《陈廷敬及其诗歌研究》对诗歌进行分类赏析，论述陈廷敬诗歌的成就与缺陷，肯定其在清初诗坛的地位。此外，马大勇《清初庙堂诗歌集群研究》在附论中论及了陈廷敬，指出其台阁体的诗学特色。

有关祁寯藻的研究最早可以追溯至陈衍选编《近代诗钞》，列祁寯藻为近代冠首。稍后钱基博《现代中国文学史》、汪辟疆《近代诗派与地域》等都涉及祁寯藻诗文，但多呈现随意而发、即兴而谈、零散分布的态势，未对祁寯藻及其著述作为个案或专题予以关注。中华人民共和国成立后，受政治环境等影响，这一时期大陆学界对祁寯藻及其著述关注不多。台湾于1976年由联经出版事业公司影印出版《寿阳祁氏遗稿》。20世纪90年代以来，祁寯藻的相关研究在大陆渐受重视。1999年山西省祁寯藻研究会成立。2002年《䜩䜩亭集》和《䜩䜩亭后集》收录于《续修四库全书》集部1521—1522册中。2011年大型文献《祁寯藻集》由三晋出版社出版，共三册。第二册包括诗词、校勘、批注及考证。随着祁寯藻相关文献的整理出版，相关的研究也逐渐增多。刘长海的《祁寯藻与何绍基交游叙略》《祁寯藻与张穆交游考略》《祁寯藻与门生王拯》，孙丽萍的《曾国藩与祁寯藻往事辩疑——并析曾文正书信日记的真实性》以及温兆海的《朝鲜诗人李尚迪与晚清诗人祁寯藻的交游》，分别介绍了祁寯藻与何绍基、张穆、王拯、曾国藩、朝鲜诗人李尚迪的酬唱和交游之事。黄兴涛的《清代寿阳祁氏之文化》以祁韵士、祁寯藻、祁世长为主，介绍祁氏家族的文化表现及其对地域文化的影响。侯小宝的《晚清以来祁寯藻研究的回顾与展望》总结了晚清以来祁寯藻研究的发展历程，并指出研究热点与不足。2016年宋冰《祁寯藻诗歌研究》由山西人民出版社出版，是书从梳理清诗发展脉络入手，对祁寯藻诗出入唐宋，文质兼重，重学问气度，以诗史为创作宗旨，进行了深入分析论证。此外，山东大学周芳的硕士学位论文《道咸年间的台阁诗人程恩泽和祁寯藻对诗坛的影响》、苏州大学张磊的硕士学位论文《道咸诗人祁寯藻研究》、山东师范大学于慧的博士学位论文《清代嘉道之际诗歌研究》等都对祁寯藻的生平交友、思想变化、诗歌理论及其影响等进行论述，将其作为推动嘉庆、道光、咸丰年间学人诗风兴起的人物看待。近年来有关祁寯藻研究已经进入一个多元化的阶段。

除上述较为深入的个案研究之外，还有很多零散的诗人诗作研究，简要介绍如下：有关清初吴雯研究较早的是孟肇咏的《吴雯和〈莲洋集〉点校本》和《“诗仙”吴雯诗作的艺术特色》，两篇文章简要论述了吴雯生平经历、《莲洋集》的版本，认为其诗具有清俊超脱、无迹可求的艺术特色。2010年降新宽的硕士学位论文《吴雯及其诗歌研究》涉及吴雯的思想嬗变、与王士禛的交游及对神韵诗学的承继关系。2015年赵丽萍《融汇众有，以宋为宗：吴雯诗论》《王士禛点评吴雯〈莲洋集〉管窥》研究较为深入。前文认为吴雯既能出入汉魏善学唐诗，又有宋诗日常化的特征。后文从王士禛对吴雯《莲洋集》的评点中，见其对多样化艺术风格的肯定。2010年时新《清初三诗杰程康庄、吴雯、王含光》由三晋出版社出版，是书近3万字，选取程康庄、吴雯、王含光分别进行个案研究，主要以生平经历为发展线索，当中引诗歌以证。2014年赵丽萍《清初布衣诗人吴雯研究》由山西人民出版社出版，以吴雯的生平交游及其诗歌所呈现出来的独特风貌为研究对象，探讨清初知识分子心路历程。

清中期山西诗人的个案研究较少，主要涉及折遇兰、何道生、延君寿、李銮宣、祁韵士等。林珊《〈绵上四山人诗集〉董柴批校本叙论》展示了乾隆年间地方文人的生活情趣以及对仕途、人生的看法。寇宗基《折遇兰的诗歌艺术》分类论述了折遇兰不同时期诗作，认为其具有现实主义之风。王国明《袁枚与何道生交游考述——兼辨袁枚集外书札考误一则》考证何道生与袁枚诗文交谊始末，以及何道生对“性灵”的接受。耿建华《清延君寿〈六砚草堂诗稿〉手稿本版本初探》和杨海娜《清阳城〈樊南诗钞〉的版本考略》分别对延君寿批阅、撰序的《六砚草堂诗稿》手稿本进行探析，对存于国家图书馆和山西省图书馆的《樊南诗钞》进行比较，简要论述了其价值。李銮宣、祁韵士的诗歌研究均与贬谪西域的经历有关，星汉《注重亲情并追诉冤情的诗作——李銮宣》一文，以李銮宣《荷戈集》为研究对象，对其贬谪迪化（今乌鲁木齐）时往返沿途和在戍诗作进行探析，指出其思想变化与冤屈心态[①]。魏长洪《李銮宣与其西域的遗诗》结合其仕宦经历，对其遣戍迪化期间有关新疆风土人情的诗歌进行分析。有关祁韵士的研究4篇，分别是张琴《祁韵士与〈西陲竹枝词一百首〉》，宋彩凤《论祁韵士〈西陲竹枝词〉的学者化倾向》，郭院林《论祁韵士〈西陲竹枝词〉中的国家认同感》和郭娇《祁韵士〈西陲竹枝词〉诗下自注研究》，上述论文大都是基础性介绍，以《西陲竹枝词》为研究对象，描绘西域的史地风貌和民俗风情。

---

① 星汉：《清代西域诗研究》，上海古籍出版社，2009年版，第231页。

晚清山西诗歌的研究相较于前两期而言较为丰富，主要涉及徐继畬、董文涣、王轩等人。有关徐继畬研究的论文专著较多，但其中涉及诗文研究的极少，剔除内容基本雷同之作，只有 3 篇。究其原因是徐继畬多以官吏、地理学家、思想家面目出现，而其诗作少人问津。1991 年，“徐继畬与东西方文化交流国际学术讨论会”在忻州召开，会议评价了徐继畬《瀛寰志略》并肯定其在近代之地位。同年马计全发表于《晋阳学刊》第 2 期的《徐继畬诗的忠厚之旨与亲民思想》，简述传统诗教对徐继畬诗歌的影响。1993 年任复兴主编的《徐继畬与东西方文化交流》收录刘泽《徐松龛诗歌略论》，是文对其诗歌分类进行了介绍，是迄今为止最为详细的徐继畬诗歌评述。2014 年徐晓楚《〈瀛寰志略〉的文学特色》，认为其文字简洁而生动，娴于用典，一些章节的历史叙事结构精巧，一定程度上体现了徐继畬的审美趣味。

随着董文涣相关文献的出版，近年来有关其研究逐渐增多。1991 年王增斌发表于《晋阳学刊》第 5 期《简论山西近代诗人董文涣的诗歌创作》一文，从反映现实、感叹身世、咏史咏物、写景纪游以及相思爱情诗作等五个方面，对董文涣诗歌进行论述。1997 年，北京图书馆出版社出版的《清季洪洞董氏日记六种》收录董国炎的《论董文涣诗风嬗变》和《董文涣的诗论》，对董文涣诗歌特点和诗学理论及其形成背景与原因进行分析。2001 年刘达科发表于《文学遗产》第 6 期的《董文涣〈李选孟诗补遗〉发覆》一文，指出董文涣对孟郊诗歌的接受及其与宋诗派之区别。2005 年，李雪梅硕士学位论文《清代董文涣〈声调四谱图说〉研究》分三个阶段对董文涣诗歌进行评述，指出创作历程的变化。2013 年山西大学任瑞硕士学位论文《明清以来山西洪洞董氏家族发展研究》，论及董文涣与朝鲜使臣的交往，以及董文涣、冯婉琳等在文学创作方面的成就。2015 年刘夏清发表于《天水师范学院学报》第 3 期《试谈董文涣在甘肃的游宦经历及其诗歌创作》一文，分析董文涣外放甘肃期间的诗作，其中尤以纪行诗著称。

关于王轩诗歌的研究论文主要有：1996 年刘达科发表于《山西大学学报（哲学社会科学版）》第 3 期的《王轩及其文学创作》，是文就王轩生平、诗作及他人评价诸方面作了简要探讨。2012年，杨啸硕士学位论文《清末王轩〈耨经庐诗集〉研究》，从古籍文献的角度，较为全面地介绍了王轩的生平、著述，考证《耨经庐诗集》与《耨经庐诗集续编》版本的不同。蒋丹发表于《山西煤炭管理干部学院学报》2012年第3期的《清王轩〈耨经庐诗集续编〉研究》一文，考证《耨经庐诗集续编》版本，对其咸丰五年至同治七年（1855—1868）间的诗歌进行了分类介绍。此期涉及晚清山西诗人交往唱和的论文和专著有：2011年李无未发表于《社会科学战线》第7期的《晚清文人对朝鲜使臣“中华意识”的感知——以〈韩客诗存〉为依据》。2002年《韩国学论文集》收录的钱志熙《从〈韩客诗存〉看近代的韩国汉诗创作及中韩文学交流》，2011年延边大学金子鸥硕士学位论文《〈韩客诗存〉中朝鲜与晚清的诗歌交流研究》，以及2013年中国社会科学出版社出版温兆海的《朝鲜诗人李尚迪与晚清文人交流研究》。

有关杨深秀研究较多，但基本都集于“戊戌变法”事件，相关诗歌研究极少。当中较为全面、也发表较早的是王增斌的《英雄本多豪宕气——论杨深秀诗》（《山西大学师范学院学报（文理综合版）》1990年第3—4期），是文研究全面，涉及了其不同风格的诗作，收录于稍后出版的《山西文学史》中。王慎之、王子今发表于1999年《史志研究》第3期的《杨深秀及其〈闻邑竹枝词〉》，论述了其以竹枝词形式写作的有关闻喜风俗风貌的诗歌，具有较强的地域文化意义。

清代山西诗歌研究除傅山研究较为深入全面之外，在学术研究领域尤其是在文学史、诗歌史的研究领域，学界对清代山西诗歌涉及不多，对山西诗坛与清代诗坛的关系及其地位基本没有论及。曾经影响广泛的文学史，如游国恩、刘大杰、中国社会科学院文学研究所、郭预衡、罗宗强、袁行霈、章培恒等编著的中国文学史都未涉及或者是予以充分论述。就目前个案研究的研究状况来看，主要集中在清初和晚清时段，对于清中叶的关注和研究较少。

（三）有关资料整理与编纂及其他研究

别集的整理。近年来诗集整理出版有：1991年刘泽点校的《坚白石斋诗集》（李銮宣著）由山西人民出版社出版。1992 年李广洁整理的《万里行程记》（祁韵士著）由山西人民出版社出版，当中包括记体散文《万里行程记》、抒情诗集《濛池行稿》和《西陲竹枝词一百首》以及年谱等资料。1995 年白清才、刘贯文主编的《徐继畬集》由山西省高校联合出版社出版。2000 年李生光诗集《西山阁笔》由北京出版社出版。2005 年寇宗基、邸建平笺注的《康基田和折遇兰诗集笺注》由天马图书有限公司出版。2007 年李豫、李雪梅点校的《砚樵山房诗稿》（董文涣著）由山西古籍出版社出版。2008 年李雪梅、李豫点校《程昆仑先生诗文集》，2010 年李豫等点校《吴雯先生莲洋集》，2011 年马甫平编《鹤楼堂诗集》（李锡麟著），2012 年董再琴、魏晓虹编《张晋诗集》，2013 年李军荣编《曹润堂诗集》、延君寿著《六砚草堂诗集》，2014 年刘长海整理《祁韵士集》，上述著作均由三晋出版社出版。2014 年张晋《艳雪堂诗集》由中州古籍出版社出版。其余大部分都收在《四库全书》《续修四库全书》与《清代诗文集汇编》中。

总集的整理与编纂。清代山西诗歌总集中，较为重要的有清代李锡麟等辑《国朝山右诗存》、陈敬棠辑录《秀容诗文存》、阎锡山主编《山右丛书初编》。《国朝山右诗存》本书中有专节介绍，这里不再重复。民国 22 年（1933）陈敬棠辑录清代忻州诗文总集《秀容诗文存》十四卷。收杨敬儒诗 98 首，李滋诗 67 首，范沂诗 101 首，杨履晋诗 210 首，米毓瑞诗 56 首，张炜诗 66 首，马腾蛟诗 2 首。篇首均对诗人里籍、生平事迹作一介绍，现存山西省图书馆。民国 26 年（1937）在阎锡山主持之下，山西省文献委员会编的《山右丛书初编》出版，共三百五十五卷，线装一百零二册，未及发行，抗日战争爆发，续编工作中辍。1986 年，山西人民出版社据《山右丛书初编》1937 年本影印出版，共 16 册。该集收入自唐迄清 28 位晋籍学者、作家的重要著作 38 种和附录 5 种。其中清代 21 人，辑录有关诗集 11 部。分别为祁韵士《西陲竹枝词》一卷，靳荣藩《绿溪语》二卷，秦武域《西湖杂咏》一卷，张穆《月斋诗集》四卷，张晋撰、杨履道注《续尤西堂拟明史乐府》一卷，郭兆麟《梅崖诗话》一卷，王轩《顾斋遗集》二卷，程康庄撰、钱谦益选《自课堂集》二卷，徐继畬《松龛全集》十卷，延君寿《老生常谈》一卷，冯婉琳《馌芸室诗草》一卷。该书收录较为丰富，着重编入未被注意的作家及其作品，在一定程度上反映了山西学人唐宋以降的学术成果。当然《山右丛书初编》也有其不足之处，由于当时条件有限，资料缺乏，校刻中未能尽择善本，书中时有错讹衍脱。1996年董文涣编的《韩客诗存》由书目文献出版社出版，该书是研究朝鲜与晚清诗歌交流的原始资料。2005年，尚恒元、彭善俊著的《王官集》由天马出版有限公司出版，是书收录有《〈山右丛书初编〉述略》一文，对《山右丛书初编》入选古籍，逐一进行了扼要述评。2014年，地方诗总集《南亭诗钞》经马生旺重新编著，将竖排繁体改为横排简体，由三晋出版社出版。

其他研究。主要包含有关收录诗人的传记，以及其他研究涉及清代山西诗歌的部分。1981年方闻编著的《清徐松龛先生继畬年谱》由台湾商务印书馆出版。1994年《文献》第3期刊发李豫《〈砚樵山房日记〉手稿中的韩国人资料》。1995年刘贯文编著的《徐继畬论考》由山西高校联合出版社出版，该书论述较为全面、新颖，为徐继畬洗清了历史大冤案。1997年李豫编《砚樵先生年谱长编》，收录于北京图书馆出版社出版的《清季洪洞董氏日记六种》。2012年王俭编注的《张穆书信辑存》和《张穆年谱》由三晋出版社出版。2013年牛寨中编著《禹后治河又一人——康基田》由山西人民出版社出版，并附有康基田生平和主要著作年表等。2012年崔有良编著的《冯志沂传》由三晋出版社出版，介绍冯志沂的人生经历。此外，在收录诗人生平资料方面较全的是李元庆、孙安邦主编的《三晋一百名人评传》，刘纬毅主编的《山西文献总目提要》，先后于1992年、1998年由山西人民出版社出版。刘纬毅编著的《山西历史名人传》，2006年由山西古籍出版社出版。这三本书基本囊括了清代山西各个时期各个领域的人物，入选人数近千余人，其中有关清代山西诗人的生平资料也最为丰富。

三、地域研究范围的确立及创新

清代山西诗歌始于顺治元年（1644），止于宣统三年（1911）。清代山西诗歌历时性分为清初、清中、晚清三期，清初为顺治元年（1644）至康熙五十一年（1712），以陈廷敬病逝为限。当中以在明朝取得举人功名者，在易代后是否出仕新朝，作为贰臣判断标准。清中与晚清的分界线以鸦片战争爆发为界限，对跨越两期的诗人划分以其创作的开始与在诗坛的影响为依据进行归类。选取的诗人主要以清代山西籍诗人为主，也包括在当时历史条件下占籍山西的外省籍诗人。例如，隶籍奉天辽阳的吴雯，自小居于蒲州，其诗作已经成为山西诗歌的重要组成部分。

清代山西下辖 4 道（冀宁、河东、雁平、归绥），9 府（太原、潞安、平阳、汾州、大同、朔平、宁武、泽州、蒲州），10 直隶州（辽州、沁州、平定州、忻州、代州、保德州、解州、绛州、隰州、霍州），7 直隶厅（归化、萨拉齐、丰镇、清水河、托克托、宁远、和林格尔），91 州县（6 个散州，85 个县）①。其间，清代山西疆域屡经变化，尤其是雍正年间多次反复。为便于统计分析与行文，有关山西地域的划分和范围的界定主要以现行山西的行政区划为准。

本书内容既涉及清代诗歌又涉及山西地域，因此在论及研究内容时需要全面综合地考察各种因素，综合分析清代山西诗歌发展的社会背景、时代思潮、诗歌自身的继承与发展，以及地域文化等因素，从而对清代山西诗歌作出全面、客观的评价与总结。在综合分析影响清代山西诗歌外在因素的同时，本书对清代山西诗人的诗集及相关资料仔细爬梳，进而分析其各自的诗歌内容、艺术特色、产生背景和相关理论，以及与同时期诗坛的互动。通过综合把握、文献分析，在借鉴前人已有研究成果的基础上，达到论文的研究目的。

---

① 刘泽民主编：《山西通史》（明清卷），太原·山西人民出版社，2001 年版，第 196 页。

创新之处主要体现为：遵循诗歌发展客观实际，突破习惯性的单一而平面地罗列作家作品机械排列模式，注重诗歌内在联系，从纵向发展和横向比较入手，勾勒出清代山西诗歌不同阶段的不同特点、诗歌之间的起承流变，以及诗歌发展的历史脉络。在个案研究中，立足于文本，把握诗人心态和思想的变化历程，探析他们诗作所体现出的特点，及其与清代诗坛的互动和贡献。同时，清代山西诗歌作为一种地域性的文学现象，与山西的政治、经济、科举、文化等密不可分，表现出浓郁的地域性特征。通过对具体诗人诗作的分析，探寻清代山西诗歌的地域性色彩，诠释诗人最初文学气质的形成。

第一章　人文地理特征与诗歌发展背景

刘勰云："文变染乎世情，兴废系乎时序，原始以要终，虽百世可知也。"[①] 文学是时代的文学，世情之变导致文学之变。然而时代的变化，并不直接作用于文学。一个时代的变化，往往最先表现在地域社会的经济与政治方面，进而导致社会形态、价值标准等一系列意识层面的变化。清代山西诗歌作为一种地域性的文学，其产生与发展不可避免地与地域文化、时代环境，以及清代以前诗歌发展等紧密联系在一起。这是它得以发生、发展的文化地基和文化土壤。本章主要就山西人文地理特征与清代山西诗歌的发展背景进行介绍，在具体的阐述中分为三个章节。分别是山西自然环境与人文历史，清代山西社会政治与思想学术，以及山西清代之前的诗歌发展概况。

第一节　山西自然环境与人文历史

山西地处黄土高原东部，华北平原以西，介于太行山与黄河中游的峡谷之间。东以太行山与河北省相邻，西面、南面隔黄河与陕西、河南两省相望，北面出长城与内蒙古自治区相连。山西的轮廓大体呈东北斜向西南的平行四边形，东西宽约 300 千米，南北长约 550 千米。因位于太行山西

① 刘勰著、范文澜注：《文心雕龙注》，北京·人民文学出版社，1958 年版，第 675 页。

面，故称山西，旧时也称“山右”①。

一、地域自然环境特征

山西曾是华夏民族的核心地带，地理位置重要，区位条件优越。境内被高山大川阻隔，素有“表里山河，四塞之区”之称。全省平地少、山地多，呈现出“八分山丘两分田”的地理特点，其中主要的山地包括吕梁山、太行山、管涔山、太岳山、恒山、五台山、中条山和云中山八大山系。山地之间存有众多河流，主要有汾河、沁河、涑水河、滹沱河、桑干河、漳河等。黄河为省界河，被称为中华民族文化的摇篮。汾河纵贯省内中部，是山西的“母亲河”。山河阻隔的中间形成一些断陷盆地，自北向南，依次是大同盆地、忻定盆地、太原盆地、临汾盆地、运城盆地和上党盆地。这些地区历来是山西的政治、经济、文化中心。由于盆地、山系相间等原因，加之地理区域间的差异，山西在地理上天然形成了晋北、晋中、晋东南、晋南四大自然地理单元。

晋北位于省城太原以北，主要包括忻州、朔州、大同三市。此地气候寒冷风沙多，农谚有言“一年一场风，从春刮到冬”。地理上属高寒地区，气候不宜农业，加之土地贫瘠，生产艰难。“土质干燥，气候较寒，山田高耸，无川流灌溉，所凭借者雨泽耳，故晴雨稍有失时，便成灾歉。”② 晋中位于今天兴县、岚县、忻州、定襄、五台一线的以南地区，包括太原、阳泉、吕梁、晋中四市。此地位于汾河谷地，气候较为温暖，土壤肥沃，风物繁华，自古就是繁富之区。因为距省城较近，既得近水楼台之利，又为统治之重区。自赵襄子治晋阳后，晋阳在历史上曾数次为都，为晋中积

---

① “山右”是一个较大区域的概称，古时在地理上以东为左，以西为右。“山右”即指山西，不过地域上与今天的行政区域稍有不同，但以今天山西行政区域为主体。以“山右”为书名的书也有多种，如《山右访碑记》《山右金石录》等，选集有《清初山右四家文集》《山右丛书初编》等。

② 凤凰出版社编：《（道光）偏关志》，《中国地方志集成·山西府县志辑》第57册，南京·凤凰出版社，2011年版，第492页。

淀了浓厚的文化底蕴。晋南古称河东。河东之名在历史上所指并不固定，广义上指山西，主要是在唐代以后。顾炎武《日知录》有言："河东，山西一地也，唐之京师在关中，而其东则河，故谓之河东；元之京师在蓟门，而其西则山，故谓之山西，各自其畿甸之所近而言之也。"[①] 狭义上指今运城与临汾两地。此地历来是山西人文荟萃之区，经济富庶之地。四周为吕梁山、太岳山、中条山围绕，境内气候较热，主要有汾河、涑水浇灌着河东大地上的沃土，成为山西较大的一块平原地区。得天独厚的地理条件，使这里成为中华民族文明的发源地之一。晋东南属半湿润地区，位处太行山西麓，主要包括长治和晋城两地。境内主要以山地为主，灌溉不易，事农较为艰难。因居太行之巅，地形最高，与天平齐，故称"上党"。山西自然环境南北不同，晋中、晋南较为优越。晋东南多山，自然环境次于晋中晋南，优于晋北。晋北土地贫瘠，自然环境尤为恶劣。

二、历史沿革变化历程

地域文化是一个客观的时空存在，它的形成不仅与自然地理环境密切相关，而且与文化的历史继承性有关。山西是中华民族的发祥地之一，有文字记载的历史达三千年之久。晋南所处的黄河流域，是中华文明的源头之一，在远古时代就已成为政治、经济、文化的中心。西周初年周成王封其弟唐叔虞在山西，改国号为晋。到了春秋时期，山西境内的诸侯国有晋国、耿国、虞国和霍国等。其中大部分地区为晋国领有，"晋"已成为黄河流域最强大的国家，所以山西简称"晋"。战国初年赵、魏、韩三家联合消灭智氏，形成了三分晋国的局面，史称"三家分晋"，山西因此也被称为"三晋"。春秋时期和战国初期，山西在华北的地位很重要，战国中叶稍显衰落。秦始皇统一中国后，山西政治地位下降，但是晋南地区的经济、文化还是比较发达的。东汉魏晋时匈奴、鲜卑等族迁入山西。西晋末

① 顾炎武著、张京华校释：《日知录校释》，长沙·岳麓书社，2011 年版，第 1197 页。

年，匈奴刘渊在今山西离石起兵建汉，不久又迁都平阳（今山西临汾）。386年鲜卑拓跋部在平城（今山西大同）建立北魏，逐步统一北方。隋唐的国都虽然不在山西，但山西仍然是“仅次于长安、洛阳的第三政治中心”①。唐朝认为山西是“龙兴”之地，把太原定为北都。“山西继两晋南北朝之后再次对全国历史发生很大的影响，是在唐末五代时期。”② 五代时期有三代朝廷是以太原为根据地的沙陀人南下建立的，即李存勖的后唐、石敬塘的后晋和刘知远的后汉。五代末的后周时，刘崇依靠北方的契丹建立北汉。北宋统一以后定都开封，山西的政治中心地位开始衰落。靖康之变后，金兵入侵使北方经济遭到极大破坏。山西因有太行山为屏障，受战火摧残比其他地方相对较少。经过金世宗和金章宗的治理后得到恢复和发展，“平阳一路，地狭人稠”（山西西南部在金时称平阳路）③。元帝国建立后在黄河以东、太行山以西设河东山西道宣慰司，是山西作为政区名称的开始。在金元战乱严重之时，山西因山河之故相对安稳，成为当时北方经济文化中心。明初朱元璋设山西行省，封朱棡、朱桂、朱模为藩王，分别驻扎太原、大同、潞安（长治），防备北元的侵扰。山西因人口稠密，洪武年间曾大规模移民，充实战乱造成的荒芜之地。明清时期基本上是全国统一的时代，山西在政治军事上的重要性下降。但在工商业方面，晋商崛起对全国的经济产生了很大的影响。综观山西发展历史，当王朝处于大一统时期，地位相对下降。在王朝变换，战争频发之际，山西地位则上升。在很多时候，它更多是一个军事重镇。

三、地域文化思想特色

山西自然条件较为恶劣，土地贫瘠，地少人多。盘古开天、后羿射日、愚公移山等远古先民的传说亦可见地域自然环境之恶劣。在生存危机

---

① 谭其骧：《长水集》（下册），北京·人民出版社，1987年版，第320页。

② 谭其骧：《长水集》（下册），第320页。

③ 脱脱等撰：《金史》，北京·中华书局，1975年版，第695页。

之下，山西人普遍以勤俭节约为基本特征，注重亲情，强调人际关系与相互援引，构成了山西地域性格的基本内因和特征。表现在地域文化上则是儒法兼重的实用理性思想[①]。战国时期山西涌现出以荀子为代表的思想家，他的儒学带有鲜明的地域文化色彩，以柔为主，辅之以刚。在儒学衰落之际应时而变提出“性恶说”，以礼入手重视规范日常行为，靠“师法”来改造恶，具有极强的实用性。先秦晋国在社会变革时期，顺时应变即是此思想意识的预演。即使在魏晋玄学时代，河东（今山西闻喜）裴頠持“崇有论”观点，批评“贵无派”在社会生活中带来的流弊，具有极强的现实针对性，没有丝毫的玄思意味。隋末王通《中说》坚持崇尚简约质朴、反对繁复审美的实用主义文学观。在中唐政治革新中，柳宗元、吕温都表现了鲜明的变革意识。柳宗元在《答吴武陵论〈非国语〉书》中说：“在长安时，不以是取名誉，意欲施之事实，以辅时及物为道。自为罪人，舍恐惧则闲无事，故聊复为之然而辅时及物之道，不可陈于今，则宜垂于后。言而不文则泥，然则文者同不可少耶。”[②] 在社会动荡的时期，能审时度势求得生存，在政治昌明时代能投身政治平治天下。柳宗元在文道关系上，主张二者并重兼施，强调“辅时及物之道”。与同是古文运动先驱的韩愈充满伦理色彩的儒道相比较，柳宗元更具实用理性的倾向。明清以来，山西虽是经商之地，但也并非重利轻义，而是义利并举，山西商人因此被称为“儒商”。

山西地处要道，自古以来就具有重要的军事战略地位，是游牧文化和农耕文化的交汇地。地域文化既流淌着忠孝仁义、以理服人的儒家思想，又汲取了崇尚强权、以力服人的法家观念。作为战争主阵地，尚武之风席卷民间。古谚云“河东出将，河西出相”。战国时期楼烦[③]、林胡等戎狄为

---

① 山西文化与三晋文化有区别，“三晋”是一个北方区域，本指春秋之后瓜分晋国的韩、赵、魏，它更多代表的是国家概念，而不是指的山西。韩国政治中心在新郑（今属河南），赵国政治中心在邯郸（今属河北），魏国政治中心在大梁（今河南开封）。山西在战国时期曾经分别属于这三国统治而已。

② 柳宗元：《柳宗元集》，北京·中华书局，1979 年版，第 824 页。

③ 现今的娄烦县是古楼烦国的一部分。

赵国所败，其百姓多归附山西。东汉末年至西晋初年，先是曹操分南匈奴为五部分散于山西。“由是平阳（今临汾）、西河（今汾阳）、太原、新兴（今忻州）、上党（今长治）、乐平（今昔阳）诸郡，靡不有焉。”① 匈奴就此在山西定居。后来建立前赵政权的刘渊、建立后赵政权的石勒，其先祖都是匈奴人。在北魏年间拓跋氏建都大同，大力推行汉化政策，促进了民族融合。当中为取得汉族大地主的支持，施行改用汉姓影响至深，如元好问、薄彦徽、杜思敬等均是鲜卑族后裔。辽金元时期契丹族、女真族、蒙古族大量涌入山西，各民族之间互补共存、交融渗透，逐渐融合为一体。综上得知，山西地域儒法兼重的实用理性思想较为突出。

第二节　山西社会政治和科举文化

一、清代山西社会政治

顺治元年（1644）秋，清兵攻占山西，在娘子关内封疆划界，建立地方政权。清承明制，“山西省辖太原、平阳、蒲州、潞安、汾州、泽州、大同、朔平、宁武九府，平定、沁州、辽州、绛州、解州、霍州、隰州、忻州、代州、保德十直隶州，凡府州县厅一百十八”②。满洲贵族在山西建立政权的过程中，对汉人进行统治“劫掠”和镇压，施行民族压迫政策，引起了强烈不满和反抗。随着政权的全面建立，统治者逐步协调满汉关系，通过惩戒贪官、强化吏治、严肃军纪等措施治理地方，山西境内逐渐出现了一个相对“国泰民安”的局面。康熙八年（1669）、二十四年（1685）朝廷连续下诏禁止圈地，促使经济逐步发展，有效地缓和了阶级矛盾和民族矛盾。康熙中期以后，官民冲突日渐增多。三十七年（1698），

---

① 房玄龄等撰：《晋书》，北京·中华书局，2000年版，第1700页。

② 王轩等纂修：《山西通志》，单仁点校，北京·中华书局，1990年版，第105页。

山西官府在晋南于正项钱粮之外，额外横征苛派，激起百姓不满，出现力拒滥征、围攻官府的事件。政治昏暗、吏治腐败，导致地域内社会秩序渐趋混乱，境内的土地兼并现象日趋严重。尽管在雍正初年朝廷严厉惩贪，山西官衙行止稍受约束。不久又再次泛滥，雍正七年（1729），都察院"访闻山西落地税甚多，潞泽二府更甚"[①]。乾隆初期山西"吏治废弛，继以萨哈谅（布政使）、额尔钦（学政）贪纵无忌，而各属浮收滥取之弊，更相习为固然……种种积弊，不一而足"[②]。清代前中期山西政治相对稳定，虽然吏治腐败混乱，社会充满矛盾，但尚未影响到地方政权实际统治。

到嘉、道之后，山西地方政权腐朽更甚，官衙无道、豪霸横行，几乎到了政无良政、官无良吏的地步。道光四年（1824），在晋中发生轰动朝野的"赵二姑大冤案"[③]，可谓此期山西地方吏治的缩影。整个地域内阶级对立、矛盾冲突极端严重。伴随着西方坚船利炮的侵略和文化日渐渗透，封建制度日益衰落，在各种矛盾激化下国内相继爆发了太平天国运动、戊戌变法、义和团运动和辛亥革命。处于内陆地区的山西由于"表里山河"之故，除咸丰三年（1853）太平军北伐借道晋东南入河北，以及光绪三年、四年的"丁戊奇荒"外，基本未遭兵火之劫。虽然如此，但清朝已经处在风雨飘摇之中，改朝换代的趋势不可阻挡。辛亥革命爆发不久后，阎锡山随即与在太原的同盟会员积极响应，推翻地方政权，成立军政府，清王朝山西政权至此结束。

---

① 鄂尔泰语，见《雍正〈朱批谕旨〉》第36册，北京图书馆出版社，2008年版，第16页。

② 《清实录·高宗实录》卷一百四十三，北京·中华书局，1985年版，第19页。

③ 道光初年，晋中榆次知县吕锡龄贪赃枉法，将恶棍阎思虎强奸民女赵二姑一案曲判为通奸，酿成赵二姑自杀。死者亲属进京告状，皇帝命山西巡抚邱树堂亲自审理。而邱树堂违旨派下属府州官员提讯，办案各官互相勾结，伪造证据仍以原判结案。接都察院御史参奏后，道光皇帝令刑部重审查出原判官员受贿、作弊之事。降旨将阎思虎斩首，将榆次知县、太原知县、平定知州、忻州知州、太原知府、山西按察使等全部革职遣戍新疆，将山西巡抚降级处分。另将榆次县衙相关衙吏全部治罪。通过此案可知当时山西官员沆瀣一气、误国害民之状。

二、清代山西科举文化

有清一代山西共有进士 1457 人①，列于江苏、浙江、直隶、山东、江西、河南等省之后，排名第七，基本上达到了全国平均水平。在地域分布上基本呈现由南而北逐步减少的趋势。地域间分布也很不均衡。晋南、晋东南（包括潞安府、沁州直隶州、泽州府、平阳府、霍州直隶州、隰州直隶州、绛州直隶州、解州直隶州和蒲州府）共有 774 名进士，平均每县 20 名。晋北（包括大同府、朔平府、宁武府、忻州直隶州、保德直隶州和代州直隶州）共有 203 名进上，平均每县不到 8 名。晋中（包括太原府、汾州府、平定直隶州和辽州直隶州）共有 484 名进士，平均每县 18 名。由此看出山西南部地区进士人数最多，平均每县的进士数量也是最多的，中部地区居次，而北部地区则与中部和南部地区差距较大，每县平均进士数量，前者仅仅为后者的二分之一不到。此外，北部地区的进士分布异常不均衡，主要集中在忻州直隶州与代州直隶州两地，两地所辖七县共有进士 131 名，占了整个北部地区的绝大多数。其中代州直隶州在山西北部地区独树一帜，下辖四县有进士 83 名，平均每县有近 21 名。中部地区进士的分布也很不均衡，主要分布在阳曲、平定、盂县、汾阳、介休、文水、榆次和太谷等县。南部地区的进士主要分布在安邑、翼城、曲沃、洪洞、猗氏、阳城和凤台等县，其中解州直隶州、泽州府两地最多。整个南部地区，普遍科举水平较高，没有如中部和北部的进士异常集中的情况②。

对科举有直接影响的是教育——学校与书院。清承明制科举教育组织分为两种，一种为官学，一种为书院。山西地方学校在明代建制布局已经基本形成，因此清初建立的官学数量并不多，而全省基本达到了“无不有

① 王欣欣：《山西历代进士题名录》，太原 · 山西教育出版社，2005 年版，第 4—8 页。

② 吕会东：《清代山西进士的分布状况及原因》，《孔庙国子监丛刊》2006 年创刊号，北京 · 北京燕山出版社，2006 年版，第 129 页。

学”的程度。除了官学以外，还有社学、义学等官办学校。此外，还有为数不少的书院。书院是集教学、文化积累、评论时政于一身，带有民间性质的文化机构，是科举制度的一种补充形式。康熙年间，山西旧书院如太原三立书院、太平龙门书院、泽州体仁书院、芮城子夏书院、运城河东书院等相继修复扩建。与此同时，山西各地涌现出许多新书院，建设规模越来越大，范围也越来越广，一些以前没有书院的县份也开始设立书院。这些书院的建设为推动学术进步、培养人才发挥了巨大作用，客观上也促进了诗歌的进一步发展。

教育事业的发展进一步促进了境内藏书风气的形成。晋商的崛起为藏书事业的发展提供了雄厚的财力支持。清代前中期汾河流域中下游的平遥、祁县、太原、蒲州，以及晋东南泽州、晋南平阳一带，一直是藏书文化较为浓厚的地区，私人藏书蔚然成风。其中，晋中地区与晋南地区的经济条件好于晋北及东西两山，因此藏书家数量相对较多，藏书规模也较大。浓厚的藏书风气进一步促进了诗歌的发展，如程康庄于康熙十六年（1677）致仕，“载书连骑藏于家”[①]，邑人借观者不绝，咸曰“此昆仑先生之宦囊也”，并称“今藏书家最富者，莫如康庄”[②]。值得一提的是灵石耿文光，家藏书巨万，博览多识，著成《万卷精华楼藏书记》146 卷，录书 2266 种，按四分法下设 46 个小类编排，均有总论、书名、撰人、卷数、版次、题解、序跋、摘要、评价、按语，本书是继《四库全书总目提要》之后，又一提要性书目。他同时还著有《目录学》《苏溪渔隐读书谱》《金石书目》《紫玉涵书目》《仁静堂书目》等。这些专书对目录学的理论研究与实践均大有裨益，对地域文学的发展也发挥着不可低估的作用。

---

① 刘纬毅：《山西文献总目提要》，太原·山西人民出版社，1998 年版，第 479 页。

② 薛愈：《山西藏书家传略》，太原·山西古籍出版社，1996 年版，第 49 页。

第三节　清代之前山西诗歌概况

一、唐代及之前的诗歌

山西地域诗歌的产生，可以追溯至古老的神话与传说，与民歌密不可分。文学意义上的山西诗歌源头当属《诗经》中《魏风》《唐风》。"歌咏所兴，宜自生民始。"① 山西地域诗歌与日常劳作紧密相连，多反映勤劳质朴、忧患节俭的民风，诗歌中充满忧患之感。襄公二十九年季札观周乐评《魏风》"大而婉，险而易行"，评《唐风》"思深哉……何忧之远也"②，体现出浓郁的地域特色。《唐风·伐檀》《魏风·葛屦》源于现实生活，劳者歌其事，是山西现实主义诗歌的源头。

汉代是继秦朝之后的大一统王朝，为表现帝国的恢宏，辞赋应世而生。辞赋虽可以算是广义的诗歌，但二者无论艺术构思还是表现手法，都有显著不同，真正代表汉代诗歌的是"乐府"③。《汉书·艺文志·诗赋略》所载"乐府"采集的诗歌，有"代""云中""雁门""蒲坂""河东"的"歌诗"，惜未保存下来。现存于《乐府诗集》涉及山西地域的诗歌 3 首④，但当中只有陈琳的《饮马长城窟行》，是写修长城的"太原卒"和家乡妻子在无尽劳役压迫下的绝望呼声。汉代山西诗歌承现实主义诗风，进一步突出地域性特点，但留存不多。

东汉以后从乐府民歌演变而来的五言诗进一步发展，魏晋以后五言诗

---

① 沈约：《宋书·谢灵运传》，北京·中华书局，1974 年版，第 1778 页。

② 徐中舒：《左传选》，北京·中华书局，2009 年版，第 164 页。

③ 《文选》《玉台新咏》《乐府诗集》收有《怨歌行》，并题班婕妤（今山西省朔州市朔城区）作。《汉书》本传未载其曾作怨诗，近人多据此疑非班作，然亦乏确证。

④ 当中《雁门太守行》歌颂"洛阳令王君"的，与雁门无关。无名氏的《饮马长城窟行》谈的是一般离情，与"长城"无关。

走向全盛。从黄初到太康，在注重诗歌艺术技巧的同时，形式主义倾向也越来越明显，对偶、辞藻成了不少人追求的目标。而太原中都（今山西平遥县）孙楚“才藻卓绝，爽迈不群”①，诗赋中充满了浓厚的生活气息和奋发精神，很少颓废厌世之调。两晋时代的郭璞“词赋为中兴之冠”②，以“游仙诗”名重当世，是中国游仙诗体的鼻祖，亦可谓山西浪漫主义诗歌的先河。孙楚之孙——孙绰一变家祖诗风，以玄理入诗，使自然景物成为诗歌艺术中一种独立的审美对象，促进了山水诗的发轫和发展，使山西诗歌进入了一个新的发展境界。

自此以后，南朝诗风进一步向靡丽方向发展，而北方长期战乱，文化摧残殆尽，诗人屈指可数。有自言太原人的温子昇，梁武帝称“曹植、陆机复生于北土”③。诗虽平常，却名重一时。后由齐入周到隋的河东汾阴（今山西万荣县）薛道衡，是隋初著名诗人，与卢思道、李德林齐名，为当时文坛领袖。其诗虽未摆脱六朝浮艳绮靡余风，但有些作品却显示出一种刚健清新的气息。

唐代是山西诗歌的繁荣期，不仅数量众多，而且诗歌质量也高，在唐诗中的地位相当可观。初唐时期，在“齐梁余风”仍占统治地位时，龙门（今山西河津市）王绩却追踪陶渊明，呈现出山水诗与田园诗合流趋势。继之以“四杰”之首王勃，承贞观崇儒重儒的精神风尚，注入新的时代气息，既壮阔明朗又不失慷慨激越。稍后“沈宋”齐名的汾州（今山西汾阳市）宋之问，在创作实践中使六朝以来的格律诗法则更趋细密，体制更臻完善，使得律诗体制得以定型。盛唐时期山西诗坛人才辈出，驰骋于诗坛的有晋阳（今山西太原市晋源区）王翰，绛州（今山西绛县）王之涣、王之咸、王之贲兄弟，太原王昌龄，祁县王维、王缙兄弟。王维是唐代山水田园诗派的代表人物，其诗以清省明净而精粹的语言，传达出一种淡远、幽静的意境。在艺术上堪与李白、杜甫相提并论，人称“诗佛”。王昌龄

---

① 刘义庆撰，刘孝标注，朱碧莲详解：《世说新语详解》下册，上海古籍出版社，2013 年版，第 517 页。

② 房玄龄等撰：《晋书》，第 1261 页。

③ 魏收撰：《魏书》，北京·中华书局，1974 年版，第 1876 页。

诗以七绝见长，有“诗家夫子王江宁”之誉。其诗意境开阔，情感深挚，给人以独特的感受。王之涣擅长写诗，多引为歌词，常与王昌龄、高适等诗人互相唱和，“旗亭画壁”的故事广为流传。王翰诗歌神采飞扬，意气风发。明代王世贞推王翰“葡萄美酒”一诗为唐诗压卷之作。大历年间，山西诗人承盛唐余波，艺术上精练有余而创新不足，气魄已无盛唐那样雄伟。“大历十才子”之蒲州（今山西永济市）卢纶，诗多唱和赠答之作，从军生活当中所写的诗较为有名。耿纬以感伤之笔写战乱后的荒凉情景，是社会生活的真实写照。元和年间，与政治改革相适应，散文上有“古文运动”，诗歌上有“新乐府运动”。解州（今山西省运城市盐湖区）柳宗元的诗歌，多抒写抑郁悲愤、思乡怀友之情，幽峭峻郁自成一路。晚唐政权逐渐走向崩溃，社会矛盾更加尖锐复杂，反映在诗歌发展上派别甚多而成绩不高。当时驰名诗坛的诗人有祁人（今山西祁县）温庭筠，其诗深隐不及李商隐，而清丽过之。蒲州聂夷中多以质直语言、白描手法，将触目惊心的社会现象暴露在人们眼前。晚唐著名诗人兼理论家司空图，诗多抒发山水隐逸的闲情逸致，注重含蓄蕴藉的韵味与清远醇美的意境，提倡“味外之旨”。在名家辈出、群星璀璨的唐代诗坛，山西诗人散发出的奇光异彩，从始至终令人刮目相看，可谓山西诗歌史上的第一次创作高峰。

二、五代至明朝的诗歌

经过五代迄宋初的分裂战乱，北方特别是山西文化受到很大摧残，在文学上成就不大，诗歌数量很少。汾州文彦博出将入相有50年之久，但留诗甚少且多与政治有关。随着宋真宗、仁宗政治渐趋稳固，农业恢复发展，文学也渐趋繁荣，山西诗坛上有司马光、王诜、毕仲游等人。河东夏县（今山西夏县）司马光诗作覆盖面较广，多忧国忧民、借史咏怀和写景之作。稍后的太原王诜诗多写贬谪失落之感，韵调淡泊深得老庄之旨。代州（今山西代县）毕仲游诗以五古、五律著称，风格清瘦硬朗，内容多离别之苦和人世感慨。

金代是山西诗歌的第二次繁荣期。由于南北分裂、金与南宋对峙，山西、河北遂成为当时北方经济文化发展的中心。经过近百年的滋育培养，金中、后期山西孕育出诸如元好问，李俊民，段克己、段成己兄弟等一批名震当代、泽及后世的风流人物。他们的诗歌大多辑录于《中州集》，《河汾诸老诗集》为其补充。《中州集》所收251位诗人中，山西诗人占一半以上。金诗发展的全过程中，每个时期都有山西诗人的身影。

金初有由宋入金的姚孝锡、由辽入金的虞仲文，以及山西夏县司马朴、滕茂实和朱弁。诗人多怀眷恋故国、思念故乡之情，这种情绪成为金初诗歌的基本情结。金世宗、金章宗统治时期是山西诗歌的快速发展期，有浑源刘汲，高平李晏，太原郝俣、王渥、李汾，崞县王起，介休马天来，陵川刘昂霄等。刘汲是当时的诗学宗师，豪放不羁，颇有野逸之气。泽州高平（今山西高平市）李晏诗流露出对仕宦生涯的厌倦，以及对世事兴亡和人生无常的感慨。郝俣咏物诗意象高洁，寄托着自己不慕荣利的恬淡情怀。李汾“平生以诗为专门之学，其所得为尤多”①，其学唐有更自觉更鲜明的倡导和实践，客观上促进了诗坛风气的转变。金代后期蒙古崛起于北方，南下大肆杀掠。地处要道的山西遭受杀掠尤甚，国家不幸诗家幸，此期山西诗歌蔚为壮观。定襄赵元、吉州冯延登等人用沉痛的写实笔触，写出了战乱给百姓带来的苦难以及诗人的不幸遭遇。平定杨云翼与赵秉文掌文柄二十余年，时号“杨赵”。杨云翼受赵秉文影响，诗近于唐人。浑源雷渊受李纯甫影响较大，从个性到创作都可看作李纯甫的嫡系。浑源诗人刘从益则从陶渊明入手，清远自然而富有理趣。泽州（今山西阳城）李俊民感时伤世，诗多幽愤之音。“贞祐南渡”后诗风一变，“文多学奇古，诗多学风雅”②。金室南渡后，河汾诸老为避战乱也纷纷南下③，主要活动在黄河、汾河一带，诗歌多表现济世之志无法实现的悲叹，以及对人生境遇的忧患。当中以虞乡（今山西永济）麻革、应州（今山西应县）曹

---

① 李兰肹等撰：《元一统志》，北京·中华书局，1966年版，第168页。

② 刘祁：《归潜志》，北京·中华书局，1983年版，第88页。

③ “河汾诸老”指金元之际山西一个重要的诗人群体，他们分别是麻革、张宇、陈赓、陈庾、房皞、段克己、段成己、曹之谦八位诗人。由元人房祺辑录其诗集为《河汾诸老诗集》，这八位诗人也就被称为“河汾诸老”。

之谦成就较高。浑源刘祁金朝灭亡后，筑“归潜堂”乡居以明志，诗歌有清奇磊落之气，无佶屈聱牙之弊。金末元初文坛盟主，秀容（今山西忻州市忻府区）元好问各体皆备而尤长于七古和七律，吸取杜甫以来的各家之长，重新熔铸，以“丧乱诗”奠定了他在文学史上的地位，被尊为“北方文雄”“一代文宗”。其《论诗绝句三十首》仿效杜甫的《戏为六绝句》而创作，对汉魏至宋代的许多重要诗人和几个重要的诗歌流派作了较系统的评论，在中国文学批评史上颇有地位，开启了文学批评的新形式。

蒙古汗国灭金、灭宋后，除起于民间的杂剧外，传统文学较为衰落。在诗歌方面山西仅有郝经和萨都剌。陵川（今山西陵川县）郝经前期诗歌多叙史怀古，以史带论。后期多“和陶诗”，风格亦多类似元好问。雁门（今山西代县）萨都剌，是诗人又是词人，其诗多自然景物和民间疾苦之作。前者清新绮丽开辟了元代诗歌创作的新境界，后者以诗触及现实，窥见了元代社会的真实情况，人称“雁门才子”。此期地域内以杂剧为代表的俗文学中多涉及诗词，简洁明了、清新活泼，维系着诗歌在衰微中艰难曲折地向前发展。

明代山西诗歌与整个明代文坛发展基本吻合。明初思想意识控制严密，诗歌较为沉寂。诗歌内容多现实之作，以提倡传统道德为己任，代表人物有由元入明的杜牧（壶关）、王翰（夏县）、张昌（临汾）三人，开明初山西诗歌之先河。永乐至天顺年间，河东学派创始人、明代理学大师薛瑄，诗歌开一代风气，然台阁风气明显。成化年间有昔阳乔宇、和顺王云凤和太原王琼同朝为官，皆好诗文，时称“河东三凤”。嘉靖、万历年间，前后七子扫荡了台阁诗风，大同王家屏诗作不多，感情却很深挚，多表现对民生疾苦的忧虑。蔚州尹耕多以边塞为题材，诗歌沉雄有气魄。明末阳城张慎言作诗反对模拟，主张自然真情。他针砭时弊的做法与公安派主张相同。由明入清之际，山西诗人中的明末遗民有傅山、傅眉、阎修龄等人。

山西诗歌在漫长的历史发展过程中，从诗歌内容、创作风格到情感抒发形成了一条大体相似的艺术纽带贯穿其中——诗歌内容偏重于面对现实，较少浪漫之思；风格上注重淳朴豪放，较少华丽绮靡；感情上强调真挚自然，较少矫揉造作之情。现实主义成为山西诗歌的基本创作方法。当然，任何一个地域的诗歌风格、创作方法都不可能是单一的，这里只是就主体而言。这种诗歌特色的形成与文化传承、区位环境等密切相关，是特有的地域环境孕育的结果，同时也将影响着清代山西诗歌风格的形成。追溯上述山西诗歌的发展历史，目的是把握地域文学的源流与脉络。清代山西诗歌的产生与发展，不可避免地与时代环境，以及清代之前的山西诗歌紧密联系在一起。因此对清代之前不同时期的诗坛风貌进行梳理也是必要的。

第二章　清代山西诗歌发展概述

清代山西诗歌丰富多彩，诗人和诗作的数量都超过前代，是继唐代、金代之后的又一次繁荣。清代山西诗歌历经清初、清中、晚清三个阶段，不同阶段的诗歌特点与时代思潮、社会政治等密不可分。同时，作为一种区域性的诗歌创作，清代山西诗歌又具有空间分布的差异性，以及以整体面貌显现的地域性特点。本章将从纵向历时性变化，横向地域性分布两方面来概述清代山西诗歌发展概况。

第一节　清代山西诗歌历时性发展概述

受传统的乱世文学比治世文学价值高的观念影响，人们更多地把目光投向风云变幻、社会动荡的清初和清末。因此就诗人影响度而言，清代山西诗歌呈现“U”形发展趋势，清初与晚清山西诗歌领域均出现了在全国诗坛影响较大的诗人，形成地域鲜明的山西诗歌圈，或者是以山西诗人为中心的诗歌流派。清代初期先后出现了以傅山为代表的北方遗民诗坛与以陈廷敬为代表的清初台阁诗风。晚清以祁寯藻为代表的宋诗派引领道咸诗风走向，周围聚集了张穆、冯志沂等一大批山西诗人。咸同年间董文涣在京师与众人唱和诗歌远播海外，成为京城山右诗歌圈的中心。清代中期虽然就诗人影响度而言不如前后两期，但是此期诗人诗作数量众多，诗集特别是地域性的诗歌总集出版最多，诗学理论较为发达，出现了区域性的诗歌流派，如“绵上四山人”“骚坛四逸”等，它以另外的方式呈现出不同于前后期的另一种繁荣。

一、清代初期山西诗歌

明清鼎革及清初时期，山西诗歌的中心经由傅山转至陈廷敬，分别在清初近80年时间里引领了山西诗歌的发展趋势，取得与当时诗歌巨擘相颉颃之地位，在诗坛影响较大。如将二人联系起来看待，清初山西诗风的转变线索已经非常明了。由明清之际慷慨悲歌、凄急幽奥的遗民诗风逐渐转向润色鸿业、温柔敦厚的台阁诗风。

傅山是清初之际山西重要的明遗民诗人。在经历国破家亡的历史巨变后，他积极奔走于反清复明的民族大业之中。在探访抗清形势，知故国恢复无望后，遂返乡隐居于松庄，专心研究学问。傅山周围聚集着薛宗周、王如金、白孕彩、戴廷栻、朱木公、傅眉、胡庭三兄弟等山西遗民诗人。同时与顾炎武、阎尔梅、屈大均等遗民相互往来，或携同漫游，或探究学术。与傅山为莫逆之交的戴廷栻在祁县建有“丹枫阁”，为北方名园，聚集了顾炎武、朱彝尊、阎尔梅、申函光、李因笃、潘次耕等人。海内名流，南方多聚于冒辟疆之“水绘园”，北方则以“丹枫阁”称极盛。康熙初年山西渐趋形成包括傅山、顾炎武、阎若璩、李因笃、戴廷栻、潘次耕等人的学术圈，与以李颙为中心的关中学术圈，以孙奇逢为中心的河北学术圈在北方鼎足而三。

明清之际山西诗坛不仅有以傅山为代表的遗民诗人，还有为数不少的贰臣诗人。有临猗王含光、武乡程康庄、阳城石凤台、汾阳朱之俊、阳城白胤谦、曲沃卫周胤、翼城上官鉝、闻喜翟凤翥、高平毕振姬等。山西贰臣较多原因有二：一是清朝入主中原时，打着为明王朝报君父之仇的旗号，实施威胁和利诱两种手段，导致他们剃发易服络绎投向清朝。二是山西自古以来就是民族文化交汇之地，历史上曾经被异族占领多次，故而在“夷夏之防”的观念上与江浙相比显得并不是很强烈，清朝入主中原只不过是又一次华夷之变。贰臣诗歌内容上多山水纪游、朋友唱和之作。在风格上以仕清为界，分为前后两期，前期承明末诗风，诗学公安、竟陵，以性灵、幽情单绪为宗。后期转向冲和淡雅，渐趋盛世温柔敦厚之音。其中以武乡程康庄诗风转变最为显著，成为遗民诗风到台阁诗风之间的过渡，从侧面印证了清初诗歌创作风向的转变。

随着清朝经济的发展，社会渐趋安定，生长于清朝的山西诗人开始走向诗坛。他们大多是出身进士居于高位的台阁官员，诗风多雍容典雅、温柔敦厚，不失风人之旨。有沁州吴琠、蔚州魏象枢、洪洞范镐（鄗）鼎、代州冯如京、泽州陈廷敬、猗氏郭九会、阳城田从典等。他们在理论上多倡导诗以载道，以台阁重臣的身份，创作了众多艺术圆润、反映康熙盛世的诗歌，成为清初成长起来的第一代创作群体。其中以康熙年间台阁诗人陈廷敬最为典型，成为清初山西诗坛继傅山之后的又一个创作中心。陈廷敬以高位与康熙皇帝、诗坛盟主王士禛相唱和，诗文创作上积极迎合帝王倡导，"不仅影响了康熙皇朝的政治格局，而且影响了康熙本人的文学爱好乃至整个康熙时代的文化走向"①。在与王士禛及京师诗坛友人的雅集、结社、群集互动中，将这种政教诗风传递到他们所接触的诗人，构建了一个迎合统治者心理的文人群，潜在地影响了清初诗风的创作走向，为由明清易代诗歌的悲凉慷慨转向清初诗坛的"温柔敦厚"成功地开辟出一片新天地。与陈廷敬同时代的蒲州（今永济）布衣诗人吴雯，受知于诗坛盟主王士禛，与当时著名文人洪昇、汪琬、冯班、陈维崧、赵执信等均有往来唱和。诗多抒发文士怀才不遇之感，诗风真率自然、豪逸秀拔。

二、清代中期山西诗歌

清初山西诗歌历经顺康两代 80 年的辉煌，随着傅山、程康庄、陈廷敬、吴雯等人的逝去，诗坛渐渐暗淡了往日炫目的光彩。诗歌开始了新一轮的酝酿成长，清代中叶山西诗坛纷呈迭现。虽无大家"洪波涌起"，但其诗脉未绝，仍然和清诗整体发展的演进态势密切关联。此期虽未像清初、晚清之时产生能够引领山西诗坛，甚或能够影响全国诗坛的诗人，但

---

① 黄建军：《陈廷敬与康熙诗文交往考论》，载《山西大学学报（哲学社会科学版）》2009 年第 6 期，第 126 页。

是诗人诗作较前后期相比是最多的，诗学流派、诗歌团体开始以地域性的面目出现，诗学理论较为发达。此期诗歌以写景咏物、山水田园为主要题材，内容上多抒写个人情怀，关注细微之处。同时也出现了讲求形式、内容空虚的不良倾向。

清代中期山西诗坛创作活跃，风格多样融合，总体基调为盛世之音。无论是王士禛的“神韵说”、沈德潜的“格调说”、翁方纲的“肌理说”，还是袁枚的“性灵说”，皆有不同程度的呈现。诗坛上出现了讲求真情、喜“神韵”诗风的靳荣藩和鲍鈖，诗举性灵、有“山右第一人”之称的折遇兰，受翁方纲、王昶赞赏的曹学闵以及好学韩愈、陆游的画坛诗人何道生。从诗歌创作内容上看，清代中期山西诗坛有专注于地域风景描写的“绵上四山人”和杨二酉；有书写异域风俗人情的边塞诗人祁韵士和李銮宣，祁韵士诗歌突出叙述被流放的悲伤，李銮宣多宣泄内心的愤懑与冤屈。在诗学领域有理论家兼诗人的张晋、延君寿、茹纶常等人，其中以延君寿《老生常谈》为代表的诗话理论尤为卓著，讲求通过学问涵养性情，反对模拟。同时，山西诗坛还产生了以地域性诗人诗作为辑录对象的诗歌总集《国朝山右诗存》《潞安诗钞后编》《潞安诗钞前编》《樊南诗钞》《南亭诗钞》《国朝南亭诗钞续辑》等，其中尤以李锡麟辑录的《国朝山右诗存》最著名，成为有清一代山西诗歌地域性特征及走向繁荣的重要表征。

受官方意识形态的影响，此期诗文失于模拟追求形式，诗歌具有明显的远离现实倾向。他们的诗歌主要集中于自然山川、写景纪游之类，即使是反映现实的诗作，也多是关注民生疾苦、天灾之祸。这与此期诗人以下层官吏为主有关，传统的儒学教养以及为官一方的职责，使其必须有类似的作品，既是关心民生之作也是官面文章，未能代表其真实的诗歌水平与情感心态。当然其中也不乏富于见识、写作态度严肃的诗人，虽然诗艺不太高，但能体察民情、抨击时弊，如李銮宣、靳荣藩、茹纶常等。李銮宣《推车谣》写灾荒之年，官僚地主骄奢淫逸，百姓举家离乡沿途乞讨，构成一幅幅极为悲惨的“流民图”，字里行间，血泪斑斑，令人不忍卒读。清代中期既是王朝社会经济发展的繁荣时期，也是王朝由盛而衰的转折期，在表面的繁荣之下是危机四伏、行将崩溃。此期诗作在无意识当中已经显现出盛世王朝下衰世的端倪。

清代中期山西诗坛内部往来及其与京师诗坛的互动频繁，前者以阳城“骚坛四逸”、介休“绵上四山人”为代表，后者以张道渥、李銮宣、何道生为代表。乾嘉之际李銮宣、张道渥、何道生、曹锡龄均居京师，闲暇之余常参与文人雅集活动。在与京师诗坛交往的过程中，与法式善、洪亮吉、罗聘、张问陶等诗人雅集聚会、诗文唱和、题画赠答等，形成较为松散却有着相对认同的诗学趋向。“其中尤以法式善的‘梧门书屋’和‘诗龛’名声为大，交游遍及大江南北。法式善热衷于组织及参与雅集、酬唱活动。他在‘诗龛’广交各地诗人、画家为友，尤喜奖掖后进，提携寒俊，许多诗人都曾与他有过酬唱活动。”① 嘉道年间，阳城延君寿、张晋、陈金门、张礼垣继承乡贤遗风，组成“樊南诗社”，人称“骚坛四逸”，周围聚集有茹纶常、延棠、张域、李毅等人。同时稍微靠后的还有阳城七逸老人、陵川六诗人等，他们引导地域内一时风气，文风斐然。

三、晚清山西诗歌

乾嘉年间，吏治腐败，民生凋敝，王朝渐入衰世。道咸以降，鸦片入侵，使得国势日趋衰微，中国开始逐步进入半殖民地半封建社会。现实的社会危机引发了学术界的反思，张穆、祁寯藻等学者型诗人重新拾起顾炎武开创的经世致用学说，不拘束于汉学宋学之分，并能突破二者的樊篱，在学术上信服经世致用，且身体力行地进行实践，欲以学术之力来引导社会风气转变，进而来化解政治危机。与此同时，以徐继畬为代表的“开眼看世界”之先驱，大力号召向西方学习，倡导社会改革，对朝政的腐朽和社会黑暗进行批判。表现在诗歌中则是宗宋的力量开始增长，反映现实、抒发心志的宋诗开始被大多数人所尊崇。其实提倡宋诗之音自清初就已存在，清中叶翁方纲倡“肌理说”，宗法宋诗进一步上扬，但一直到以祁寯

① 严迪昌：《清诗史》，北京·人民文学出版社，2011 年版，第 595 页。

藻等为代表的宋诗派出现，宗宋才成为诗坛主流。他们以学宋为主，兼采唐音，主要包括唐代杜甫、韩愈和宋代苏轼、黄庭坚。

在晚清的80年间，山西诗作、诗人数量虽较中期有所减少，但质量较高，并不缺乏在全国有影响力的诗人。这些诗人中不少是上层官吏，从官之余兼弄文墨。他们诗歌多反映社会重大史实，叙事性突出，堪为诗史。鸦片战争、太平天国运动、洋务运动、甲午战争、戊戌变法等时代重大事件均在诗歌中有折射。诗人之间内部联系较以往更加紧密，之间不是师徒就是姻亲，或者是好友，抑或是同事，相互间的师承、影响非常明显。不仅地域性内部的联系紧密，而且与朝鲜的交流较为频繁。祁寯藻、冯志沂和董文涣三兄弟等均有相关唱和诗作，客观上表明山西诗歌流传之广、影响之大、价值之高。

道咸诗坛以祁寯藻为中心，周围诗人大多注重学问，将考据与经世致用相结合，体现出浓郁的宋诗化倾向，但又因时代的变化，诗歌中也多讲求性情，将学问含化于无痕。"学人之诗与诗人之诗合"已经初现端倪。陈衍选咸同光三朝诗作编成《近代诗钞》，以祁寯藻诗冠首并为道咸诗坛盟主，足见其在清诗发展中的地位。祁寯藻之子祁世长承家学亦擅长以学问为诗。祁寯藻好友兼姻亲张穆，受祁韵士（祁寯藻之父）影响，潜心于西北地理之学，将考据与学术入诗，为典型的学人之诗。其诗以五七言古体诗为主要创作体裁，以反映社会现实与抒怀言志为主。代州冯志沂尝从梅曾亮、张穆游学，诗文皆得其法，具有宋诗化倾向。五台徐继畬以文为诗，将晚年退隐后的日常教书生活入诗，体现了诗人对时局、民情的关注，以及希求再次出山的思想，当中不可避免地融有落寞之情。

同光年间，山西诗坛上较有成就者主要有洪洞王轩、董文涣、冯婉琳，乡宁杨笃，闻喜杨深秀等。他们在学习宋诗的同时，也不废唐诗，甚至开始重新回归唐调。王轩为晚清山西著名学者，以经学、诗文雄视山右，学问承继张穆，诗宗韩、孟，风格奇崛。同邑董麟、董文涣、董文灿兄弟三人从其学诗，晚清代州著名女诗人冯婉琳亦以其为师。董文涣是咸同间著名诗人、声韵学家。诗歌学宋又兼具唐音，以韩愈、孟郊、黄庭坚为学习对象。居官京城时，家中每有诗会，同僚、墨客赴会，与翁同龢、张之洞、王闿运相唱和。其《秋怀》八首，海内外和者极多，传誉一时。杨笃终身致力于地方志纂修，诗歌多揭露官场黑暗，针砭时弊，著有《秋涠诗钞》和《秋涠诗续钞》。戊戌变法前后，最有时代特征的诗人是“戊戌六君子”之一杨深秀，梁启超称其为“山西儒宗”。其诗渊源魏晋，诗宗唐人，间涉宋诗。诗歌多愤世嫉俗的情怀和请缨报国的雄心。太谷曹润堂是晋商巨子，也是一位颇具个性魅力和影响的爱国诗人。情之所感皆发诸诗歌，其中也写了不少谴责清廷、同情民瘼和歌颂新事物的诗篇。

第二节 清代山西诗歌的地域性特征

诗歌是人的产物，也是地域文化熏陶下的时代结晶。地域政治经济、科举文化等虽然不是影响诗歌的决定性因素，但是作为外围性的因素不可忽略。就清代山西诗歌空间分布性的节点而言，诗歌体现出的地域性特点非常明显，主要表现为三方面，一是地域内部呈现出空间分布的不均，主要体现为诗人诗作分布的不均，诗歌发展的不平衡以及地域性诗歌家族的出现。二是诗歌总集编纂的地域性特征明显。三是整体上呈现出不同于其他省域的地域特点。主要表现为诗歌注重地域风情的表现、对地域乡贤前辈的继承以及地域形态对诗歌的影响。总体上，在经济、教育、藏书、文化等多种合力的作用下，清代山西诗歌的分布上呈现由南向北逐渐降低的趋势。

一、地域内部诗歌分布的空间性特征

有清一代山西晋中、晋南、晋东南的诗歌都较为繁荣，晋北除代州出现冯氏家族之外，相对比较落寞，地域内部诗歌分布空间性特征明显，主要表现为诗人地域分布的不均、地域诗歌发展的不平衡以及家族性诗人群体的显现。

第一，诗人诗作地域分布不均，与之相对应的地域内部诗歌发展也不

平衡，基本呈现由南而北逐渐降低的趋势。晋北较为落后，晋中晋南居中，晋东南诗歌较为繁荣。晋东南甚至以诗歌群体或是地域流派的面貌出现。

傅山在《书冯讷生诗后》有云："晋雅晚近盛于析城、高都，太原以北，大寥寥矣。"① 晋雅即晋诗。析城是山名，在山西阳城西南。高都为古县名，治所在今山西晋城。这是傅山写给冯云骧的书信，指出代州冯氏诗歌具有变幻莫测的雁门地域奇气，足与中原相抗衡。同时傅山也客观描述晚明以来一直到清初山西地域诗歌发展的实际情况，除极个别特例外，晋北大都寥寥，诗歌多盛行于晋南、晋东南一带。徐继畬《过野史亭》在评价元好问诗、史两方面贡献的同时，指出晋北历来尚武，不擅诗文。诗云："我思雁代古边陲，长枪大戟夸豪健。溯从汉魏迄三唐，太原以北无诗卷。"② 其在《王印川诗集序》又言："山右诗人右丞、柳州、香山杰出三唐，嗣后代有作者，皆在太原以南。石岭关之北为旧太原北境，接雁门、代郡、云中、定襄，地近边塞，自古列鄣开屯，名将接踵，独未有以诗鸣者。"③ 受地域文化影响，晋北诗人诗作不多。傅山、徐继畬前后基本跨越了有清一代，其对诗歌地域性空间分布的认识非常到位。这种地域性特点反映到诗歌风格上，则是晋中晋南诗风较为清新自然，性情表达相对较为舒缓。晋北则稍显豪放粗犷、雄健有力。

诗人分布的不均从清初、中、晚时期亦可看出。清初较有名气的诗人晋东南有石凤台（阳城）、田文典（阳城）、白胤谦（阳城）、吴琠（沁县）、毕振姬（高平）等。晋中有傅山、傅眉（阳曲）、白孕彩（平定）等。晋南有仇昌祚（曲沃）、吴雯（蒲州）、范镐（鄗）鼎（洪洞）、郭九会（猗氏）等。晋北有冯如京、冯云骧、冯云骕（代州冯氏家族），魏象枢、魏学诚（蔚州）等。清代中叶晋中有折玉兰（阳曲）、祁韵士（寿

① 傅山著，刘贯文等主编：《傅山全书》，太原·山西人民出版社，1991 年版，第 387 页。

② 白清才、刘贯文主编：《徐继畬集》，太原·山西高校联合出版社，1995 年版，第 787 页。

③ 白清才、刘贯文主编：《徐继畬集》，第 611 页。

阳)、绵上四山人、茹纶常（介休)、何道生（灵石）等。晋东南有张晋、延君寿、陈金门、张礼垣、延棠、张域、李毅（阳城)、靳荣藩（黎城)、李锡麟（凤台）等。晋南有徐昆（临汾)、张道渥（浮山）等。晋北有鲍钤（应县）等。晚清晋南有王轩（洪洞)、董文涣（洪洞)、杨深秀（闻邑）等。晋中有乔松年（徐沟)、祁寯藻、祁世长（寿阳)、张穆（平定)、薛凤仪（介休)、曹润堂（太谷)。晋北有冯志沂（代县)、徐继畬（五台）等。上述诗人并不是清代的全部，但通过对地域诗人的初步梳理，除极个别地域性的世代家族（如晋北代州冯氏）外，清代山西诗人分布由南而北逐渐减少的趋势已非常明显。

有清一代，晋东南诗歌一直都较为繁荣。顺治及康熙初年阳城有白胤谦、田六善，高平有毕振姬。康熙中后期阳城有陈廷敬及其叔伯子侄、张文炳、卫昌绩，沁水有樊度中，凤台（今晋城城区）有李青藜。陈廷敬家族父兄子弟和孙辈皆能为诗，绵延百余年极一时之盛。陈豫朋之女陈静渊，受祖父和父兄熏陶亦能诗。乾隆年间高平有司昌龄，阳城有田懋、郭兆麒、王炳照，凤台有范振新、苗令琮、马体孝。其中田懋为相国田从典子，嗜吟诗为文，得苏韩风骨。郭兆麒博学工诗，被学使蒋时庵许为“三晋诗人”。马体孝因受嫡兄排挤，隐于乞丐，人称“诗丐”。乾嘉年间沁水有张道湜、张德渠、尚五品等。嘉道年间阳城延君寿、张晋、陈金门、张礼垣继承乡贤遗风，组成“樊南诗社”，人称“骚坛四逸”，引领地域内一时风气，周围聚集有延棠、张域、李毅等人。同时稍微靠后的还有阳城七逸老人、陵川六诗人等。道咸年间凤台有马铸式，阳城有杨伯朋、杨叔雅、杨念先兄弟父子，皆为诗人。由此可见，有清一代，晋东南诗歌较为繁荣，代不乏人。

上述地域分布的不均与诗歌发展的不平衡也可从地域诗歌总集《国朝山右诗存》的选诗数量、辑录人数得到印证。该总集辑录诗歌数量前十的诗人晋东南一地占据60%，分别是属于晋东南泽州府的陈廷敬、范振新、苗令琮、胥绳武，属于潞州府的程康庄、靳荣藩。《国朝山右诗存》辑录诗歌的时间限于顺治到嘉庆年间，虽未必完全准确，但却显著地表明地域诗歌发展及空间分布的不均。

第二，家族性诗人群体的显现。陈寅恪云：“盖自汉代学校制度废弛，博士传习之风气止息之后，学术中心而家族复限于地域，故魏晋南北朝之学术、宗教皆与家族、地域两点不可分离。”① 科举仕宦家族世代累积了深厚的文学修养，家族诗书相传是中国古代特有的文化传统，不仅使族内子弟保持较高的文化素养，有利于科举仕途，而且也会进一步提高该家族的名誉和声望，使其具有一定的影响力。因此，科举仕宦之家往往也是诗歌创作较为繁盛的家族。

清代山西地域性诗歌家族有泽州陈氏家族、灵石何氏家族、寿阳祁氏家族、代州冯氏家族、洪洞董氏家族、兴县康氏家族等。其中以代州冯氏家族最为典型，在有清一代均有诗人产生。代州冯氏有“十八进士”，冯如京、冯云骧、冯云骕、冯志沂、冯婉琳等皆能为诗。姚鼐曾言冯氏家族“非第仕宦贵显也，盖贤哲君子多矣”②。王轩在《聊自娱斋诗草·序》有云：“国朝冯氏诗人，自秋水先生倡之，代有作者。近道光、咸丰间，以诗雄山右者，则有习三学博与其族弟鲁川观察两先生，诗有二冯之目。”③ 秋水先生即冯如京，累迁广东左布政使，著有《秋水集》十六卷。其子冯云骧、冯云骕同登进士，分别著有《讷生诗集》《翠滴楼诗集》。冯云骧与傅山、吴伟业、钱谦益、冒辟疆等人皆有交往唱和。冯习三“以诗雄山右”，著有《聊自娱斋诗草》。冯志沂为咸丰同治间“京都四才子”之一，名播京师，可圈可点，著有《微尚斋初集》《微尚斋续集》。冯习三之女，冯志沂的堂侄女冯婉琳为晚清著名女诗人，著有《馌芸室诗草》。

清初以陈廷敬为代表的陈氏家族，家学渊源深厚，“一门九进士，三朝六翰林”，陈氏家族皆能为诗。灵石何氏家族科名鼎盛，乾嘉年间出现了著名的画坛诗人何道生，乾隆五十二年（1787）与其兄同榜联捷进士，为一时佳话。静乐李氏家族为当地望族，李子檀、李暐、李銮宣三代为官，著有大量诗文。兴县有“一门四进士”的显赫家族——康氏家族。康

① 陈寅恪：《隋唐制度渊源略论稿》，北京·中华书局，1977 年版，第 17 页。

② 姚鼐：《惜抱轩全集》，北京·中国书店，1991 年版，第 27 页。

③ 山西省文献委员会编：《山右丛书初编》第 12 册，太原·山西人民出版社，1986 年版，第 720 页。

基田、康基渊、康纶钧、康仪钧、康亮钧、王素瑜、康蕙兰等人均有诗作流传于世。寿阳祁氏为当地望族，一门五进士、三世四翰林。祁韵士、祁寯藻、祁宿藻、祁世长皆长学问，以之为诗，开晚清宋诗派先声。地域性诗歌群体的出现不仅与科举仕宦有关，而且也与世代积淀逐渐形成的家学相关。浓厚的家学渊源、良好的文化氛围、彼此间的相互唱和提携等都为家族性诗人群体的出现提供了契机，为各地域培养出一大批文化精英，在诗歌方面代代都有诗名。

二、诗歌总集编纂呈现的地域性特征

马卫中先生称："地方性诗歌总集编辑与传播对诗歌流派的形成与发展产生重要作用，选家意识到标榜声气，编选同人的作品是扩大其影响的最好途径，相继编选同人诗歌总集，以发表自己的创作主张。其普遍性目的是对地域性文学的认可，以激发同人对乡邦文化的自豪感，从而传播地域文学知识，培养地域文学观，这种地域意识已是渗透到诗论家思想深处的一个不可忽视的因素，故歌集中的地域观念不单纯是地域文化在文学批评中的反映，同时也参与了地域文化传统的建构。"① 有清山西一代，以保存地域乡贤诗歌为目的的地域性诗歌总集编纂较多。由于经济、文化、科举等原因，晋东南的诗人诗作数量较多、成就也较区域内其他地方高，因此无论是辑录者还是辑录诗作的分布均以晋东南居多。

康熙年间长治程之诏辑录地方诗总集《潞安诗钞前编》四卷②，此编收录为潞安府之明诗。乾隆、嘉庆间，李锡麟、王攀、李素等辑地方诗总集《国朝山右诗存》二十四卷，附集八卷。全书收录顺治初至嘉庆初年山西诗人589人，诗4210余首，其中得自晋中介休茹纶常《山右诗钞》、晋南曲沃秦紫峰《三晋风雅》者占十之二三，得之搜辑者十之七八。嘉庆间

---

① 马卫中：《明末清初江苏诗歌总集与诗派之关系》，载《苏州大学学报（哲社版）》2008年第5期，第51页。

② 潞安在清代为山西之一府，治所在长治，领七县：长治、长子、屯留、襄垣、潞城、壶关、黎城。

长治常煜在修订《潞安诗钞前编》的基础上，又辑录清初至道光间潞安人诗作，编纂地方性诗歌总集《潞安诗钞后编》十二卷。此书共收诗人 234 人，录诗 1694 首。道光咸丰年间，长治武乡范士熊辑录顺治初年至道光末年武乡诗作，编纂地方性诗歌总集《南亭诗钞》十二卷①，附集二卷。录程康庄等 39 人，选诗 1088 首。此外还有长治武乡魏守经辑录的《国朝南亭诗钞续辑》等②。上述地域性诗歌总集可谓地域一方文人历史风貌的展现，从中可以见出清代山西诗歌分布具有明显的地域色彩。主要体现为以下四方面。

首先，诗歌辑录的首要目的是为了整理和保存地域乡贤之作，以备一方之掌故，选录诗集的地域意识非常明显。如辑录《潞安诗钞前编》为能够知"三百年之治乱兴衰、臧否得失，讽读之下，咸可助其观人论世之明，则潞之诗即谓潞之史亦可"③。李锡麟编纂《国朝山右诗存》是"为一方备掌故，非为后学示法程，故所存不执一格"④。常煜认为，入清以来潞安贾璃升、程之诏、靳荣藩、冯文止等，颇能继明代本乡之诗风而有所发展。潞安清代诗歌"或以古雅胜，或以恬淡胜，或以宏博胜，或以秀丽胜。其他或出奇丽于艰难，或发纤秾于简古。凡稍近风雅者，一二篇录，十余篇亦录。用以备一方之掌故"⑤，于是编纂有《潞安诗钞后编》。

其次，山西地域诗歌总集的辑录编纂，尤以晋东南一带最为明显。诗集选录的范围呈现逐步缩小的趋势，《国朝山右诗存》辑录范围为全省、《潞安诗钞后编》辑录范围为一府（相当于地级市）、《南亭诗钞》为一县。这一方面表明地域诗歌辑录的深入，另一方面又表明地域意识的逐渐强化。他们的诗歌除言志抒怀之外，均有相当数量的诗作描写地域风土人情。

---

① 范士熊，字熊一，号悦山，山西武乡人，著有《瘦寒吟稿》。"南亭"是武乡古名。

② 魏守经，字亦权，号一泉。武乡人。著有《悔不读斋诗》《南亭竹枝》等。

③ 程之诏等辑：《潞安诗钞前编序》，民国十二年补刻本。

④ 李锡麟等辑：《国朝山右诗存例言》，嘉庆六年刻本。

⑤ 常煜等辑：《潞安诗钞后编序》，道光十九年刊本。

再次，诗歌辑录数量、入选人数以下一级区域或者是辑录者所在区域为最，地域意识突出。泽州府李锡麟等辑地方诗总集《国朝山右诗存》，所录诗歌之最以同一地域的陈廷敬为首，单独成卷，而晋北诗歌选录较少。客观上是因为诗歌繁荣程度不同，但当中不可避免地受浓厚的地域意识影响。《南亭诗钞》虽说意在保存乡邦文献，但实际是使自己及同人诗作得以传世。其“以选程、魏、范诗歌为主。书中所保存的武乡先辈之诗作不及全书三分之一，其中也多为程氏、魏氏先人作品，其他家族作品收录极少”①。通过辑录结社诗人的诗集，进一步彰显诗社的地位，提升自己的影响力，这是地域意识的终极体现。

最后，辑录之后的刊刻多为本人，或者是经地域后学修订后刊刻，以保留时代历史风貌，彰显地域一时文风之盛。如康熙年间长治程之诏辑录地方诗歌总集《潞安诗钞前编》，于嘉庆年间经地域后学常煜、连宝东修订，于道光十九年（1839）刊刻问世。

三、清代山西诗歌的整体地域性特点

（一）对地域乡贤元好问等人的继承

蒋寅曾指出，地域文学传统的意识在“理论上表现为对乡贤代表的地域文学传统的理解和尊崇，创作上体现为对乡里先辈作家的接受和模仿，在批评上则呈现为对地域文学特征的自觉意识和强调”②。山西是中华民族的发祥地之一，重量级的思想家、学问家和文学家代不乏人。金元一代文宗元好问，其“丧乱诗”极具诗史意义，《论诗绝句三十首》开创了新的诗歌理论批评方法。元好问夷夏观之重志向、民本之济世救民、道统之传承文脉的人格观念，有清近300年山西诗人以乡贤前辈为豪，对元好问多有称颂和追溯。这既与清代统治者对金代文学重视的文化大背景分不开，

① 刘纬毅主编：《山西文献总目提要》，第426页。

② 蒋寅：《清代文学论稿》，第60页。

也与地域文化的内在传承有密切关系。他们或是表现为对诗人人格的认可，或是就诗歌形式进行模拟，或是对其诗歌精神的继承。王朝鼎革之际多关注民生疾苦、体现出浓厚的“民本”之思和救世济民倾向。同时在更广阔的视野上看待王朝的更迭，关注道统的传承文化的延续。清初山西诗人在自觉不自觉地学习、仿效元好问等乡贤的过程中，潜在地提升地域诗歌的价值与自身的影响力。

袁行云言：“大抵三晋诗多受元好问影响，此与江南士夫稍异其趣耳。”① 陈廷敬《论晋中诗人怀天章》云：“摩诘秀千叶，柳州俨天人。义山最崛起，流别自有真。上下五百载，遗山接清尘。”② 评价元好问承前贤王维、柳宗元、李商隐而来，后学吴雯诗承元好问诗风，真淳自然，具有飘逸不群的特点。《四库全书总目》称吴雯云：“天才雄骏，其诗有其乡人元好问之遗风。”③ 赵执信称其：“千顷之波，不可清浊；天姿国色，粗头乱服皆佳，其乡自元遗山后一人而已。”④ 何道生《读宋元诗有述》诗云：“后有作者推遗山，生驹汗血来天闲。远攀李杜近苏陆，不视江西不盈菊。”⑤ 认为诗歌应自出手法，不应斤斤计较于格律宗派。因此，对能够独树一帜、自成一格的乡贤前辈元好问非常推崇，将其与苏轼、陆游相提并论。徐继畬赞誉元好问为“（石岭）关北诗人鼻祖”“杜林嫡派”，《过野史亭》从元好问金亡不仕、哭行归乡写起，列叙其诗、史两方面的重大贡献，一直写到死后的寂寞凄凉，为之大鸣不平，对这位长期不能被人正确理解的一代宗匠，作了实事求是的全面评价。同时期张穆曾经为元好问校订诗文，刊行《元遗山全集》。杨笃的七言律诗写得工雅而气足，凝重而流畅。常赞春在《学博杨秋湄先生事略》一文中言其“诗慕元遗山，近体

---

① 袁行云：《清人诗集叙录》，北京·文化艺术出版社，1994 年版，第 441 页。

② 陈廷敬：《午亭文编》卷七，《四库全书》集部第 1316 册，台北·台湾商务印书馆，1986 年版，第 91 页。

③ 纪昀等：《四库全书总目》，北京·中华书局，1965 年版，第 1525 页。

④ 沈德潜等编：《清诗别裁集》，上海古籍出版社，2013 年版，第 579 页。

⑤ 何道生：《双藤书屋诗集》卷七，《清代诗文集汇编》第 481 册，上海古籍出版社，2010 年版，第 39 页。

清稳，尤有唐人矩镬”[①]。此外，还有李銮宣《汪古愚刺史重葺元遗山先生墓，并赡其裔孙俾耕读墓侧，系之以诗二首》、王轩《秀容怀古》、杨笃《过秀容怀元遗山先生》等相关诗作。另外，张晋《仿元遗山论诗绝句六十首》、杨深秀《仿元遗山论诗绝句五十首》直接仿效元好问论诗绝句，评论当时诗人或者是地域诗人。当中杨深秀《仿元遗山论诗绝句五十首》纵论自曹魏毋邱俭、西晋郭璞到清代张穆的65位山西诗人，具有地域性诗歌批评的特点，既是歌诀又是文艺批评，在众多的论诗组诗中别具一格。此外，介休茹纶常《题山右诗存》十七首虽未标出学习元好问论诗绝句，但组诗从立意、句式都明显受元好问影响，对《国朝山右诗存》所选的相关诗人进行评价论述，地域性特征也非常明显。又其《寄李牧坪孝廉》之三云：“休把中州集例看，抱残底用向空山。右文恰值升平世，风雅还期手自删。”[②] 反用元好问诗句，强调当今社会与元好问所处时代的不同，鼓励处于升平盛世中的李锡麟整理刊行《国朝山右诗存》。

山西诗人还对历史上地域内的其他名人多表达崇敬之情。陈廷敬服膺乡贤理学大师薛瑄，其“诗、古文词，其标准一以河津为的，迹其立朝公忠之大节，行己廉慎之清修，言必称先，词自己出，所谓贯文与道而一之者，先生既无愧于河津矣”[③]。陈廷敬在《书河东先生集后》中为柳宗元翻案，肯定其文以载道。浮山张体乾感怀西汉丞相霍光疏浚河道之功，作有《过丞相河怀博陆侯》。张晋有《题傅寿髦先生诗集后》表达对乡贤傅眉人格的仰慕，指出其诗风的演变历程。祁韵士、祁寯藻父子分别作有《闻喜吊郭景纯即用其体》《郭璞墓》，对郭璞的不幸遭遇深切同情。祁寯藻《赠刘雪崖》盛赞同乡刘雪崖辑录傅山《霜红龛集》和收集整理书法的功绩。“霜红龛人古黄绮，二百年来谁继起。先生追慕若饥渴，收拾断烂出尘

---

① 刘纬毅主编：《山西历史名人传》，太原·山西古籍出版社，2006年版，第311页。

② 茹纶常：《容斋诗集》卷二十八，嘉庆十三年增修本，第216页。

③ 林佶：《午亭文编序》，清乾隆四十三年刻本。

滓。”[①] 杨深秀《谒裴赵二公祠》云：“臣心同此誓，儿辈尚全躯。”[②] 怀念出生闻喜，有功于成就中兴之业的唐名臣裴度、宋名臣赵鼎，渴望自己能像先贤那样有所作为，为国为民建功立业。

（二）对地域山川景致风土人情的描绘

生于斯长于斯的山西诗人，其诗歌不可避免地带有地域色彩，散发着浓郁的地域气息。他们的诗作中或是描写地域内名山大川、名胜古迹，或是描写故乡风土人情，无不表现出一种欣喜慰藉之情与自豪之感。

太行山是山西东部、东南部与河北、河南两省的天然界山。天井关乃天下名关，其地处太行道，是历史上沟通山西和豫西北的一条重要通道，也是著名的兵家要道、商旅通衢。描写雄奇太行山的诗歌有陈廷敬《太行四首》、陈法于《太行道中》、范学孜《太行山歌》、李锡麟《天井关》、延君寿《太行道中》、张晋《太行虎行》等。诗作多描写太行山之雄伟神奇，以及身在其中的自豪之感。袁行云评价陈廷敬“咏中条、王屋等地山水杂咏，尤为独造”[③]。晋祠位于晋水之滨，祠内有几十座古建筑，环境幽雅舒适，风景优美秀丽，是世界建筑、园林、雕刻艺术中心。吴雯《晋祠》写春末夏初时节，晋水源头悬瓮山麓，河岸边杨柳参差，香草弥漫，一片郁郁青青之状。乾隆皇帝书法老师杨二酉[④]，退仕归里后钟情于晋祠山水，在总结晋祠景点的基础上分为内、外八景，作有《晋祠全景十六首》等诗，是景和诗意相得益彰的上等佳作。祁寯藻《晋祠》按照空间方位的顺序，运用白描的手法写出了晋祠难老泉、善利泉、唐太宗御碑、周柏唐槐等景致的独特风光。吴雯家居中条山南永乐镇，该地风景秀美。其《虞乡口号四首》《峪口》《天柱峰》《云中寺》《阳山》《王官谷》《西瀑

① 祁寯藻：《祁寯藻集》第 2 册，太原 · 三晋出版社，2011 年版，第 180 页。

② 杨深秀：《雪虚声堂诗钞》，《续修四库全书》第 1567 册，上海古籍出版社，1995—2002 年版，第 80 页。

③ 袁行云：《清人诗集叙录》，1994 年版，第 395 页。

④ 杨二酉（1705—1780），字学山，号又村，别号西园，晚年号悔翁，晋祠南堡人。

布》等诗篇都描绘了富有山西气息的农村风光和家乡秀丽山水景色。袁行云评价吴雯“诗善写岳色河声，咏太行、晋祠、咸阳、百泉以及京津诸胜，盛有佳篇，虽名家亦当敛手”①。祁寯藻《望神山》《四月六日归盂县迂道游方山》《方山十咏》《游五峰山》《冷泉关》《皋陶庙》《望霍山》等诗作，都以满腔深情赞美了家乡风物名胜，由其审美情趣的观照和投射，使本来就美的山河更显得瑰丽迷人。陈廷敬《雁门行》、徐继畬《辽州五隘》均以夸张的笔法描绘了地域内极具军事价值的雁门关、辽州雄关之宏伟高大、万仞险隘的气势，惊叹自然的鬼斧神工。王轩同治三年（1864）从京师回乡探亲，一路且走且写，留下了一系列描写地域的相关诗作。如《发核桃园至龙窝寺》《大雨过太安驿》《月宿芹泉驿》《平遥县》《霍州》《灵石县》《岭上月宿》等。

描写地域风土人情的诗作也很多，如傅山《陋》写开挖在半山腰，具有典型地域色彩的北方窑洞。其《顿村》《虹巢二首》《土堂杂诗十首》《青羊庵》等集中体现了北方农村的风物特点，富于地方色彩和乡土气息。晋东南自然资源丰富，以铁矿和煤矿而著名，当地百姓设炉熔造，铸造为器，外贩不绝。张晋、延君寿同名诗作《打铁行》，分别从不同角度写阳城在盛大节日特有的喜庆娱乐活动——打铁花。延君寿《山居词》一百首，记载家乡的物产名胜、岁时节日等诸多方面的风土民情，极具史实价值和独具乡土风情的文学审美价值。如《乡俗于元夕热炉于门外，戏为赋此》《元宵街设灯棚，名“子孙会”》，写元宵节晋东南民间习俗，乡村各地垒旺火，歌舞游乐。虽也有观灯猜谜之习俗，但普通百姓更在意的是，如何在此佳节博得一个好彩头。此外还有写清和节②的《四月一日，闺中剪彩作水荭花簪鬓上》，写七夕节的《七夕摘兔丝沉水以相刀砧》等。五台多山耕地极少，但矿产资源丰富。当地百姓或是外出经商，或是在家资田。耕田不足自给，闲暇之余皆以驮炭为业，皆赖此为生计。山路崎岖盘折，驮炭分外艰辛。徐继畬《驮炭道》写乡俗民艰，农民驮炭往返之

---

① 袁行云：《清人诗集叙录》，第441页。

② 古代将农历四月作为初夏，即夏季的第一个月，别称清和月。

苦，诗前序云："民间农隙，皆以驮炭为业。余所居之东冶镇，其聚处也。自幼目睹艰幸，杂方言作《驮炭道》。"① 杨深秀《闻邑竹枝词》十五首以竹枝词的形式，主要写诗人家乡闻邑地域的节庆婚嫁之俗，叹咏家乡风物古迹，极具地域色彩。如《闻邑竹枝词》之十三云："翠绕珠围助结褵，靓妆同醉婿家卮。旁人只道家门盛，那晓虚姑与假姨。"② 诗后自注云："俗送嫁者往往数十百人，且女子居十之六七。故里语厌之，云是虚姑姑、假姨姨也。"诗写迎娶之日，姑娘戴凤冠、系玉带，拜辞父母，流泪伤悲。花轿后跟有轿车满载送亲的亲友，以显示家族之盛，当中有滥竽充数者，反映了地域观念影响下的婚嫁习俗以及相互间的攀比心理。

（三）地域经济（晋商）对诗歌的影响

山西土地贫瘠，人们为了生存被迫外出经商。光绪《五台新志》有云："晋俗以商贾为重，非弃本而逐末，土狭人满，田不足于耕也。太原、汾州所称饶沃之数大县，及关北之忻州，皆服贾于京畿、三江、两湖、岭表、东西北三口，致富在数千里，或万余里之外，不资地力。"③ "晋省向称财富之区，实则民无恒业，多半携资外出，贸易营生。"④ 山西地处要道，为其经商提供了便利的交通条件。山西东部有著名的"太行八陉"，西部和西南部以津渡沟通晋陕、晋豫之间。传统的道路网络以太原为中心，以驿路为基础，形成了以祁县、平遥、太谷为中心的商品流通网络。地域自然资源丰富，为商业发展提供了物质基础。晋东南铁矿、煤矿资源丰富，泽潞商人由此出现。晋南天然的盐湖使这里成为全国著名的盐场集散地。在上述条件的促使之下，明清两代晋商崛起，开展了远及海内外的商贸经济活动。有清一代，山西票号汇通天下，执全国金融之牛耳。随着商业的发展，原有的士农工商等级排序逐渐发生变化，经商观念已经被山西大众所接受。由于科举名额所限，真正能够如愿以偿进入仕途的读书人

---

① 白清才、刘贯文主编：《徐继畬集》，第 805 页。
② 杨深秀：《雪虚声堂诗钞》，《续修四库全书》第 1567 册，第 72 页。
③ 凤凰出版社编：《中国地方志集成·山西府县志辑》，第 14 册，第 80 页。
④ 《光绪朝东华录》，光绪三年四月丙午，宣统上海图书集成公司铅印。

毕竟是少数，仕进不成的知识分子于是退而经商，希望通过经商而一展抱负，获得发展机会。大量读书人弃学从商，使得商人阶层得以不断壮大，由此带来了文学生态的变化。这在清代山西戏曲、民歌中最为明显，但在诗歌中表现较少。

商业影响了诗人的思想观念。晋商家族中也不乏大族，诗人中有很多是出生于世代商人大家庭，或者是与商人之间的联系较为紧密。傅山本人有经商经历，陈廷敬祖父以盐铁起家，王轩先辈是大商人，代州冯氏、洪洞董氏均以盐业起家，他们看待货殖之利比较开通，没有道学家之酸腐。徐继畬为官闽浙之地是晚清对外贸易的主要开放口岸之一，晚年回乡后又在晋商中心平遥设帐。徐继畬对商人非常推崇，认为他们“或读书或竟不读书，而临财能让，遇侮能容，遇事则行止立断，而无所犹豫于其间，士大夫之所不能自足者”①。徐继畬的思想可谓超前，但是这种思想在上述诗人诗作中却很少反映。晚清晋商巨子曹润堂作诗万余首，但其诗集中绝少见到描写商业的，只在极个别诗中侧面略略提及，如《大坝梁》描写商旅之艰难，《江干女儿词》描写商人相思之苦。晋南商业繁荣之地的杨深秀，也只是在写地域风俗的《闻邑竹枝词》中有所涉及，诗云：“千花绣服蝶衣香，百叶裁裙鸳带长。赢得周身穿着好，一生魂梦绕瞿唐。”② 诗前有序：“邑多服贾蜀中者，以道远故五年始一归省。夫妇一生不数数睹也，然衣服多华丽。”山西地瘠人多，在四川经商者较多，因此家境较为富裕，妇人女子多以服饰夸美。然而经商背后也有辛酸，男子常年在外奔波，妇人终日祈望，“一生魂梦绕瞿唐”，其神情宛然如画。这里并非说晋商“重利轻别离”，其外出实为生存环境所迫，受到家人和社会的理解、支持。是诗从情感角度揭示经济现象，表现出杨深秀对社会的细致观察和生动描述。

在商业的影响之下，产生了部分诗坛生力军，提供了诗文吟咏的舞台，促进了诗歌作品的刊刻，有益于诗歌的传播。拥有较高文化素养的商人，常把士人的雅好作为自己的“别业”，成为诗歌创作队伍的生力军。

---

① 白清才、刘贯文主编：《徐继畬集》，第 692 页。

② 杨深秀：《雪虚声堂诗钞》，《续修四库全书》第 1567 册，第 72 页。

在康熙初年，巨商戴廷栻在祁县建“丹枫阁”，顾炎武、傅山、阎尔梅、朱彝尊、申函光、李因笃等人曾到访于此，与冒辟疆之“水绘园”南北呼应，成为北方学术研究、诗文吟咏的中心。戴廷栻将其诗作集结取名为《半可集》，谦虚称只够半个诗人。洪洞董氏三兄弟在京期间，置买阮元宅院，公事之余与众多友人联吟唱和。兄弟三人或喜欢收藏碑帖字画，或考订钟鼎彝器，或诗酒唱和，这些艺术爱好的背后是盐商雄厚经济实力的支持。咸同年间以董文涣为核心，组成了一个容括数十名国内外（朝鲜）才子名士的洪洞董氏文化群，纵横捭阖于文坛学界，后来在此基础上形成京城山右文人圈。商业的发展促进了诗歌的刊刻，以及文学的传播。戴廷栻《序〈晋四人诗〉》认为傅山与好友白孕彩、得意门生胡庭、爱子傅眉四人的诗作“心同学同，胆识议论同，时命同”①，于是将四人诗作集辑成《晋四人诗》传之于世。同治年间董文涣将与自己相关唱和的诗歌结集刊行，取名《秋怀唱和集》。王轩去世后，董文涣帮其出版《耨经庐诗初编》八卷。此外，其还出版刊行《韩客诗存》，记载了当时京城诗坛与朝鲜诗人的交往情况。

商人间的家族联姻，也促进了诗歌的发展。同治年间，代州冯氏冯婉琳嫁于洪洞董氏董文灿，后在董文灿介绍之下，冯婉琳从学于洪洞王轩，本就有家学渊源的冯婉琳至此诗艺更进一步。

晋商雄厚的财力给书院的产生提供了强有力的经济支持，学术的发展进一步促进了地域文化的繁荣，汾河流域中下游的平遥、祁县、太原、蒲州一直是藏书文化浓厚的地区。一方水土养一方人，一方水土育一方歌。不同的地域文化背景会衍生出不同的诗歌。从清代山西诗歌内部地域分布看，诗歌的繁荣与否，一定程度上与商业的发达程度成正比。

四、诗歌地域性特点的形成原因

地域形态不仅包含地理环境、自然条件等外在因素，也包括政治经

① 傅山著、刘贯文等主编：《傅山全书》第7册，附录五《序跋》，第5096页。

济、科举文化等内在因素，以及人文历史、风土人情等潜在的因素。地域诗歌空间性分布与地域形态密切相关，在生产力低下、交通不发达的古代，地域形态对诗歌的影响尤其如此。

河流交汇之处，诗歌创作较为繁荣。在古代河流是人类生存与繁衍的地方，也是文明发源之地。河流与人、文化是互动同构的关系，河流不仅孕育了生命，而且孕育了文化。有清一代诗歌较为繁荣的平阳、蒲州、泽州、介休、太原、代州等地都是河流交汇之地。滹沱河流经晋北代县、忻府区、五台、定襄、盂县而入河北省。汾河主要流经太原、临汾两大盆地。汾河沿岸的介休、平遥、太谷、祁县由于交通便利，商业繁荣，书院学校较多。晋东南境内水系丰富，沁河流经沁源、安泽、沁水及阳城，浊漳河流经晋东南诸县。晋南位于黄河几字形的拐弯处，涑水河流经闻喜、夏县、运城、临猗至永济流入黄河。黄河、汾河、昕水河、沁河、浍河、鄂河、清水河7条河流孕育出了平阳（临汾）。蒲州（永济）地处秦、晋、豫三省黄河金三角交会处，黄河、涑水河、姚暹渠（人工排水渠）及湾湾河等流经此地。这两大经济繁华的中心城市，同时也是诗人、剧作家等文人雅士辈出之地、云集之地，客观上促进了当地诗歌文化的繁荣。此外，沿汾河流域、漳河流域、桑干河流域、滹沱河流域，也都是山西诗歌文化繁盛的地区，可以说河流与山西诗歌文化相始相伴。客观上呈现出河流交汇之处、水系繁多之地，诗人诗作较多，文化相对发达。

诗歌作为一种高雅文学，与士大夫联系尤为紧密。清代山西科举家族往往也是诗歌创作较为繁盛的家族。寿阳祁韵士，祁寯藻、祁宿藻，祁世长祖孙三代为进士。阳城陈昌言，陈廷敬，陈元、陈豫鹏、陈壮履、陈随贞、陈师信、陈观酾，亦是祖孙三代进士。灵石何思钧，何元烺、何道生，何炳彝、何辉绶、何熙绩、何耀纶，何福咸、何莱福、何乃滢四世同为进士。此外还有家族中的祖孙、父子、叔侄、兄弟凭借其雄厚的背景、世代经学传家的氛围，在科场上占有很大优势。考取功名之后在仕宦之余吟诗唱和，既通过交往酬唱提升声誉，又得以切磋诗艺磨炼技艺。

诗歌地域性特点的显现，不仅受外部环境的影响，而且受地域文化与诗歌自身传承的影响。山西地处少数民族与汉族交融区域，向为兵家必争之地，在很多朝代都是边塞重镇。长久的战争冲突，造成此地重武轻文的风气。如虞世南言“山西多勇气”[①]，白居易有“晋国封疆阔，并州士马豪”之语[②]。历史上唐代山西诗人的边塞诗、金元河汾诸老的丧乱诗，风格均粗犷豪放、雄浑强悍、朴质无华、直率厚重，从内容和表现形式上都形成了独特的山西地域文风，这种文风是长期战争环境熏陶的结果。相较于区域内其他地域而言，晋北尚武风气尤重，故而诗歌中激扬高亢、粗犷豪放的风格尤为明显。山西地狭人稠、土瘠民穷，地域风气崇尚节俭、务实理性。李锡麟选《国朝山右诗存》时曾说：“山西诗不无理障俗气。”[③]基于这样地理特征下的清代山西诗歌，多质朴务实、苍凉雄健，较少绮丽旖旎、纤巧娇柔之风。清初高平毕振姬仰慕傅山高节，请其为文集作题，傅山题“西北文集”之名，以示与东南之文的区别。虽有门户之习见，但当中可见地域风格色彩。《四库全书总目》评价：“其文颇纵横有奇气，然剑拔弩张之状，亦觉太甚，其云西北文者，太原傅山所题，以东南之人谓之西北之文也。”[④] 傅山历经明清鼎革之变乱，诗歌有清峭幽怆之气。陈廷敬《晋国》云：“晋国强天下，秦关限域中。兵车千乘合，血气万方同。紫塞连天险，黄河画地雄。虎狼休纵逸，父老愿从戎。”[⑤] 诗写山西兵强地险，充满了对盛世故乡的自豪感，诗风沉雄淳厚，朴质深茂。何道生诗风雄健豪迈，恣肆有力。王昶称其诗“风骨清苍，如千金战马腾溪注涧，无所不宜”[⑥]。

特定的地理环境决定了地域内的生产和生活方式，同样也影响着地域诗歌的形成。上述自然地理、社会经济、科举文化以及地域风俗的影响，在清代山西诗歌中最直接的表现就是，地域经济、文化的发达与诗歌的繁

① 郭茂倩编：《乐府诗集》，上海古籍出版社，1998 年版，第 267 页。

② 白居易：《白居易集》，北京·中华书局，1979 年版，第 764 页。

③ 转引董寿平、李豫主编：《清季洪洞董氏日记六种》第 6 册，北京图书馆出版社，1997 年版，第 237 页。

④ 纪昀等：《四库全书总目》，第 1640 页。

⑤ 陈廷敬：《午亭文编》卷十一，《四库全书》集部第 1316 册，第 155 页。

⑥ 王昶：《蒲褐山房诗话新编》，济南·齐鲁书社，1988 年版，第 560 页。

荣程度成正比，对诗歌地域空间性的分布有较大影响，呈现出由南向北逐步减少趋势。在风格上，晋北相较于其他地方更显慷慨激昂、粗犷豪放。需要指出的是，以上分类仅是从大体层面上对山西地域的特点作一论述，其实不同分类之间并非泾渭分明，而是互相交叉，在共性之间存在着个性，共性与个性交叉地存在于各个地域之中。

最后，为顺利进入清代各阶段的诗歌个案研究，有必要在本章结尾处对“清代山西诗歌”的个案选取作一简明交代，以期能够顺利进入之后篇章的研究。

（1）清初诗歌按照诗人身份可以分为遗民、贰臣、台阁、布衣四种类型。分别选取傅山、程康庄、陈廷敬、吴雯为其代表，当中又以傅山、陈廷敬为前后不同时期的领袖人物进行主要研究，以期能够对清初诗歌及诗风转变有较全面的了解。

（2）清中叶诗人诗作众多，地域性诗歌流派、诗歌总集以及诗话理论开始出现。但是由于诗人多为下层官吏或是平民，因此未能在当时产生引领或者是影响全国诗坛的诗人，因此在个案选取时更多注意其突出之处。静乐李銮宣被贬新疆作有大量边塞诗，诗歌显现出盛世下衰世的端倪。阳城延君寿、张晋为乾嘉阳城文坛领袖，且均有诗话理论传世。灵石何道生为地域仕宦之族代表诗人，且与京师诗坛交往互动频繁。《国朝山右诗存》是有清一代山西规模最大的地域性诗歌总集，具有显著的地域性特点与诗选的典范性。

（3）晚清诗歌分为前后两期，道咸年间祁寯藻为诗坛盟主，开宋诗派先声。冯志沂、徐继畬为宋诗羽翼，诗歌具有明显的宋诗化倾向。同光年间董文涣为盐商巨族代表，是晚清山西诗坛继祁寯藻之后的又一个创作中心。其弟媳冯婉琳亦能为诗，为晚清著名女诗人。杨深秀渊源魏晋，诗学唐人，是戊戌六君子中唯一的北方诗人。

在上述诗人诗歌的阐述中也各有侧重，对学界研究已经取得丰硕成果的诗人诗作，本书尽量避免重复，着重于前人没有论述的领域或者是采用新的资料来论证。对未经充分研究的或者是从未有人研究的诗人诗作则尽量“求全责备”。此外，其他诗人限于篇幅未能一一列出专章进行研究，对他们的介绍或融于上述诗人的研究当中，或在清代不同阶段的概述中予以涉及。希望尽可能通过选取的典型诗人，综观清代山西诗歌发展演变的脉络和地域性空间分布的特点，以有益于地域文化的建设和诗歌史的进一步繁荣。

第三章　清代初期山西诗歌

第一节　清初山西诗歌通论

明朝末年社会黑暗，自然灾害频发，以李自成为首的农民起义军推翻了明王朝，建立了大顺政权。山海关外的满洲贵族，在吴三桂的帮助下，乘农民军还未站稳脚跟之时，大举兴兵攻灭了大顺农民政权，于1644年建立了中国最后一个封建王朝清朝。同年十月，山西太原陷落，随军征战的清廷右副都御史马国柱进驻太原，出任山西巡抚。满洲贵族入关后，在建立政权的过程中对汉人进行劫掠镇压，肆意抢夺土地，公开发布了极其野蛮的“闽地令”。清军在山西等地大肆抢劫、圈占土地，激起当地百姓群起反抗，夏县、盂县、五台、静乐、交城等地的农民纷纷响应。顺治五年（1648）底，大同总兵姜瓖率兵造反，不久在清朝的反扑之下被镇压。随着对起义的镇压以及政权的逐步稳定，清朝统治者不断地调整战略和政策，逐渐缓和民族矛盾和阶级矛盾。顺治后期，山西地方政府积极组织垦荒，成绩较为显著。康熙初年，山西境内出现了一个相对稳定的升平局面。康熙年间，统治者多次禁止圈地，进一步促进了农业生产、社会经济的恢复和发展。

在思想文化领域，清初统治者怀柔与高压并举。一方面是顺治和康熙初年的剃发易服，厉行文字狱，钳制汉人的民族意识；另一方面是康熙年间的大力招降纳叛，开设博学鸿词科以笼络汉族士大夫。依靠金戈铁马入主中原的清朝贵族，虽然在武力上已经征服了汉人，但深知遗民内心深处

“夷夏之变”却非武力可以征服。在此情势之下，清朝转而以道统承继者自居，尊崇程朱理学，以此向明遗民传达重要信息。康熙十八年（1679），朝廷通过开“博学鸿词”科的方式拉拢、赢取汉族士人的认同。入选鸿儒均入明史馆修史，这一特殊的史学情结对士人影响极其深远，士人心态由此为之一变。论者言“博学鸿词科”之开，实“满汉融合之关纽也”①。受此影响清初山西诗风逐渐转向，诗歌内容上现实主义精神减弱，民生疾苦关注减少，取而代之的是大量有关名物典籍考证、山川风物的吟咏描写。诗歌风格上早期慷慨苍凉的诗风逐渐淡息，代之而起的是温厚和平的治世之音，即以陈廷敬为代表的“和声以鸣盛”诗风。

清初是中国古典诗歌发展的又一个繁盛时期，百派争胜，群星璀璨。山西诗坛出现了诸如傅山、毕振姬、魏象枢、程康庄、于成龙、戴廷栻、陈廷敬、吴雯等影响较大的诗人，取得了较为重要的诗坛地位。清代初期山西的诗人就类型而言，可以分为遗民诗人、贰臣诗人、台阁诗人以及布衣诗人四类。以康熙十八年（1679）“博学鸿词”科诏试为界，清初山西诗歌大致可以分为明清易代和康熙朝前后两期。前期诗歌创作队伍的主体是遗民诗人，反映明清鼎革社会巨变的现实，以及这种巨变带给诗人的心理感受。表现民族精神、抒发兴亡之感成为前期诗歌创作的主导倾向，抒写真性情成为诗人共同的追求。后期创作队伍的主体是清代入仕诗人，他们既没有“不食周粟”的道德壁垒，也没有大节有亏的心理阴影。其诗多从不同角度、不同侧面描写王朝变化，其中对地域山水多有描写。总体而言，此期是中国封建社会由剧烈动荡走向稳定统一的时期，也是学术文化转型和繁盛的时期。反映社会时代风云和记录士人群体心路历程的诗歌创作较为繁盛。诗人心态、诗歌风格及诗学思想表现出许多新的变化和特点，主要表现为以下几方面。

① 孟森：《明清史论著集刊》，北京·中华书局，2006 年版，第 491 页。

一、关注社会现实中诗人身份心态之差异

清初民族阶级矛盾尖锐，斗争异常激烈，诗人感时忧愤，多抒发家国兴亡之感，广泛反映社会现实，这是此期共同的主题。但是由于身份的不同，心态的差异，诗人的创作道路也各不相同。

明清之际山西诗歌包含遗民诗歌与贰臣诗歌，当中主流是遗民诗歌。遗民诗人主要有傅山、傅眉父子，李生光，阎修龄，白孕彩，戴廷栻，胡庭、胡款、胡同三兄弟等。他们历经鼎革，坚守气节，或隐居不仕，或坚持抗清。亡国之痛、故国之思、生民之叹以及清军残暴等成为此期山西遗民诗歌反映的重点。傅山在诗歌意象的塑造和选择上，多具有强烈的主观色彩，关注于个人与时代的矛盾。其诗歌最主要的情感格调是慷慨悲凉、清峭幽怆，表现出浓烈的情感与不平的气势。傅山在甲申乙酉两年作诗90余首，诗作既是对明清易代社会现实的记录，也是诗人悲愤心情的反映与对清朝强烈反抗的集中体现。需要注意的是，以傅山为中心，活动在“丹枫阁”的山西遗民诗群当中既没有以身殉国之士，也没有傅山那样与清朝彻底决裂之人，他们基本上都属于普通遗民，因此在诗歌创作上不像傅山那样具有突出特色，而是大致以反映民生疾苦、官吏压榨、家国兴亡之感为主。

与此同时，还有石凤台、白胤谦、朱之俊、毕振姬、卫周胤、上官鉝、程康庄、翟凤翥、王含光等贰臣诗人，以仕清为界，诗歌分为前后两期，前期诗歌涉及明清鼎革之变，后期多写山水咏物之作。其中以程康庄的诗歌成就较高。与遗民多反映明清易代的重大史实、抒发故国之思与亡国之痛不同，贰臣诗人更多借山水咏物诗歌抒写个人扑朔迷离的黍离之悲、家国之思，以及内心的忏悔愧疚之情。他们虽仕新朝，但多受排挤打压，内心世界并不愉快。在清初严酷的思想专制和统治者翻云覆雨的手段之下，在面对严酷的处罚与心灵的煎熬面前，他们选择了寄情山水，在山水中包裹自己时而萌生的远离官场归隐田园的意念。他们与遗民诗人以及之后的国朝诗人、布衣诗人都有交往唱和，但其心态是矛盾复杂的，既感

激又害怕，时时担心大祸临头，做事谨慎小心。能够自觉地将自己与遗民划分界限，并不时地通过各种意象来暗示自己大节有亏，辜负明朝君主的深恩，辜负自幼所读儒家经典的教导。

康熙年间山西诗坛的主流是台阁诗人，主要有范镐（鄗）鼎、陈廷敬、田从典、吕功、于成龙、于涛、冯如京、刘梁桢、任举、魏象枢、冯云骧、冯云骕、吴琠、高啅、郭九会等。诗歌多反映康熙朝发生的重大史实，如平定三藩、收复台湾、平定噶尔丹等。此期以顺治朝进士为主体的诗人群逐渐取代了遗民群体而成为诗坛主流力量，他们以极大的热情投身到王朝“润饰鸿业”的建设中。当中以陈廷敬为代表，京师周围聚集了毕振姬、魏象枢、吴琠、范镐（鄗）鼎等山西籍诗人，他们既是清初重臣，也是清初重要的诗人。在诗歌创作中，多反映君明臣贤、政治清明的盛世景象以及王朝重大事件，以台阁身份意识为皈依，以传统诗教理论为指导，迎合了清初帝王文治教化的政策。与此同时，还有布衣诗人吴雯，其诗名倾动一时，却始终未得跻身仕途，遂游食于燕、赵、齐、鲁、吴、越、秦、楚，足迹几半天下。吴雯诗歌以干谒、咏怀、山水诗歌居多，抒写内心的凄苦与无奈，其中或表现佛道情怀，或表达离情别绪，或表露隐逸情趣，展现了一个异彩纷呈的精神世界。

二、从慷慨激烈到“和声以鸣盛”之变迁

清初山西诗人大致经历了从最初的哭天抢地、隐居不出，到关注民生、献计献策，再到厌倦战争、感激帝王的心路历程。如果说以傅山为代表的遗民诗人的哀苦怨愤之音与明朝的灭亡及其反清活动联系在一起的话，那么以陈廷敬为代表的温柔敦厚的诗风便是和清政权的稳定以及走向兴盛相关联。清初诗风的转变，从遗民之凄急幽奥、慷慨激烈，转向以台阁诗人为代表的温柔敦厚、平和淡雅的国朝诗风。这种诗风的转变主要有思想和现实两方面的因素。

“明清易代之际，士大夫受国破家亡的刺激，深刻地反思固有的文化传统，他们把‘道学’和‘心学’的空谈看作是导致国弱民穷的重要原

因。为了济世、救民，他们极力提倡有用之实学。"① 清初遗民大力提倡经世致用之风，要求诗文要有益于世用，主张诗歌的怨刺功能，具有明显的抗清、经世意图。清朝统治者出于维护政权的需要，要求诗歌"温柔敦厚""主文而谲谏"，以儒家诗学审美原则为旨归。随着时间的推移，政权的稳固，清初诗学出现了殊途同归——儒家政教精神的复归（这种复归在上述遗民与统治者两个层面上展开）。陈廷敬等人创作了众多艺术圆润、反映康熙盛世的诗歌，使其成为与王士禛"神韵诗"不同的，但又符合顺康诗风转变历程的另一种为王朝认可的诗歌类型，成为清初成长起来的第一代创作群体，为由明清易代诗歌的悲凉慷慨转向清初诗坛的"温柔敦厚"成功地开辟出一片新天地。

随着清朝统治逐渐稳定，经济逐步恢复，文治武功的大力推行，社会秩序得到了一定的保障，百姓在心理上认可了清朝贵族的统治。同时，以顺治朝进士为主体的诗人群逐渐取代了遗民群体而成为诗坛创作的主流。他们虽然与遗民诗人、"贰臣"诗人有着千丝万缕的联系，但其心理归属是倾向于新朝的。明末清初以民族主义感情凝聚起来的抗清意识逐步瓦解，诗歌应时而变，从重视内容倾向于追求形式，格调也从慷慨激烈逐渐转变为雍容典雅。以傅山为代表的山西遗民诗人，在康熙十八年（1679）博学鸿词科后，虽坚决拒绝参加，也未曾接受官职，但从此隐居松庄，潜心学术、书法、医术研究，不再进行抗争。傅山好友兼学生、清初曾积极从事抗清的戴廷栻，在博学鸿词科以后先后出任山西闻喜县训导、曲沃县教谕。程康庄以顺治十六年（1659）仕清为界，前期诗学竟陵，以性灵、幽情单绪为宗旨，后期转向冲和淡雅，渐趋盛世温柔敦厚之音。陈廷敬前期诗歌还偶有涉及民生疾苦的作品，后期诗作几乎全部为个人感怀，侧重于自己的经历感受。布衣诗人吴雯则积极参加博学鸿词，以未能入选为憾恨。综上所述表明，清初山西诗风正在逐步地、潜移默化地转变中，温柔敦厚的政教之风逐步成为诗坛新风向。

---

① 张岂之：《中国思想学说史（明清卷）》，桂林·广西师范大学出版社，2008年版，第2页。

三、在吸收和扬弃中呈现地域诗歌之特色

晚明诗坛，因“七子”复古而走向僵化，失却了真性情。公安派起而矫之，倡以“独抒性灵”，末流走向流俗。以后竟陵诗风风靡一时，“时多作竟陵体”[①]。在清初诗坛都在不遗余力地批判明代诗歌之时，山西诗坛领域“七子”、竟陵等诗风依然盛行，保持着诗歌自身发展的延续性。虽然对明诗中的空疏不学、粗俗浅薄也进行了批评，但更多是在继承的基础上继续向前发展，在扬弃中逐渐形成清代山西诗歌的自身面目。在对明诗审视的基础上，山西诗坛由诗学盛唐扩大到整个唐代，甚至其他各朝，努力形成自己的特色。

遭遇天翻地覆历史巨变的清初诗人，大多经历明清两代，或出生于易代之际。政权的更迭绝不可能造成随之立竿见影的文化割裂，故明代“七子”“竟陵”诗学也不可能在清初诗坛彻底销声匿迹。沈德潜在《清诗别裁集》中说：“国初沿明季余习，多宗竟陵。”[②] 钱锺书《谈艺录》中论及清初诗坛现状时，也认为清初诗人和诗论家大多是承袭“七子”诗风[③]，“七子”“竟陵”诗学在清初诗坛仍有一定影响。明代万历二十四年（1596）到二十五年（1597），李贽曾到山西访学交流，在沁水及大同两地曾有停留，与张慎言、刘东星等当地学者有交往，对山西思想界产生过深刻的影响。张慎言在《家书七首》之一中说：“李卓吾四书艺数首可传，说者以为腐。吾岂谓经生袭其词语，所谓痴人前说梦不得尔。读之果得之文字之外，便有悟头矣。”[④] 是中可见张慎言对李贽甚为推崇，认为人之所欲即天理，用封建礼教规定人们的行为是扼杀人欲人情，这与李贽的思想基本相似。从李卓吾的《焚书》《续焚书》，到张慎言的《泊水斋文钞》，

① 陈子龙：《遇桐城方密之于湖上归复相访赠之以诗》其二自注，《陈子龙诗集》卷十三，上海古籍出版社，1983年版，第415页。

② 沈德潜等编：《清诗别裁集》，第273页。

③ 钱锺书：《谈艺录》（补订本），北京·中华书局，1999年版，第109页。

④ 山西省文献委员会编：《山右丛书初编》第13册，第150页。

再到傅山的《霜红龛集》，影响、继承之迹非常明显，足以窥见当时山西知识分子的思想倾向与精神面貌。

傅山是儒家封建正统思想的“异端”，反对奴性，主张恢复人性。上承李贽、公安派和竟陵派，下启叶燮、袁枚，不少主张具有革新独创的精神，显露着批判的锋芒。傅山在诗歌艺术性上，讲求灵心与性情并重，要求“诗中有性灵”①。在诗歌创作方法上则主张“不事炉锤，纯任天机”“天机适来，不刻意而工”。② 同时反对因袭和拟古，提倡诗歌创作不拘手段，这与公安派诗学理论如出一辙。傅山在治学上与竟陵钟、谭一样，多取径子史。认为竟陵诗“幽情单绪”和“孤行静寄”，尽管不是一个很高的境界，但其论诗重视情性及“自出手眼”，反对古法和模拟也值得借鉴，自言“捉得竟陵诀，弄渠如小儿”③。

陈廷敬在为乡贤张慎言《泊水斋文钞》作序时云：“吾所居三十里溪谷之间，有常评事论及吾祖副容山公皆最能诗，已开文学之先矣，而莫为之继。藐山先生（张慎言）奋然独兴于数世之后，其所与交游者，虞山钱受之（钱谦益）、竟陵钟伯敬（钟惺）。里中则杨黄门沁湄，以其学与先生相周旋。先生曰：‘吾之畏友也。’其时，白公东谷最晚出，于是先生之文益昌，而里中名卿硕人，能文之士，彬彬称盛焉。”④ 陈氏先祖陈天佑开地域文学创作之先，乡贤张慎言承其后而进一步振兴，同时与钱谦益、钟惺等相互交游，影响地域内一时风气，后学白胤谦等倡其诗学主张而亦能发扬光大。此即为明末清初阳城地域文学的发展状况，也是陈廷敬幼时所处的文学环境，其不可避免地受到地域文风的影响。陈廷敬在继承明诗的基础上，又能出己面目。入仕后，在与康熙帝、王士禛等诗文唱和引领清初诗风转向之际，已经注意到开启宋诗特点的溯源杜甫、韩愈，其《杜诗律

① 傅山著、刘贯文等主编：《怀雪林》，《傅山全书》第1册，卷十，第188页。

② 傅山著、刘贯文等主编：《诗训》，《傅山全书》第1册，卷二十九，第509页。

③ 傅山著、刘贯文等主编：《偶借法字翻杜句答补岩》，《傅山全书》第1册，卷三，第45页。

④ 山西省文献委员会编：《山右丛书初编》第13册，第1页。

话》已经显现出唐宋融合之趋势。

程康庄“诗文皆学钟谭”①，追踪李贽“童心说”，在继承竟陵派幽情单绪之风的基础上，为避免公安、竟陵派之流弊，倡导学问以保持灵心，走师心与师古相结合的道路，从而达到“厚”的境界。吴雯主张为诗应该师其心、师其意，他在《万汇菴诗·序》中说：“夫无至性，不可以为诗；无至情，亦不可以为诗。”② 正是真情感发，才可能写出新意。吴雯在学神韵的基础上亦不废宋诗，诗歌中时见“以才学为诗”的影子。《四库全书总目》称其：“惟熟于梵典，好拉杂堆砌释氏故实，是其所短。”③ 赵执信晚年怀念好友吴雯，作有《怀旧诗并诗前小序》云：“余好用冯氏法攻人之短，惟莲洋不以为忤……晚相值于津门，出诗卷见示曰：‘曩之所攻，悉删改矣。’乃知其非名辈所及也。”④ 赵执信论诗不与王士禛合，身为王门弟子的吴雯却能虚心接受赵执信指出的缺点，并一一改正。这在诗坛崇尚户门自立之时，态度尤为难得，表现出较为通融的诗学主张。

唐诗和宋诗，以其不同的风貌、不同的手法、不同的追求形成两大格局，几乎囊括了古典诗歌所有的内容和形式。清初诗人面对此格局，不可避免地要向唐宋诗人学习，对此无可厚非，任何学习都必然要经历一个模仿的过程，关键要有“度”的把握。清初山西诗人在学习前人的基础上，虽也有学唐宗宋之分，但并未陷于门户之争。在对“七子”“公安”“竟陵”等诗学理论进行继承与反思的同时，形成注重真情自然，与社会现实相结合，通过学问涵养性情，在扬弃中逐渐建构起山西独有的诗歌格局。

---

① 邓之诚：《清诗纪事初编》，上海古籍出版社，1984 年版，第 732 页。

② 吴雯：《莲洋诗钞》卷十，《四库全书》集部第 1322 册，台北·台湾商务印书馆，1986 年版，第 381 页。

③ 纪昀等：《四库全书总目》，第 1525 页。

④ 赵执信：《怀旧诗并诗前小序》，《莲洋诗钞》附录，上海·中华书局，四部备要本，第 12 页。

第二节　以傅山为中心的遗民诗歌

一、清初遗民傅山诗歌

傅山（1607—1684），初名鼎臣，字青竹。后改名山，字青主。别署公它、石道人、朱衣道人等，山西阳曲（今山西太原）人。明清之际著名思想家、书法家、医学家和诗人。崇祯九年（1636），山西提学佥事袁继咸受诬陷被解京受审，傅山等组织三立书院的百余名学生到京城奏疏陈情、散发揭帖、出堂辩争，袁继咸案终得平反，傅山由此名闻天下。明清鼎革后，傅山出家为道，自号“朱衣道人”，以行医看病为名，积极参与抗清斗争。“朱衣道人案”后，傅山远赴江南探访抗清形势，知其不可为遂返太原隐居松庄。其间与顾炎武、阎尔梅、屈大均等一批志趣相投的学者、遗民联系密切，互相书信往来，探讨学术、诗文唱和，成为思想史、诗歌史的一段佳话。“傅山不仅以其高洁的人格和卓越的成就，成为清初北方遗民社会的中坚和北方学术文化的重心，而且以其独具地域特色的诗歌创作代表了北方遗民诗创作的最高水平。”① 著有《霜红龛集》四十卷②。

（一）傅山诗歌内容

傅山诗歌今存诗近800首，诗歌创作“不事炉锤，纯任天机”③。其诗歌

---

① 张兵：《傅山的个性与其诗歌的主题取向》，载《西北师大学报（社会科学版）》1997年第1期，第68页。

② 自祁县戴廷栻辑刻《晋四人诗》收傅山诗作起，乾隆年间，有阳曲张耀先辑刻《霜红龛集》十二卷，汾城刘贽辑刻《霜红龛集诗钞》。咸丰年间，寿阳刘雪崖辑刻《霜红龛集备存》四十卷。宣统三年，又有山西巡抚丁宝铨主持辑刻《霜红龛集》四十卷。稍后，有平遥王晋荣得巨商学者常赞春帮助，辑刻《霜红龛集》。现在流传较广的，则主要是刘刻本和丁刻本。

③ 傅山著、刘贯文等主编：《诗训》，《傅山全书》第1册，卷二十九，第509页。

按照内容划分主要有表达故国之思与抗清之志之作，游历各地寄寓情感的写景咏物之作，抒发亲情、友情的怀亲念友之作以及反映民生疾苦之作。就时间节点来看，以“朱衣道人案”发为界，前期主要表现由甲申国变所引发的故国之思和家国之痛，后期主要是漫游各地与息影松庄的写景咏物之作。

明末清初王朝鼎革，傅山感慨万端，国仇家恨无法释怀，愤懑与怒火郁积于心，满腔悲愤抒发于《甲申集》。《甲申守岁》诗云：

三十八岁尽可死，栖栖不死复何言？徐生许下愁方寸，庾子江关黯一天。蒲坐小团消客夜，烛深寒泪下残编。怕眠谁与闻鸡舞，恋著崇祯十七年。（之一）[①]

诗写傅山因明朝覆亡而引发的亡国之痛、悲愤之情和抗清之争，借徐庶、庾信之典故寄托思念故国之情，将诗人的痛苦心情抒发得淋漓尽致。甲申除夕之夜，诗人守岁不寐，既留恋着已经覆灭的明王朝，又瞩望着新的南明政权。傅山对故国的眷恋亦见于“乙酉年”生日之作《右玄贻生日用韵》，诗云：“生时自是天朝闰，此闰伤心异国逢。一日偷生如逆旅，孤魂不召也朝宗。”[②] 时史可法在扬州抗清失利，南明受挫，诗人在沉重地怀念“天朝”的心境下，写下了“此闰伤心异国逢”的诗句。《甲申集》收录了傅山甲申年、乙酉年各体诗作共90首，集中反映了明朝灭亡之后诗人的悲痛、烦躁、矛盾，甚至有些消沉，以及他对满洲贵族入主中原强烈的愤恨与反抗。顺治十一年（1654）六月，南明政权派宋谦入晋从事反清活动，傅山与之秘密联系，然事机泄露，宋被捕变节，牵连傅山及子傅眉入狱，这便是著名的“朱衣道人案”。狱中傅山曾绝食九日抗争，作《狱祠树》有云：

狱中无乐意，鸟雀难一来。即此老椿树，亦如生铁材。高枝丽云日，

① 傅山著、刘贯文等主编：《傅山全书》第1册，卷十二，第226页。
② 傅山著、刘贯文等主编：《傅山全书》第1册，卷十二，第227页。

瘦干能风霾。深夜鸣金石，坚贞似有侪。①

诗人以老椿自比，坚硬耐久能经得起风雨，铁杆凌风直冲云天，其抗争到底坚毅乐观之气节令人赞叹，寄寓自己对清朝统治者毫不妥协的反抗精神与坚贞志节。这种穷且益坚的志气与傅山为文的山林野气是一致的，自甘贫贱不慕奢华，诗歌显得倔强瘦硬，有朴直散野之风。

顺治十七年（1660），对傅山来说是噩耗频传，母亲去世，永历政权被消灭，郑成功卒于台湾，南方抗清斗争节节失利。哀莫大于心死，情莫绝于君亲。此时，傅山报国无门，尽孝无人，祈求无助，巨大的精神压力使他感到难以支撑，心灵无所安顿，陷入了极度的悲愤哀怨之中，于是踏上了前往恒山之路，准备横尸于名山大川之间。傅山在《与居实书》中云："六月仓皇一登北岳，时实觉死在旦暮，唯恐今世之不得了一岳之缘。非汗漫，非消遣，实寻一死，所冀即横尸于大林邱山间，如翟生心事。山生孝不和峤，死孝不王戎，而遂觉人无父母了，便是无根草，有甚依倚，有甚趣味?"② 当时正是傅山人生的低谷，"山之精神，志气一齐尽矣!"③章章句句都饱含了哀怨悲愤的感情。康熙元年（1662），傅山路经五台山，游历之后作有组诗《五台》八首，《中台》诗云：

中台五六月，积雪在经厨。阒梵木鱼瘦，斋钟麦燕腴。雾云堆冷絮，花草荐寒毹。信是清凉地，中烦独不除。④

《清凉山志》记载五台山"岁积坚冰，夏仍飞雪，曾无炎暑"⑤，台顶上有

① 傅山著、刘贯文等主编：《傅山全书》第1册，卷八，第144页。

② 傅山著、刘贯文等主编：《傅山全书》第1册，卷二十八，第489页。

③ 傅山著、刘贯文等主编：《寄羹兄》，《傅山全书》第1册，卷二十三，第493页。

④ 傅山著、刘贯文等主编：《傅山全书》第1册，卷八，第125页。

⑤ 释镇澄：《清凉山志》，银川·宁夏回族自治区佛教协会，1998年版，第53页。

演教寺，寺中藏经阁终年积雪。伴随着木鱼的起落之音，空旷的山顶更显寂静清凉，甚至有点荒芜。缭绕台山的云雾，虽有仙境的景致，但却缺乏人间的生气，纵使犹如美丽的地毯花草也开得格外寂寞。尽管是清凉幽静的佛国圣地，但诗人内心故国覆亡、抗清失败的烦怨与母亲新丧、孑然独立的悲伤，仍然萦绕心间未能泯灭。又如《万年冰旧社》诗云："波仑多少泪，添结万年冰。"① 波仑生怆恻，水神悲痛欲绝，金瓯已破碎。遭受战乱的百姓苦难有多深，泪流知多少？哭泣又号啕，思念家乡更加焦急，积仇大恨永不磨灭，不共戴天，怎么会消融？《五台八首》是傅山处于绝望之际的呐喊与抗争，其诗歌植根于现实，缘情而发，与傅山讲究经世致用的人生观是相通的，把对现世的否定与对自然的肯定相互激发，形成了他独具特色的感情特征。

傅山晚年息影松庄，虽已不再抗争但始终不与清朝合作，过着坚守孤介气节、山林野趣的生活。这并不是他所真正追求的，而是无奈的选择，《霜红龛杂记·家与牢》有云："在此世界，却又不能绝人逃世，作自了汉，只把尧舜看天下的襟怀拿出来，一切恩爱嗜欲、米盐盆盎，俱不值一钱。"② 全祖望有言："予则以为是特先生晚年之踪迹，而尚非其真性所在。卓尔堪曰：'青主盖时时怀翟义之志者。'可谓知先生矣。"③ 不忘故明王朝而又被迫无奈，只能顺其自然，在看似从容潇洒的背后暗含着辛酸无奈，这当是其晚年内心的真实写照。此期诗歌在清峭中融有平和，对人生体悟较深。《即事书雪峰画扇》有云：

城南可过者，双塔旧伽蓝。古佛寒双膝，雪峰同一庵。最怜湿气少，藏得藏经函。清净法身佛，书连茶酒三。④

这是诗人过双塔寺为雪峰和尚画扇题写的一首诗，从中可窥见诗人晚年生

① 傅山著、刘贯文等主编：《傅山全书》第1册，卷八，第125页。
② 傅山著、刘贯文等主编：《傅山全书》第1册，卷四十三，第876页。
③ 傅山著、刘贯文等主编：《傅山全书》第7册，附录四，第5041页。
④ 傅山著，刘贯文等主编：《傅山全书》第19册，附录一，第238页。

活情态以及与好友雪峰和尚交往的一些概况。雪峰和尚清净无为，以般若智慧观照自身，身心内外明净、通彻透明。这里既在写朋友雪峰，也在写自己对此生活的认可。综观傅山一生，虽然其既学佛又求仙，同时倾心于自然，但入世情怀始终是其思想的主导。

（二）诗歌理论及艺术特点

1. 强调性情，诗写性灵

傅山深受公安、竟陵派影响，接受了“性灵”的观点，提出“缘情为文”的观点。其《文训》有云：“文者，情之动也；情者，文之机也。文乃性情之华，情动中而发于外，是故情深而文精，气盛而化神，才挚丽气盈，气取胜而才见奇。”[①] 情是诗歌的本质和触发点，诗歌是情的表现和升华。傅山认为“情来泪是诗”[②]，“诗则性情之音”[③]，主张恢复人性，自由表现情感，反对奴性和造作。提倡作诗要“真实”“主情”，缘情而发。其《览息眉诗有作》有云“不喜为诗人，呻吟实由瘼”[④]，教导傅眉作诗当基于现实的苦难，情真意切直抵内心，不能矫揉造作，若是写违背良心之词，便失去了作诗的乐趣和意义。诗歌不仅要有真性情，还需出之以性灵，“不事炉锤，纯任天机”[⑤]。明末诗坛，公安派倡“独抒性灵”以纠前后“七子”之复古，唐宋派之道统，末流趋于琐屑、走向流俗。竟陵派承“性灵”而以古人之“深幽孤峭”救之，讲求师古与师心相结合，一时风靡晚明诗坛。受时代风气影响，傅山非常重视诗歌的艺术性，既承竟陵之灵心与性情并重，要求“诗中有性灵”[⑥]，“天机适来，不刻意而工”。又

---

① 傅山著、刘贯文等主编：《傅山全书》第1册，卷二十九，第508页。

② 傅山著、刘贯文等主编：《早起高眺》，《傅山全书》第1册，卷二十九，第161页。

③ 傅山著、刘贯文等主编：《老僧衣社疏》，《傅山全书》第1册，卷二十九，第454页。

④ 傅山著、刘贯文等主编：《傅山全书》第1册，卷四，第55页。

⑤ 傅山著、刘贯文等主编：《诗训》，《傅山全书》第1册，卷二十九，第509页。

⑥ 傅山著、刘贯文等主编：《怀雪林》，《傅山全书》第1册，卷十，第188页。

能突破藩篱，不为前人所限，在师心师古的基础上，与现实相结合，关注时代重大事件。傅山写景纪游诗由竟陵向内挖掘的“深幽孤峭”之风，一变为带有浓厚时代色彩的凄凉之感，诗歌境界虽然较为幽寂空灵，但多将国事之心情融入诗中。《清凉石》诗云：

疏磬可林冷，云根一片秋。无情熏不热，有骨踏难柔。眼孔齐芥子，肘弓量石头。坚贞见龙象，施利领吾游。[①]

是诗率意而发，将抗清失败的悲愤以及前途的渺茫与失望之情，通过“冷”“秋”等字眼的着色，自然融于诗中。佛寺中敲击稀疏、轻清的梵音与抗清失败的哀怨，达到情景交融之境，梵音中传达出阵阵凄凉之意，给全诗渲染出一种肃杀的氛围。坐落在山清水秀、幽静之乡的五台山本已是清凉胜境，这种清静的自然环境，不仅与傅山清寂空灵的审美趣味相通，而且也与佛教追求的“禅定”境界相默契。如《滴淋岭》诗云：“一羽深深度，花林抹两须。”[②] 是诗塑造了一个在雾气蒸腾、林峦映照的山间的诗人踽踽独行的形象，既构成了一种苔深径幽的优美景色，又形成了清寂空灵的诗歌境界。傅山这种性灵之气不仅体现于诗歌，而且见于散文。傅山恩师、山西提学佥事袁继咸评价其：“山文傅氏诚佳，恨未脱山林气耳。”[③] 恩师遗憾的“山林气”正是傅山的“性灵”体现，随性而发，不刻意雕琢。其性灵不仅体现于“幽寂空灵”的境界，而且反对以“法”为诗。《偶借法字翻杜句答补岩》云：“问诗看法妄，索解旁人痴。知此不知疲，一是还一非。”[④] 傅山反对矫揉造作、刻意模仿，诗歌要自然地抒发情感，“信笔书写，俳调俗语，皆入笔端”，赋予诗歌以鲜活的生命力，即所谓“偏才遇乱世，喷口成波涛”。赵园在《我读傅山》中说“清初北方遗民

---

① 傅山著、刘贯文等主编：《傅山全书》第1册，卷八，第126页。

② 傅山著、刘贯文等主编：《傅山全书》第1册，卷八，第126页。

③ 侯文正：《傅山传》，太原·山西古籍出版社，2007年版，第258页。

④ 傅山著、刘贯文等主编：《傅山全书》第1册，卷三，第45页。

中，傅氏是博雅与通脱足与江南人士比拟的人物”①，这也侧面见出傅山不受拘束、抒写性灵的诗学观念。

2. 注重学问，强调炼字

性情是诗歌表现的基础，语言则是诗歌表达的关键。傅山博览群书，学识丰厚，“患难奔驰，实无处无时不在读书”②，认为“诗无才则不高，不博则不典”③。傅山希望通过读书以养气、保持灵心、求得性情。傅山在诗歌语言表达中融以学问，与竟陵派主张的“师心与师古相结合”一脉相承。傅山认为，一方面竟陵诗派通过古人的“幽情单绪”来寻求“孤行静寄”，尽管不是一个理想的境界，但他们论诗重视真情性，从内心出发“自出手眼”，反对亦步亦趋模拟古人尺寸之法，尚可值得借鉴。《偶借法字翻杜句答补岩》诗云：“沧溟发病语，慧业生《诗归》。捉得竟陵诀，弄渠如小儿。”④ 另一方面，傅山少时认为“举子业不足习”⑤，在治学上颇为认可竟陵一派，“毕竟是……钟伯敬们好些”⑥，与钟惺、谭元春一样多取径子史，先学子史而后学六经，以至诸子百家、经史典籍、医学医术、佛经道藏等无不涉及。表现在诗歌语言上，则是傅山“学昌黎，崛强自喜”⑦，其诗歌有追求新颖奇特，凸显字句的表现力，整体诗歌呈现出佶屈聱牙之态势。其《中台》诗云：“阒梵木鱼瘦，斋钟麦燕腴。雾云堆冷絮，花草荐寒毹。”⑧ 用“瘦”“腴”等较槎枒的字眼，传达出清冷瘦硬的感觉，但又绝不仅止于此，“瘦”字写出了诗人在寂静空旷中听到敲木鱼的感受，既是凄冷环境所给人的感觉，也更是诗人此时心境的凄清之体现。

---

① 赵园：《明清之际士大夫研究》，北京大学出版社，2014 年版，第 423 页。

② 傅山著、刘贯文等主编：《杂训》，《傅山全书》第 1 册，卷二十九，第 522 页。

③ 戴廷栻：《序霜红龛诗略》，《傅山全书》第 7 册，第 5072 页。

④ 傅山著、刘贯文等主编：《傅山全书》第 1 册，卷三，第 45 页。

⑤ 侯文正：《傅山传》，第 253 页。

⑥ 傅山著、刘贯文等主编：《杜遇余论》，《傅山全书》第 1 册，卷三十一，第 551 页。

⑦ 赵尔巽等撰：《清史稿》，第 45 册，北京・中华书局，1977 年版，第13856 页。

⑧ 傅山著、刘贯文等主编：《傅山全书》第 1 册，卷八，第 125 页。

同时还不离木鱼之本义，以警戒僧众昼夜思道。《敕修百丈清规·法器章》记载："相传云，鱼昼夜常醒，刻木象形击之，所以警昏惰也。"① 与此相对应的"腴"既写出饭菜之肥美、丰裕，又写出了燕麦蒸熟后的形状，同时也是与诗人心境作一反差对比。傅山对清冷幽寒的画面、宁静淡远的意境非常敏感，"冷""秋""静""寂""寒"成为他诗中的常用字眼。又如《滴淋岭》诗云："颠哉一杖瞿，滑滑滴淋岖。"② 诗歌通过"瞿""滴"等字眼的选取，刻画出了在冰冷的山谷中，一位瘦骨嶙峋颠簸前行的老者。入耳的雨滴更显环境的清幽与孤寂，甚至有荒寒之感，诗人形象与此情此景自然融合为一，传达出不尽的伤感，令人唏嘘，这是傅山倔强瘦硬山林之气的显现，既朴直散野，又具有自然谐趣。"在傅山的集子中，诸如取材的屑小、家常，文体诗风的雄奇、枯淡、谐俗、瘦硬、古峻、朴直、简拙等，与文人雅文化相比，它显得不那么规范，不那么雅致，有时它甚至是传统文人所摈弃的东西。"③ 延君寿在《老生常谈》中评价傅山诗歌"奇辟精奥""孤行传世"④。邓汉仪在《诗观三集》指出傅山"诗意险语幽，不经人道"⑤。傅山《霜红龛集》中多用典故，僻字亦常出现，在语词的选用上多用冷色调，用语较为佶屈聱牙，诗歌风格古奥而艰涩。如果对傅山的生平与经历不甚了解，则很难读懂其融有个人情感经历在内的心路历程之诗。

在诗歌语言表现方面，傅山不仅有刻意雕琢、求新求奇的一面，也有自然平和、语意流畅的一面。如《狮子窝》诗云："斜日淡金松，松林响玉淙。"⑥"淡""响"二字用字精准，将声、光、形、色融于一体。"在简约的诗句中，狮子窝幽远枯寂的禅境破空而来，这种用极度隐括的手法，刻摹自然景观的形貌，追寻弥漫在山水间无尽韵味的创意方式，是傅青主

① 净慧主编：《佛教与中国文化》，中国佛教协会，1990 年版，第 141 页。

② 傅山著、刘贯文等主编：《傅山全书》第 1 册，卷八，第 126 页。

③ 孙立：《明末清初诗论研究》，广州·广东高等教育出版社，2011 年版，第 167 页。

④ 钱仲联主编：《清诗纪事》第 1 册，南京·凤凰出版社，2004 年版，第 56 页。

⑤ 钱仲联主编：《清诗纪事》第 1 册，2004 年版，第 56 页。

⑥ 傅山著、刘贯文等主编：《傅山全书》第 1 册，卷八，第 126 页。

不断锤炼的艺术追求。"[①] 傅山到达此处已是傍晚，斜日照射下的松树熠熠生辉，一片淡淡的金黄色，"淡""响"字既写出了落日映照下的那份宁静与万物洗涤后的清爽自然，又写出了晚来微风吹入山林，松叶相互撞击，以动衬静，点缀出空山的凄凉，映衬出诗人远离尘世、空寂的佛教境界。又如《北台龙祠》诗云："斗柄那伽藏，连天海雾蒸。"[②] 北台又名叶斗峰，海拔3058米，在中台北面，是五台山的最高山峰。"斗柄那伽藏"写诗人观察角度而不露痕迹，从北台山麓仰视峰顶，宛如七星斗构，气象庞大，极其壮观，像龙又像象。《大比经疏》记载："摩诃那伽，是如来别号。以况不可思议无方大用也。"[③] 将佛比作那伽，言其力大无比。"连天海雾蒸"刻画自然，"蒸"字见出了北台因海拔甚高，气候变化的反复，《清凉山志》记载北台，"风云雷雨，出自半麓，有时下方骤雨，其上暴晴。四方云气，每归朝而宿泊焉。盖龙帝之宫也"[④]。是句通过巧妙的艺术构思，写出了诗人登上北台后见到的壮丽景色，身在云气之间，雾气缠绕，幻化出一个佛教圣境。诗人语言方面的创新求奇，源于其独特的生命体验；而盐溶于水般的自然流畅，则基于其深厚学问功底的自觉显现。用词精准，语意平畅，自然柔和，显示了傅山诗歌语言的另外一种特色。

3. 诗中有佛，佛中有诗

傅山在年轻的时候，对佛学饶有兴致。明清易代加入道教后，其对佛学的研究仍在继续，晚年仍十分关注佛学动态，曾撰有《二十三僧纪略》，其云："右书二十余僧，或习于往来，或一时交臂，其事迹未能详著，聊约略记之，为异日作传之资。"[⑤] 其《霜红龛集》几乎卷卷都有涉佛文字。傅山认为诗佛相通，"一切诗文之妙，与求作佛者境界最相似"[⑥]。诗歌中

---

① 时志明：《论明末清初晋中遗民诗人傅山的山水诗》，载《齐鲁学刊》2006年第6期，第81页。

② 傅山著、刘贯文等主编：《傅山全书》第1册，卷八，第125页。

③ 释一行：《大毗庐遮那成佛经疏》，日本庆安二年刻本，卷五。

④ 释镇澄：《清凉山志》，第36页。

⑤ 邓之诚：《骨董琐记全编》（上册），北京·中华书局，2008年版，第38页。

⑥ 傅山著、刘贯文等主编：《杜遇余论》，《傅山全书》第1册，卷三十一，第551页。

自觉不自觉地融有浓厚的佛教意识，有众多鲜明的佛教意象与佛教典故，如《旃檀岭》诗云：

问渡旃檀海，招招甚处过。子臣痴一结，钟板顿能磨。法许始蚵了，疑当抖擞多。金乘空万有，何外富兰那。①

旃檀是一种香木，佛教以旃檀喻世间“旃檀海”即指人世间。“结”在佛教中因烦恼由结集而生，故谓之结。此处指傅山反清不成而结成的烦恼。钟板是佛教法器，代指佛教。法指佛教的教法，即佛法。傅山在这里借用“旃檀”“结”“金乘”等佛教意象与典故，意指面对世间烦恼，佛教让人看破红尘，以世间一切为空幻，不要执着即可解除烦恼。《北台龙祠》诗云：“潜德谁能豢，嗔心佛可盟。莲花悲相好，身作毒龙曾。”② 诗中“潜德”“嗔心”皆指傅山，自己的一腔愤怒有谁明白，唯有佛能约束自己的嗔怒。“嗔心”本是利用之意，是三毒中最烈者。《华严经》有云：“一念嗔心起，百万障门开。”③ “莲花”指佛像座位青莲花，借指文殊菩萨。“悲相”指文殊菩萨凄怆悲苦之貌，借指其以慈悲为怀。在佛教经典中，“莲花”具有象征教义的纯洁高雅，在那些恭敬而心怀诚意的佛教信徒心中，佛就是莲花，莲花即佛。这里傅山借“莲花”来赞扬其具有出淤泥而不染，洁身自好的高洁品格。《大日经疏》记载有云：“此华从牛粪中生，极香，是文殊所执者。自如青莲，亦是此色。”④ 佛教认为现实社会污秽不堪，令人难以寄存，只有佛教才会让人清净无碍，达到禅定养心的契合境界。这些都是佛教用语与佛教意象。傅山在少年时期受家庭熏染，对佛教表现出不同寻常的兴致。傅山学生兼好友，明末清初著名学者戴廷栻在《石道人别传》记载云：“三岁时离垢先生，偶诵心经句问道人，道人不觉

① 傅山著、刘贯文等主编：《傅山全书》第 1 册，卷八，第126 页。

② 傅山著、刘贯文等主编：《傅山全书》第 1 册，卷八，第 125 页。

③ 释澄观：《华严大疏钞》，大正新修大藏经本，卷三。

④ 全佛编辑部编：《佛教的莲花》，北京・中国社会科学出版社，2003 年版，第 21 页。

应声诵其下句，六岁时见离垢先生买黄精，云服之不死，辄出入取啖，不肯复谷食，强之乃复谷食。”① 傅山自小受父亲离垢先生傅之谟影响，对仙老佛黄颇感兴趣，因此，佛教意象和佛教典故自然常见于其诗歌之中。

傅山诗歌中不仅存有众多的佛教意象与佛教典故，而且也从侧面体现出其特有的佛学观念。傅山认为真正的学佛者，都是有气节的爱国志士与民族英雄。傅山在《傅史·傅奕》中曾言：“五台真宝，以心许宋皇帝死，即不肯堕回口罪而死于金虏。真学佛者，固皆如是。能如是，径可当下承当矣，盖以能无畏也。”② 宋代真宝和尚心怀故国，不屈的抗金精神和为国殉难的大无畏气概值得歌颂。傅山写景纪游诗中多强调抗争，反对顺从与奴性。《旃檀岭》有云：“金乘空万有，何外富兰那。”③ 金乘喻指佛教大乘空宗，认为“万法皆空”。外即外道，于佛教外立道者称为外道。富兰那即富兰那·迦叶，外道六师之一，否认因果报应说，认为万有不生不灭，亦无君臣父子忠孝之道。是句说反清斗争失败的烦恼与怨恨，或许可以在佛教中顿时被磨灭，对此傅山予以批评，反对佛教不讲反抗和斗争的观念。如“裂天鸣佛子，击塔一生龙”④ “壶芦空玉豉，楖栗猛金镫”等⑤，想到大好的河山被异族践踏，看到昔盛今衰的状况，产生出无限的感慨，决心振作精神，继续去斗争。发出“裂天鸣佛子”的呼唤和“击塔一生龙”的希望。

二、遗民诗坛及与清初诗坛的互动

甲申之变后，以傅山为首的山西遗民不愿做新朝臣民，他们或积极联络各地仁人志士谋划组织抗清，或潜隐山林做闲云野鹤不与清朝合作。这

---

① 阎士骧：《山西省阳曲县志》，台北·成文出版社，1976 年版，第 1068 页。

② 傅山著、刘贯文等主编：《傅山全书》第 4 册，卷八，第 2882 页。

③ 傅山著、刘贯文等主编：《傅山全书》第 1 册，卷八，第 126 页。

④ 傅山著、刘贯文等主编：《狮子窝》，《傅山全书》第 1 册，卷八，第 126 页。

⑤ 傅山著、刘贯文等主编：《万年冰旧社》，《傅山全书》第 1 册，卷八，第 126 页。

些诗人多与傅山有交往，他们或是师生，或是同学，或是朋友，在清初北方形成了以傅山为中心的山西遗民圈。在此期间，傅山以道人身份作掩护，大部分时间活动于晋中一带的盂县、交城、平定、寿阳、祁县、汾阳等地，倾全力投入联络抗清活动。“朱衣道人案”发后，傅山曾赴江南游历，探访抗清形势，知故国恢复无望，遂隐居太原松庄。其间，与顾炎武、阎尔梅、屈大均等遗民联系密切，常在戴廷栻所建“丹枫阁”相聚，山西一时学术鼎盛，成为北方学术交流的中心。同时，傅山与贰臣诗人亦有交往，相互间多有书信往来。晚年坚决拒绝参加博学鸿词，成为傅山人生壮丽的一笔。

（一）清初山西遗民诗坛

傅山同窗薛宗周、王如金均为汾阳人，他们与傅山交游、伏阙讼冤、秘事反清，成为生死相交的挚友。薛宗周（？—1649），字文伯，山西汾阳人，明末抗清义士。早年与傅山同学时，共为恩师袁继咸伏阙讼冤的领袖，因此忠义而闻名天下。时马世奇作《山右二义士传》，激情表彰傅山、薛宗周事迹。王如金（？—1649），字子坚，山西汾阳人。傅山联络抗清时多寓居汾阳，与王如金来往频繁。傅山写有《子坚先生斋竹》《子坚书斋移得竹十一个》《西河王子坚贻诗用韵》等诗篇。顺治五年（1648）末，姜瓖于大同起兵反清，次年攻克汾阳，薛宗周、王如金积极参加抗清活动，投身于抗清前线。《雪夜同文伯、子坚、木公、伯浑驴背偶成》诗云：

> 一段寒山梦，蒙淞拨不开。树魂皴淡黑，天影罥清霾。酒倦烟扶起，钟来雪舞回。暗香花未远，冰友韵如梅。①

诗写傅山和好友在雪夜骑驴行路，气度从容不迫犹如斗雪盛开的梅花。冒雪夜行应与当时的抗清斗争有关。顺治六年（1649），薛宗周、王如金不

① 傅山著、刘贯文等主编：《傅山全书》第1册，卷八，第119页。

幸牺牲于晋祠堡。讯息传来，傅山悲痛欲绝，作有《悼子坚二首》，之一云：

王子狂而疏，行真不掩言。于其所真时，硁硁亦未然。诗篇多新警，殊不戛戛诠。短小过逵衢，厖大奴才骈。醉眼乜西河，黄茆连青天。[①]

诗写志士王如金狂态可掬，但为人真挚，高度赞扬其人格及诗作。傅山《汾二子传》云："王疏漫不立崖岸，工书，学诗歌，短小负气，行多不掩言。"同时，傅山在文中追忆怀念薛、王二友，颂扬了薛、王功绩，甚愧自己苟且偷生，沉痛疾呼："往者不悔，来者不豫，何哉，余乃今愧二子！余乃今愧二子！"[②] 扼腕痛惜，以未能随挚友一同赴死自惭。傅山在《题宋元名人绘迹》中云："贫道侨西河，则薛子文伯、王子子坚与游，而西河之人谓薛、王被贫道从而废。"[③] 由此可见，薛宗周、王如金参加抗清斗争受到了傅山影响，甚或是受其鼓动而为[④]。

傅山好友白孕彩（白允彩），字居实，明诸生，山西平定人，有《测鱼村集》。"嗜诗特甚上下三唐，沉潜反复，论诗能独辟畦径，赋古近体尤有事外远致晋人，所谓时时舌商吐青莲者。"[⑤] 白孕彩是傅山在太原三立书院的同学，二人志同道合，结为密友。傅山曾组织学子赴京为恩师袁继咸鸣冤，白孕彩也是积极参与者之一。甲申国变之后，白孕彩潜居平定测鱼村，以教书为名与傅山及诸民族志士秘密进行抗清活动。失败后常写诗作文，借以抒发胸臆。傅山《白鱃两首》有云：

白鱃吟有会，不苦琢篇章。性懒真成癖，才高简见狂。秋深霜叶圃，

① 傅山著、刘贯文等主编：《傅山全书》第1册，卷三，第34页。

② 傅山著、刘贯文等主编：《傅山全书》第1册，卷十九，第353页。

③ 傅山著、刘贯文等主编：《傅山全书》第1册，卷二十二，第406页。

④ 参看太原傅山研究会：《纪念傅山国际学术论文集》，北京·中华书局，2011年版，第169页。

⑤ 王轩等纂修：《山西通志》，第2696页。

雨寂浣花堂。笔砚共啼笑，妻儿少稻粮。(之一)①

诗前有序云：“即居实，白子嗜酒鼻齇红，又尽秃其发，曰白秃，别业在平定州七亘中。”傅山用白描手法，以白孕彩的身形特点相调侃，既显示了二人情谊之深厚，又刻画了其才情横溢、放荡不羁的形象。事实上，傅山和白孕彩不仅是志同道合的同学，还是患难与共的生死之交。顺治十一年（1654），傅山因反清嫌疑下狱，朱木公、白孕彩即赶往狱中陪伴照料，傅山甚为感动，为此作诗《木公、居实狱祠中作伴将行面之》相送，诗云：“生死事只尔，友朋意何休。”② 傅山与白孕彩还留下不少相互唱和的诗文。二人曾同游交城石壁山，山中峰峦叠翠树木葱茏，观摩建于北魏时期的玄中寺后，傅山乘兴得诗《石壁同白居实》，诗云：“平桥藏着树梢中，树得深山窈窕红。觑钵春烧甜似蜜，苇菰秋雨脆于菘。”③ 白孕彩亦有《初入石壁同石道人作》，将山寺中的红树、雕岩等一一描绘于诗中。

傅山门人胡庭，字季子，汾阳才子。胡款、胡庭、胡同兄弟为明代户部主事胡遇春之子，三人才学皆佳。清初傅山寓居西河时，经好友薛宗周结识胡氏兄弟。傅山对胡庭尤为赏识，与其交往更为密切，赞其“风流胡季子，花笔起河西。艳选徐陵盛，奇添李贺凄”④。胡庭既为傅山得意弟子，又是其忘年之交。傅山晚年外游，常携其同行。康熙十三年（1674），傅山经行青龙驿，携孙傅莲苏在胡庭以及好友王珸的陪同下，游历了晋西名刹南山寺，作有《南山寺同吾玉季子作》，诗云：

寺远吾侪僻，秋高独往盟。柏来花眼翠，霞上老心明。净界悲文藻，威河响甲兵。颟顸僧榻借，壁垒梦经行。⑤

① 傅山著、刘贯文等主编：《傅山全书》第1册，卷八，第135页。
② 傅山著、刘贯文等主编：《傅山全书》第1册，卷八，第144页。
③ 傅山著、刘贯文等主编：《傅山全书》第1册，卷十二，第230页。
④ 傅山著、刘贯文等主编：《书胡季子诗稿后》，《傅山全书》第1册，卷八，第129页。
⑤ 傅山著、刘贯文等主编：《傅山全书》第1册，卷八，第142页。

南山寺又名灵泉寺，位于柳林县孟门镇，濒黄河东岸，素有黄河晚渡、灵泉吐玉等十景之称。该诗真切地描述了灵泉寺的地理位置、形制以及景致等。开首“寺远”二字道明该寺地处偏远山中，傅山等人是远道而来。寺下黄河奔腾，涛声震天，确有“威河响甲兵”之感。同行胡庭作有《同石道先生作》唱和，诗云：

出险谁能御，朝宗直向东。山光带树影，并在水声中。入眼痴成癖，深观妙不空。上方容我辈，领略地图雄。①

诗中描写黄河滔滔奔涌，水声中幻化着山光树影，“我辈”有幸来此禅林胜境，得以“领略地图雄”。王珸，字吾玉，明亡后隐居宁乡山中。与傅山为方外友，常抵足同榻，谈医论道，交往甚密。傅莲苏是傅眉之子，才华横溢，山甚爱之。

傅眉（1628—1684），傅山之子，字寿髦，因父号老蘖禅，自号小蘖禅。所著皆以“我”为名，意即我自不同于人。如《我子》《我诗》《我赋》等。著有《我诗集》十一卷。傅眉“凡所为诗，古近体数十百首，皆不事吟风弄月，而吟风弄月之致流漾篇中，如道、如禅、如逸人”②。戴廷栻《高士傅寿毛传》称其“变化自新，不蹈袭前人一字”③，傅眉尽得其父真传，诗赋书画均精似，堪与其父并称。傅眉不幸先于其父而卒，傅山《哭子诗十四首》极尽哀痛之情，诗云：

父哭子常事，奈兹八十身。吾犹迟浸假，尔遂反其真。（之一）④

吾诗唯尔解，尔句得吾怜。俯仰双词客，乾坤两蘖禅。（之三）⑤

---

① 傅山著、刘贯文等主编：《同石道先生作》，《傅山全书》第1册，卷八，第142页。

② 傅山著、刘贯文等主编：《哭子诗》自注，《傅山全书》第1册，卷十七，第308页。

③ 傅山：《傅山年谱》，侯文正：《傅山传》，第311页。

④ 傅山著、刘贯文等主编：《傅山全书》第1册，卷十七，第302页。

⑤ 傅山著、刘贯文等主编：《傅山全书》第1册，卷十七，第307页。

傅山与好友白孕彩、得意门生胡庭、爱子傅眉四人“心同学同，胆识议论同，时命同”①，即使诗略有不同，亦不过是“才力厚薄”而已，祁县戴廷栻“倦念晋之文人才士，凋谢殆尽，幸先生与居实在，今寿毛、季子继起，皆一时高才而淹流草野，欲稍梓篇章，以备晋人一种”②，顺治十八年（1661）将四人诗作集辑成《晋四人诗》，传之于世。

（二）傅山与清初诗坛的互动交往

“朱衣道人案”发后，傅山不乏与清初诗人交往，这些人或者是曾帮助过傅山的诗坛大家如龚鼎孳、曹溶、冯溥等人，或者是志同道合者如顾炎武、阎尔梅等遗民诗人，或者是魏象枢、李振藻、冯云骧等同乡兼好友，或者是慕傅山之名望与其结交者，如王显祚、周令树、戴梦熊、储方庆等地方官。傅山曾请求他们对其家事及朋友所遇麻烦之事予以帮助，或者以后事相托付。第三类交往散见于前文，第四类是应酬性交往，这里只介绍傅山与前两类诗人的交往。

顺治十一年（1654）六月，“朱衣道人案”发，傅山被捕入狱，受审期间，傅山坚强不屈，拒不招供，后经汉族官员及友人多方营救方得获释。参与设法营救或为其开脱者有龚鼎孳、曹溶等人。龚鼎孳鼎革后历任刑部尚书、兵部尚书、吏部尚书。曹溶入清后历任河南学政、左通政使、都察院左副都御史、广东布政使、山西阳和道、山西按察副使等职。“朱衣道人案”上至朝廷，其时任都察院左都御史的龚鼎孳和都察院左副都御史的曹溶为傅山开脱，傅山因而得以释狱。这些人虽为贰臣，名节为后人清议所不齿，但他们处于当时之形势，尚怀有故国之情结，对遗民多加关照与帮助，傅山对其则终身表示感激。康熙三年（1664），傅山曾派子傅眉赴京拜谢龚鼎孳，傅眉曾当众人作《鹦鹉赋》，傅山《甲辰腊月眉归自燕问讯有诗》记载其事。龚鼎孳擅诗词，有才赋。傅山于康熙五年

---

① 傅山著、刘贯文等主编：《傅山全书》第7册，附录五《序〈晋四人诗〉》，第5069页。

② 侯文正：《傅山传》，第287页。

(1666) 夏所作《江深草阁图》有题："丙午夏，写得江深草阁寒，寄麓翁老年台词宗笑。真山。"[①] 麓翁即指龚鼎孳。康熙四年（1665），傅山与曹溶相见于陈上年雁平道署，傅山感激其援助之恩，曹溶慕其高洁之志，二人遂成为挚友。康熙十八年（1679），傅山有《与曹秋岳书》，叙述自己被迫赴京参加"博学鸿词"，因病辞试归里之事。恰遇好友雪峰意欲南游，托其转交手书《金刚经》于曹溶。有云：

以七十四岁老病之人，谬充博学之荐，而地方官府即时起解，篮舆就道，出乖弄丑，累经部验，今幸放免……载归之时，山若未死，当南向跪，诵《金刚经》一卷，以当报恩。枯木堂力疾草此，求恕不恭。寒温套语，不敢做诳。秋翁先生菩萨。傅山顿首顿首。[②]

曹溶归里后也有《怀傅青主》，诗云："分作三年别，归禽乃倦飞。敝庐违朔雪，举眼盼林扉。饮酒无年少，藏山属布衣。侠肠今在否，大德本知希。"[③]

"朱衣道人案"发后，傅山隐居太原松庄，自号松侨，意为虽处故国，却似侨居异域，有亡国之痛。顺治十八年（1661），傅山好友戴廷栻所建的"丹枫阁"在祁县落成，傅山常常往来于两地，偶尔外出访友。其间，与顾炎武、朱彝尊、阎尔梅、屈大均等一批志趣相投的遗民、学者联系密切，山西一时学术鼎盛，成为北方学术交流的中心。康熙二年（1663）春，顾炎武访傅山于松庄，南北两位既有相似经历又有共同志向的遗民第一次会晤，为此两人写下了数首唱和之作。顾炎武初晤傅山，遗老相见感慨万分，有《赠傅处士山》云：

为问明王梦，何时到傅岩？临风吹短笛，劚雪荷长镵。老去肱频折，

---

① 太原傅山研究会：《纪念傅山国际学术论文集》，第169页。

② 傅山著、刘贯文等主编：《傅山全书》第1册，卷二十八，第495页。

③ 曹溶：《静惕堂诗集》卷二十二，清雍正刻本，第186页。

愁深口自缄。相逢江上客，有泪湿青衫。①

傅山和《如韵与亭林》，诗云：

好音无一字，文采会贲岩。正选高松坐，谁能小草镵。天涯之子对，真气不吾缄。秘读朝陵记，臣躬汗浃衫。②

顾炎武、傅山胸怀反清复明之志，但均未能实现志向，失败后开始了颠沛流离的生涯。这是二人初次结识时唱和的诗。叙写主客双方在危难之时相见，相互倾吐仰慕之情，共诉衷肠。顾诗借殷高宗武丁求贤之事，来隐喻明君，写出对傅山思想、学识、才干、气节的仰慕，以及自己急于来访的心情。以杜甫“劚雪荷镵”诗意，概括了傅山的清贫生活，实赞誉傅山是“威武不屈，贫贱不移”的真丈夫。傅诗既有对顾氏来访的欣慰之情，又有对时局的感慨。二人患难与共，夜半共谋恢复故国之策。“有泪湿青衫”“臣躬汗浃衫”写出了志同道合者百感交集泪湿青衫，将爱国志士的形象跃然纸上。顾炎武造访傅山后，傅山又迎来了阎尔梅。阎尔梅有《访傅青主于松庄二首》云：

狼孟西南大卤平，汾川直逼太原城。山中有客能逃世，海内无人敢好名。（之二）③

是诗从傅山的思想、人品、才学等多方面给予了很高的评价，写傅山所居地势，赞其学术、医学、绘画等方面的成就。同年顾炎武北游雁门，结识不涉仕途的“四布衣”之一李因笃，并寄信傅山，介绍二公认识。傅山即于此年写信给李因笃，李因笃于康熙三年（1664）拜访傅山。

---

① 傅山著、刘贯文等主编：《傅山全书》第 1 册，卷十，第 187 页。
② 傅山著、刘贯文等主编：《傅山全书》第 1 册，卷十，第 187 页。
③ 傅山著、刘贯文等主编：《傅山全书》第 7 册，附录八，第 5328 页。

康熙十七年（1678），诏举“博学鸿词”科，傅山亦在推荐之列。傅山以病称坚决拒绝推荐，官府强送至京。后傅山又以病情加重而拒绝应试，当中有赖文华殿大学士兼吏部尚书冯溥从中斡旋乃得免试。冯溥字孔博，号易斋，山东益都人。傅山卧病时冯溥有《奉送征君傅青主先生二首》。傅山离京时冯溥又有《奉送征君傅青主先生还里》，诗云：“星能犯座还称客，云可怡人自有诗。驴背春风归去稳，外臣箕颍拜恩时。”[①] 傅山拒不应试忠于明朝的义烈言行，震动了明末清初的整个士林，成为其人生最为壮丽的一笔。在此期间，傅山还结识了王士禛。康熙十九年（1680），傅山画《荷竹图》寄王士禛，王士禛答有《傅青主征君写荷竹见寄奉答兼怀戴枫仲》诗：“烟墨淋漓元气足，老笔纵横破边幅。卧游真对两诗翁，晋祠流水如碧玉。”[②] 由画论及技艺及人品，对遗民傅山极为尊重。傅山虽善书画，但轻易不与人作，尤难为清廷官吏动笔，却写寄于王士禛，可见二人相互推崇。王士禛《池北偶谈》亦列有“傅山父子”条。

傅山是明清之际重要的遗民诗人，入清后虽不与世事，但仍系一方人望。清初在山西祁县的“丹枫阁”和江苏如皋的“水绘园”，分别形成了南北两个学术文化交流的中心。“丹枫阁”即由傅山、顾炎武、阎尔梅等大量遗民的登临题咏而闻名。傅山以其高洁的人格和卓越的成就，成为清初北方遗民社会的中坚和北方学术文化的重心，以其独具地域特色的诗歌创作，代表了北方遗民诗创作的最高水平[③]。严迪昌赞傅山，“身为秦晋之人而对‘西北之文’持清醒省识，傅山是深刻的一个……在《序西北之文》里所说的‘取经多而用物宏，其文沈郁不肤艳利口耳，读者率佶倔之’与‘东南之文’相异的特质等等，均系自觉地判认到‘天地之气势然’的地域诗文特有其不相混同的面貌。而‘敛华就实’，如‘大雪落树皆成锋刃，怪特惊心’的艺术个性之说，又不啻是傅山为代表的西北诗群的概评；至于‘洁而孤’的狷者性格，导致‘其言之体亦廉而不贫’。”[④]

---

① 傅山著、刘贯文等主编：《傅山全书》第7册，附录三，第5010页。

② 傅山著、刘贯文等主编：《傅山全书》第7册，附录三，第5008页。

③ 张兵：《傅山的个性与其诗歌的主题取向》，第68页。

④ 严迪昌：《清史诗》，杭州·浙江古籍出版社，2002年版，第305页。

第三节　清初山右诗人程康庄

清代著名文学家陈维崧曾编选《四大家文选》，选归有光、王猷定、侯方域、程康庄等“四大家”文章为一册。其中归、王、侯三家只选文，独程康庄兼附诗、词，其分量不言而喻。程康庄（1613—1679）[①]，字坦如，一字昆仑，山西武乡人。程康庄自幼秉承家学，少时即以文学知名，为时辈所重，“陈大士、罗文止、杨子常胥称之”[②]。清初出判镇江，适王

① 关于程康庄卒年，目前学界主要有两种说法。一是邓之诚《清诗纪事初编》载程康庄“卒于（康熙）十八年（1679），年六十七，事具《清史列传·文苑传》，毕振姬《耀州知州程公墓志》”（《清诗纪事初编》，上海古籍出版社，1984年版，第732页）；《山西献征》《山西历史名人传》《山西藏书家传略》《清代词学的建构》均采此说。二是据毕振姬《奉政大夫耀州知州程公暨宜人合葬墓志铭》载，程康庄“卒康熙十四年（1675）某月十六日酉时，生万历四十一年（1613）五月十四日戌时，得年六十有七”（程康庄著、李雪梅等点校：《程昆仑先生诗文集》，太原·三晋出版社，2008年版，第324页）。官大梁《程康庄的卒年及〈自课堂集〉》（《学术研究》1989年第5期，第96页）、江庆柏编著的《清代人物生卒年表》（人民文学出版社，2005年版，第771页）均持此论。程康庄卒年《清史列传·文苑传》（王钟翰点校：《清史列传》，北京·中华书局，1987年版，第5793页）未载，《刺史昆仑先生事略》记载：“丁巳（1677），乞休归，时州民为立碑纪德政。先生既归，载书连骑，庋藏于家，邑人士借观者不绝，皆曰：‘是昆仑先生宦囊也！’己未（1679），卒于家，年六十七岁。”（《程昆仑先生诗文集》，太原·三晋出版社，2008年版，第320页）《程昆仑别传》记载：“秩满，迁安庆府同知，坐前政宿狱不举发，镌级授耀州知州。年六十有五，告归二年卒。”（程康庄著、李雪梅等点校：《程昆仑先生诗文集》，太原·三晋出版社，2008年11月，第316页）上述材料，无论采哪家之说，卒年六十七岁应为定论，而毕振姬《奉政大夫耀州知州程公暨宜人合葬墓志铭》所云：“卒康熙十四年某月十六日酉时，生万历四十一年五月十四日戌时”，实际为62岁，而与该文记载的“得年六十有七”相互矛盾。《陈维崧年谱》记载好友程康庄卒于康熙十八年（1679）（陆勇强，北京·中国社会科学出版社，2006年版，第456页）。据此可以认定，程康庄卒年应为康熙十八年（1679）。

② 王轩等：《山西通志》，《中国省志汇编》第十三册，台北·华文书局，1969年版，第2694页。

渔洋司理扬州，二人隔江唱和，在江南时称“江上下二诗伯”[①]。著有《自课堂集》[②]。

崇祯八年（1635），程康庄选为拔贡，送至京师，“汇所拔士贡，之天子肄业”，“所不可忘，独有十人，书之东壁。而以仆为选首”[③]。程康庄在明朝已经取得了拔贡功名，并且名列前茅，为天子门生，受到特殊恩遇。其曾受知于山西学政袁继咸，与傅山、薛宗周等人为同学，亦曾与其同学远赴京城，为恩师袁继咸讼冤。甲申国变之后，程康庄先后有《甲申辞荐举书》《乙酉辞征赴选书》，其以“父故也，况于三年之丧乎”为由[④]，坚持拒绝举荐，将“惟愿许全初之志，庶几养日修夕，则残躯得以永托矣”[⑤]，作为自己在易代之后的志向。这一切都表明程康庄心怀皇恩，忠于故国，且力图以遗民自居，并且在实际上也选择了乡村隐逸生活，坚决拒绝出仕。顺治十一年（1654），程康庄以“山林隐逸”被山西巡抚保荐，以拔贡“任镇江通判，摄大营理事”[⑥]。程康庄被迫出仕，有违初衷。因此，在此意义上称其为“贰臣”，亦不过分。

程康庄传世诗歌160余首，按题材来分，其诗主要涉及纪游写景、朋友赠别、怀古咏史、品书题画等方面。按时间来分，其诗以仕清为界，分

---

① 中国历史文献研究会编：《历史文献研究》，北京燕山出版社，1990年版，第307页。

② 《自课堂集》版本有二，一为康熙五年刻本，此本入山西省文献委员会编撰的《山右丛书初编》，是集经钱谦益、朱彝尊选定，共三卷，凡文一卷，诗余一卷，诗选一卷。前有木庵、王士禄、蒋超、钱谦益、吴伟业、魏裔介、龚鼎孳、黄文焕、陆沂、杜濬、朱一是、顾宸等人序跋。一为清嘉庆文选楼刻本，自课堂文集一卷，诗集一卷刊本，集前有合肥龚鼎孳序。是集为古夔李长祥、无锡黄传祖、新城王士禛、黄冈杜浚同选（清范邦甸《天一阁书目》卷四之二集部）。一为康熙元年刻本，经黄传祖、王士禛、李长祥、杜浚评选，是现存诗文集中最早的版本，现存首都师范大学图书馆。

③ 时新：《清初三诗杰程康庄吴雯王含光》，太原·三晋出版社，2010年版，第2页。

④ 程康庄著、李雪梅等点校：《程昆仑先生诗文集》，太原·三晋出版社，2008年版，第218页。

⑤ 程康庄著、李雪梅等点校：《甲申辞荐举书》，《程昆仑先生诗文集》，第216—217页。

⑥ 王轩等：《山西通志》，《中国省志汇编》第十三册，第2694页。

为前后两期。前期诗学竟陵，以性灵为宗，阐“幽情单绪”之情，诗文多关注于山水田园生活。后期在清代政局基本稳定阶段应举出仕，但当时文网甚严疑忌尤多，诗人尽量淡化政治回避现实。其诗以五、七律最工，以描写山水景致、纪游咏物为其诗歌重要主题。此类诗虽有枯寂荒寒之感，但能将生活情趣融入诗歌，显得清幽自然，有着丰富的内涵和较高的艺术价值，颇能代表程康庄诗歌的创作水平。

一、程康庄诗风的转变

晚明诗坛“七子”因复古而走向僵化，代古人言失却了真性情，公安派起而矫之倡以“性灵”，末流走向流俗。竟陵承“性灵”而以“深幽孤峭”救之，风靡诗坛三十余年。“汉体昔年称北地，楚风今日遍南州。”①受时代风气影响，程康庄“诗文皆学钟谭”②，讲求灵心与性情，同时为避免公安派之流弊，也倡导学问，走师心与师古相结合的道路，从而达到“厚”的境界。

程康庄在《绥庵诗集序》中称赞友人蒋虎臣诗云：“深中隐厚自觉有余，为世所称诵者甚少，惟公之诗，搜奇破险，穷幽入微不羁，固虽知或拟之松陵、昌谷、平昌、昌黎之间，非不得其一端，而未能有以尽其变。盖公气质高迈，情思刻深，而又遭世早遇加以学问，故风雅之作波属云委，使非少陵不足以期之矣。”③ 此论并非泛泛称赞，二人志同道合，在诗学上有着相同趋向，程诗也有“搜奇破险，穷幽入微不羁”的竟陵诗风，用字不避险怪，多选择寺庙、山风、冷月、冬槐等景物，以雨景、雪景、月景、秋景为主。如《感梅》《雨花台》《山中》《牛首山》《秋雨》《北平除夕怀弟坦之》等诗，所选景物往往具有幽冷、险怪、孤寂、空灵的特点。《秋雨》诗云：

---

① 陈子龙：《遇桐城方密之于湖上归复相访赠之以诗》，《陈子龙诗集》卷十三，第 415 页。

② 邓之诚：《清诗纪事初编》，第 732 页。

③ 程康庄著、李雪梅等点校：《绥庵诗集序》，《程昆仑先生诗文集》，第 171 页。

雨脚因门变，秋来也自妨。小花缘径湿，轻雾到衣凉。石级荒荒白，溪流暗暗长。岁凶兼废酒，山险恃空囊。①

秋雨本是诗中常见之景，但其用词着色鲜艳甚至耀眼，愈将秋意渗透。“岁凶兼废酒，山险恃空囊”融入个人穷处之感，通过对比突出远行者之孤单与秋雨之肃杀。将“小花缘径湿，轻雾到衣凉”渲染的淡淡秋思浓化，使秋雨传达的情感更显“幽情单绪”。是诗中“荒荒”“暗暗”等字眼使石级、溪流染上了孤寂幽冷的色彩，虽合诗意但由此产生的晦涩、槎枒之感大大降低了诗的艺术性。采用“妨”“废酒”“空囊”等“险”字入诗，虽合诗韵也较灵动，但读之不畅有突兀之感，降低了诗的审美性。王昊称程康庄：“诗则刿刻性灵，脱落尘滓，想曲而不失于险，趣幽而不失于苦，至于即境寓怀，庀才征事，博雅而钟鼓鼎彝，悲壮而鬼神风雨，可谓美矣！备矣！”② 采用险怪、着色鲜艳的字眼，虽取得了“趣幽”“刿刻”的效果，至于“美矣！备矣”，应另当别论。

程康庄用字不仅不避险怪，而且还强调炼字，要求用精练的字眼写照出诗人的独怀孤往、渊衷静止。《松台山房诗集序》有云：

凡物之速成者易尽，而坚好者必迟……若夫操的而贯虱，九折臂而成医，蒙金以砂，琢玉于璞，陶施之事，髻垦薛暴，不入于市。是物之坚好，其为之甚难而又迟，若此固未有取效于速成而朝夕不相待者也，其于诗文也亦然。③

“坚好者必迟”是程康庄追求炼字的必然结果，如方尔止评价其“诗文之难成，譬诸练帛铸剑，迟之久而又久，方能尽善尽美，此至论也”④。《焦

① 程康庄著、李雪梅等点校：《秋雨》，《程昆仑先生诗文集》，第 50 页。

② 王昊：《自课堂集序》，载《程昆仑先生诗文集》，第 3 页。

③ 程康庄著、李雪梅等点校：《程昆仑先生诗文集》，第 155 页。

④ 方尔止：《松台山房诗集序》，载《程昆仑先生诗文集》，第 156 页。

山》有云：

一山浮翠落城隈，清磬声闻两岸开。树杪人家经雨出，海门鱼浪逐风来。云公讲法还留石，焦氏辞金不起台。极目江天千古思，尘劳惭说佩刀才。[①]

此诗从远处着手，起句刻画出满是绿树掩映的焦山，以及坐落于山脚下树木丛生的小城。当中“落”字用得极是妥帖，将二者相互掩映、偎依的位置表现得恰到好处。二句写寺庙磬声之悠扬，“开”字用得极妙，令人产生无限的遐想，好像长江之水闻声而来，将焦山一分为二。颔联写一山之隔，而江上与山下不同风景。山麓细雨挡不住行人的脚步，依然冒雨而行，而江上却是汹涌波涛，鱼浪随风而来，一浪高过一浪。“逐”字本算不上新奇，但如果联系句中“海门鱼浪”二句则意趣开朗，从鱼浪来写风之强劲，更显江上风涛之大，同时愈显山麓细雨之温和，两相对照愈显情趣。是诗所采字句平常无奇，但及连缀成韵联句成篇，不无精诣独到。要注意的是，是诗作于为官镇江通判之时，诗人虽然强调用字，但那种以“孤清”为诗趣，偏爱“苍寒”之境已大大减弱，而清丽澄明之感若隐若现，侧面反映了程康庄前后诗风的渐变。

“世积乱离，风衰俗怨。”程康庄诗风存在一个动态的变化过程。顺治十六年（1659），程康庄出任镇江通判，康熙十六年（1677）乞休离开耀州，他主要任职时期为顺末康初，此期清朝政权日益巩固，逐步迈向史家所称的“康乾盛世”。清初贰臣诗人龚鼎孳位居高位“总持风雅”，国朝诗人王士禛“神韵”诗引领诗坛，整个诗歌的审美趣味体现了盛世雅音特色。程康庄出仕后，随着身份的变化、交友的扩大，以及诗坛风气的影响，其诗风渐由幽情单绪转向冲和淡雅，与神韵说暗通一气，渐趋温柔敦厚的盛世诗潮气象。

程康庄近30年的故国生涯，以及甲申国变清军暴行的见闻，这些都牢

---

① 程康庄著、李雪梅等点校：《焦山》，《程昆仑先生诗文集》，第37页。

牢地印在其脑海中并且时刻警醒着自己，因此在其诗文中也时现故国之思。但与钱谦益、吴伟业等已经在明朝政治体系内浮沉多年并已成名，又或是在新朝成名的龚鼎孳、刘正宗等老资格官僚相比，程康庄对明朝的感情相比要寡淡得多。其故国之思更多的是一种王朝变换的情思，以及面临历史巨大变化之际个人的无奈。程康庄为官之时，清王朝已建立16年，其在心理上已经认同了清王朝，因此在精神上缺乏像钱谦益、吴伟业那样对明朝难以磨灭的认同感。无论在精神上，还是在风格上，入仕后的程康庄与魏裔介、李雯、施闰章，乃至后来的王士禛等完全由清朝培养起来的一代新贵，显然是更为贴近。如《感梅》有云：

见汝悟时艰，荣华向冬月。南枝感激生，北枝愈清越。徂落道弭尊，辞群志犹揭。零雪纷下颓，微风鸣弗歇。韬轲合幽栖，悇憛雕壮发。静夜生愧悔，对如尝不曰。丈夫非无知，宅情与汝歇。所悦炜烁时，不易清坚骨。①

诗人借梅花逢寒冬开放，寓己孤寂高洁不得良遇之感。是诗包含着志士不遇，又夹杂有身仕两朝不便明言的悔恨，以及王朝变换的故国之思。这一切诗人未全然显现，欲言又止，传达出的只是一种迷离恍惚、若有若无的感伤，某种程度上吻合了王朝认可的、相对含蓄的“神韵”之风。

程康庄诗歌似乎在有意避讳敏感题材，其诗歌中反映民瘼以及社会变迁现实的诗作几乎没有，已然背离清初诗人所执着反映现实的传统。程康庄诗歌题材大多是咏物写景纪游之作，“无意中将人们的目光从改朝换代的残酷现实引向远离社会的自然美景，这就更加显示出一种盛世元音的局度，客观上起着歌舞升平的作用”②。其入仕后的诗歌风格圆润得多，也更接近“绝世风流润太平”的王士禛辈，宛然“盛世”腔调。如《雨中陪刘孔著给谏登金山同诸僚友》诗云：

---

① 程康庄著、李雪梅等点校：《程昆仑先生诗文集》，第78页。

② 朱则杰：《清诗史》，南京·江苏古籍出版社，1992年版，第205页。

春雨还无赖，潇潇江际风。人当逢大雅，山莫在晴空。烟色仍花上，龙腥忽雾中。提纲勿过急，相戒小奚童。①

是诗清新自然，在澄明的天色间，春雨潇潇并不给人以凄冷之感。雅士相集自是乐事，雨后山景别有一番情趣，山间雾气朦胧宛若仙境，急雨过后泛起的泥土气息又含有些许的腥气，山间美景、自然气息尽在胸中。末句写儿童雨后嬉戏，使整个画面显得灵动活泼，可谓诗中有画，画中有诗。黄心甫评该诗“流动新粲，中含元气，全是盛唐”②。陆沂在《自课堂集序》中言程康庄：“五古风格出入建安黄初，而五七诸近体绝句，则兼有李杜之长。或时浸淫于嘉州、龙标之间，至排律及七言歌行，则浑然少陵也。”③ 康熙十年（1671）程康庄奉诏回京补官，参加朝廷举办的太和殿对策，《对策太和殿》诗云：“上国材贤浩纵横，琢磨词气类华星，西山爽气朝未见，魏阙青途得后轻。”④ 是诗表现新朝人才济济，重获官职后的喜悦以及对国朝的感激之情。全诗雍容典雅，不失温柔敦厚之旨。

王士禛晚年辑平生故人之诗成《感旧集》，其中收有程康庄入仕后诗作数首。朱彝尊序《感旧集》称王氏在京为官时，“岩廊翰苑，朝会宴喜，应制投赠之作，咸乐得先生甄综之，顾寥寥数人外，多置而不录”⑤。卢见曾为该书所作的《凡例》中说，入选诗人“遭遇不同，情性各异，而一经先生选次，如金之入大冶，渣滓悉化，融炼一色”⑥。一些风格各异的作者，经过选家的处理，仿佛都成了风格恬淡、平和蕴藉的诗人。程康庄诗作入选该集从侧面说明程诗风格的转变及对当时诗风的影响。

---

① 程康庄著、李雪梅等点校：《程昆仑先生诗文集》，第 26 页。

② 黄心甫：《雨中陪刘孔著给谏登金山同诸僚友》下注，载《程昆仑先生诗文集》，第 26 页。

③ 陆沂：《自课堂集序》，载《程昆仑先生诗文集》，第 26 页。

④ 程康庄著、李雪梅等点校：《程昆仑先生诗文集》，第 33 页。

⑤ 王士禛：《渔洋山人感旧集》，《清代传记丛刊》，明文书局，第 8 页。

⑥ 王士禛：《渔洋山人感旧集》，《清代传记丛刊》，明文书局，第 11 页。

二、程康庄的诗学理论

程康庄在诗歌理论上并无专论，大多散见于其为友人诗集写的序跋。程康庄论诗讲求性情，以才运气。其《王司勋五种集序》云："然因事感怀，宣郁则止，无专之学，其在后世，始专以诗名家。"① 性情主要指个体内在情感，也即竟陵"幽情单绪"之情，此情要以才气出之，方显灵动自然。既要表达诗人的内在心绪，又要表现事物固有之形态。《射宋陵诗序》云："独才与气之间，其隐在内体无定端，虽有善者，亦不能为之强同苟求。其善操己之长，与性冥通，则适于道，而皆有可传艺之至者，不两能岂不信哉？"② 气即性，有性情则自有灵趣。"才"是关键，要驾驭"气""性"，方能役典籍运心灵。

诗情不仅要求助于性灵、气性，还要从典籍中汲取营养。"诗人之法，可学而至。"③ 无论是性情之源，还是言诗之法都离不开学。王昊在《自课堂集序》云："先生负绝世才，少长学门于古今典籍无所不窥，每一搦管则雾滃云濩，杂沓肆至，盖其才既开迈而又能重学积文，以湛深之思所以致此，岂可与天下之浅夫妄竖轻自标识者同日而语耶？"④ 诗人在确立性情优先的诗学前提下又不废学问，重之以经史。程康庄在《十蜂堂集序》云：

吾读书自尧舜以至今日，其文称繁衍矣，而深严奥郁，卒莫过于六经……今之为文者，务为辩博可喜，然浮饬演迤，辄书其所见甚者，等于裨贩，顾视六经，龉龁割裂之不暇，况能相庭于成乎？⑤

① 程康庄著、李雪梅等点校：《程昆仑先生诗文集》，第 122 页。
② 程康庄著、李雪梅等点校：《程昆仑先生诗文集》，第 185 页。
③ 程康庄著、李雪梅等点校：《射宋陵诗序》，《程昆仑先生诗文集》，第 185 页。
④ 王昊：《自课堂集序》，载《程昆仑先生诗文集》，第 3 页。
⑤ 程康庄著、李雪梅等点校：《程昆仑先生诗文集》，第 142—143 页。

程康庄强调以学问来充实“厚”的诗歌境界，但又力求避免过度学问化，伤其真美。《十蜂堂集序》又云：“夫以山水之胸，牢笼经史，克济其长，不清绝不足以发其高洁精神，不足以驱淹抑迨，久而忘其虚实，不知九峰之有，而一峰之无。”① 借学问以充实“才情”，不堆砌故实，将学问自然化于情感的表达、景物的刻画方显高致。

每个时代都有自己的风格特点，诗歌要结合“世运”而变化。《王贻上诗序》云：“夫诗世代升降不齐，其间崛兴间出，不以世代渐劘者，往往不绝，它亡具论。”②《绥庵诗集序》又云：

> 夫诗盛于唐，世辄谓古今人不相及宋元，且毋论明初作者，时或旁通直畅。然沿习故输屡矣，形束而不即变，至何、李奋起，相然信始革芜音，王、李继之，济以雕润，虽盛藻跨俗，而踈折朴削之美，抑郁未遑，迨竟陵出风斯靡矣。③

明代以唐诗为尊，复古因袭而不知变通，末流趋于僵化。竟陵承公安起而矫之，在“师古”同时又融以“师心”，倡以“独抒性灵”，以“幽情单绪”为宗，因而竟陵诗风风靡一时。程康庄认为“夫物不受变则材不成，人不易业则智不明”④。诗歌与此同理，必须变化才能焕发新的生命。

程康庄吸取公安性灵之长而避其所短，倡以学问讲求变化。创作取径是对了，但他未能找到师心与师古结合的关键点——广阔的社会现实，只是抒写个人性情，虽然对诗歌自身的表现力发掘无遗，描摹景致也能细致入微，却失落了性灵中自然天成的情态，诗境狭窄诗情单一，此乃其不足之处。

---

① 程康庄著、李雪梅等点校：《程昆仑先生诗文集》，第 143 页。

② 程康庄著、李雪梅等点校：《程昆仑先生诗文集》，第 164 页。

③ 程康庄著、李雪梅等点校：《程昆仑先生诗文集》，第 171 页。

④ 程康庄著、李雪梅等点校：《王翰孺稿序》，《程昆仑先生诗文集》，第 179 页。

三、程康庄与顺康诗坛

清初诗坛主要有遗民诗人、贰臣诗人、台阁诗人等三大创作群体。程康庄早有文名，为时辈所重，在镇江任通判期间广泛结交新朝士子、遗民故老，“公余与诸生赋诗论文无虚日”[①]。先后知交如吴伟业、王士禛、王士禄、孙枝蔚、宋琬、施闰章、朱彝尊等，彼此间常有诗文往还，引起了江南诗坛的广泛反响，为其赢得了诗坛声望。

程康庄任镇江通判时，王士禛适任扬州推官，二人常诗笺往来，隔江唱和。吴伟业《程昆仑文集序》记载了王士禛对程康庄的推崇，序云：

> 已而放衙召客，刻烛赋诗，清言霏霏，不绝坐客，见而诧曰“王公真天才也”，贻上乃盛推程公昆仑不置。程公镇江通守也，南徐幕府初开，军国异容，主客狎进，程公一儒者，左支右掣，日不暇给，顾以其间为诗古文词，与贻上邮筒唱酬于烟江相望之内。[②]

王士禛有《朝中措·平山堂次欧公原韵》《海棠春·闺词》，程康庄均有和作，其《青溪逸事》辞旨凄丽，见者无不惊诧。王士禛长兄王士禄，在《程昆仑招集万岁楼》将程比为“参佐风流如谢朓，楼台潇洒似王恭”[③]，并说“吾闻大江以南之尸祝昆仑矣！”[④] 程康庄则在《西樵集序》中历数从汉至明以诗名世者后，由此类比王氏兄弟，“兄弟竞爽，号为杞梓，名闻于天下”[⑤]，由此可见其对王氏兄弟之推崇。王士禄、王士禛兄弟对程诗亦甚为推崇，多作评点。

程康庄任耀州知州时曾入京述职，为诗坛名家龚鼎孳、魏裔介等所赏

---

① 王轩等：《山西通志》，《中国省志汇编》第十三册，第 2694 页。

② 吴伟业：《程昆仑文集序》，载《程昆仑先生诗文集》，第 21 页。

③ 沈德潜等编：《清诗别裁集》，第 121 页。

④ 王士禄语，载《程昆仑先生诗文集》，第 16 页。

⑤ 程康庄著、李雪梅等点校：《程昆仑先生诗文集》，第 122 页。

识。龚鼎孳言其“诗歌坚古深朴，上逼浣花翁，绝非斗花俪叶者比”，“至其干局英达意气磊落，凡诸懿绩笔不能书”①。程康庄则有《寄大司马龚芝麓先生二首》，“天下方舆分缓急，人间虎豹肃征求”②，称赞龚鼎孳得人之盛况。魏裔介称程诗“每一披阅，则赏心悦目”③。程康庄则赞魏诗“精神奥拔，齐乎日月之光”④，并有《寄相国魏石先生二首》，叙述其任职缘由“即看今日承明地，犹是当年中秘书”⑤。此外，程康庄与钱谦益、施闰章、宋琬等亦有交往，他们对程康庄诗歌均有评价。钱谦益在《自课堂集序》中云：

昆仑之诗文，才气横溢，词源倒流，如喷泉之涌出，如龙气之直上，徐而按之，辞有体要、文有原委，不骋奇于篇什，不求工于字句，如武库之有五兵，如玉府之有六玉，井井乎，其行列也，离离乎，其相属也，进而扣所有，愈出而愈不穷也。⑥

称赞程康庄诗本性情，才华横溢，学养深厚。类似论述似有过誉之嫌，但从侧面也见出了程诗在当时的影响之大与成就之高。

程康庄不仅结交当朝士大夫，还与隐居江南的孙枝蔚、杜濬、林茂之等遗民相互唱和。陈维崧有《风流子·南徐春暮程昆仑别驾招饮南郊外园亭，同方尔止、孙豹人、谈长益、邹程邨、何雍南、程千一赋》，记载程康庄与时人交往盛况。杜濬明亡后寓居江宁，与程康庄时相往来，并评点程康庄全部诗歌。孙枝蔚、林茂之对程诗也间有点评。程康庄本是被迫无奈做官，“何知作吏风尘苦，况值濒江逼戎马”⑦，常有受困尘网之感。加

---

① 龚鼎孳：《自课堂集序》，载《程昆仑先生诗文集》，第 24 页。
② 程康庄著、李雪梅等点校：《程昆仑先生诗文集》，第 3 页。
③ 魏裔介：《自课堂集书》，载《程昆仑先生诗文集》，第 22 页。
④ 程康庄著、李雪梅等点校：《兼济堂集序》，《程昆仑先生诗文集》，第 145 页。
⑤ 程康庄著、李雪梅等点校：《程昆仑先生诗文集》，第 3 页。
⑥ 钱谦益：载《程昆仑先生诗文集》，第 19 页。
⑦ 程康庄著、李雪梅等点校：《酬林茂之将同贻上刻其诗集》，《程昆仑先生诗文集》，第 73 页

之此前爆发的“科场案”，很多汉族士人牵连被杀，程康庄常有惺惺相惜之情，同这些孤节自守的遗民交往，让他有了“同调”之感。

沈德潜在论及清初诸选本时说：“国朝选本诗，或尊重名位，或借交游结纳，不专论诗也。陈检讨《箧衍集》较诸本为善，然只及康熙癸丑。”① 陈维崧《箧衍集》选录极严，其中存程诗数十首。李锡麟等辑录《国朝山右诗存》凡二十四卷，其中选程康庄诗53首，位居全省第八。范士熊编选武乡诗歌总集《南亭诗钞》凡十四卷，程康庄诗单独为一卷。程康庄诗歌入选上述诗集及选录之多，可见其在清初诗坛占有一定地位，确有可观影响。

第四节　台阁诗人陈廷敬及诗风转向

陈廷敬（1640—1712），字子端，又字月岩②，号说岩、樊川，晚号午亭。山西泽州（今阳城）人。顺治十五年（1658）进士，历任工部尚书、户部尚书、吏部尚书及刑部尚书，兼管修书总裁事务。陈廷敬一生仕途较为畅达，“遭际昌期，膺受非常之知遇，出入禁闼几四十年”③，前后升迁共28次④。康熙五十一年（1712）病逝。著有《午亭文编》五十卷、《午亭山人第二集》（即《午亭归去集》）三卷。

---

① 沈德潜等编：《清诗别裁集》，第1页。

② 《将归杂咏十二首》末注：“吾家山名月岩，太行之枝陇也，余因以为字。”陈廷敬：《午亭山人第二集》卷二，《清代诗文集汇编》第153册，上海古籍出版社，2010年版，第9页。

③ 纪昀等：《午亭文编》卷首提要，载《四库全书》集部第1316册，台北·台湾商务印书馆，1986年版，第2页。

④ 栗守田：《皇城石刻文编》，阳城皇城历史文化丛书，1998年版，第42—43页。

一、陈廷敬思想及诗歌内容

（一）陈廷敬的思想

陈廷敬以儒家思想为主导，自幼服膺乡贤理学大师薛瑄，《困学绪言》自言："河津薛子起而振理学之传，继河汾之业，庶几乎可进于孔子者也。予童稚之年即知向慕。"① 薛瑄为有明一代著名理学大师，承继朱子之学。《四库全书总目》评价说："大抵朱陆分门以后，至明而朱之传流为河东（薛瑄），陆之传流为姚江（王守仁），其余或出或入，总往来于二述派之间。"② 陈廷敬与薛瑄一脉相连，以儒家思想为旨归，讲求文以载道有益世用。《题张孝先所刻〈濂洛风雅〉》云："无穷风雅归濂洛，有用文章学孔周。"③ 其次，陈父陈昌期强调："修身教家，敦行厉世，本于学术，不移于物情，不夺于利势，不忧不惧，特立独行，惟准乎圣人之道而尽心焉。"④ 又云："学者攻应举文字，恒视读书、立品为二事。吾所以教汝曹者，以读圣贤书当实存诸心而见之行事。"⑤ 受此环境熏陶，陈廷敬从小就以圣人为榜样，胸怀儒家济世之志。再次，顺治十五年（1658），陈廷敬考取进士入翰林院庶常馆，其间多受帝王恩宠，《翰林院侍读吴默岩墓志铭》自叙："与承恩等三人读书翰林中，上尝幸景山、瀛台、南苑，辄召以从，赐坐延问如家人。"⑥ 散馆后陈廷敬授秘书院检讨，具有了"储相"资本，由是进一步激发了他的忠君爱国之心。仕宦期间，陈廷敬依然潜心研习河东之学。同乡魏象枢曾期许其继承孔教之真传，陈廷敬在《资政大夫刑部尚书致仕谥敏果魏公墓志铭》中谈道："（魏环溪）尝谓余曰，昔孔

① 陈廷敬：《午亭文编》卷二十四，《四库全书》集部第1316册，第356页。
② 纪昀等：《四库全书总目》，第527页。
③ 陈廷敬：《午亭山人第二集》卷一，《清代诗文集汇编》第153册，第540页。
④ 陈廷敬：《午亭文编》卷四十三，《四库全书》集部第1316册，第619页。
⑤ 陈廷敬：《午亭文编》卷四十三，《四库全书》集部第1316册，第621页。
⑥ 陈廷敬：《午亭文编》卷四十五，《四库全书》集部第1316册，第644页。

子殁，群弟子各以其学传四方。自子夏教授于西河之上，彬彬乎文学之风，晋有人哉。薛公文清以来，曹公真予而后，斯道将犹未绝也。子得无意于斯乎，余愧公言而莫之能学也，余又乌乎，铭公既不得辞则排纂公事而系以铭。”① 陈廷敬虽然对魏象枢的期许予以谦虚之辞，自言不敢承此大任，但将其写入别人的墓志铭，可见其内心对此的认可，期以儒教继承者自居。

陈廷敬在朝为官多年，虽然为人谨慎清廉自勉，看似仕途顺利，但在这中间也潜存着许多明争暗斗，同僚之间时常也有相互倾轧。对此陈廷敬深感官场险恶，如履薄冰，常抱静观其变的态度。在儒家思想占据主导地位的同时，陈廷敬也受道家、法家随时应变等观念的影响。陈廷敬晚年多病缠身，父亲陈昌期、小弟陈廷翰等相继过世，引发其归隐乡村之念。《漆园城》诗云：“隐吏何人解息机，漆园漠漠草菲菲。只今梦里三千载，惟见春来蝴蝶飞。”② 诗作于康熙三十一年（1692），时陈廷敬已经官至帝师功成名就，却心仪庄子崇尚道家之旨。其《绝句十首》诗云：

入仕常为未仕身，故因衰晚谢簪绅。若言容易山林去，世上应无名利人。(之九)

五十年余一梦中，半醒半睡向春风。明朝却走邯郸路，细把因缘问吕翁。(之十)③

诗中“入仕常为未仕身”意，阐明其心底之双重品格。一是“入仕”即持“修身、齐家、治国、平天下”之道，并在50年中为此竭尽心力；二是“未仕身”即崇尚“道法自然”之旨，追求于萧然物外之“任自然”“复自然”，摆脱心理羁绊，清除心身奴性。此心境并非偶起波澜之举，康熙元年（1662），即陈廷敬授检讨的第二年，就曾请假返乡探母，一住三年。

① 陈廷敬：《午亭文编》卷四十四，《四库全书》集部第1316册，第629页。

② 陈廷敬：《午亭文编》卷二十，《四库全书》集部第1316册，第290页。

③ 陈廷敬：《午亭山人第二集》卷二，《清代诗文集汇编》第153册，第543页。

由此可见，陈廷敬在入仕之初便有此心结。以儒为主，以道为辅的思想观念贯穿其一生。

（二）陈廷敬诗歌内容

陈廷敬“家故多藏书，少时即能纵观，喜为诗歌”①，存诗共有2600余首，其中尤以律诗和古体为佳。诗集中写景、抒情、咏物、怀古等题材均有涉猎，但主要是纪恩、颂圣的应制之作、抒写“相臣心事”的述怀之作、离京外出的写景纪游诗以及对故乡及亲友的怀念之作。有关颂圣的应制之作和抒写“相臣心事”的述怀之作，下文会有阐述，在此不再赘言。

1. 写景纪游诗

顺治十五年（1658），陈廷敬考取进士之后，基本都在朝为官，一生仅有六次离京（一次病假、两次丁忧、两次随驾南巡、一次祭告北镇）。其写景纪游之作基本都作于此期，既有“骏马秋风塞北”的雄浑气势，也有“杏花春雨江南”的清新俊逸，更有对故乡秀美风光的细致描摹。依据其外出经历可分为三类。

一是北镇出行之作。康熙十四年（1675），在翰林院侍读的陈廷敬升为詹事府詹事。次年奉命祭告北镇，“历卢龙，出榆关，循辽西之塞，望东海而临碣石，鸣笳启路，河山千里，乃始秩于医巫闾之下而告竣”②。其间写有一系列描写蓟北山水风景的诗歌，共百余首，编为《北镇集》。其《澄海楼观海》诗云：

燕山蜿蜿如游龙，东将入海陵虚空。峦壑汹涌变形状，腾波赴势随飞虹。长城枕山尾掉海，海楼倒挂长城外。地坼天分界混茫，山回城转横烟霭。楼脚插入大海头，巨灵触搏海怒流。呼吸万里走雷电，崭凿中涌堆山丘。乍到魂虑忽变慑，意象懜慌难寻求。五岳拳石渺一粟，九州小屿浮轻

① 纪昀等：《午亭文编》卷首提要，载《四库全书》集部第1316册，第2页。

② 徐乾学：《北镇集序》，载《四库全书存目丛书补编》第78册，济南·齐鲁书社，1996年版，第458页。

沤。沧溟浩荡乾坤窄，弱水流沙在咫尺。扶桑弄影杳何处，空青一线摇金碧。却忆洪涛泛滥时，苍茫神禹经营迹。百川既导万穴归，天吴海若安窟宅，四海以内真弹丸。秦还汉往如翻澜，海月万古堆玉盘。愿得一食青琅玕，乘风破浪生羽翰。我来手拍洪厓肩，仰天大笑忘愁叹。①

诗人用如椽大笔勾画了老龙头澄海楼集大海、山脉、关城为一体的雄奇景观。前四句写燕山蜿蜒曲折如游龙一般，奔腾入海千变万化。次四句写澄海楼地处山水混茫之地，虽雾霭沉沉，却仍可感受到其倒挂城外的惊险。其后写登上澄海楼观海的情状，气象万千势吞海岳。结尾表现了盛世诗人睥睨万物的豪放情怀和积极进取精神。北镇之行的写景佳作还有《赴北镇发京作三首》《北平怀古》《古榆关》《出山海关二首》等诗篇。

二是描写故乡山水之作。陈廷敬弱冠离乡，之后多次回乡居住，前后居家十年②。其有关故乡山水之作，主要描写阳城故里、午亭山庄的秀美风光。《午亭山人年谱》记载："庄背东冈临樊川，王屋、析城诸峰在其前，北去十里为樊山。午园、鹤团、老姆掌、樊口接连上下。家谱云：中道庄者，上下皆村落，故以中道庄名。山雄而秀，泉清且洁。"③ 如《屯留道中二首》云：

留滞乡关路，凄迷小县城。野禽呼有字，村店问无名。秋树变黄绿，漳流兼浊清。山川与时物，不减别离情。（之一）④

此诗为陈廷敬丁忧期满返京时所作。诗人的乡情不因"山川与时物"的变化而变化，其对故乡的眷恋之情依旧。《并州剪刀》诗云："乡心如水知难

---

① 陈廷敬：《午亭文编》卷三，《四库全书》集部第1316册，第39—40页。

② 翰林院散官后请假回乡探亲居三年；中年丁父母忧回家居五年；受张汧案牵连居乡二年。

③ 转引卫庆怀编著：《陈廷敬史实年志》，太原·山西人民出版社，2009年版，第6页。

④ 陈廷敬：《午亭文编》卷十三，《四库全书》集部第1316册，第186页。

断，嗟尔并州快剪刀。”[1] 思乡之情如水难断，愿并州剪刀一剪了之，但剪不断理还乱，思乡之情益发浓烈。类似的诗歌还有《午亭二十首》等。

三是江南风景之作。陈廷敬晚年曾两次扈从康熙南巡，先后来到扬州、镇江、苏州、松江、嘉兴、杭州等地。江南之地风景如画，置身其中不禁陶醉，其诗的风格一变为清新鲜丽、婉约柔美。如《云间竹枝五首》诗云：

城外海江天一涯，城中烟火万人家。沟渠尽长通潮水，篱落都开向日花。（之一）

江城流水逐门开，水上残红映碧苔。试问柳塘深几许，儿童相报早潮来。（之二）[2]

诗人以北方人之目光欣赏江南风景，将江南平常所见的荷花、帆影、池塘等化腐朽为神奇，别有气象。此外，如《瓜步道中》清新自然，写出了江南特有的风情旖旎，“水籽风眠柳，江鱼雨戏荷”[3]，宛如在画中游。此外还有《三湖二首》《扬州二首》《同行诸子皆江南人即事有赠》《江天寺》《虎丘五绝句》等诗，均以北方人的眼光来写对南方山水的喜爱，显示出陈廷敬晚年闲情逸致的心态。

2. 怀念亲友之作

陈廷敬多年在外为官，与家人聚少离多，“每逢佳节倍思亲”。《除夕夜忆樊川寄舍弟四首》其三诗云：“依约怀人处，楼前石板桥。别离伤岁晚，消息来年期。腊逐桃符换，寒随柏酒销。同心不同赏，咫尺暮情遥。”[4] 况逢万家团圆的除夕之夜却未能与家人团聚，诗人忆及父母兄弟，熟悉的山山水水全都涌到面前，自然引发浓浓的乡思之情。诗歌感情真挚，无雕琢痕迹。在怀念亲友的诗作中，尤以怀念母亲的诗歌最为感人，

① 陈廷敬：《午亭文编》卷八，《四库全书》集部第1316册，第113页。
② 陈廷敬：《午亭文编》卷十九，《四库全书》集部第1316册，第273页。
③ 陈廷敬：《午亭文编》卷十九，《四库全书》集部第1316册，第277页。
④ 陈廷敬：《午亭文编》卷八，《四库全书》集部第1316册，第118页。

且多用组诗，如《陟屺楼诗二十首》诗云：

家树萧晨响正悲，祥琴欲奏已凄其。白沙霜冻沾衣早，黄叶风翻度陇迟。临老泉台多骨肉，十年存殁自分离。几回梦见容颜在，犹是高堂远别时。(之一)

两年丙舍此栖迟，吊影空山夕照时。野草春添新复土，隧松涕损旧沾枝。折残屐齿悲毛义，隐去绵封愧介推。悔向风尘耽禄仕，苦身勠力鬓成丝。(之二)①

组诗前有小序云："陟屺楼在百鹤阡西，余居楼中逾再期矣，乃始为诗。凡诗之作为吾母也，因以陟屺名篇。"康熙十七年（1678）母亲去世，陈廷敬奉制丁忧。是诗作于康熙十九年（1680），诗人剖析内心，对未能尽心侍奉母亲感到愧悔。自康熙四年（1665）返京之后至今已是 13 年之久，再次归乡与母亲已是人世两隔。诗人自感不应以官场为念，以致留下终身遗憾，只有把对父母的眷念和愧疚，对兄弟的思念和感谢，都融入这饱含深情的诗句当中。其《陟屺楼记》深切地悼念母亲，抒发失母之悲痛，读之令人哀婉，兹录如下。

思此十余年已来，母年渐就衰矣，计其年月首尾三四千日，其间天时之晏温而无风雨者几何？日晦蒙而茫茫者不知其几千百朝昏也，以就衰之年加之以风雨茫茫，兀然肠断积朝昏如此之久，则其心之悲而不得一言，言之而尤有可悲于曩时者，当又何如耶？由陟屺之诗是古之孝子仁人虽善言其母思子之情，不若母之自言其情为可悲，由吾母之言则是虽古之慈母自言其情，终不若吾母之言之为，尤可悲也。吾居母墓左去数武有三楹之楼，夜则栖于此，每当陇风萧瑟山雨凄迷，追念吾母，曩时之言而叹诗人之所不及，所以怆然而泣者，宁有终穷耶？然而名其楼曰陟屺者，聊以志

① 陈廷敬：《午亭文编》卷十二，《四库全书》集部第 1316 册，第 178 页。

吾之悲焉耳。[①]

这种思亲之情，使得他时常在梦境中见到母亲和故乡的身影。《闱夜梦母》诗云："一夜春寒忆故山，五更双泪落潺湲。重帘不锁还乡梦，垄树花时见母颜。"[②] 是诗极为真诚，不仅写出了诗人的个人感受，也道出了千万人对母亲的怀念之情。陈廷敬曾"抚胸而恸"地向汪琬说："廷敬兢兢守官，幸而得荷上异恩，微吾母教不及此！"[③] 母亲的去世，对他是莫大的伤痛。

二、"和声以鸣盛"及成因

（一）"和声以鸣盛"之创作特点

陈廷敬"著述大抵和平深厚，当时咸以大手笔推之"[④]，其诗宗杜甫，论诗与神韵派王士禛不合，二人"分途竞爽，虽就其才力之所及，蹊径不无稍殊，而要为和声以鸣盛则固无异轨也"[⑤]。陈廷敬与王士禛分别从不同的方面，抒写着王朝盛世之景象，客观上起着维护封建统治秩序的作用。陈廷敬"和声以鸣盛"之诗主旨正大光明，多奉敕颂圣、歌咏升平之作，以及抒写自己对王朝忠贞不贰的相臣心态。风格雍容大度、清醇典雅，语言高华整丽，没有肃杀之音，是典型的"台阁体"。如《赐石榴子恭纪时侍宴外藩郡王》诗云：

仙禁云深簇仗低，午朝帘下报班齐。侍臣早列名王右，使者曾过大夏

① 陈廷敬：《午亭文编》卷三十八，《四库全书》集部第 1316 册，第 560 页。
② 陈廷敬：《午亭文编》卷十三，《四库全书》集部第 1316 册，第 190 页。
③ 汪琬：《诰封陈母张淑人墓志铭》，《尧峰文钞》，载《四库全书》集部第 1315 册，台北·台湾商务印书馆，1986 年版，第 377 页。
④ 纪昀等：《午亭文编》卷首提要，载《四库全书》集部第 1316 册，第 2 页。
⑤ 纪昀等：《午亭文编》卷首提要，载《四库全书》集部第 1316 册，第 2 页。

西。安石种栽红豆蔻，火珠光迸赤玻璃。风霜历后含苞实，只有丹心老不迷。①

康熙十七年（1678），陈廷敬应召在懋勤殿参与外藩觐见康熙帝，奉命应制作此诗。康熙帝诵“风霜历后含苞实，只有丹心老不迷”句后，大加赞赏，命撤御膳以赐陈廷敬。是诗通过恢宏的场面和隆重的仪式，突出帝王之雍容华贵与威严气势。康熙帝喜欢此诗不仅因其写出了王朝的恢宏气度，而且更中意其“和声以鸣盛”之外在气象下的忠君情怀。陈廷敬为官多年，兢兢业业甚得帝王赏识，多次蒙恩奖赏。康熙四十四年（1705），陈廷敬作有《臣诗迭蒙圣恩奖赏，每聆天语感激之下涕泪零落，累日愧悚恭纪以诗》，诗云：

衰钝何堪感至尊，频蒙激赏是殊恩。抛残绮语文焉用，老罢丹心事可论。一饭不忘如杜甫，平生无憾胜虞翻。传闲多恐遗青史，留取新诗示子孙。②

是诗是对康熙十七年（1678）帝王褒奖自己“丹心老不迷”的追述与回忆，既表现出自己如杜甫般一饭未尝忘君的忠君情怀，希望捧出一片赤诚丹心献于帝王，同时又抒发自己位极人臣的满足以及对帝王知遇之恩的感激之情。即便在重病垂危之时，陈廷敬犹感念“君恩山岳重，何日再朝天”③。此外，如作于康熙帝南巡期间的组诗《南巡歌》十二章，歌颂康熙帝英明有为躬亲政务。徐乾学论陈诗，“固已备古近之体裁，极抒写之能事，煌煌乎雅颂之遗，所以黼黻当世而润色鸿业”④。导扬风雅，润饰王朝鸿业，反映君明臣贤、政治清明的盛世景象既是陈廷敬身为台阁之臣的职

---

① 《午亭文编》卷十，《四库全书》集部第1316册，第142页。

② 《午亭文编》卷十八，《四库全书》集部第1316册，第264页。

③ 《病中作三首》之二，《午亭山人第二集》卷三，载《清代诗文集汇编》第153册，第563页。

④ 徐乾学：《北镇集序》，《四库全书存目丛书补编》第78册，第459页。

责所在，也是其内心真实的情感。类似的诗歌还有许多，如《朝会燕飨乐章十四篇》《赐玻璃器大小十四恭纪》《北征大捷功成振旅凯歌二十首》等。

陈廷敬“和声以鸣盛”的诗歌创作特点不仅体现在上述纪恩、颂圣等恭和之作，而且还体现于其抒写“相臣心事”的述怀以及朋友间唱和之作。如《发金陵登燕子矶》诗云：

燕子飞时矶上过，石头牛首近如何。六朝旧垒山千点，万古长江海一波。烽火几曾烧野草，楼船终不碍渔歌。只今虎踞龙盘地，北拱神京王气多。①

燕子矶北临长江，处于南京幕府山的东北角。诗人登临有着“万里长江第一矶”之称的燕子矶头，看着脚下波涛如怒的江水，不觉引发诗人的无限感慨，发思古之幽情，在对比中见出当今王朝的盛世气象。整首诗气象阔大、胸怀古今，有相臣之气概。当然，不可否认诗歌中有点缀升平、恭和盛世之意，但要看到，只有处于高官位置的陈廷敬才会有这样阔达的胸襟，这是需要历练的。综观清初康熙一朝，能写出如此气势、沉雄阔达的诗作是不多见的。又如《赠孝感相公》诗云：“致君慕尧舜，自此见施设。铜扉半夜开，沙堤带月出。”② 沈德潜在《清诗别裁集》中评价该诗具有浓厚的相臣意味，“兵戎未停，疮痍满野，而以为民请命望之相臣”，同时又言“其吐辞可上追燕、许”③。认为陈廷敬诗歌风格与唐玄宗时燕国公张说、许国公苏颋相近，气象浑厚。此外，如《晋国》《南旺分水行》《夏日遣兴四首》《过扬子江》等均为类似风格，诗风气象阔大、沉雄浑厚。

（二）“和声以鸣盛”的形成原因

陈廷敬高居庙堂，“正值国家文运昌隆之时，而以渊雅之才，从容簪

① 《午亭文编》卷二十，《四库全书》集部第 1316 册，第 293 页。
② 《午亭文编》卷三，《四库全书》集部第 1316 册，第 46 页。
③ 沈德潜等编：《清诗别裁集》，第 185 页。

笔，典司文章，得与海内名流以咏歌鼓吹为职业”[①]。这既是陈廷敬“和声以鸣盛”诗风形成的内在要求，也是朝廷文治教化的外在规范。

在基于台阁身份意识的创作实践中，陈廷敬自觉不自觉地与官方意识形态即程朱理学相契合，和声以鸣盛，以润饰鸿业为职志，写出了许多颂圣、相臣心事之作。陈衍《石遗室诗话》有云：“惟语言文字，各人有各人身份，惟其称而已。”每一个人因人生经历、时代思潮、所处环境不同，因而各自的风格也有不同体现，所谓“寻常妇女，难得伟词。穷老书生，耻言抱负”[②]。陈廷敬身居高位，为官多年，接触的都是国政大事。经历的不同，视野的不同，造成其谋略天下、胸怀千古的心胸气度。反映到诗歌中就是具有宏大的视野和开阔的胸襟，如《发金陵登燕子矶》《南旺分水行》等。其《献平滇雅表》言康熙帝，“不辞大创之劳，永奠万年之治。所谓功德过于宣王，而大雅不作，不胜惑焉。顾朝臣至多，岂无尹吉甫、召、穆公其人者，以扬大清之盛美于无穷”[③]。陈廷敬躬逢盛世，帝王功德超越周宣王，但是“大雅不作”，应作宏文以记载帝王功德。文辞虽然谦虚，但将康熙帝比为周宣王，实际是期许作为尹吉甫、召、穆公之辈的宰相心态。又如《谷城山在东阿东北五里》诗云：“期后十三载，相见穀城东。伏腊祠黄石，此义千古雄。”[④]既是在表达对古代名臣贤相张良的倾慕，同时也暗含着对自己的期许。虽是与同僚闲暇唱和之作，但时刻关注朝廷事务，显现出相臣心态以及对时事的关注。陈廷敬“和声以鸣盛”的台阁诗歌创作无疑暗合了王朝政教需要，深得圣心。对于刚刚定鼎中原，统治天下不久的清王朝不啻是一种精神慰藉。沈德潜评价陈诗“风调音节，俱近唐贤”[⑤]，可谓深解陈心，对陈廷敬的评价符合其太平宰相的台阁身份。

陈廷敬“和声以鸣盛”的诗歌特点不仅与其台阁身份有关系，而且也

---

① 纪昀等：《午亭文编》卷首提要，《四库全书》集部第 1316 册，第 2 页。

② 陈衍：《石遗室诗话》，北京·人民文学出版社，2004 年版，第 520 页。

③ 《午亭文编》卷一，《四库全书》集部第 1316 册，第 7 页。

④ 《午亭文编》卷七，《四库全书》集部第 1316 册，第 91 页。

⑤ 沈德潜等编：《清诗别裁集》，第 181 页。

是其儒家诗教观的反映。陈廷敬在《〈御定全唐诗〉后序》指出编选《全唐诗》的真正目的是“以知政教所关为尤重焉”，唐诗乃承《诗经》之遗绪，“诗教之所感乎，遂可因全唐之诗录，溯成周之二南，而永媲美于中天之盛也矣”[①]。诗歌是现实生活的反映，应刺过讥失，为政治教化服务。陈廷敬在《吴元朗诗集序》又言：“文之精者无如诗，夫文以载道，诗独不然乎？”[②]《示壮履》云：“学不求名吾自喜，文能见道汝应知。”[③] 在陈廷敬看来，文以载道，诗以采风，要符合儒家“温柔敦厚”之旨。“文章宁小技，矩矱存先民”[④]，诗歌绝非雕虫小技，随意消遣之作，而应充分发挥其经世致用的作用，“斯文配天命，大化需人为。何不陟辅相，致民如尧时”[⑤]。陈廷敬《杜律诗话》中对杜甫的55首七言律诗重新诠释，索解微言大义，当中颇有夫子自道的意味。《四库全书总目》亦言其“喜为诗歌，门径宗仰少陵”[⑥]。陈廷敬在接续诗教传统的同时，在诗歌创作中自觉实践其诗歌理论。《午亭文编》2600余首作品中几乎没有愤世嫉俗，有碍盛世的内容，即使反映民生疾苦的诗作也是一派“温柔敦厚”的太平气象。如《桑林午食二首》诗云：“底柱山前乱石村，十家今有一家存。千岩万壑人踪在，正是皇朝赐复恩。（之一）”[⑦] 清初战乱百姓家破人亡，诗人本应大声疾呼，引起统治者的重视，但是诗人从统治者角度切入，写得温文尔雅，其中还不乏感恩戴德之音，为王朝润色鸿业，点缀升平。

三、陈廷敬与清初诗风转向

在康熙中叶诗风转变的过程中，康熙帝以帝王之尊直接干预文学，用

---

① 《午亭文编》卷三十五，《四库全书》集部第1316册，第508页。

② 《午亭文编》卷三十七，《四库全书》集部第1316册，第547页。

③ 《午亭山人第二集》卷一，《清代诗文集汇编》第153册，第539页。

④ 《论晋中诗人怀天章》，《午亭文编》卷七，《四库全书》集部第1316册，第91页。

⑤ 《题东坡先生集》，《午亭文编》卷五，《四库全书》集部第1316册，第69页。

⑥ 纪昀等：《四库全书总目》，第1522页。

⑦ 《午亭文编》卷十五，《四库全书》集部第1316册，第223页。

文治教化政策来钳制引导诗风。首先，陈廷敬以台阁身份在诗文创作上积极迎合帝王需要，在与康熙帝的诗文唱和中润物细无声地影响着清初诗坛创作风向，促进了符合政教诗风的形成。其次，陈廷敬与王士禛在闲暇之余常雅集唱和。二人虽然诗学旨归不同但相互欣赏，通过不同的诗学途径，取得了殊途同归的艺术效果，促使明清之际慷慨悲歌、凄急幽奥的遗民诗风转向润色鸿业、温柔敦厚的国初诗风。此外，陈廷敬入仕之初，就与“南施北宋”、汪琬、查慎行、吴雯等在京同年、好友、同乡等相互唱和、雅集结社，相互提携，影响京师诗坛诗风，对当时诗风的形成有积极的影响。

（一）陈廷敬与康熙帝的诗文互动

康熙帝深谙治国之道、文治教化之功。在学术思想上尊孔、重视儒教，在诗歌创作上崇尚唐音，力倡中正平和的诗风。但诗风的转变是一个渐进的过程，帝王的倡导、意识形态的转变需要创作实践的呼应。身居高位、学识渊博的台阁诗人无疑是帝王文治教化最好的实践者和引导者，而陈廷敬无疑就人格品行，还是学问见识都是最好的人选之一。陈廷敬为人谨慎，“恪慎清勤，始终一节”①。康熙帝评价其“卿是老大人，是极齐全的人”。陈廷敬《苑中谢恩蒙谕，卿是老大人，是极齐全的人，臣感激恭纪二首》诗云：

> 敕旨已褒因旧学，口宣更许是全人。帝恩风励先多士，天与恩光及老臣。弱本似蓬宁自直，清非如水敢言贫。平生自守冰渊志，一语阳和鉴苦辛。（之一）②

诗中既有对自己清廉自守高洁品格的评价，同时，字里行间又融有无限的感恩戴德之情。是诗虽显溢美，但确出于一个臣子的真诚。李清馥在《榕村谱录合考》曾记载康熙帝与李光地有一段对话：

---

① 王钟翰点校：《清史列传》，北京·中华书局，1987年版，第643页。

② 《午亭山人第二集》卷一，《清代诗文集汇编》第153册，第534页。

上又问：此时笔下好底有谁？……上微笑徐曰：诗须陈廷敬。（李光地）奏曰：诗诚莫过于他。①

“诗诚”是陈廷敬获取帝王认可的关键，即温柔敦厚的诗教。帝王希望借助诗歌来规范士人的言行，培养忠君之臣、安顺之民。陈廷敬在康熙帝身边多年，对其想法能够心领神会。在诗歌创作上自觉不自觉地迎合着帝王倡导，以“和声以鸣盛”为创作旨向。这不仅表现于“台阁体”之作，而且在其诗学理论《杜律诗话》中也有体现。陈廷敬推崇杜甫是基于其“致君尧舜上，再使风俗淳”的政治追求和“每饭不忘君”的忠君情怀。陈廷敬晚年进呈《午亭文编》，康熙帝在翻阅之后大为感慨，作诗《览皇清文颖内大学士，陈廷敬作各体诗，清雅醇厚，非集字累句之初学所能窥也，故作五言近体一律，以表风度》。是诗从题目就可以看出康熙帝对其清雅醇厚诗风的欣赏，作诗以示嘉奖，无异于树立典型，立标杆于臣子之间。其诗云：

横经召视草，记事翼鸿毛。礼义传家训，清新授紫毫。房姚比雅韵，李杜并诗豪。何似升平相，开怀宫锦袍。②

帝王作诗褒扬臣子已属殊荣，诗中将陈廷敬贤能比之为唐代名相房玄龄和姚崇，诗歌比之为享誉千古的李白、杜甫，更是推崇之至。陈廷敬对康熙帝此次赐诗的荣耀一直津津乐道。在给史申义《过江诗集序》记载道：

上尝有言赐廷敬诗序曰：清醇雅厚，非积句累字之学所能窥也。于戏

---

① 李清馥：《榕村谱录合考》，《北京图书馆年谱丛刊》第 85 册，北京图书馆出版社，1999 年版，第 493 页。

② 玄烨：《圣祖仁皇帝御制文集》，《四库全书》集部第 1299 册，台北・台湾商务印书馆，1986 年版，第 361 页。

此风雅之本原，诗人之极致，廷敬何足以当之！[①]

史申义诗学王士禛，与汤右曾称“王门二弟子”，因陈廷敬举荐而得到康熙帝赏识。是序虽是谦逊，却颇有“夫子自道”的意味，透露出“和声以鸣盛”的诗风足与王士禛“神韵”诗风相抗衡。其实，二人诗歌风格虽然不一，但是在润饰鸿业、装点王朝盛世上却是殊途同归。

康熙帝在喜爱陈廷敬诗作的同时，也不乏将陈廷敬诗歌当成一种国朝范本、朝廷认可的样式来引导士风创作，以达到在意识形态上控制士人的目的。陈廷敬的诗歌创作客观上开启了清诗“格调”之风，在推动清诗繁荣的同时，也呈现出“雍容暇豫、褒衣博带的贵族化、缙绅化倾向”[②]。陈廷敬在与康熙帝交往唱和中，积极践行清初文治教化政策，与王士禛、冯溥、魏象枢等达官显宦在清初诗风转化之际，以台阁重臣的身份，创作了众多艺术圆润、反映康熙盛世的诗歌，成为清初成长起来的第一代创作群体，为由明清易代诗歌的悲凉慷慨转向清初诗坛的“温柔敦厚”成功地开辟出一片新天地。

（二）陈廷敬与京师诗坛的互动

陈廷敬为人低调，做事谨慎，在官场中有较大的影响，与其交游唱和者多是当时著名诗人。陈廷敬初登仕途，入选翰林院庶吉士，当时诗坛大家即相援引。陈廷敬《翰林编修汪钝翁墓志铭》云：“顺治中廷敬在翰林，大宗伯端毅龚公，以能诗接后进，先生与今宰相合肥李公天馥，今户部侍郎新城王公士正，吏部郎中颍州刘公体仁，监察御史长洲董公文骥及海内名能诗之士后先来会，顾予亦以诗受知龚公，日与诸子相见于词场。”[③] 龚鼎孳与吴伟业、钱谦益并称为“江左三大家”，位居礼部尚书。李天馥与陈廷敬、王士禛为同年进士。刘体仁、董文骥均是清初著名诗人。政事闲

① 《午亭文编》卷三十七，《四库全书》集部第 1316 册，第 548 页。

② 严迪昌：《清诗史》，第 541 页。

③ 《午亭文编》卷四十四，《四库全书》集部第 1316 册，第 515 页。

暇之余，他们常相雅集聚会，诗文唱和。其中比较大型的雅集有：康熙七年的《三月廿八日，刘户部公勇招同汪户部苕文、吴编修玉随、董御史玉虬、梁御史曰缉、王仪部贻上、李检讨湘北集宣武门东河楼看柳三首》、康熙十年的《宋玉叔招同曹子顾、沈绎堂、施尚白、王子底、贻上集王方朴寓亭同赋五首》、康熙十四年的《立秋日子顾绎堂、贻上、湘北、幼华过集二首》等等。诗人间的诗文唱和、相互切磋，既提高了诗艺，又扩大了影响。其《立秋日子顾、绎堂、贻上、湘北、幼华过集二首》诗云：

生死伤心后，悲歌把臂初。（西樵、荔裳相继沧亡。）皇天留数子，秋日集吾庐。风雨孤亭窄，苔花晚径疏。不惭供给薄，离别较何如。（之一）①

如诗题所列举的贻上为王士禛，乃神韵诗之代表；湘北为李天馥，乃功力深厚的台阁诗人；幼华为王又旦，隶属“金台十子”。是诗抒写朋友相聚之情，缅怀逝去的友人。在平淡的叙述中融有沉痛的悼念之情，功力深厚得杜甫之精髓。延君寿评价云：“此首人咸知其学杜矣，不知起四句却容易，难处正在后半，文章着力处省力，不着力处费力。”② 此次集会李天馥作有《立秋日，同绎堂、顾庵、阮亭、幼华饮说岩寓斋限立字韵》诗，王又旦也曾作《秋感七首》写怀。这些聚会的参与者虽然时有增减，但核心是陈廷敬、王士禛等常居京师的诗人。

陈廷敬与王士禛是同年进士，互为知己看待。王士禛在《李容斋相国千首诗序》中云：

余弱冠游于京师，于翰林友二人焉，曰今相国合肥公与户部尚书泽州陈公……每下直必相聚，聚必相与研六艺之旨，穷四始五际之变，至参横

---

① 《午亭文编》卷十一，《四库全书》集部第1316册，第156页。

② 山西省文献委员会编：《山右丛书初编》第16册，第66页。

月落，然后散去。[①]

陈廷敬在《奉直大夫达州知州立轩林公墓志铭》云：

余获交海内贤士大夫垂五十年，最笃契者惟长洲汪编修钝翁、新城王尚书阮亭二公而已。[②]

康熙十四年（1675），王士禛母亲去世奉制归乡丁忧，陈廷敬有《同湘北送贻上东归》送别好友。王士禛东归后，陈廷敬有《湘北宅宴集怀贻上东归二首》怀念好友，诗云：

过亭急寒雁，月影下纷纷。古寺钟声落，虚窗木叶闻。天涯潞河水，客梦鹊湖云。行止知无定，苍茫独忆君。（之二）[③]

是诗承前诗而来，从眼前写到别后，从三人对饮写到孤雁苍穹。通过环境的孤寂来凸显自己对友人的思念，短短40字却饱含深情，思念之意绵长无尽。此外还有《河间道上怀阮亭》《同南溟、湘北春宿左掖，闻贻上将至，用坡公喜刘景文至韵迎之》《晓雨怀王十一贻上》等。王士禛对陈廷敬也十分敬重和推崇，其《跋陈说岩太宰丁丑诗卷》中云：

自昔称诗者，尚雄浑则鲜风调，擅神韵则乏豪健。二者交讥。唯今太宰说岩先生之诗，能去其二短而兼其两长。吾推先生诗二十余年，世之谈士皆以为定论，而无异辞者以此。[④]

---

① 王士禛：《带经堂集》，《续修四库全书》集部第1415册，上海古籍出版社，2002年版，第97页。

② 《午亭文编》卷四十六，《四库全书》集部第1316册，第677页。

③ 《午亭文编》卷十一，《四库全书》集部第1316册，第158页。

④ 王士禛：《王士禛全集》第3册，济南·齐鲁书社，2007年版，第2313页。

王士禛在为“午亭山庄图”题诗时，将陈廷敬和杜牧并提，《题说岩相国午亭图兼留别三首》之一云：“中有岐公好泉石，风流千古两樊川。”① 康熙十二年（1673），王士禛辑《感旧集》，收陈廷敬《渡河歌》《照镜》等诗 26 首。

陈廷敬与众诗人不仅相互酬唱，还在雅集中进行结社，一方面固定社交成员，另一方也是互通声气提高影响。《渔洋山人自撰年谱注补》记载，康熙六年（1667），王士禛“与汪（琬）、程（周量）、刘（体仁）、梁（曰缉）及董御史文骥玉虬、李翰林天馥湘北、陈翰林廷敬子端、程翰林邑翼苍辈为文社，兵部尚书合肥龚公实为职志”②。他们发起结诗社，在当时影响颇大。沈德潜云：“康熙初，公（陈廷敬）与西樵、渔洋、荔裳、愚山、顾庵、绎堂诸公，时为文酒之会，号称极盛。”③ 此外，陈廷敬与朱彝尊、查慎行、彭适孙等名家亦相往来。

在诗歌创作实践中，陈廷敬以台阁身份意识为皈依，以诗歌理论为指导，潜在地符合了清初帝王文治教化的政策。陈廷敬“和声以鸣盛”的诗歌以及与康熙皇帝的诗文交往并无太高的艺术价值，但是其以高位引导和实践“文治教化”之功，不可小觑。陈廷敬在与王士禛以及京师诗坛等友人的雅集、结社、群集互动中，构建了一个迎合统治者心理的文人群。他们不仅在理论上倡导诗以载道，而且还通过文人雅集的方式，将这种政教诗风传递到他所接触的每一个诗人，潜在地影响了清初诗风的创作走向，恰如其分地体现了陈廷敬“和声以鸣盛”的特点。

第五节 布衣诗人吴雯诗歌

吴雯（1644—1704），字天章，号莲洋，又号玉涧子，山西蒲州人。

---

① 王士禛：《王士禛全集》第 2 册，第 1346 页。

② 王士禛撰、孙言诚点校：《王士禛年谱》，北京·中华书局，1992 年版，第 29 页。

③ 沈德潜等编：《清诗别裁集》，第 186 页。

原籍奉天辽阳，跟随父亲吴允升迁蒲州（其父以举人官学正）。吴雯13岁时，父亲殁于任，“遂寄籍于蒲州”[①]。吴雯天资聪颖，15岁考中秀才，之后游历京师。康熙七年（1668），到京师拜访王士禛，经其引见给吴允升的同年刘体仁、汪琬、梁熙，吴雯由此名动京师。康熙十八年（1679）试“博学鸿词”不第，遂游食南北，足迹几遍天下。晚年息影于故乡蒲州玉涧山谷中，读书谈文乐在其中。康熙四十三年（1704），因丧母哀痛过度而死。吴雯在当时诗坛颇有声誉，为王士禛、赵执信所赏识。著有《莲洋集》二十卷。

一、吴雯诗歌思想内容

吴雯工于诗，《四库全书总目》称“雯天才雄骏，诗有其乡人元好问之遗风”[②]。赵执信《怀旧诗并诗前小序》云：“蒲州吴雯莲洋，拙于时艺，困踬场屋中……而诗才特超妙，余尝比之温飞卿。”[③] 科场的困顿和地域文化的熏陶成就了吴雯的诗名。《莲洋集》收诗600余首，多为吴雯求谒拜见抒怀感叹、朋友之间送别唱和以及描写故乡山水风光之作。

（一）求谒拜见及咏怀诗歌

吴雯出生在明清易代之际，经历了王朝由乱到治的过程。少时即有入仕之志，希望能够有所作为。但在一次次考取功名无望，以及父亲早逝无门荫庇护的情况下，吴雯寄希望于干谒请托，以期可以登第实现自己的政治理想。《呈涓翁》诗云：“独善苦非计，匡济道亦同。”[④] 康熙三年（1664），吴雯考试落选，遂携诗入京拜访父亲同年挚友，“其诗才特超妙，

---

① 张维屏编、陈永正校点：《国朝诗人征略》，广州·中山大学出版社，第197页。

② 纪昀等：《四库全书总目》，第1525页。

③ 赵执信：《怀旧诗并诗前小序》，载《莲洋诗钞》附录，四部备要本，第12页。

④ 吴雯：《莲洋诗钞》卷十，上海中华书局，四部备要本，第78页。

余尝比之温飞卿，云与鱼村同荐，既试报罢，其父故与阮翁同年始入都，以诗投谒，阮翁心折，极口为延誉”[①]。吴雯在寻求资助之时，写有很多求谒拜见之作。如《寄呈梁大司农》有云：“愧无将履敬，先得下堂言。荐祢书仍在，投琼语更温。”希望尚书能够像孔融推荐祢衡一样荐举自己，诗中流露出其急切的求仕之情，“岂待无相识，方知感旧恩”[②]。康熙九年（1670）吴雯南下吴门，求仕经历的失败使其心境越发蹉跎。《将再之吴门四首》有云：

无端浪迹入吴天，弹指风光已七年。可奈壮游终未已，东南山水又因缘。（之一）

迢递关门唱五噫，那能佳丽减乡思。可怜也有凌云笔，只与吴侬较竹枝。（之四）[③]

这与康熙二年（1663）吴雯客游吴门时的心绪明显不同，其《癸卯岁余吴门作》云：

两年争一夕，千里羁三吴。入柳风初暖，经梅雪渐无。江云潮翡翠，海月湧珊瑚。为报东门外，春田近可鉏。[④]

前诗表现的是徒有一腔抱负，却壮志难酬。后诗正值诗人年轻气盛，尚未遭遇仕途坎坷，诗歌清丽自然、简淡可喜。如今诗人再次漂泊他乡，眼看又是一年，却仍然无所作为。即使如此，诗人仍然时刻提醒自己“丈夫事业须早立，莫使蹉跎成白头”[⑤]，深信“丈夫非偶然，会有得意时”[⑥]。康

① 赵执信：《怀旧诗并诗前小序》，载《莲洋诗钞》附录，四部备要本，第 12 页。

② 吴雯：《莲洋诗钞》卷一，四部备要本，第 19 页。

③ 吴雯：《莲洋诗钞》卷四，四部备要本，第 37 页。

④ 吴雯：《莲洋诗钞》卷十七，四部备要本，第 124 页。

⑤ 吴雯：《吴门逢春感赋》，《莲洋诗钞》卷四，四部备要本，第 38 页。

⑥ 吴雯：《赠张子同学》，《莲洋诗钞》卷二，四部备要本，第 28 页。

熙十八年（1679），吴雯应试“博学鸿词”科落榜，返乡后不久，再次南游钱塘，辗转吴山。在四处漂泊之时仍艰难求仕，希望通过干谒实现自己建功立业的梦想。《宿吴山寺楼简严灏亭先生》诗云：

萧萧暮雨急寒榛，独倚高楼少四邻。江上鼋鼍悲鼓角，下方灯火散星辰。梅花何处三更笛，寒食无家万里人。不是相逢严仆射，天涯谁念草堂贫。[①]

严沆，号灏亭，历任太仆寺少卿、左副都御史等，官至侍郎。吴雯寄宿吴山寺举目无亲，诗中既有羁旅异乡的穷愁困苦之感，也有对严沆知遇之恩的感激之情，同时希求其能像严武举荐杜甫一样引荐自己。严沆曾多次举荐吴雯，“数作荐祢书，大似孔文举。谓我天下才，不止赋鹦鹉”[②]。类似的诗歌还有《寄吴翁》云：“租船高咏谁相识，应待先生荐祢书。”[③] 写其心系天下而面露戚容，流露出渴望被举荐的急切之情。康熙二十三年（1684），吴雯再次入京，作有《宋观察牧仲过海门见示悔人早春倡和诗依韵赋赠》，诗云：

忆昔少年尚驰骋，头颅四十愧朝请。已知不是宰官身，自分常依居士岭。[④]

吴雯年少时建功立业的志向已随着年岁的增大和宦途的失败而荡然无存。他对仕途已经不抱任何幻想，治国之心和经世之志变得淡漠，高蹈避世之意则变得强烈。

---

① 吴雯：《莲洋诗钞》卷十五，四部备要本，第110页。
② 吴雯：《哭严灏亭先生》，《莲洋诗钞》卷二，四部备要本，第27页。
③ 吴雯：《莲洋诗钞》卷一，四部备要本，第19页。
④ 吴雯：《莲洋诗钞》卷六，四部备要本，第51页。

（二）送别唱和类诗歌

吴雯20多岁时，曾携诗稿到京师寻求父亲朋友的帮助，初未曾引起重视，后经王士禛提携声名鹊起，所结交皆当时名流，与洪昇、刘体仁、赵执信、冯班、陈维崧等均有唱和赠答，“四十年来，布衣诗名之盛、倾动四方如征君者，未之有也”[①]。康熙七年（1668），吴雯归乡省母，王士禛作《送吴天章归中条山》有“致君尧舜会有日，飞伏讵辨谁雌雄”之句[②]，鼓励吴雯奋发进取，不要放弃宏伟志向，只要努力终有出头之日。康熙十六年（1677）吴雯作有《将归中条呈阮亭先生三首》，诗云：

鸿雁天边过，客子念远道。只愁寒气至，趁此凉风早。日归旧草堂，终觉郁怀抱。为恋奖掖恩，临岐怒如捣。（之二）[③]

是诗以环境烘托离别凄凉心境，既表现出抱负难以实现的郁闷，又怀有对王士禛奖掖的感激之情。康熙十七年（1678）王士禛授翰林院侍读，吴雯作《闻阮亭先生由户部郎中改官侍从二首》以示庆贺，流露出对友人的艳羡之情。康熙十八年（1679），吴雯受刑部侍郎谢重辉举荐，入京参加“博学鸿词”科，其间与洪昇往来密切，常吟咏唱和。应召博学鸿词落选，决计寻返故乡隐居，洪昇等人为其送别，临行吴雯作《贻洪昉思》，诗云：

不耐悠悠世上名，薜萝深处有谁争？能通彼我间千古，绕着成亏恨一生。广汉何妨贫拆象，壶山窃愿隐樊英。年来真见忘机好，非借云林寄不平。[④]

---

① 王苹：《吴征君雯传》，载钱仪吉编：《清碑传合集》，上海书店，1988年版，第1716页。

② 王士禛：《送吴天章归中条山》，载《莲洋诗钞》附录，四部备要本，第11页。

③ 吴雯：《莲洋诗钞》卷九，四部备要本，第74页。

④ 吴雯：《莲洋诗钞》卷二，四部备要本，第26页。

洪昇作有《赠别吴天章归永乐隐居五首》，诗云：

有家可归去，行路未为难。择木怜三匝，依人耻一餐。疏狂仍故我，逼侧奈长安。恨不从君归，河汾把钓竿。（之五）①

二人诗歌心怀隐逸之志，充满留恋与伤感之情，见出了交情笃厚。吴雯诗歌更显飘逸，希望可以像后汉樊英一样隐居壶山，远离尘世，不问世事。洪昇诗意未变，但更显得厚重与凄凉，将“无家可归”现实的无奈和理想中的美好，进行对照描述，刻画出下层文士生存的艰辛。《赠别吴天章归永乐隐居五首》其二云：“同心忍离别，徒御亦销魂。”② 语多凄怆，更显真情。洪昇诗歌更多表达的是对隐逸生活的艳羡，而吴雯则是隐逸生活的履践者，诗中更多地阐述隐逸的理由。之后，吴雯又作《再示昉思》。王士禛亦有《送吴天章归中条二首》，对吴雯落选充满惋惜之情。

在参加“博学鸿词”科期间，吴雯和许多应试者及名流学士往来频繁，写下许多往来应酬唱和之作，如《己未元日同豹人、大可、舟次、锡鬯、其年、子静集峨嵋舍人宅拈青咸韵》《戊午长至后三日送王东亭先生旋里》《送宋牧仲先生出使赣州》《送黄俞邰奔母丧白门三首》《送翁武原之官黄州》等。其他友人的诗作也记录了吴雯在京师的往来唱和之事，如孙枝蔚有《元日同毛大可、陈其年、朱锡鬯、汪舟次、乔石林、吴天章集饮曹颂嘉斋中，同用青咸二韵》，陈维崧有《己未元日同孙豹人、毛大可、朱锡鬯、吴天章、乔石林、陈冰壑饮曹峨嵋宅，限赋青咸二韵》等，往来唱和的频繁可见一斑。康熙二十三年（1684），吴雯再次入京，三月应王士禛邀请到善果寺看桃花，作有《暮春雨中阮亭先生招同诸公集善果寺得曲字》。王士禛则有《甲子暮春，邀修来、幼华、升六、千仞、伸符、天章、悔人，过圣果寺看桃花二绝句》。沈季友《桃乡布衣李符》记载：“康

① 洪昇著、刘辉校笺：《洪昇集》，杭州：浙江古籍出版社，1992年版，第256页。

② 洪昇著、刘辉校笺：《洪昇集》，第255页。

熙甲子，予在京师，分虎亦馆于龚氏，往来唱和，月举一会。同赋者晋江黄虞稷、大梁周在濬、太原阎若璩、宁波万言、钱塘洪昇、嘉兴周篁、河中吴雯、辽阳佟世思、武林王嗣槐、同里沈皞日暨我两人也。分虎尝自言将老于桃乡，属予作诗咏之。”[①] 是中亦可见当时交往唱和之频繁。

（三）故乡山水之作

吴雯酷爱山水，一生大部分时间都在四处漫游，“游食于燕赵齐鲁吴越秦楚，足迹几半天下”[②]。山水诗在其诗集中占有很大比例，其中吟咏故乡田园山水的诗歌尤为卓著。其中或描写山川景致，表达热爱之情；或借景抒情，表露隐逸情趣，展现了一个异彩纷呈的精神世界。如《村居》云：“莫向村居厌寂寥，绿杨千树绕兰皋。河声卧听昆仑远，岳色晴瞻太华高。”[③] 是诗用淡雅纯净的笔调写出乡村自然淳朴的幽寂和景色的风致卓韵，将乡村生活的恬静祥和表现得恰到好处。由村居小世界联想到宇宙昆仑，由近处山峰想到了远处的华山，既写出了诗人视野的宽广，又写出了诗人的神情闲淡自如。又如《方山五首》诗云：

山色参差碧玉围，松声花雨海涛飞。晚来小坐盘陀石，闲看山僧补衲衣。（之二）[④]

诗人将性情融入自然山水之中，将禅趣和诗情结合，在恬淡自然、空灵澄澈的氛围中表露出自己的隐逸情趣。类似的诗歌还有《阳山》《石潭夜泊》《峪口》等。吴雯为求取功名四处漂泊大半生，晚年返归蒲州看淡世事，能够带着一种平静而恬淡的心情去领略家乡风景。《王官谷》诗云：

---

① 沈季友：《槜李诗系》卷二十八，《四库全书》第1478册，台北·台湾商务印书馆影印本，第671页。

② 邓之诚：《清诗纪事初编》，第738页。

③ 吴雯：《莲洋诗钞》卷三，四部备要本，第36页。

④ 吴雯：《莲洋诗钞》卷十三，四部备要本，第96页。

朱楼覆残雪，花叶无冬春。众水急争壑，一峰闲对人。白云识心素，空心留皇醇。晚来鸥鹭侣，接翅桃源滨。①

这首诗描写王官谷冬天的景色，虽然红楼残雪还未消尽，但花叶也未曾凋落。随着春天的来临，谷内山泉猛涨，争着向沟壑涌去。诗人尽情享受这美景，已与自然融为一体，只顾饮酒而忘记了吃饭。尾句借用陶潜《桃花源记》典故喻王官谷为世外桃源之地。虽然残雪给人以冷意，但整首诗并无清寒孤寂之感，而是透着一丝春天的气息，悠然的心态自在其中。类似描写家乡美景的诗歌还有《西瀑布》《乡宁山城即景》《野渡》等。

二、吴雯诗歌艺术特点

吴雯诗歌风格多样，既有李白之飘逸不群、雄浑气势，又有神韵之浑化无迹、清新自然。同时又能在继承前人的基础上，出自己面目。王士禛《吴征君天章墓志铭》中说："汉魏以来二千余年间，以诗名其家者众类。顾所号为'仙才'者，唯曹子建、李太白、苏子瞻三人而已。本朝大一统，阅六十载，作者亦多类，余独以'仙才'许蒲阪吴君。此余之私言也，亦天下之公言也。"② 沈德潜论其诗，谓"征君诗名因新城尚书揄扬而重然，新城之诗牢笼众有熔铸群言，而征君不使才不逞博，不尚声华，不求娟好，固各行其是者，而新城赏之不啻口出，意所合者在神理意味而不在轨辙之同途者耶"③。

（一）清新自然，意与境融

作为王士禛弟子，吴雯的诗不免受神韵诗风影响，作诗强调意与境融，浑化无迹。吴雯在《万汇菴诗序》中说："故诗之为道，必有妙于色

① 吴雯：《莲洋诗钞》卷四，四部备要本，第37页。

② 王士禛：《王士禛全集》第3册，第2250页。

③ 沈德潜等编：《清诗别裁集》，第579页。

相之外者，始为上品为绝调。羚羊挂角，无迹可求，岂可以思议及，岂可以语言索哉!”[1] 其山水诗歌多以白描手法出以平淡自然的风格。如《摩诃庵》诗云：

钟声出林表，日上群鸟飞。松际幻空色，花龛影微微。幽人坐煮茗，山僧朝启扉。欲问无生义，难同中上机。[2]

是诗既写出了宁静优美的景色和安静闲适的生活，又表现出诗人疲惫的身心找到了暂时休憩之地的那种惬意。旭日东升，钟声响起，惊起了林中栖息的小鸟。阳光照耀下整个山坡霞光满天，山间一派宁静禅趣之景象。在仕途屡遭坎坷之后，这种与世隔绝的幽静山林最能引起诗人的无限神往，意与境融，浑化无迹。《乡宁山城即景》诗云：

山云启新霁，林屋含清晖。风吹两黄蝶，时绕山楼飞。老农向烟且驱犊，溪女背人犹浣衣。[3]

诗写雨后初晴，诗人行走乡宁山路所见之景。通过简淡的笔致，写出了山中景致的清新自然。后两句写老农驱赶牛犊，溪女背子浣衣，富有生活情趣，又带有疏淡宁静的特征。延君寿《老生常谈》评其“宛然如出柳州手”“五律一体实在本朝诸人之上”[4]。又如《水村》诗云：

林叶萧萧欲暮天，人家烟火夕阳边。寒瓜引蔓垂茅屋，野水生波入稻田。渔网悬来晴树外，钓车牵过晚洲前。圆沙鸥鹭忘机甚，队队菰蒲自在眠。[5]

---

① 吴雯：《莲洋诗钞》卷十，《四库全书》集部第1322册，第381页。
② 吴雯：《莲洋诗钞》卷一，四部备要本，第15页。
③ 吴雯：《莲洋诗钞》卷七，四部备要本，第59页。
④ 山西省文献委员会编：《山右丛书初编》第16册，第67页。
⑤ 吴雯：《莲洋诗钞》卷三，四部备要本，第32页。

诗写乡村黄昏之时，渔农归家的景致，显示出一派安静祥和的氛围。傍晚日暮西沉时分，林叶萧萧，炊烟袅袅，乡间一切都沐浴在落日余晖中。是诗将乡村淳朴的农家生活和大自然的宁静祥和完美地融汇成一体。查为仁评此诗有“唐人之神髓”[①]。类似的诗歌还有《赠道者四首》《宿香山寺》《过孙向晨书屋》《春日西园即事》《涧峪口》等。邓云乡在《吾乡先贤》中说：

吴雯诗作大多为神韵飘逸，极显示其无比天才之作，奖许是不过分的……其诗集传世已近300年，随便一首小诗，今天读来，仍立即使人进入诗境。如：白云满前山，山门乱溪水，幽人何处寻，立久闻松子。（《访隐者不遇》）风沙苦终日，河水碧粼粼，杨柳伤心树，斜吹晓渡人。（《风中发三首》之一）又醉新丰酒，东来意若何。终南秋更好，红叶满岩阿。（《再过新丰》）限于篇幅，不便引他的长诗，只选他最短的，每首只有20字的五绝小诗。不过这种小诗如何欣赏，怎么才能知道它好，好在哪里呢？这种感觉三言二语难以说清。还是引两则王渔洋的诗话吧：吴天章，雯，天才超轶，人不易及，尝为余题倪云林画云：“岂但秋华谢桃李，空林黄叶亦无多。”寻常眼前语，正自百思不到。吴天章雯，过真州赋诗云：“必定荷花一万柄，工对城门是酒家，下马当炉更斟酌，醉临明镜看吴娃。”风格殆不减杨廉夫，余与海内论诗五十年，高才固不乏，然得髓者终属天章也。[②]

（二）意蕴深厚，气势雄浑

《四库全书简明目录》有云：“雯天才雄骏，有其乡元好问之风，最受知于王士禛，而其诗激昂沉着，实与士禛异趋。凡士禛所称，皆取其近己

---

① 查为仁：《莲坡诗话》，上海·商务印书馆，1939年版，第21页。

② 邓云乡：《书情旧梦——邓云乡随笔》，上海·东方出版中心，1996年版，第129—130页。

者耳，不足尽雯所长。”[1] 吴雯诗歌不仅有清新自然、意与境融的一面，而且还有气势雄浑、意蕴深厚的一面。如《放歌寄赵秋谷太史，秋谷罢官余在山海未能走送，特寄此奉慰，兼寓勉望云尔》有云：

大海为莲池，众山即莲花。天风万里肆排荡，万柄青玉交杈枒。千艘千蜻蜓，一岛一虾蟆。忽然夜半赤日上，波心飞出黄金鸦。[2]

是诗气势磅礴，潇洒纵横，把海上所见写得奇绝生动、色彩瑰丽，有横绝古今之势。《望华山》以太白山之耸秀，衬托华山之雄浑深厚。诗云：

莲花五千仞，灵孕自洪蒙。每变风云色，能参造化功。阴将连太白，气自满关中。欲问真源在，仙人住蕊宫。[3]

诗写由大自然育秀而成的华山和宇宙一同诞生，华山气象雄浑，横亘天际常能使风云为之变色。整首诗想象丰富，气势雄浑。沈德潜评价“‘气自满关中’五字千古”[4]。又如《次青县题壁》诗云：

去年九月长安来，鲤鱼风起旗船开。本年三月旧山去，马上绿杨掠飞絮。旧山风景复何如？昨日家人有报书。当门万里昆仑水，千点桃花尺半鱼。[5]

此诗约作于康熙十八年（1679）诗人“博学鸿词”报罢之际。是诗由回顾过去写起，叙写当时赴试与今日即将归去的不同境遇，隐约中透露出诗人的失意与落寞。但这种情绪并不浓厚，颈联写出了“旧山风景”的壮丽景

---

① 纪昀等：《四库全书简明目录》，上海古籍出版社，1985 年版，第 822 页。
② 吴雯：《莲洋诗钞》卷四，四部备要本，第 40—41 页。
③ 吴雯：《莲洋诗钞》卷二，四部备要本，第 26 页。
④ 沈德潜等编：《清诗别裁集》，第 581 页。
⑤ 吴雯：《莲洋诗钞》卷七，四部备要本，第 59 页。

象，顿觉豁然开朗，奇异生新。尾联“当门万里昆仑水，千点桃花尺半鱼”，更是气势磅礴，韵味无穷。是诗既切合黄河地理的情形，又切合晋地桃花盛开的时令，颇有杜甫“窗含西岭千秋雪，门泊东吴万里船”之气势。字句间洋溢着诗人对家乡山水的挚爱以及自己高隐渔樵、啸傲山水的襟怀。王士禛极其激赏这两句诗，在其《分甘余话》《池北偶谈》中再三引到，并向同僚刘体仁、汪琬、叶方蔼诸大老一再推荐。此外，诸如“爱尔文千卷，依然行路难”[①]“卑已延三益，狂言骂五侯”等[②]，都表现出吴雯诗歌慷慨愤激、气势雄浑的一面。类似的诗歌还有《关门还戏和赵旦复即奉签》《永乐早发》《春日赠陆文生》《雷》《途次怀归华山觅诸隐居》等。

吴雯是清初诗坛名家，与同时期的李雯、田雯合称“三雯”[③]。与王士禛、刘体仁、梁熙、洪昇、冯班、陈维崧、王苹、赵执信等当时名家唱和赠答，切磋诗艺，“四十年来，布衣诗名之盛、倾动四方如征君者，未之有也”[④]。吴雯死后，其《莲洋集》在江南、江北连续刊印三次。陈廷敬、王士禛、陈维崧、黄叔琳、张体乾等人先后为《莲洋集》作序。邓云乡认为“清代山西后来200多年中，就诗讲，还没有超过他的……”[⑤]，袁行云亦认为吴雯在“康熙间山右诗人，陈廷敬后，当为首推”[⑥]。沈德潜在评洪昇诗歌时说：“渔洋及门中，在吴天章之下，余子之上，应以可传许之。”[⑦]言外之意即吴雯在王士禛门下诗才名列第一。赵执信在《谈龙录》中亦云：“本朝诗人……然各有所就，了无扶同依傍，故诗家以为难。秀水朱

---

① 吴雯：《赠历城王秋史二首》之一，《莲洋诗钞》卷九，四部备要本，第71页。

② 吴雯：《怀昉思》，《莲洋诗钞》卷五，四部备要本，第47页。

③ 孙殿起：《贩书偶记》，上海古籍出版社，1982年版，第334页。

④ 王苹：《吴徽君雯传》，载钱仪吉编《清碑传合集》，上海书店，1988年版，第1716页。

⑤ 邓云乡：《书情旧梦——邓云乡随笔》，第128页。

⑥ 袁行云：《清人诗集叙录》，第441页。

⑦ 张维屏编撰、陈永正点校：《国朝诗人征略》，第217页。

翰林竹垞彝尊、南海陈处士元孝恭尹、蒲州吴征君天章雯及洪昉思皆云然。”①

第六节　清初山西诗歌小结

清初山西诗歌分为明清易代和清初两个阶段，分别以傅山、陈廷敬为代表。甲申国变至康熙十六年（1677），是清初山西诗歌创作的高峰期。随着清统治政局的逐步稳定，遗民诗人亡国的哀伤之痛、怨刺之音也逐渐减弱。绝大多数汉族士子虽未心甘情愿地臣服于清政权，但他们对清的愤恨却在日趋消退。代之而起的是以顺治、康熙年间出仕新朝的士子，以及游幕京师的文人成为诗坛主体，这批新进群体相互切磋、酬唱赠答，逐渐成为清初山西诗坛的主流。随着康熙十八年（1679）“博学鸿词”科的举行，清代山西诗歌逐渐从遗民之凄急幽奥、慷慨悲凉转向温柔敦厚、润色鸿业，清初山西诗风渐趋成形。相对于整个清初诗坛而言，山西诗风的转变起步较慢，但完成较早，转型过渡时间相对较短。究其原因，一方面是清初统治者占领山西较早，顺及社会思潮的转变及民心的归顺也相对较早。当台阁诗人登上诗坛后，“和声以鸣盛”自然成为诗坛新风向。另一方面清初山西贰臣诗人相对较多，他们的诗作中或多或少都在主动地向新朝示好，称颂王朝盛业。即使是被迫仕清之人，其诗歌也多与时政保持较为疏远的距离，诗歌内容更多是模山范水，从侧面促进了清初山西诗风转型的完成。

明清鼎革的历史剧变、故国覆亡的哀痛，激发出以傅山为代表的山西遗民诗人慷慨悲歌，抒发抗清志向与故国哀思，反映百姓的流离失所，击刺暴戾残酷的高压政治。他们自觉地将诗歌视为记录历史、保存文化的象征，以诗补史、以诗证史。以程康庄为代表的贰臣诗人虽然也心怀故国，

---

①　赵执信、翁方纲：《谈龙录石洲诗话》，北京·人民文学出版社，1981年版，第17页。

但出仕新朝的经历使其有意避讳这类敏感题材，诗歌多以描写山川景致、纪游咏物为主。以仕清为界，他们的诗歌大多可以分为前后两期，后期较为冲和淡雅，渐趋盛世温柔敦厚之音。康熙年间，以陈廷敬为代表的成长于清、获仕于清的台阁诗人逐渐登上诗坛。他们政治立场基本上倾向新朝，随着清初社会逐渐从战乱趋于稳定，诗歌创作从反映现实离乱渐转为点缀升平。诗风逐渐由易代之际的慷慨悲凉、凄急幽奥转向国初的清新典雅、温柔敦厚。陈廷敬等台阁诗人不仅在理论上倡导诗以载道，而且通过文人雅集的方式，将这种政教诗风传递到他所接触的每一个诗人，潜在地影响了清初诗风的创作走向。受业于王士禛的“天才”诗人吴雯，其诗歌多描写山川风物，既清新自然意与境融，又意蕴深厚气势雄浑。其诗歌中多关注个人命运，鼎革之变的伤痛已经渐渐淡化，有关民生疾苦和现实生活的内容较少，多以缠绵清丽的诗笔描摹内心含蓄而细致的感受，从侧面体现出博学鸿词对山西诗风的影响。

第四章　清代中期山西诗歌

第一节　清代中期山西诗歌通论

清代中期，随着国家大一统的实现，王朝统治渐趋稳固。统治者积极调整政策，严密文网与招抚怀柔相结合。至此，反清情绪逐渐淡化。山西境内地方政府进一步开垦荒地，往年逃荒到河南、直隶等省的贫民纷纷回归故地，经济较之前有所发展，总体秩序较为安宁。与此同时，盛世背后的阴暗也逐渐显现出来。乾隆中期之后，山西吏治腐败，地方官员违法违纪行为时有发生，并日趋严重，大大抵消了清初山西优抚政策的积极效应。乾隆六年（1741）上谕："山西地方自石麟为巡抚以来，因循旧习，吏治废弛，继以萨哈谅（布政使）、额尔钦（学政）贪纵无忌，而各属浮收滥取之弊，更相习为固然……"① 更为严重的是，山西省衙官员与下属道、府官员结成同盟，共同掩盖贪污罪行。乾隆中期以后，晋中、晋南地主乘荒年贱买民田，甚至越省到河南乘机贱买房产、地亩②，引发朝廷不满，被乾隆帝斥为"乘人之危"。地方官除私吞外，还通过更多征税上缴以求升官，致使小民遭遇雪上加霜。至道光时，吏治腐败，贪佞恣肆，几至不堪收拾地步。道光四年（1824）发生在榆次震惊朝廷的"赵二姑案"

---

① 《清实录·高宗实录》卷一百四十三，第19页。

② 乾隆五十年（1785），河南省遭灾，山西各地富民纷纷涌入中州，大量放债，贱价折地亩取偿。

最为典型，最能反映山西吏治腐朽状况。吏治腐败导致晋南、晋东南社会矛盾冲突较为严重，甚至到了官逼民反的地步。道光年间各地又连年发生水、旱、蝗等灾害，各种矛盾日趋激化并爆发了规模较大的曹顺起义。曹顺起义虽然此后被镇压，但也给康乾盛世画上了句号。

“江山代有才人出，各领风骚数百年。”清代中期山西诗人诗作众多，题材广泛，内容丰富。曹学闵性喜自然山水，诗文多抒写性情，超然洒脱。诗风间于白居易、陆游之间。折遇兰亦以山水田园诗为著，在描写田园生活惬意自在之时，也流露出几分归隐之情。他与湖南著名诗人李调元等组成“冷香亭诗社”，邮筒往来颇为频繁，袁枚曾经以“山右风流第一人”称之①。靳荣藩酷爱清初吴伟业之诗，集十年之力为之作注，成《吴诗集览》。祁韵士《西陲竹枝词一百首》内容涉及西北边陲山川地理、民情风物等各个方面，堪称西域风土志。李銮宣亦以写景纪游的山水诗为主，无论是江南的明山秀水，还是西北的壮丽风光，均是他的描写对象，其中以遣戍迪化（乌鲁木齐）的边塞诗最为著名。延君寿《六砚堂诗集》多为纪游之作，抒发对故乡山水的热爱之情，其诗清新隽永中有说理，近于宋人。延君寿和张晋友谊深笃，常相约游历地域名胜古迹，诗歌兼具雄伟壮观与飘逸自然。张晋多缘事而发，诗歌有元好问之遗风，其《艳雪堂诗集》在描摹游历所见风情的同时，也表达了对民间疾苦的关心。同时期“绵上四山人”和杨二酉则专注于地域山川风景描写。何道生诗歌取材广泛，各体兼备，以山水诗和题画诗著称。与当时诗坛交往密切，诗中多有交往唱和之作。此外，这一时期的诗文作家还有卫既济、郭兆麒、宋在诗、刘秉恬、王珻等，他们的诗歌均不乏佳作。清中叶山西诗坛呈现出鲜明的地域性特征，主要体现为地域诗学理论的发达、地域诗歌流派的呈现、地域性诗歌发展的不平衡以及地域诗歌意识的强化等。其中以延君寿《老生常谈》为代表的诗话著作和李锡麟等辑《国朝山右诗存》为代表的地域性诗歌总集最为显著，成为有清一代山西诗歌繁荣的重要表征。此期

---

① 古交市地方志办公室编：《古交志》，太原·山西人民出版社，1996 年版，第 595 页。

山西诗人诗作具体特点主要有以下几个方面。

一、诗人诗作较多但诗坛影响力有所减弱

与清代初期山西诗坛相比较而言，此期虽然诗人众多，诗歌数量激增，但影响却较前期减弱，没有出现像前、后期中能够引领或者是影响整个诗坛的代表性诗人。此期诗歌题材众多，有以康基田、折遇兰、茹纶常、延君寿为代表的山水诗歌，以何道生、张道渥为代表的题画诗，以靳荣藩、张晋为代表的咏史诗，以祁韵士、李銮宣为代表的边塞诗，以及大量的唱和应酬之作。但此期最为主要的是以山水风物为表现内容的诗作，这与诗人的经历、身份密切相关。此期诗坛的中坚力量大多为中下级官吏甚至是布衣，如折遇兰、茹纶常、郭兆麟、延君寿等人，科名不高，大多只做过县令一级的官员。其中有些人虽然通过科举考试成为仕途幸运儿，但面临才难为用的窘境，大多沉沦下职，仕宦之途颇为坎坷。在高压政治下，他们常有“逢人恶说风波险，曾向蛟龙窟里来”的感慨[①]。余悸难消以及不便明言的抑郁烦闷萦绕于心，归隐之思时存心间，因此常借山水以抒怀，山水诗自然成为其诗作基本题材。而张晋、张道渥、“绵上四山人”等更是布衣诗人。他们或者无视功名利禄漫游天下，将游历见闻及山川景物入诗；或者悠悠于地域山川名胜，朋友间诗酒留恋，畅享惬意生活与自然风光；或者将山水融入题画诗作中，将诗、书、画三者巧妙地结合起来，抒发诗人的感情、谈论艺术的见地、咏叹画面的意境。

此期山西诗坛较有特色的是祁韵士和李銮宣的边塞诗作。唐朝之后边塞诗渐趋衰落，直到清朝又一次繁盛，出现中兴之象。当中的抒情主体也由希望建功立业主动赴边的士人，转为因罪被迫流放遣戍的仕宦之人。清朝嘉庆年间，沿着清朝流人遣戍的轨迹，诗歌描写从清初主要以东北地域

---

① 折遇兰：《舟过洞庭》，康基田、折遇兰著，寇宗基、邸建平笺注，《康基田和折遇兰诗集笺注》，香港·天马图书有限公司出版，2005 年版，第 232 页。

为主，逐渐转向以西北地域为中心。嘉庆九年（1804），祁韵士[1]因宝泉局库亏铜案发，受牵连被贬伊犁。李銮宣因平反冤案得罪上司，被弹劾革职流放迪化。祁韵士将自己一路西行的见闻、感受写成纪行体散文《万里行程记》、抒情诗集《濛池行稿》和《西陲竹枝词一百首》。其组诗《西陲竹枝词一百首》不仅反映西北边塞风光，而且采用游记形式记录一个个细小的片段，可谓“诗体游记”。诗人虽是被贬异地，心情不免落寞，但西陲特有的山川风物、民情风俗深深吸引了诗人，感触所得自然而发。李銮宣著有《坚白石斋诗集》，其中《荷戈集》是在迪化（今乌鲁木齐）流放期间的作品。李銮宣本忧国忧民的仁人志士，因秉公办案而被诬陷，一夕沦为流人，发配新疆西戍万里。其诗歌中始终萦绕着一种冤屈哀愁之情，但西域壮美的风光多少荡尽了他的愁思，忠愤悲壮始终是他此期诗作的基调。祁、李二人的边塞诗歌，在关注异域风情壮美风光的同时，诗歌笔触还伸向边疆生活、紧扣现实。

此外，他们还有反映民众疾苦、社会黑暗的现实诗作，写得也较真实而自然，当中真情自有流露。

二、诗歌地域性（总集和流派）特征明显

此期诗歌地域性特征明显，主要表现为地域性诗歌总集的辑录和地域性诗歌流派的形成。清代中叶山西地域性诗歌总集的辑录较为发达，各种选本频出。其中清人选清诗的有《国朝山右诗存》《潞安诗钞后编》《南亭诗钞》等，无论何种选本均以地域性为限，目的是掌一方掌故，以流传后世。其中以嘉庆年间凤台李锡麟在秦紫峰辑《三晋风雅》、茹纶常辑《山右诗钞》的基础上，编纂而成的《国朝山右诗存》影响最大，也最具有代表性。

---

① 祁韵士（1751—1815），字鹤皋，山西寿阳人。《鹤皋年谱》有云：“局库亏铜案发，历任监督奉胃逮问治罪，余名亦在椟中。向来监督交代，仅凭册造出结，相沿致误，追悔莫及。”

清代中期山西以地域为主的诗歌流派、诗歌团体初现雏形，当中晋中、晋东南较为明显，其中尤以泽州府（今晋城）为著。

乾隆年间晋中介休王佑、梁濬、董柴、任大廪四人觞咏流连，互相砥砺，组织诗学社团“味外社”，人称“绵上四山人”。后人辑录有《绵上四山人诗集》。“绵上四山人”与后起文秀茹纶常经常游览地域胜景，赋诗联句，当地有五人集资修建的“五子阁”。茹纶常《文学王田夫先生墓志铭》有云：“独汾介间自梁深山先生始崛起骚坛，与当代名流通缟纻，厥后风雅日上，绵上四山人其尤著者也。四山人者董刺史帷园，梁太学秋谷，任文学西郊，共一即田夫王先生也。”① 茹纶常《题〈山右诗存〉十七首》评价“绵上四山人”：“敦盘犹逮四山人，文采风流最绝伦。昔日少年今白发，遗编一睹一伤神。”② 杨深秀《仿元遗山论诗绝句五十首》有云：“四山人后一容斋，衣钵流传竟有涯。”③ 将五人看作是一个地域诗学流派，指出茹纶常继承介休“绵上四山人”衣钵，诗歌精神一脉相传。

嘉道年间阳城有延君寿、张晋、陈金门、张礼垣、延棠、张域、李毅。其中张晋、陈金门、延君寿、张礼垣继承乡贤遗风，组成“樊南诗社”，人称“骚坛四逸”。他们诗文唱和引领地域内一时风气。延君寿、张晋常联吟斗韵，吴登云《六砚草堂诗集序》称“一时大江南北称诗人者，群推阳城‘张延’焉”④。陈金门诗有家学渊源，为清初重臣陈廷敬曾孙。张礼垣也是地域内有名的诗人。茹纶常有《古诗一章代策酬延荔浦、张隽三兼寄陈金门、张礼垣》诗云：

六砚堂清隽，艳雪诗雅健。王屋山巃嵸，获泽水浩漶。其时正杪秋，岁序感迁变。香馥东篱菊，凄唳南飞雁。三复停云诗，千秋托深眷。金门与礼垣，所嗟犹未见。微闻欲废吟，旷怀发洪愿（金门究心医学，垣笃肄

① 茹纶常：《容斋文钞》卷三，第18页。

② 茹纶常：《容斋诗集》卷二十七，第195页。

③ 杨深秀：《雪虚声堂诗钞》卷三，《续修四库全书》集部第1567册，第98页。

④ 转引晋城市地方志编纂委员会编：《晋城市志》，北京·中华书局，1999年版，第2117页。

天文）。游艺无不可，惟祈一以贯。词章虽小技，义本古经傅。[①]

茹纶常对四位阳城诗人分别进行评价，将其看作地域性的诗歌流派。指出诗人各自特点以及张晋、延君寿诗集表现出的不同诗风。同时追根溯源，将吴雯、陈廷敬看作是地域诗学之源头，文风所及百代流传。延君寿之子延棠亦工诗，延棠有《刍荛碎语》和《诗古文集》。张晋之子张域亦能诗，有《香雪龛诗钞》。张晋弟子李毅，诗作豪放流畅，“雄俊不可羁勒”“凌厉肮脏之气独迈时流”[②]。曾在京都名噪一时，著有《松溪诗稿》。杨深秀《仿元遗山论诗绝句五十首》有“艳雪楼中师友盛，松溪荔浦总清佳”句[③]，写他们师友聚会吟诗唱和之盛况，当中李毅、延君寿诗风独具特色。地域诗歌团体通过吟诗聚会、宴饮交流，既增进友谊、提高诗艺，又对地域诗歌产生了潜在的影响，引领一时风气，地域诗学流派雏形初现。

同时稍微靠后的还有阳城七逸老人，《阳城县金石记》“樊南七逸老人诗刻”条云：“七逸为墨逸王萃元、闲逸杨庆云、书逸延常、涧逸李焕章、柳逸曹承惠、樵逸张贻谷、琴逸韩纪元。有唱和集，并各有专集。”[④] 陵川杨乾初辑录地域秦懋效、杨白仪、和友邦、王琚、杨灏、傅弼等六人诗歌唱和之作为《陵川六诗人集》，视其为地域诗歌流派。

三、诗话专论及地域性诗学评论取得发展

诗歌发展到一定程度，作为诗歌繁荣标志之一的诗学批评开始出现。清代中期山西诗歌理论与创作同样呈现出较为丰富多样的形态，诗学主张竞相呈现。此期既有评论整个诗坛的诗话专论，对诗歌艺术与创作之法进行点评，也有地域性的诗学评论，对山西诗人作简明扼要的评价。

---

① 茹纶常：《容斋诗集》卷二十七，第206页。

② 晋城市地方志编纂委员会编：《晋城市志》，第1811页。

③ 杨深秀：《雪虚声堂诗钞》卷三，《续修四库全书》集部第1567册，第98页。

④ 栗守田校：《阳城县乡土志·阳城县金石记》，太原·三晋出版社，2009年版，第269页。

嘉道之际的延君寿不仅能作诗，亦好论诗，著有《老生常谈》。其书入选《山右丛书初编》《丛书集成续编》《清诗话续编》，是有清一代为人称道的诗话专著。《老生常谈》是延君寿写诗为文的经验总结，是书以五律为论述对象，从“谈艺”“读书”“学问”“文人”等方面评论诗歌艺术与创作手法。推崇杜甫之诗，强调浸渍古人诗中日久，作诗时才能得心应手。同时论诗注重意象神理，通过融会贯通，写出自家骨格神韵，标举“诗以有真气为主”[①]。同时还强调对古人诗法的领会和掌握不应成为创作的束缚，主张对某些规矩法度适当突破，以保诗情天真自然。

延君寿好友张晋亦有诗话理论著述传世。嘉庆十七年（1812），张晋应山西学政周石芳之请，仿效元好问《论诗绝句》为题，成《论诗绝句》60首，纵论秦汉以至清朝的历代著名诗人诗作，或褒或贬，在每一首诗评后，都有字数不多的注解。刘汲评张晋诗“挥毫洒洒，醉墨淋漓，摩遗山之垒而拔渔洋之帜”[②]，认为论诗绝句达到了元好问的层次，超过王士禛的水平。如其中第五十五诗云：“《曝书亭集》浩无涯，学富才丰格律谐。到底不曾删绮语，教人指摘议《风怀》。”[③] 指出朱彝尊才学丰赡，格律严谨，“缘情”作《风怀》二百韵，将其编入诗集，受道学家责难。兹列举数首如下：

垓下凄凉杂楚声，美人名马总关情。高歌自是文人事，却为英雄写不平。

故乡归到乐如何？云气飞扬感慨多。一代真人推巨手，沛中留得大风歌。

千秋创体柏梁台，各不相关各写怀。已是舍人堪绝倒，不妨曼倩又诙谐。[④]

---

① 山西省文献委员会编：《山右丛书初编》第16册，第32页。

② 晋城市地方志编纂委员会编：《晋城市志》，第2117页。

③ 董再琴、魏晓虹编：《张晋诗集》，太原·三晋出版社，2012年版，第189页。

④ 董再琴、魏晓虹编：《张晋诗集》，第184—189页。

茹纶常《题〈山右诗存〉》十七首对山西清代以来的多位诗人进行评价。评价陈廷敬云："宰辅鸿才首午亭，杜诗韩笔两峥嵘。过江大有雕龙客，至竟唐风是正声。"① 指出其诗歌气局宏大开阔，有唐风之韵。评价傅山云："海内争传义侠声，笼鹅时复写黄庭。此生自谓非词客，独向空山劚伏苓。"叙写傅山气节高尚，誓不与清合作，闻名天下。不以文人自比，独有山林"穷板子志气"②。评价吴雯云："仙才自昔倾朝右，岩穴于今孰抗行。底事藏园老居士，翻持异论笑渔洋。"写其诗才极高，学王士禛而能出以新意。评价冯讷生云："敏果清端几巨公，雄才更数雁门冯。渊源家学真堪羡，累叶犹存正始风。"指其家学渊源深厚，为晋北雁门巨擘。评价折遇兰云："于役山西得一人，随园赏识早空群。如何接壤并汾路，求友同时竟失君。"其为诗坛盟主袁枚所赏识，诗学性灵，然早逝未能成名甚为可惜。此外还评价延君寿、马翁恒、范春山、胥燕亭、张晋、张礼垣、陈金门等人。

阳城郭兆麟③回忆平生交游酬唱、学诗心得作有《梅崖诗话》，后又续有补充。所选大多是乡里朋旧的聚会之作，同时也录自己诗作。论诗以王士禛"神韵"为宗，诗学宗趣则尊唐抑宋。"渊明诗多见道语，如采菊东篱下，悠然见南山，景与意会，自成妙处。唐人虽专尚声调，用律最严，然诸家亦有道着处，如子厚南涧诗，右丞辋川作，进乎技矣。宋人则直以道学气为之耳。"④ 认为诗歌应以表现性情为主，故而推崇陶渊明自然"浑古"之诗。同时，强调用意须得温厚和平之旨，表现出对康熙年间正统诗学的继承。其对李白、杜甫略显倾向，欲以李之天纵济杜之严实，亦与神韵论旨为近。其中对白居易、李商隐引用杨玉环的诗作，持正统之见，稍显迂腐。同时又将明诗置于宋元诗歌之上，似乎有所不妥，未脱门户意气

① 茹纶常：《容斋诗集》卷二十七，第196页。

② 傅山著、刘贯文等主编：《叙灵感梓经》，《傅山全书》第1册，卷九，第376页。

③ 郭兆麟（1741—?），字麟伍，号梅崖，山西阳城人，著有《梅崖诗文钞》。

④ 山西省文献委员会编：《山右丛书初编》第12册，第593页。

之争①。

此外，“绵上四山人”之间还通过结社相互评价诗作，提出修改意见，进一步促进诗艺的提升。清代山西中期，以茹纶常《老生常谈》为代表的诗话理论的出现，标志着清初、清中山西诗歌结出硕果。诗话理论既是诗歌创作成果的总结，同时又进一步推动着诗歌创作的发展。二者相互促进，推动了山西诗歌的进一步发展。

第二节　静乐边塞诗人李銮宣

李銮宣（1758—1817），字凤书，号石农，别署散花龛主，山西静乐人。平生无所好，唯喜作诗以自娱。《别广州作二首》有云：“未必政声真卓荦，却于文字有因缘。”② 可视为对自己政治事业和诗歌创作的总结。在李銮宣为诗 40 年的生涯中，作诗 2000 余首。后经董游于嘉庆二十四年（1819）删编付梓，名为《坚白石斋诗集》共十六卷，1000 余首。

李銮宣自幼天资聪颖，博览群书。受家庭和传统观念的影响，“少日漫思名不朽”③，立志走仕途经济、显身扬亲的道路。《述哀二十二首》其一有云：“少年壮且迈，心慕仕与宦。”④ 22 岁考取举人后负笈抵京，曾在京教授皇家子孙，颇有声誉，为时所重。乾隆五十五年（1790）成进士，授刑部主事。乾隆六十年（1795），迁湖广司员外郎。嘉庆元年（1796）充任顺天会试同考官。嘉庆三年（1798），擢升为浙江温州、处州兵备道。到任后施以果断措施，恤灾抚民、驯盗从良，政绩显赫。与前任无锡秦小

① 参看傅璇琮主编：《中国古代诗文名著提要（诗文评卷）》，石家庄·河北教育出版社，2009 年版，第 413 页。

② 李銮宣撰、刘泽点校：《坚白石斋诗集》卷十四，太原·山西人民出版社，1991 年版，第 435 页。

③ 李銮宣撰、刘泽点校：《暮春言怀二首》之二，《坚白石斋诗集》卷三，第 33 页。

④ 李銮宣撰、刘泽点校：《坚白石斋诗集》卷十，第 309 页。

岘并称“前秦后李”。嘉庆八年（1803）调任云南按察使，次年因平反冤案，触怒上司，被弹劾撤职遣戍迪化（今乌鲁木齐）。嘉庆十三年（1808）因河工需要被放释回。次年被赦，返乡为父守孝。其后，历任直隶按察使、广东按察使、四川布政使等职。

恽敬在《坚白石斋诗集序》中云：“李石农先生为诗四十年，少即远游不遑息，曰《行行草》；官西曹，曹有白云亭，曰《白云初稿》；分巡温、处二州，曰《瓯东集》；提刑云南，曰《诏南集》；谪迪化州，曰《荷戈集》；分巡天津，曰《七十二沽草堂吟草》；提刑广东，曰《诃子林集》，合为《坚白石斋诗集》。”① 李銮宣每到一地则有诗集，诗集就是其人生经历的印证。李銮宣诗作题材广泛，内容丰富，主要以写景纪游的山水诗作为主，无论是江南的明山秀水，还是西北的壮丽风光，均是他的描写对象。其中以遣戍迪化的边塞诗最为著名。在艺术风格上以被谪迪化为界分为两期，前期较为清丽自然，后期在清新自然的基础上多了一重沉郁之气。

嘉庆九年（1804），李銮宣因秉公办案得罪上司，被诬陷贬谪迪化。加之其特殊的人生经历，“少失恃，育于祖母，长遭家变窭且贫，备极艰难困苦之况”②。李銮宣在被贬迪化的诗歌中，始终贯穿着一种冤屈愤懑和愧悔思乡之情，这种冤屈、愧悔贯穿于其遣戍的全过程。初入异域作有《塞上曲》，诗云：

硬雨霾风别样愁，寒烟无际草如秋。玉门关外千条水，都向蒲昌海上流。③

“蒲昌海”即罗布泊，“关外”诸水主要是指疏勒河水系。中原水系都是从西向东流，但到了玉门关之外，却有倒流的疏勒河。流放异域的诗人，面

① 恽敬：《坚白石斋诗集序》，载《坚白石斋诗集》附录，第525页。

② 蒋攸铦：《坚白石斋诗集序》，载《坚白石斋诗集》附录，第528页。

③ 李銮宣撰、刘泽点校：《坚白石斋诗集》卷九，第278页。

对亘古荒原倾吐衷肠，此行向西就如同罗布泊的河水一去不返，诗中既有荒寒新奇之感，又融有更多的惆怅失落之意。初抵流放之地，乡愁不由间自然涌现，《抵戍》诗云：

竟到轮台戍，君亲梦未忘。边庭严鼓角，春梦感沧桑。屋漏疏星入，灯残黠鼠忙。闭门宜省过，不敢更思乡。[①]

以“轮台”代迪化，李銮宣初抵戍所甚是凄凉，虽说“不敢更思乡”，但其实是曲进一层来讲，字里行间流露出的情感，让人更觉其思乡念亲之浓。诗人遭人诬陷，被贬异域，万里投荒。人到中年，上有老父，下无子嗣，无人代己奉养。“不孝有三，无后为大。”诗人倍感凄楚哀痛。徐世昌《晚晴簃诗汇》言李銮宣“以谳狱失当谪戍……石农以不得终事其父而又无嗣，居恒抑郁，每见于诗篇，沉思独往，慨乎其言”[②]。

李銮宣边塞诗更多注重写实，笔致更趋精细，无论是因“屋漏”看到的“疏星”，还是“灯残”下的“黠鼠”，因“入”“忙”的主动性间入，都显出诗人的孤寂。实事实景实物之摹写，使得形象更显清晰细致，抒情述怀更具有感发意义。遣戍塞外途中，诗人遇到与己同病相怜的寻亲老叟，不禁感慨万千，作有《相逢行》，诗云：

男儿无家复无室，万里投荒真决绝。酒酣拔剑歌忽哀，歌罢涔涔泪流血。血泪本为生别滋，尚有老父下无儿。人生百年已过半，塞门一出何时归？道逢一叟目已眊，满面黄尘埋七窍。问之亦是戍边人，草草歧途相慰劳。[③]

回顾家庭的种种不幸，诗人字字血泪，句句含哀，借酒浇愁泪流满面，无

---

① 李銮宣撰、刘泽点校：《坚白石斋诗集》卷九，第295页。
② 徐世昌：《晚晴簃诗汇》，北京·中华书局，1990年版，第4566页。
③ 李銮宣撰、刘泽点校：《坚白石斋诗集》卷九，第277页。

以面对老父也难以抚慰自己。途中所遇老叟，儿子已死弟无踪影。相互谈及各自境遇，不禁有“同是天涯沦落人”之感，进而引发诗人的思乡念亲与愧对父母之情。张维屏言“其诗模山范水，自具清雄。吊古言怀，每多沉郁。至《荷戈集》中《述哀》诸篇，能使读者愀然以悲”①，确是中肯评论。

遣戍迪化本是冤屈所致，背井离乡更令人伤感。但是西北壮美的自然风光、边塞的苍莽雄浑景色使李銮宣精神为之一振，心怀得到释放。诗人为边塞异域的壮美风光所折服，西入新疆第一眼看到的便是挺拔雄奇、高耸云端的天山，壮美风光令诗人情感勃然而发，作有《白杨河望博克达》，诗云：“开门见南山，南山雪压顶。万丈琉璃屏，激射日光冷……银汉浩茫茫，一色纳诸岭。”② 诗歌以动写静，以虚写实，为雄伟壮观的天山唱出赞歌。又如《登库舍图岭纵笔作歌》诗云：

生不识玉门关，梦不到祁连山。忽然天风吹马足，直上千仞万仞之峰巅。积雪峻岩万万古，其鳞之而玉龙舞。有时天亦被雪遮，一片空蒙迷仰俯。我闻西域冈底斯乃山岳尊，祁连南北脉络分。群山莽莽入关去，武功太白皆儿孙。亥章不能步，神禹不能导，遂使益地括地图志讹，雪海冰天白浩浩。既不如张博望，浮槎竟到青天上。又不如郑安远，左执鞭弭右櫜鞬。负戈万里天西来，平生游迹真奇哉。雪山峨峨白玉皑，冰山岛晶沙山颓。罗卜淖尔蒲类海，如螺如芥如浮杯。西穷西海滨，东望东海隈；四海复四海，自西至东二万余里舆图恢。九州岛五岳峰数堆，南界北界青莲开。三千大千鲜如此，虫沙猿鹤一瞬俱尘埃。膏我车，秣我马，天山雪深几没踝。白云如席堕我鞯，白雪如掌落我肩。羲和纡辔娥魄晦，但见银海沆瀁上下左右兜罗绵。不用纪工勒石铭燕然，亦不用短衣射虎消残年。醉斟车上酒泉酒，一唱玉门迁客西征篇。③

---

① 钱仲联主编：《清诗纪事》第2册，第1711页。

② 星汉：《清代西域诗辑注》，乌鲁木齐·新疆人民出版社，1996年版，第290页。

③ 李銮宣撰、刘泽点校：《坚白石斋诗集》，卷九，第288页。

“库舍图岭”是“碑岭”的蒙古语音译，它本是天山古道的分水岭，由于唐代西征将领姜行本的纪功碑被移至这里，故名“碑岭”。诗人描绘了西北边塞的壮丽景色，以连绵不绝的群山与奇丽多变的雪景为画面，营造出奇中有丽、丽中有奇的雄奇意境。诗歌化景为情，显得慷慨悲壮、浑然雄劲。首句笔调奔放，令人感叹而不觉有点伤感。站在这条著名的“流放之路”，在这天山的制高点不免思绪万千，想到了汉代经营西域的“张博望”张骞、“郑安远”郑吉，对西域的壮美风光发出由衷赞叹。全诗内涵宽广丰富，气势浑然磅礴，具有极强的艺术感染力。李銮宣从新疆戍地放回时，路经玉门作有《将至玉门》，诗云：

沙洲风偃息鸡草，略约桥通昌马湖。红日三竿城阙晓，青天一握雪山孤。①

是诗在描写玉门地理、气候环境特征之时，还抒发了流放复出路经玉门地界的喜悦心情。五月的玉门虽然寒凉，但已是草发柳绿、大地复苏的季节。诗人眼中似乎南边的雪山显得那么小，山顶的青天一把都能握在手上，诗歌在壮美中多了一份清丽自然。这是诗人长期驻足边塞，日常生活实践在诗歌中的生动自然写照，在塑造“雪山”客体之时，将诗人自我形象融合于客观叙事描写，激发了诗歌的表现力。

清代中期既是王朝社会经济发展的繁荣时期，也是王朝盛极而衰的转折期。李銮宣长期做地方官，同情百姓疾苦，其诗歌在关注个人吟咏情性的同时，也真实地写出了盛世王朝表面繁荣下的危机四伏，如《推车谣》写流民离乡背井，流浪乞讨的悲惨生活。诗云：

只轮车，双足趼。夫为推，妇为挽。老妪稚子坐两头，黄土满身泪满眼。问从何处来，曰从山东来。问从何处去，乞食远方去。车上何所有，破毡裹敝帚。车中何所施，草根兼树皮。欲行不行行蹒跚，累日并无粒米

---

① 李銮宣撰、刘泽点校：《坚白石斋诗集》，卷十，第330页。

餐。长跽乞怜，求施一钱，一钱不救君饥寒。只轮车，车转毂，老妪呜呜抱儿哭。卖汝难抛一块肉，不如老妪经沟渎。[1]

诗写逃荒流亡者的痛苦，字里行间血泪斑斑，在艺术上与陈子龙《小车行》可堪媲美。在统治者的残酷剥削下，百姓被迫忍痛割爱卖儿卖女。诗中能够见出社会的黑暗与时局的艰危。是诗充满真情，口语平畅但又不缺凝练，充分体现了乐府平中见奇的诗风。又如《卖子谣》诗云：

老姆谓儿女，卖汝实痛汝。怀中一块肉，弃作路旁土。老父谓儿女，卖汝乃爱汝。朱门酒肉臭，但去无所苦。痴儿痴女不知离别难，从人略卖衣裈单。衣单单，心悒悒。儿长为奴女为妾，灶前灶后背人泣。[2]

是诗以精细的对话描写，把诗义写到最深处，把浓情推向高潮，在其通俗、质朴而自然倾吐的语言里，充满了斑斑血泪，令人难以平静。其以简朴的写作技巧创造了极为深沉的诗歌境界。又如《司圜杂诗八首》有云：

炎夏日苦长，汗出多于浆。满室飞青蝇，噂沓不可当。入夜更逼仄，豹脚蹲如狼。饥虱曳修尾，吮血同啮瓤……（之三）

冬日又苦短，阶前百草枯。朔风拳寒雪，屋角狂飙呼。嗟尔狱中人，皲瘃伤肌肤。单丝不被体，裸立如枯株……（之四）[3]

是诗可称为四季狱歌诗，从中不仅可以看出监狱囚徒之多以及酷吏严刑逼供的现实，而且可以从中体味到李銮宣对众囚徒的恻隐之心，以及对社会盛世之下潜在隐忧的担心。

---

① 李銮宣撰、刘泽点校：《坚白石斋诗集》，卷十一，第343页。
② 李銮宣撰、刘泽点校：《坚白石斋诗集》，卷十一，第343页。
③ 李銮宣撰、刘泽点校：《坚白石斋诗集》，卷一，第3页。

第三节　阳城名家延君寿与张晋

一、延君寿与张晋的诗歌

延君寿与张晋同是乾嘉年间阳城诗坛名家。延君寿（1763—1827），原名寿，更名君寿，字子格，号荔浦，室名六砚草堂。嘉庆时诸生，曾官山东莱阳、浙江长兴、安徽五河等地知县。虽未取得进士、举人功名，但为官为文都有骄人业绩。晚年离开官场返乡后，潜心于诗歌创作和研究。著有《六砚草堂诗集》四卷[①]，《老生常谈》一卷，编有《樊南诗钞》四卷。张晋（1764—1819），字隽三，诸生。酷爱诗而淡于名利。中秀才后即放弃科举，潜心诗歌创作。曾游历河南、河北、山东、江苏、浙江、福建、湖南、湖北、广东等地30余年，结交海内诗友，遍览名山大川，倦而返归。著有《艳雪堂诗集》四卷、《续尤西堂拟明史乐府》一卷、《艳雪堂论诗绝句》60首。

延君寿和张晋友情深笃，闲暇之余，常相约游历地域名胜、山川景致，此类诗歌兼具雄伟壮观与飘逸自然。乾隆五十八年（1793），延君寿与张晋同游析城山，“足迹所到者为黄龙宫、圣王坪、铁盆嶂、千峰寺、云潆龛。出山由北路登小崦山，游仙人洞，凡十有四日而告归”[②]。延君寿作有《钟鸣峡》《王屋山》等古体纪游诗8首。其中《游析城山至圣王坪》诗云：

群峰如奔马，百里相追逐。纵横不可勒，到此始结束。龙穴嵌平沙，

① 《六砚草堂诗集》，又名《樗园集》。该书系道光六年（1826）延君寿自行编定，分前后两集。前集上下卷，收古今体诗470首；后集上下卷，收古今体诗516首。

② 延君寿：《重游析城山记》，李新平、张学社：《乡门皇城》，太原・山西古籍出版社，2005年版，第134页。

罗列三百六。中有散花人，窈窕颜如玉。遂令千顷田，变作胭脂谷（山产燕粉花甚多）。我来登绝顶，周览骋远目。古庙少人行，荒箪飞蝙蝠。去去故低徊，一骑出山麓。为问尘劳人，幽居何日卜。[①]

张晋则有《同游析城王屋山诗七首》，其二《登析城南峰放歌》诗云：

仙人手把青莲花，金枝翠叶纷交加。偶然游戏掷地上，顷刻幻作山杈枒。同人相顾叫奇绝，一一指点无争差。王屋天坛列眼底，洞天万古埋烟霞。其余群峰尽底亚，谨受约束莫敢哗。一丘一壑竞妍巧，再接再厉非虚夸。丹青有笔貌不得，荆关袖手空咨嗟。长日开图供赏鉴，终年不费玉画叉。回首西望忽莽苍，黄河一线穿平沙。天风飘飘拂衣袖，如此不乐胡为耶？便欲乘云叩阊阖，倒吸云汉斟匏瓜。[②]

析城山别称圣王坪，位于晋城阳城县西南，山峰四面如城，有东、西、南、北四门分析，故曰析城。《禹贡》记载大禹治水时，沿着山脉从西往东，导山疏河经砥柱、析城，至于王屋、太行、恒山，至于碣石。二人诗作都描绘了析城山的雄伟气势，犹如万马奔腾，不可勒止。不同之处在于，延君寿之诗似宋，张晋之诗肖唐。延君寿诗更多叙事说理，将游析城山到圣王坪的见闻入诗，叙述较为平实。“为问尘劳人，幽居何日卜。”在空旷虚无缥缈的峰顶古庙独存，诗人心生羡慕归隐之意。张晋诗写得更为飘逸，飘零的树叶犹如天女散花。其诗将壮伟风光激起的内心感受入诗，末尾“乘云叩阊阖”写得大气磅礴，不可一世。这与各自的性格有关，客观上也显现出二人诗风的不同走向。

延君寿、张晋诗作中还有许多描写地域生活的诗作。阳城县属泽州府，地域资源丰富，尤以煤、铁著名。打铁花是阳城在盛大节日特有的一项喜庆娱乐活动，在空旷之地置设铁炉，把铁加热熔化进行击打，铁汁四

① 延君寿：《六砚草堂诗集》卷一，《清代诗文集汇编》第480册，第506页。

② 董再琴、魏晓虹编：《张晋诗集》，2012年版，第17页。

溅迸发如放焰火一般。延君寿有《打铁花行》，诗云：

并州产铁人所知，吾州产铁贱于泥。巨炉炽炭熔铁汁，打铁铁花飞虹霓。月黑天阴叫山鬼，金乌烛龙乍舒尾。直疑天使踏红云，乘风欲截银河水。下策无端用火攻，拍手笑杀村村童。珠光迸落救不得，三日忽忆咸阳宫。铁性虽顽铁有用，小佐耕夫大成瓮。如何弃置古原头，盐铁有官抱深痛。人生行乐真何须，聚蝎杀人劳欢呼？此作俑者岂达理，乃与市侩同豪粗。九州一铸那堪再，绕指而柔羡若辈。君不见，冶铁铁飞金失性，此虽儿戏终当戒！①

张晋亦有《铁花行》并序，序云："阳城产铁，每当上元夜，山头置巨炉熔铁汁，遍洒原野，名曰打铁花。为作《铁花行》。"其诗云：

洪炉入夜熔并铁，飞焰照山光明灭。忽然澒洞不可收，万壑千岩洒红雪。栖鸦控地林蛴遁，电光的烁开金铺。山魈木客伏不动，天女下视群灵趋。此时观者色如赭，流波迸出珊瑚颗。枯枝瘦草相新鲜，异彩奇葩遍原野。大冶运腕何珑玲，莲花落去犹有声。力疲气竭暂放手，始见明月空中行。世间怪事真有此，百炼柔钢齐绕指。请看入眼幻缤纷，笑他剪采堆红紫。②

两首歌行体诗描述了阳城古代冶铁的劳动场面。延君寿诗歌叙议结合，将现实与神话传说融为一体，既写出了采铁的艰辛以及铁的用途，又有"铁贱于泥"的慨叹。张晋诗写打铁溅出的火花流光所照，枯瘦的树枝和野草也给人以新鲜之感，犹如奇异的花朵遍布原野。诗写得天马行空，不受拘束，显得飘逸灵动。延君寿由铁熔失性引发了对人生"性相近，习相远"的思索，对世俗的熏染提出了告诫，在叙述中引发议论，显得更为理性。

---

① 延君寿：《六砚草堂诗集》卷三，《清代诗文集汇编》第480册，第570页。
② 董再琴、魏晓虹编：《张晋诗集》，2012年版，第12页。

张晋由“百炼柔钢齐绕指”感慨万物之奇特，火花四射营造出五彩缤纷的世界。同样的事情，由于各自视角的不同，感受与体悟也不一。民国山西学者郭象升称延君寿“诗近宋人，多瘦硬苍奇之音”①，而茹纶常则言其诗“披沙每觉拣金难，一集樗园独耐看”②。嘉庆初山西学政周石芳在《艳雪堂诗稿序》中言，张晋诗“抒写性灵，绝无抑郁牢愁之意，形诸歌咏其淡于名也如此”③。徐世昌《晚晴簃诗汇》则评价：“隽三才气纵横，诗境与遗山为近尤长七古，如运广长舌说法，天花乱坠，此河岳英灵也。”④ 二人诗歌各具特色，“六砚堂清隽，艳雪诗雅健”⑤，延君寿诗清新隽永中有说理，近于宋人。张晋诗雄浑雅健，飘逸自然，似于唐人。

延君寿、张晋在创作写景纪游诗的同时，还有各自擅长的领域。延君寿擅长律诗，晚年归家后多留意地域风俗。元宵节观灯猜谜自古有之，这往往是文人雅士的兴趣，普通百姓更多在意的是如何在元宵佳节博得一个好彩头。如《元宵街设灯棚，名“子孙会”》有云：“才是开帘月上时，笑声还说出来迟。灯棚偷得泥孩子，明岁何愁不养儿。”⑥ 此地民间风俗，每年元宵灯会时，灯棚里不仅有灯谜供人猜谜，还摆放有小泥娃娃，专供新婚媳妇或未生育的媳妇偷取。乡俗认为若能偷得一个泥娃娃，不生育者便能怀胎生子。是诗虽然没有具体描述偷取泥娃娃的细节，但在叙述中却见出此风俗影响甚大，仿佛看到一个个求子心切的小媳妇怀揣泥娃娃羞怯而去的情形。

张晋各体诗均工，尤以咏史与乐府歌行体为最。《续尤西堂拟明史乐府》一百首堪称明代历史的浓缩，以诗论史，充分显示出诗人深厚的历史素养，亦体现出其思想情感的深刻性与复杂性。山西学政周石芳在《艳雪堂诗稿序》称赞《续尤西堂拟明史乐府》云：“质而不俚，婉而多风，节

---

① 王小圣编：《阳城史话》，太原·三晋出版社，2010年版，第61页。

② 《题山右诗存》，《容斋诗集》卷二十七，第196页。

③ 山西省文献委员会编：《山右丛书初编》第12册，第421页。

④ 徐世昌：《晚晴簃诗汇》，北京·中华书局，1990年版，第4769页。

⑤ 茹纶常：《容斋诗集》卷二十七，第206页。

⑥ 转引张家庆《千年流韵：沁河流域传统节日的风俗特征》，太原·山西古籍出版社，2007年版，第58页。

奏天然，断制精确，不觉一读一击节，非徒言语妙天下，盖其学识过人远矣，斯必传无疑也。”[①] 张晋继承了白居易“感于哀乐，缘事而发”的乐府精神，乐府诗多反映百姓疾苦，如《渗菜词》《养蚕行》《放河灯行》《粜米行》等怜农诗写得悲天悯人，淋漓尽致地揭露了社会现实的黑暗。张晋生前诗名远播，诗人刘松岚、吴玉随、法式善、李载园等都与他书信往来不绝。

嘉庆二十四年（1819），张晋外出远游，返归故里十日而亡。延君寿闻讯后，悲痛欲绝，作有《长歌行挽张隽三》，诗云：

呜乎隽三竟不生，呜乎隽三可惜矣！君不见！午亭先生去已遥，百年无人作继起。河声岳色能钟灵，精气下降乃有此。一乡一曲何足论？如隽三者天下士。平生骂座酒兴豪，戍削瞥见风骨高。南游闽越北幽并，诗才利剧崩霜刀。刘（松岚）李（载园）周（石芳）吴（玉松）倾心久，醉石山房共杯酒。念我不惮惠在天，大江忽见扬帆走。我与隽三常通财，管鲍交久心无猜。我家儿郎亦解事，麦舟自掉空船回。如何镌诗翻不许，忽为故人惜阿堵（今年夏五月曾为隽三刻诗，工人已至，渠坚不许）。谁知一夕成古人，我已无赀作此举。呜乎隽三知不知？人生生死真难期！频年泪湿衣襟尽，我独不死天岂私？天公爱我有深意，樊上诗文未竣事。陈生尚有志幽文（谓金门），岂忍隽三无一字？山西出将古来雄，金元矫矫遗山翁。午亭地下相逢后，又束遗诗走秀容（元遗山太原秀容县人）。[②]

是诗叙议结合，诗前有序云：“前年哭松溪，又复哭赏儿。去年我病几不活，至今能诵病中诗。今年我罢官，亲戚皆归里。征鞍犹未解，吾弟中途死。继之者为张隽三，闻道归才十日耳。”面对好友的亡故，想到了之前张晋之徒李毅，自己的长子延赏的故去。噩耗频传，诗人不胜伤悲。念及好友诗集未能刊刻，心生感慨。在抒发浓厚的伤逝之情中融有刻骨的悲

① 董再琴、魏晓虹编：《张晋诗集》，2012 年版，第 274 页。

② 延君寿：《六砚草堂诗集》卷三，《清代诗文集汇编》第 480 册，第 562 页。

伤，同时又能跳出个人的悲伤情感，从地域文化的总体来纵论好友的诗歌地位，将宋诗的内敛与唐诗的才情较好地融在一起，有情有理有节。

二、“骚坛四逸”及其他诗人

乾隆五十六年、五十七年（1791、1792）间，延君寿、张晋、陈法于、张为基结“樊南诗社”，人称“骚坛四逸”。一时沁河中游东西两岸，诗酒唱和，文风斐然。后因延君寿外出做官，张晋又入周石芳幕僚，其间20余年诗酒唱和等雅集不再举行。嘉庆年间，张晋和延君寿先后归乡，“樊南诗社”再次开张。“骚坛四逸”受诗坛风气影响，主张直抒性情，将读书和游历相结合。诗歌清新灵巧，富有韵味，多游历写景之作以及部分反映社会现实之作。

张为基，字礼垣，诸生。“慧而好学，不求仕进，未弱冠，学已称富”，在“骚坛四逸”中年龄最小。延君寿等人劝他参加童子试，他却向往外出游历，于是下太行、渡黄河、游伊洛，“历览名胜，以发胸中奇气”，归来正值应试，一试便冠榜首，仍无意仕进，“诗酒自适，绝不干人”①，甘愿以布衣终老。著有《青萝斋诗集》。茹纶常《题山右诗存》评价张晋、张为基言：“云梦时将八九吞，风流尚有二张存。”②

陈法于，字金门，诸生，陈廷敬曾孙。性情恬雅，家学渊源，工于诗词，后随域内诗人王炳照学而诗愈工。为诸生而不应科举，非买书览胜，足不入城市，世人皆以“隐君子”称之。著有《秀野山房诗钞》。延君寿言其“与余交最善，风雨联床，数十年无片语忤”③。

茹纶常《古诗一章代策酬延荔浦、张隽三，兼寄陈金门、张礼垣》诗云：

---

① 栗守田校：《阳城县乡土志、阳城县金石记标点校注合订本》，第171页。

② 茹纶常：《容斋诗集》卷二十七，第196页。

③ 王小圣编：《阳城史话》，第66页。

莲洋谪仙才，午亭浣花擅。流衍百余载，宗风起乡县。亦如唐四杰，骚坛压群彦。六砚堂清隽，艳雪诗雅健。金门与礼垣，所嗟犹未见。[1]

诗歌将“骚坛四逸”作为一个地域诗学流派来看待，指出其诗歌地位，肯定其诗学贡献，承继前贤再次发扬地域宗风。延君寿诗歌清新隽永，张晋诗歌雄浑雅健。是诗希望张礼垣、陈金门不废吟咏，潜心诗歌创作，将来必成大器。“骚坛四逸”在清中期山西诗坛影响较大，在其影响下乾嘉年间阳城地域诗歌创作达到了高潮。围绕在其周围的有李毅、王炳照、王介山、张域、杨庆云、窦家善、杨丽云、李瑞、樊大基、李焕章等人。

张晋之徒李毅，号松溪。20 岁从张晋学诗，天赋甚高名噪一时。受到张仲奚侍郎和吴玉松侍御等人赏识，但因其恃才傲物，谈吐随便而终不能见用，只好落魄返乡，30 岁而终。著有《松溪诗稿》，未刊行。其诗既豪放流畅，不受约束，又如行云流水，妙韵天成。延君寿将其遗作编为《松溪诗稿》刊行，在序中赞其诗“雄俊不可羁勒”“凌厉肮脏之气独迈时流”[2]。祁寯藻《雪夜读〈艳雪堂集〉〈松溪遗稿〉感作并序》评价张晋“诗笔豪横陵轹，一时咏史乐府尤工，其弟子同邑李松溪亦奇士也”，并作诗表达对其人格和诗歌的认可。诗云：

鲁连细黠田巴老，黄鹞苍鹰总不凡。岂谓诗人例穷蹇，或疑造化忌雕劖。文昌乐府工何益，长吉奚囊恨莫缄。莽莽太行山雪里，招魂谁与问彭咸。[3]

张晋之子张域，号枫香，晚号梅阉，亦能诗。以举人身份历任榆次、长子县训导。弃官后纵情诗酒、超然物外，著有《香雪龛诗钞》。王炳照，字青甫，号南村，别号青萝山人。曾入京参加礼试，落第而归。从此便放

① 茹纶常：《容斋诗集》卷二十七，第 206 页。
② 晋城市地方志编纂委员会编：《晋城市志》，第 1811 页。
③ 祁寯藻：《祁寯藻集》第二册，第 178 页。

弃功名，潜心于诗歌创作和佛学研究，著有《介雅堂诗集》。

继“骚坛四逸”之后崛起于阳城地域的诗歌团体是道咸年间的“七逸老人诗社”。墨逸王苹元、闲逸杨庆云、书逸延常、涧逸李焕章、柳逸曹承惠、樵逸张贻谷、琴逸韩纪元等皆为皓首穷经的落魄文人，潦倒不得志，唯有吟诗作乐以慰平生。其诗作主要辑入《梅花诗社同吟集》和《就闲斋同人唱和集》。

第四节　灵石画坛诗人何道生

清代山西灵石何氏是著名科举家族，何思钧，何元烺、何道生，何炳彝、何辉绶、何熙绩、何耀纶，何福咸、何莱福、何乃滢四世同为进士。何道生则是何家由仕途走向文人雅士的杰出代表。其居官廉明，政声大著，政事、读书以外，唯好诗画，被张维屏《国朝诗人征略》所收录。

何道生（1766—1806），字立之，号兰士、菊人，室名方雪斋、双藤书屋。何道生父亲何思钧自幼受名师教导，“少从姚鼐游，章学诚、顾九苞、程瑶田、汪元亮皆主其家”①。受家庭影响，何道生少时从学于扬州学派经学家顾九苞，打下了深厚的学问功底。乾隆四十四年（1779）举人，乾隆五十二年（1787）与其兄何道冲同榜联捷进士，任职工部。科场得意的何道生颇有壮志，但此时社会已显现出没落形态，《杂诗四首》其二云：“鹏鹄举霄汉，鸡鹜争稻粱。抱志固有异，叹息难同方。”② 官员只在为稻粱谋，何道生对此予以鄙夷的同时，也只能洁身自好，远离污浊。嘉庆中擢山东道监察御史，巡视济宁漕务。沿途访查漕弊，力图有所振作。曾言“官在则壅蔽多，官去则耳目彻”③，对吏治腐败深表厌恶，对封建官吏官官相护、报喜不报忧的现象尤为不满。嘉庆五年（1800），何道生升为九

---

① 王钟翰点校：《清史列传》第18册，第5954页。

② 何道生：《双藤书屋诗集》卷一，《清代诗文集汇编》第481册，第7页。

③ 王芑孙：《双藤书屋诗集序》，载《双藤书屋诗集》，《清代诗文集汇编》第481册，第3页。

江府知府。后因丁父忧离职，服满后为甘肃宁夏府知府，到任不足一个月被人劾奏，卷入兵饷掺假案中，解职听候调遣，后查明与其无关，官复原职。何道生本不愿出任外职，又遭此挫折，忧隐自伤郁郁寡欢，遂饮酒自放，因而得病，嘉庆十一年（1806）卒于宁夏知府任上，年 41 岁。著有《方雪斋诗集》十二卷。道光元年（1821），何氏后人重刻《方雪斋诗集》，又附以何道生与他人所作试帖诗二卷，易名《双藤书屋诗集》十四卷，刊行于世。

一、何道生山水诗与题画诗

何道生的人生虽然短暂，但其诗作却颇多。好友法式善曾云："君工诗善画豪于酒，又好隐忧，数年以来，时往京师就余所，几无日不画，无日不诗，更无时不酒，无事不忧也。"① 何诗各体兼备，古体多长篇，近体工稳中融有警醒之意。诗受"性灵"影响，主张抒写性情，对待唐宋诗较为通融。但反对束缚，主张跳出固有诗法约束。《读宋元诗有述》云："文章自古重公评，胡为议论多不平。宗唐祧宋称绍述，斤斤如持三尺律。"② 何道生诗歌取材广泛，多缘事缘情而作，其中较有代表性的诗歌主要为山水诗和题画诗，诗集中还存有不少唱和之作。

何道生平生喜绘山水，间作兰竹。他的作品被画史列入"逸品"，今存有《水墨山水》《竹兰》等。李濬之《清画家诗史》称何道生"工诗，善山水，笔墨清雅，文秀之气扑人眉宇"③。其诗集中有很多与山水兰竹相关的诗歌，如《崇效寺禅院晚坐》诗云：

日影不到地，松梓森百尺。好风飒然来，满空散晴碧。山僧老解事，

---

① 闵尔昌：《碑传集补》，《近代中国史料丛刊》第 100 辑，台北·文海出版社，1973 年版，第 1297 页。

② 何道生：《双藤书屋诗集》卷七，《清代诗文集汇编》第 481 册，第 39 页。

③ 李濬之编、毛小庆点校：《清画家诗史》，杭州·浙江人民美术出版社，2014 年版，第 744 页。

煮茗久留客。境静恍如秋，坐深澹将夕。幽赏敞轩墀，新凉生茵席。物意岂有私，感兴偶一适。[①]

傍晚时分，日影照射在松树、桑梓上，留下一抹余晖。微风吹来飒飒作响，漫山遍野都笼罩在夕阳独照之下。与山中老僧对茗而饮，恍如深秋般寂静，在惬意清爽中融有宁静之美，与王维《山居秋暝》类似。何道生山水诗在描摹自然风光的同时，将个人瞬间的体悟融于诗中，但又非直白明了，其中有令人咀嚼不尽之美。又如《南天门二首》诗云：

树梢悬微径，山坳辨古村。山随云改色，树以石为根。沙挟回风走，崖收夕照昏。仆夫方问路，劈面是天门。(之一)

天门在何许，突兀万山巅。落日明鸦外，残云落马前。路危蟠厚地，峰尽得全天。却顾初来处，苍茫数点烟。(之二)[②]

是诗写得流畅自然，颇具神韵，没有丝毫的雕琢之气。在简单的叙述中已勾勒出诗人行走在南天门时，景色的变幻无穷。尤其是“山随云改色，树以石为根”一句，仅仅十字就写出了南天门两旁，山色随着云彩的昏暗不同出现的明暗风景变化，以及山路两旁树木的形态，盘根错节以石为根。全诗充满着诗人的才情，尾句有如神来之笔，见出诗人的举重若轻，潇洒飘逸。如果说《崇效寺禅院晚坐》见出的是何道生的性情，那么本诗更多反映的则是何道生的才情，虽然用笔简练，却将南天门中风云景色的倏忽变化写得自然出神。又如《钓鱼台观闸水》云：“野旷日易斜，林深风亦善。临湖弄清流，鱼乐真可羡。”[③] 由绘景转为写人，见出诗人性爱自然的天性以及退隐山林的心愿。

乾嘉之际风雅较盛，文人学士常在诗酒闲暇之余进行诗画交流，以此

---

① 何道生：《双藤书屋诗集》卷一，《清代诗文集汇编》第 481 册，第 7 页。
② 何道生：《双藤书屋诗集》卷一，《清代诗文集汇编》第 481 册，第 7 页。
③ 何道生：《双藤书屋诗集》卷一，《清代诗文集汇编》第 481 册，第 7 页。

陶冶性情。既是诗人又是画家的何道生，在绘画的同时，也常为友人画作题诗。其中与“扬州八怪”之一的罗聘和浙派篆刻领军人物之一的黄易私交极好，为其题画也较多。如《题罗两峰〈鬼趣图〉》云：

吾爱两峰子，爱画入骨髓。画仙画佛无不能，绝技尤称能画鬼。画鬼纸上鬼有神，两峰不是寻常人。双瞳碧色洞幽界，万鬼不敢藏其身。有时独坐与鬼语，鬼拜稽首祈写真。……两峰画鬼有深意，世人漫道是游戏。新鬼故鬼大小争，地上不知地下事。阮瞻方著无鬼论，倏有鬼来奇其气。游魂为变易所云，何必纷纷辨真伪。我作此诗题此图，笔锋太利鬼不娱。两峰颔首手捻须，谓我诗好词非谀。可当骂鬼文，可废吓鬼符。我谓两峰何其迂，人生百岁速隙驹。卷中何者非吾徒，一车之载孰好丑，一丘之貉谁贤愚。此辈终有把臂日，强分畛域胡为乎?①

罗聘（1733—1799），号两峰，“扬州八怪”之一。因善画鬼，被人称作“五分人才，五分鬼才”。曾七入京师，其《鬼雄图》《鬼趣图》轰动一时，何道生对罗聘画艺由衷赞赏，“画鬼”是时代社会风物的寓言。“笔锋太利鬼不娱”，这是文士在任何时代都应坚持的操守。诗中有对所画之鬼的理解，有与罗聘的对话，以及对题跋者诸多不同看法所作的评价。《鬼趣图》以隐晦的语言，辛辣深刻地反映了社会的阴暗与人生的落寞无奈，具有现实主义特色。身为入仕官员，何道生虽未能如罗聘那样在政治、道德等层面上对社会直接进行批判，但在价值取向上他却是认同罗聘的。罗聘画“鬼”在一般观者眼中是“丑”，但行家却能品出“丑”的视觉形象内含的艺术之美。之后，何道生还为罗聘《鬼戏图》和《鬼关图》题了五言长诗。在《题两峰鬼戏图》中，诗人以鬼影射官场，直击鬼官鬼卒的真相貌。只有不愿为鬼之人，才能“拔出傀儡场，三昧自游戏”②。《题两峰鬼关图》道出人人都会面临“鬼门关”，彼此争夺有何意义，“众生竞恩

---

① 何道生：《双藤书屋诗集》卷三，《清代诗文集汇编》第481册，第22—23页。

② 何道生：《双藤书屋诗集》卷六，《清代诗文集汇编》第481册，第37页。

怨，扰扰何时平。泯然就怛化，庶几无所争”[①]。罗聘曾三次摹绘泰山之雄奇风姿，作有《登岱图》，何道生为此作有《题两峰〈岱宗图〉》，诗云："夜半看日出，天海一荡漾。吾今题此诗，兼以志微尚。何当竟脂车，夙愿勇一偿。"[②] 作此题跋时，诗人尚未到过泰山，由《登岱图》画意的雄伟神奇进而引发了诗人纵览泰山的决心。此外，何道生为罗聘作品题跋还有《题管平原为罗两峰内子方白莲女士画寒闺吟席图卷子》等。

何道生与黄易的交游也较深。黄易（1744—1802），字小松，又号秋影庵主，浙江钱塘人。黄易继父业以篆刻著称于世，与丁敬并称"丁黄"，为"西泠八家"之一。著有《小蓬莱阁诗钞》。嘉庆六年（1801），何道生为黄易《小蓬莱阁观碑图》题诗，其诗云：

此图索诗今八年，逋夙诺如逋金钱。小蓬莱阁魂梦牵，兹获躬造宁非天。涕流绕城清且涟，典午署近城南偏。先生宴坐手欲胼，古碑千纸相周旋。订残补阙证史编，爬搜直突欧洪前。武祠画像霏云烟，石经文字陈桓笾。起秦汉讫元都燕，册以万计目四千。鉴别真赝分媸妍，较若列眉何连娟。赏奇析疑良朋缘，李髯桂叟执弭鞭。偶有阙失终必全，烟墨奔凑蚁附羶。鬼相神劳人无权，始知物聚由好专。[③]

读诗可知，乾隆五十八年（1793），黄易寄《小蓬莱阁观碑图》请何道生题诗，8年后何道生才为其题诗。是诗由眼前画引起诗人回忆，叙述过往彼此趣味相投，研磨古碑字画，纵论古今的情形。诗中既充满学术意味，又有对友人的留恋与伤感，以及自己的人生感悟。此外，何道生还为黄易《岱岩览古廿四图》作了题跋《题黄小松岱岩览古廿四图》，为其所藏的《冒巢民姬人金圆玉女史手制贴瓣梅花图》题诗三首。

---

① 何道生：《双藤书屋诗集》卷六，《清代诗文集汇编》第481册，第37页。

② 何道生：《双藤书屋诗集》卷五，《清代诗文集汇编》第481册，第30页。

③ 何道生：《小蓬莱阁观碑图为小松题》，《双藤书屋诗集》卷十，《清代诗文集汇编》第481册，第55页。

二、何道生与乾嘉诗坛的互动

乾嘉时期文人彼此交游唱和较为频繁，形式也繁复多样，有宴饮、雅集、研讨学术等，客观上具有提升诗人地位与推波助澜的作用。何道生喜好交游，“以诗求友于天下”[①]，结交了当时许多名士。吴嵩梁《双藤书屋诗集序》称：“佳日俊游，交燕翕集，而君（何道生）诗传诵尤多。”[②] 何道生不仅与诗坛盟主袁枚有文字之交，相互切磋诗歌，而且与京师众多名家均有交往，“十年来，与法侍讲式善、张检讨问陶，杨农曹芳灿诸君，互相唱和，而才锋之峻，则皆敛手避之。一时文酒燕集，道生诗传诵尤多”[③]。其中袁枚以“性灵派”驰骋乾嘉诗坛自不必说，法式善亦“主盟坛坫三十年”[④]。时人甚至直接将其与袁枚相提并论，“时帆祭酒，文誉卓著，尤好奖掖后进，坛坫之盛，几与袁随园埒，而品望则过之”[⑤]。法式善以后辈身份同袁枚交往，二人相互推崇。这里选取何道生与乾嘉诗坛盟主袁枚、京师诗坛代表法式善交往为节点，只是为了叙述的方便，南北诗坛之间亦有诗文唱和。袁枚、法式善共同的好友如王友亮与何道生以及众多诗人均有交往唱和，共同构成乾嘉诗坛复杂的形态。

（一）何道生与诗坛盟主袁枚的交往

袁枚与何道生一生未曾谋面，二人相差50岁，但文字交往颇多。乾隆五十六年（1791），经好友王友亮介绍[⑥]，袁枚、何道生开始书信往来。

---

① 王芑孙：《双藤书屋诗集序》，载《双藤书屋诗集》，《清代诗文集汇编》第481册，第3页。

② 吴嵩梁：《双藤书屋诗集序》，载《双藤书屋诗集》，《清代诗文集汇编》第481册，第3页。

③ 王昶：《蒲褐山房诗话新编》，第160页。

④ 赵尔巽等撰：《清史稿》第44册，第13402页。

⑤ 陆以湉：《冷庐杂识》，北京·中华书局，1984年版，第309页。

⑥ 王友亮（1742—1797），字景南，号葑亭，安徽婺源（今属江西）人。乾隆四十六年（1781）进士。著有《双佩斋集》。王友亮年辈长于何道生，但极赏识何，二人过从甚密，结为忘年交。

《上简斋先生书》有云："初不意千里之外，复有一代宗工如先生其人者，亦过听道路之言而思有以教诲之也。生之于先生，其服膺也久矣。先生以著作雄一世，缙绅先生无不争先睹之为快。而京师商贾辄不能得，生乃能尽得而读之。"袁枚是诗坛前辈，何道生早有思慕、相交之意，但由于年龄、声望相差较大，何道生未主动与之结交。因袁枚通过王友亮索要其诗，何道生倍感恩遇，遂一表羡慕之情，呈已诗作以待点拨。"则是生向之受知于数先生者，犹为人事之常。而今之受知于先生者，乃天幸也。感愧交并，曷能自已，爰成四律，录于别纸，并命抄胥摘录平日诗若干为二帙，寄呈观览。"① 何道生尚有诗歌纪其事，即《袁简斋先生以书抵葑亭给谏，索观鄙诗，自诧先生何以知有鄙人，且知其诗也，录寄若干篇，并成四律奉寄》，其诗云：

鲰生落笔想千秋，姓字深怀没世忧。惭负头衔称水部，尚虚手版谒荆州。虚名自笑黔驴计，枉顾徒劳冀马求。许署随园诗弟子，此生端不羡封侯。（之三）②

是诗从"何道生"之名寓意说起，言己有负其义，对袁枚尊称自己为何水部深感惭愧。诗人极力夸赞袁枚，愿以老师待之，"许署随园诗弟子，此生端不羡封侯"，毫不掩饰地袒露了自己对袁枚的崇敬之情。袁枚收到何道生书信与诗作后，回信作《答何水部》，赞其云：

书则春风满纸，诗则琬琰成章，一种芬芳悱恻之怀，流露于字里行间。方知阁下秉醇惓之德，有殷勤之心，非今之人，乃古之人也。读至"许署随园诗弟子，此生端不羡封侯"二句，惵然意下，一至于斯，使老人受宠若惊，感深次骨……若夫诗者，心之声也，性情所流露者也。从性

① 袁枚著、王英志主编：《续同人集》卷四，《袁枚全集》第6册，南京·江苏古籍出版社，1993年版，第347页。

② 何道生：《双藤书屋诗集》卷四，《清代诗文集汇编》第481册，第25页。

情而得者，如出水芙蓉，天然可爱；从学问而来者，如玄黄错采，绚染始成。阁下之性情，可谓真矣！[①]

书信往来中见出何道生对袁枚诗学观念的强烈认同，以及袁枚对何道生的欣赏。袁枚曾将何道生的诗笺手札与王士禛、宋荦等当世名流贤达之诗文连类成编，收入《续同人集》。何道生对袁枚如此抬爱倍感恩宠，作《再上简斋先生书》以答谢，赞许袁枚为当世之文坛宗主，暗寓袁枚提携后学，知贤爱能之德。其《简斋先生刻鄙诗〈续同人集〉中，邮寄一部，并惠青花端文钟铭砚一枚，徽墨廿铤，寄诗报谢三首》诗云：

不曾倾盖即缠绵，奇遇如斯定夙缘。附骥深惭当此日，登龙未卜果何年？画图许识先生面（时寄《随园雅集图》，命生加墨），文字难宽后死肩。剩有精神通梦寐，几番梁月照娟娟。（之三）[②]

是诗追述袁枚对自己的提携以及二人的神交，表达对人事沧桑变化的感喟。何道生《双藤书屋诗集》卷五第一首即《题随园雅集图》诗。乾隆五十八年（1793），袁枚为法式善诗集作序，作有《山右两贤歌兼寄法时帆学士》，两贤即指何道生与刘锡五[③]，诗云：

两贤英风不可遏，早年飞上蓬莱巅。一贤何平叔，喷即成珠唾成玉。一贤刘子政，手持太乙神人镜。[④]

诗中盛赞何道生与刘锡五二人诗才，并述彼此交游之事。袁枚此前拟作

---

① 袁枚著、王英志主编：《小仓山房尺牍》卷七，《袁枚全集》第5册，第147页。

② 何道生：《双藤书屋诗集》卷四，《清代诗文集汇编》第481册，28页。

③ 刘锡五（1758—1816），号澄斋，山西介休人。乾隆四十六年（1781）进士，著有《随俟书屋诗集》。

④ 袁枚著、王英志主编：《小仓山房诗集》卷三十四，《袁枚全集》第1册，第841页。

《山右二贤歌》以奖掖后进，却因“年衰才尽，未敢落笔”而遗憾，到此终于不复萦绕于心了。乾隆五十九年（1794），何道生为袁枚80岁生日祝寿，有《寄寿简斋先生八十初度六首》，诗云：“如斯眷属人间少，大好声名海外知。我愧忘年遥托契，寿公无物只凭诗。”① 再次见证了二人的诗友之交。

袁何相互推许，彼此认同。虽然一生未曾见面，“但念我辈如此神交，而见之一字，遥遥难必，此心缺然”②。彼此情谊并未因距离而减损，反而愈加醇厚。何道生对袁枚态度恭谨，执弟子礼，自言：“生之服膺先生，如苦行僧终日念佛，而所谓佛者远在西方，亦何由亲授之记而牖其愚蒙也?”③ 袁枚年长于何，却折身平辈，尊称其为水部，爱护提携有加，颇得文人雅交之趣④。

（二）何道生与法式善等京师诗坛的互动

乾隆后期，何道生以法式善“诗龛雅集”为契机⑤。与京师诗坛常相互唱和，广交文坛才俊。吴锡麒《城南雅游写像记》记载何道生、何道冲兄弟与法式善、王芑孙、刘锡五、张问陶、李如筠、徐嵩等“八人皆以文字论交，往来无间”⑥。又李元度谓王芑孙“其诗癯然以瘦，戛然以清，与法时帆、张船山、何兰士诸君相唱和，为南北时望所推”⑦。近代满族学者震钧则谓：“昔翁覃溪先生曾集二十四诗人于湖上酒楼，每月有诗会。一

---

① 何道生：《双藤书屋诗集》卷六，《清代诗文集汇编》第481册，第39页。

② 袁枚著、王英志主编：《小仓山房尺牍》卷九，《袁枚全集》第5册，第190页。

③ 袁枚著、王英志主编：《续同人集》卷四，《袁枚全集》第6册，第347页。

④ 参考王国明《袁枚与何道生交游考述》一文，载《国学学刊》2015年第2期，第85—90页。

⑤ 法式善（1753—1813），别号时帆、梧门、小西崖居士，蒙古族诗人。乾隆四十五年（1780）进士，授检讨，官至侍读，曾任《四库全书》提调。

⑥ 吴锡麒：《有正味斋骈体文笺注》，大连：大连图书供应社，1936年版，第188页。

⑦ 李元度：《法时帆先生事略》，《国朝先正事略》，长沙·岳麓书社，2008年版，第1237页。

时群羡为神仙中人，如法时帆、何兰士、顾南雅、王惕夫、张南山、宋芝山诸人皆与。”①

何道生与法式善友善，是其座上客。法式善自进入仕途，便以绘题《诗龛图》为媒介，广交文友。“诗龛”筑于法式善居所，法式善在诗龛与友唱和并征绘《诗龛图》。“诗龛”在当时已成为与南方袁枚“随园”并重的北方诗学活动中心之一。法式善在《双藤书屋诗集序》中记载二人交往之缘由：

余读何兰士侍御诗最早，方侍御官工部时即以文字相商榷。乾隆五十五年余以讲官学士扈跸栾阳，僦居僧舍，夜不成寐，就瓦灯书日间所得句，率以为常。一日书罢瞑目静坐，忽闻吟诵声自墙外，就短垣窥之，则一人立苇棚下方哦诗，时夜已分矣，询之则侍御也。侍御亦遂造余庐谈达旦。自此晨夕必偕。②

《梧门诗话》又云：“灵石何兰士，少年登第，观政工部。庚戌夏，同寓滦阳僧舍，唱酬无虚日。”③ 何道生与法式善唱和较多，拣《双藤书屋诗集》，有《法时帆招集诗龛用东坡焦山韵》《次韵时帆半亩园三首》《题时帆卷》《古藤书屋花下，同法时帆员外、王葑亭给谏议、洪稚存编修、尹墨卿比部、胡黄海陶怡云二明经、张水屋运判、刘澄斋舍人会饮，分韵得啼字》《法时帆招同许香岩封君、洪稚存编修、张水屋运判、李石农比部、吴季游明经游极乐寺看荷花，水屋作图纪之分韵拈得游字》《时帆召集诗龛用曹定轩侍御韵奉酬》《题时帆山寺说诗图》《立秋后一日，时帆招同积水潭看荷》《十月五日积庆亭明府善招同时帆、载轩、稚存、墨卿、味辛集晚香别业看菊听琴，并出示所藏自唐以下古琴十六枚作歌赠之二首》等，凡三十首之多。其中《法时帆武部以诗见怀作歌答之》诗云：

---

① 震钧：《天咫偶闻》，北京古籍出版社，1982 年版，第 86 页。

② 法式善：《双藤书屋诗集序》载《双藤书屋诗集》，《清代诗文汇编》第 481 册，第 1 页。

③ 法式善：《梧门诗话》，乌鲁木齐·新疆大学出版社，2006 年版，第 39 页。

塞北古寺晨钟鸣，长和先生吟诗声。彴西流水寒月落，照见先生读书屋。书屋迢迢十里余，使我不见心烦纡。翻思去年出塞乐，朝朝相见多欢娱。交深意气略形迹，赠我新诗好风格。始知人贵相知心，不在区区数晨夕。先生本是蓬瀛人，偶然游戏东华尘。旁人怪诧我窃喜，喜得衕斋为比邻。①

是诗描绘何道生与法式善诗文唱和交游故事，以环境来衬托法式善品性之高洁与风度之飘逸。回忆乾隆五十五年（1790）二人扈从塞外，每晚吟诗作对之情形，甚是惬意，在那里二人开始交往并结下深厚的情谊。乾隆五十六年（1791）七月，法式善邀何道生、李銮宣、张道渥、吴方南、洪亮吉等人宴饮于诗龛，饭后出西直门看荷花至极乐寺，法式善有诗《七月四日邀同人饭于诗龛出西直门看荷花至极乐寺》纪其事。同年“八月八日，（罗聘）与法式善、洪亮吉、赵味辛、张问陶、何兰士等集洪亮吉卷施阁。法有诗云：‘主人是诗佛，七客皆诗仙。落叶一庭满，孤蛩殊可怜。’”② 宴集之外，诗龛延友的另一大方式是征绘“诗龛图”。乾隆五十六年（1791）冬至前四日，法式善招同人集诗龛消寒。法式善有诗《长至前四日，招同人集诗龛消寒，罗两峰、曹友梅、张水屋各作一图率题》，何道生则有《题〈寒林雅集图〉并引》，引云：“诗龛之会，两峰、友梅、水屋各以己意作图一帧，铁夫作记，稚存作序，装为一册。画既精妙各臻，文复闲雅，披览之余，纪以长句。”诗云：

画意何妨亦画形，诗龛却好聚诗星。交因风雅倾肝胆，笔不雷同见性灵。此会幸叨陪杖履，他年传或借丹青。更看记序成双绝，始信人间有尹邢。③

---

① 何道生：《双藤书屋诗集》卷三，《清代诗文集汇编》第481册，第20页。

② 卞孝萱编：《扬州八怪年谱》（下册），南京·江苏美术出版社，1993年版，第407页。

③ 何道生：《双藤书屋诗集》卷四，《清代诗文集汇编》第481册，第26页。

是诗再现了当日好友集会盛况，罗聘、曹锐、张道渥三人笔墨生风一气呵成，作《寒林雅集图》，画作形神兼备。雅集之人因情所感各赋其诗，诗笔各有特点。同时又用汉武帝同时宠幸尹、邢二夫人的典故，称颂王芑孙记、洪亮吉序的绝妙，与画作可谓相得益彰。

何道生与张问陶关系甚笃，亦常聚在一起吟诗作对。张问陶（1764—1814），号船山，四川遂宁人，有“蜀中诗人之冠”之称。何道生写给张问陶的诗歌有《祭诗图为船山题》《题洪稚存卷施阁》《次韵船山招同惕甫小饮飞鸿延年之室》《题张亥白孝廉海天秋泛图》《同船山、渊如过枣花寺》《诗选题张船山检讨问陶诗卷》《送船山奉讳归蜀三首》等。张问陶对何道生诗歌也有较高评价，《题何兰士〈方雪斋诗集〉》有云：“同门何水部，诗卷定流传。如我有奇气，与君俱少年。”① 何道生与王昶、洪亮吉也都有交往。在洪亮吉赴任贵州督学时，何道生有《送洪稚存督学贵州》，诗云：“我今碌碌淹曹司，君怜我若蛇怜夔。送君惜别为此句，君倘惠然来和辞。”② 诗中抒发自己未得重用，不甘时间虚度，充满着落寞与伤感。

王昶与何思钧、何道生父子两代交情，曾云：“予曩在京师与兰士毗邻而居，尊人编修君思钧朝夕过从哉，故自小识之。乾隆己酉予由江西入京，始见其诗风骨清苍，如千金战马，腾溪注涧，无所不宜。”③ 何道生为官山东道监察御史时，送王昶归乡以诗相赠，有《四月几望王兰泉侍郎将归青浦，出山泖鱼庄图索诗，辄题五言三十韵即以赠行》云：“索题何恳欸，惜别况踟蹰。当代谁真隐，先生果宿儒。高歌忘烂漫，聊以和骊驹。”④ 诗中可见二人题赠唱和交往之事，以及何道生对王昶高洁品格的赞扬，当中也不免含有对官场的厌倦情绪。

何道生与上述人等的交往，彼此并非简单的双向唱和，而是京师诗坛一种圈子的交往行为。他们有着大体相同的旨趣，在雅集唱和中既提升了

---

① 胡传淮编：《张问陶年谱》，成都·四川出版集团，2005 年第 2 版，第 94 页。

② 何道生：《双藤书屋诗集》卷五，《清代诗文集汇编》第 481 册，第 32 页。

③ 王昶：《蒲褐山房诗话新编》，第 160 页。

④ 何道生：《双藤书屋诗集》卷九，《清代诗文集汇编》第 481 册，第 51 页。

诗艺，又交流了感情，同时还提升了个人的声望。何道生与京师诗坛的交往，虽多为唱和之作，但能够缘事而发，缘情而作，具有用语浅近、自然流畅等特点，同时也存有过于散文化的缺点。何道生不仅是当时著名的诗人，也是一位造诣颇深的画家，画风清秀飘逸，颇具士人之风。论者认为"与其苍老而有霸气，何如秀弱而存士气"①。何道生在诗歌唱和中能够将诗画融一，客观上展现了清代中叶文学艺术的同一性与诗坛生态的丰富性。

第五节　《国朝山右诗存》的典范性和地域性

乾隆、嘉庆年间山西诗坛出现了以地域诗歌为辑录对象的地域性诗歌总集《国朝山右诗存》，成为有清一代山西诗歌走向繁荣的重要表征。《国朝山右诗存》是在《三晋风雅》和《山右诗钞》的基础上进一步扩充而成，正集二十四卷，附集八卷。山西布政使张师诚在《序言》中称："山右诗自赵懿侯《晋风选》、范彪《晋诗选》之后，又有曲沃人秦紫峰辑《三晋风雅》、介休人茹容斋辑《山右诗钞》，然皆未成书。"② 嘉庆年间李锡麟、王攀、李素等在秦、茹二集的基础上③，会集三晋士人广泛收集三晋士人诗作而成。辑录之事"始于戊午（1798）春，初竣于辛酉（1801）夏末"④，收集自顺治三年（1646）起至嘉庆初年山右名士589人，诗作4210余首。嘉庆六年（1801）正式付梓，共4函16册。是集在山西图书馆、山西大学图书馆及首都师范大学图书馆都存有藏本。《国朝山右诗存》基本保存了所选诗人的生平家世，对后人了解清代山西诗歌创作面貌，具

① 秦祖永：《桐阴论画三编》，清同治刊本，卷上，第24页。

② 李锡麟等辑：《国朝山右诗存序言》卷首，嘉庆六年刻本。

③ 李锡麟（1749—1813），字征生，号铁船，又号惜阴轩，山西凤台（今属晋城）人。嘉庆六年（1801）以经学中举，肆力诗、古文、词，与李东木、李銮宣齐名一时，有"三李"之称。著有《鹤楼堂诗集》。

④ 李锡麟等辑：《国朝山右诗存例言》卷首，嘉庆六年刻本。

有非常重要的文献价值和文学意义。

清初诗歌选家惯有弊病，“往往严于古人而宽于近世，详于东南而略于西北”①，使得北方大批诗人湮没无闻。清代中期北方区域的地域选本逐步兴起，北方选家自觉意识到了辑录地域诗歌选本的重要性，选编刊刻了不少北方地域性诗歌选本。《国朝山右诗存》就是在此背景下编纂的，不仅在数量上空前庞大，而且在地域范围、层级分布等诸多方面都有了很大拓展与提升，具有地域性诗歌选集的典范性和鲜明的地域性等特征。

一、《国朝山右诗存》选集的典范性

《国朝山右诗存》是清人选清诗地域性诗歌选集的典范，主要体现在编选目的、辑录规模、诗选体例等三个方面。

首先，《国朝山右诗存》的编选目的是出于自觉的文献保存意识。在编纂者看来，作为一部地域性诗歌总集，《国朝山右诗存》的价值首先在于整理和保存乡邦文献、防止作品散失，将其作为乡邦文化建设的一部分，体现出自觉的文献保存意识。“为一方备掌故，非为后学示法程，故所存不执一格。”因此古体、近体均收。清代中叶以来，地域性总集选本较多，大体而言，编选目的主要分为两类，“一则网罗放佚，使零章残什，并有所归；一则删汰繁芜，使秀稗咸除，菁华毕出，是固文章之衡鉴，著作之渊薮矣”②。“零章残什，并有所归”就是保存相关文献史实，《国朝山右诗存》初衷即在于此。茹纶常《题〈山右诗存〉诗册寄鲁心斋郡伯》云：

盖以北人之诗艰于流布，欲他日操选政者得有所借手……以授徒寒士发此洪愿，搜罗风雅，使山右百数十年间之骚人词客著作不尽泯灭者，其

① 朱彝尊：《答刑部王尚书论明诗书》，《曝书亭集》卷三十三，上海：国学整理社，1937 年版，第 414 页。

② 纪昀等：《四库全书总目》，1685 页。

功岂浅鲜哉。[①]

李锡麟等虽然宣称“以诗存人，不以人存诗”为辑录原则，但在选诗过程中往往采取“以诗存人”和“以人存诗”相结合的方法，即使质量稍逊者也予以选录，以便尽可能地全面保存乡邦诗歌文献。有清一代，与《国朝山右诗存》有类似编选目的的地域性选本，几乎各省，甚至各府、各县都有编辑，如《国朝滇南诗略》《国朝山左诗钞》《国朝畿辅诗传》《国朝松江诗钞》《国朝湖州诗录》《国朝岭海诗钞》《国朝沧州诗钞》及其续钞、《潞安诗钞》等。

其次，《国朝山右诗存》编纂规模宏大，广收博采。前代辑录地域性诗歌总集的，很少有收诗家过百、辑诗作上千者。明代徽州程敏政编纂的《新安文献志》，收诗不过1000余首，即已被时人“推为巨制”[②]。地域性诗歌的辑录延至清代，随着诗歌创作的不断繁盛以及地方选家的自觉搜罗，地域性诗歌选集的编纂规模也不断扩大，收录诗人诗作愈来愈多，动辄成千上万，在当时的地域性诗歌总集中比比皆是。由李锡麟等辑录的《国朝山右诗存》前有《序言》《例言》《搜罗姓氏》《刊行姓氏》及《目录》，正文二十四卷，选诗3062首，名媛方外92首。附录八卷，选诗1051首，名媛方外5首，全集共选诗4210首，涉及589位诗人。“前二十四卷已往之人，后八卷现在之人。”《国朝山右诗存》所选诗人和所涉地域颇为广泛，作品数量众多，这在省级序列的地域选本中规模较为宏大。在《国朝山右诗存》中，不仅有像魏象枢、陈廷敬、冯云骧等位居高位的台阁诗人，而且就连吴雯、傅眉、茹纶常、张晋等众多布衣、寒士诗人也备受关注。基于保存文献的编选目的、特定的辑录原则以及桑梓之情的影响，一般诗人及一些名媛、僧道等无名诗作也被搜罗殆尽，这些诗作共同构成了《国朝山右诗存》的编选对象，客观上也使得编纂规模非常宏大。究其原因主要是清代山西诗歌创作较为繁荣，诗作数量庞大。加之清代处

① 茹纶常：《容斋文钞》卷十，嘉庆刻增修本。
② 纪昀等：《四库全书总目》，第1715页。

于封建社会末期，地域文化积淀深厚，藏书丰富，刻板印刷技术远较前朝先进，从而为地域性诗歌总集的出现提供了极其丰富的源头活水。另外，在清中叶大规模地辑录某一地区诗人诗作并刊刻成集，已经成为一种时代风尚。

还需说明一下的，是其选而不评的诗学体例。“选而不评是自古以来的惯例，而选中有评则是宋代以后出现的新体例。相对而言，选而不评更为选家常用之例。”①《国朝山右诗存》以保存山西地域性文献为主要目的，希望在对前辈乡贤诗歌的整理、筛选中汲取有益的成分，或能够延续其诗学主张，或能够惠泽当下，但其在客观上并无较明显的诗歌批评意识。在体例上，《国朝山右诗存》中并没有选家诗话，未对诗人作品进行品评。一方面，辑选者李锡麟等受传统“诗无达诂”的品评诗歌观念影响，认为“诗无达诂，在观者以意逆志，不加评释，不着圈点，其原有自注者仍之”。诗歌因时因人而有不同的理解，没有通达的或一成不变的解释。选而不评的目的是为了保留诗人原意，读者可以选取自认为最贴切、最能反映诗歌原意的角度进行解读，据己意己情来进行阅读揣摩，避免陷入先入为主的困扰。这不仅是李锡麟个人的看法，也是时代诗歌选集的趋势。清初著名诗人顾施祯有云：

> 近诗选家林立，行世善本，各出手眼，概加评点。但作诗之人各有兴会，性情所至行于咏言。而选者意为议论，或泛加褒美，殊失作者大旨。故是集就诗选诗，不敢妄加评点，意为溢词也。②

一方面，以宋代为分界线，之前的选本选而不评，之后既有选而不评，也有选而有评，但以选而不评占大多数；另一方面，在中国古代文学批评中，选本属于传统目录学中集部总集类，选本本身就是一种相当重要

① 王兵：《清人选清诗与清代诗学》，北京·中国社会科学出版社，2011 年版，第 64 页。

② 顾施祯：《盛朝诗选初集·凡例》，康熙二十八年心耕堂刻本。

的批评形式。作为一部地域性诗歌总集选本，《国朝山右诗存》的辑录过程，已经体现出选者对诗歌区别优劣的意识，这本身也就是诗学批评，正如《四库全书总目》所言“删汰繁芜，使莠稗咸除，菁华毕出”，《国朝山右诗存》正是这样一部兼有“文章之衡鉴，著作之渊薮”的清诗地域性诗歌总集[①]。

二、《国朝山右诗存》的地域性特征

以地域性为标准，辑录诗歌的源头，可以追溯到唐代殷璠的《丹阳集》，之后在宋、元、明逐渐有所增加，而有意识、大规模地从汇总乡邦文献的角度，结集整理前贤诗作在清代颇为突出。《国朝山右诗存》辑录范围明确为：“凡原籍为山右人而流寓他方，但未更改籍贯者皆收，已更籍者不收，他方寓居山右者亦收。”如此辑录既彰显了山西诗坛的繁荣，又在客观上张扬了山西地域宗风，形成地域诗学观念。《国朝山右诗存》地域性特征不仅表现在整体地域上，即辑录山西籍或者是在山西居住的诗人，而且也表现在地域内部的差异性，主要体现在诗人籍贯分布不平衡、诗歌入选数量不均、对无名诗家的关注、家族性诗选的辑录等四个方面。

其一，诗人分布的不平衡性。就诗人籍贯而言，晋东南与晋南籍的诗人入选较多，远远超过了晋中与晋北诗人入选人数。《国朝山右诗存》正文（不含附集）收诗超过5位诗人的涉及31个县[②]，诗人籍贯分布如下：凤台52人、阳城27人、曲沃25人、阳曲19人、介休19人、代州16人、襄陵16人、临汾15人、高平15人、长治13人、猗氏13人、太原12人、安邑12人、洪洞8人、绛州8人、陵川7人、大同7人、汾阳6人、永济6人、灵石6人、太谷6人、沁水5人、文水5人、闻喜5人、蒲州5人、翼城5人、榆社5人、武乡5人、太平5人、永宁5人、盂县5人，总计

① 纪昀等：《四库全书总目》，第1685页。

② 清初山西行政区划屡有调整，相关数据参照嘉庆元年（1796）行政区划格局进行统计分析。

358人。再分卷举例，在《国朝山右诗存》卷八中，共选34人，其中太原1人、忻州1人、代州1人，其余全部为晋南与晋东南之人。卷十中，共选21人，其中代州1人、蔚州2人，其余亦为晋南与晋东南之人。从以上统计看，《国朝山右诗存》诗人数量明显呈现出由南而北下降趋势，晋北入选诗人数量超过5位诗人的寥寥无几，极个别地方甚至在近200年的时间里没有一位诗人入选，从侧面反映出清代山西诗人分布的不平衡性。

其二，诗歌入选数量的不均衡。与诗人分布的不平衡性相对应，在诗歌入选数量上，晋东南与晋南籍的诗作在选本中也占有绝对比重。《国朝山右诗存》选诗超过20首之上者37人，选诗超过300首以上者13人。其中前十分别为：陈廷敬（阳城人，今属晋城）入选160首，吴雯（蒲州人，今属运城）入选116首，茹纶常（介休人，今属晋中）入选73首，范振新（凤台人，今属晋城）入选62首，冯云骧（代州人，今属忻州）入选61首，折遇兰（阳曲人，今属太原）入选58首，苗令琮（凤台人，今属晋城）入选58首，程康庄（武乡人，今属长治）入选53首，胥绳武（凤台人，今属晋城）入选53首，靳荣藩（黎城人，今属长治）入选40首。其中泽州籍陈廷敬、蒲州籍吴雯的诗作单独成卷，分别占《国朝山右诗存》全部辑录之作的3.8%和2.7%。《国朝山右诗存》对清代山西诗歌及诗人进行了宣传，有正面倡导之风尚，但也不可避免有辑录比例失当之处。由于地域内部辑录的不均衡，选本在客观上显现了地域诗学中不同的文化差异及地域风格，促进了山西诗坛地域性特征的形成。

其三，选本对地域内无名诗家的关注，呈现出区域性观念的选录标准。在清代，相对全国性的诗歌选本更多关注名家名篇的筛选，地域性的诗歌选本更关注地方上普通诗家诗作的搜罗与整理。随着地域观念的逐步深入以及桑梓之情的强化，在有清一代的山西诗坛中，《国朝山右诗存》中除了像傅山、陈廷敬、魏象枢、吴雯等声名卓著的诗人受到青睐外，大量在野的无名诗人也受到了选家极大的关注。即使“诗有好句而篇不完善，或收已多不能尽载者，间为摘句存之”，充分体现出辑选者的桑梓之情。《国朝山右诗存》对地域内无名诗家的关注，既与保存地方文献的桑梓之情有关，也与辑选者李锡麟的凄苦经历有或多或少的关系。李锡麟早年肄业于晋阳书院，之后几经坎坷以经学中举，在家设塾授徒又心存不甘，晚年远游江淮疾病缠身。辑录者坎坷的经历使其在情感上对那些无名诗家存有同情之心。这些寒士诗人因科名不显，与王权政治疏离，又未经名家提携唱和，财力不足难以刊刻诗作，而《国朝山右诗存》的搜罗、挖掘，使得众多殆将湮没的无名诗家之作得以流传，客观上壮大了山西诗家群体，促进了诗歌地域性特征的形成。

其四，《国朝山右诗存》除却广泛搜寻地方无名诗家诗作之外，家族性诗选辑录也非常明显。家族诗书相传是中国古代特有的文化传统，不仅能使族内子弟保持较高的文化素养，有利于科举仕途，也会进一步提高该家族的名誉和声望，使其具有一定的影响力。《国朝山右诗存》存有“南陈北冯”等家族性诗选现象，南部以陈廷敬为首的泽州陈氏家族，有陈元、陈廷继、陈廷愫、陈廷扆、陈廷统、陈廷弼、陈廷翱、陈豫朋、陈壮履等。北部以冯云骧为首的代州冯氏家族，如冯云骕、冯云骧、冯壅、冯钦、冯光裕、冯允升、冯观吉、冯廷丞、冯郯、冯郁、冯郏、冯鄄、冯廷工、冯廷正、冯廷至、冯廷恺等。陈、冯二家族不仅是诗学望族，也是官宦之族，在本地域颇具名望。家族性诗选辑录不仅与科举考试、官宦身份有关，而且也与世代积淀逐渐形成的家学相关。浓厚的家学渊源，良好的文化氛围、彼此间的相互唱和提携等都为家族性诗人群体的出现提供了契机，为各地域培养出一大批文化精英，在诗歌方面代代都有诗名。

《国朝山右诗存》辑录分布的不平衡、对无名诗家的关注和家族性诗人群体的出现，客观上促进了地域性特征的形成。这不仅与文学发展的渐趋深入、细化有关，而且与辑选者的诗学观念、桑梓之情以及地域文化差异、经济富庶等诸多因素有关。其中地域文化差异是《国朝山右诗存》地域分布不均的主要原因。徐继畬在《王印川诗集序》中有云：“石岭关之北为旧太原北境，接雁门、代郡、云中、定襄，地近边塞，自古列鄣开屯，名将接踵，独未有以诗鸣者。”[①] 清代晋南、晋东南一带是学术中心，也是经济重心。晋商的崛起为藏书事业的发展提供了丰厚的财力支持，促

① 白清才、刘贯文主编：《徐继畬集》，第611页。

进了汾河流域藏书风气的形成，私人藏书蔚然成风，读书人大量涌现，文献记载“山西藏书家中有二分之一为进士”①。积淀深厚的家族诗学，底蕴浓厚的地域文化，较为富庶的经济环境以及诗学流派的涌现，使得晋东南、晋南一带的诗学活动较为频繁。诗人间的唱和与诗学上的交流，基本上都发生在这一带。清代山西著名的诗人如陈廷敬、程康庄、吴雯、“骚坛四逸”等都分布在这里。他们广结诗友，唱和频繁，研讨诗学，营造了浓厚的诗学氛围，形成了良好的创作风气。作品不仅树立了诗家所在地域的诗风典范，而且对整个清代山西诗坛的总体诗风产生过深远的影响。

《国朝山右诗存》对地域文化的弘扬传播功劳甚大，它影响了之后的诗选批评，拉开了清代山西文献整理的帷幕。在《国朝山右诗存》的影响下，山西各地次一级地域性的诗歌编选相继出现。《山右国朝诗存》之后有常煜辑《潞安诗钞后编》、延君寿辑《樊南诗钞》②、范士熊辑《南亭诗钞》，民国陈敬容辑《秀容诗文集》。客观上，《国朝山右诗存》为之后地域诗歌总集的辑录提供了编选范例和基本框架，而次一级的地域诗选又弥补了《国朝山右诗存》的不足，展示了区域性的诗歌风范。两者相辅相成，相得益彰，从而构成了清代山西初具空间性的地域诗歌选本网络。若将《国朝山右诗存》与《晋诗选雅》《晋诗续雅》《三晋诗选》《晋诗二集》③ 等地域选本纵向联系起来看，从古代至清代嘉庆年间山西诗坛的创作情况基本得到了全面介绍，构建了一个初具时间性的地域性诗歌发展脉络，可谓时下所称的“古代山西诗歌史”。由此可见，《国朝山右诗存》对有清一代山西地域诗歌史的构建厥功甚伟。

---

① 孙文学：《历代山西藏书家的地域分布及其文化流变》，载《晋图学刊》2012年第4期，第9页。

② 之后有李鉴塘、延嶷九合撰《樊南诗钞》附别集，包含了自延君寿逝后二十余年中阳城诗人及作品百余篇。

③ 《晋诗选雅》，明嘉靖间河东吕阳辑录，所选止于元代。《晋诗续雅》，清范镐（鄗）鼎辑，此书收诗始于唐虞，止于明代。《三晋诗选》，清范镐（鄗）鼎辑，共十四卷，所选始于明而止于清初。《晋诗二集》，清范镐（鄗）鼎辑，该书共十六卷，是《三晋诗选》的续篇。

第六节　清代中期山西诗歌小结

清代中期山西诗人诗作众多、地域诗歌团体（流派）开始显现，虽然没有像清初、晚清那样能够引领或者影响全国诗坛的人物，但是此期诗歌表现出了另外一层面的繁荣。

首先，就诗歌自身而言，诗歌风格多样，“神韵说”“格调说”“肌理说”“性灵说”等诗学主张在山西诗坛皆有不同程度的体现。靳荣藩和鲍珍讲求真情、喜“神韵”诗风。画坛诗人何道生和张道渥喜学韩愈、陆游之流畅，在京师与法式善、翁方纲、张问陶等常相唱和。折遇兰和曹学闵诗举性灵，诗风介于白居易和陆游之间。其次，各种题材均有涉及，但由于诗人身份大多是低级官吏或者是布衣诗人，他们的诗歌更多是在模山范水，借写景咏物之作来抒发自己向往隐逸的情怀或者是表达悠然其中的自得之乐。当然，他们的诗歌也有对民生疾苦的关怀，但多是一时感悟之作，深入反映民生疾苦的诗作较少。

就诗歌发展而言，首先此期最具有特色的是地域性特征明显，主要表现在以保存地域乡贤诗作为目的的诗歌总集出现，当中以李锡麟等辑录的《国朝山右诗存》最具有代表性。其次，是地域诗歌流派或者是诗学团体的出现，其中以“骚坛四逸”影响最为广泛。再次，地域性诗歌发展不平衡极为明显，受地域文化、自然形态及诗歌自身发展影响，晋东南远较晋北繁荣，诗歌之繁盛在空间分布上基本呈现由南向北逐步降低的趋势。

另外，随着诗歌创作的繁荣，诗学评论逐渐增多，出现了以延君寿《老生常谈》为代表的诗话理论，在有清一代广泛受人称道。同时，出版业发达，诗集刊刻较多，为诗歌的流布提供了必要的物质载体。

第五章　晚清山西诗歌

第一节　晚清山西诗歌通论

19 世纪，伴随着西方坚船利炮的侵略和文化渗透，封建制度日趋衰落，中国渐次步入了半殖民地半封建社会时代。在各种矛盾激化下，国内相继爆发了太平天国运动、戊戌变法、义和团运动和辛亥革命。处于内陆地区的山西由于“表里山河”之故，除咸丰三年（1853）太平军北伐借道山西东南，经垣曲、平阳、洪洞、黎城入河北，以及光绪三年（1877）、四年（1878）的“丁戊奇荒”外，山西基本“未遭兵火之劫”①，整体环境较为安稳。晋商在第二次鸦片战争之后渐趋没落，虽然依旧看似繁荣，但对文化教育、学术思想的影响较微小，多限于家族之内。光绪五年（1879）新教随李提摩太进入山西，但影响仅限于少数地区。

鸦片战争迫使中国打开大门，成为历史发展的一个重要转折点。社会政治的巨大变革，使得学者们不再局限于书斋式考据，开始关注社会现实，思考国家命运，经世观念逐步确立。晚清山西学者张穆以时政为念，在京师倡导修建顾炎武祠，希望通过修建顾祠来改变学风，转到经世致用之学上来。祁寯藻原本就对经世派开创者顾炎武推尊有加，《顾祠听雨图为王子棋题》称：“大贤关世运，余事付文章。”② 祁寯藻提倡朴学，主张

① 徐继畬：《松龛全集》，《山右丛书初编》第 14 册，第 3 页。
② 祁寯藻：《祁寯藻集》第 2 册，第 314 页。

汉宋融合，兼及训诂和义理。认为“通经之学，义理与训诂不可偏重”①，反映了学术转向的趋势。其《马首农谚》以实际行动践行了经世致用的学术主张。徐继畬《瀛寰志略》主张“睁眼看世界”“师夷之长技以制夷”，引领晚清思潮。在学术风气转变之际，山西境内受张穆、祁寯藻、徐继畬等影响，思想领域虽然依旧循着乾嘉考据的路子缓慢前行，但一些有见识的学者在重视汉学的同时，试图打破学术藩篱，讲求学以致用，强调汉宋交融，表现出较为通融的学术思想倾向。光绪八年（1882），洋务派张之洞主政山西，创办“令德堂”书院，一定程度上给晚清山西带来一股重证求真、崇尚实学的清新之风。

活跃在晚清山西诗坛上的主要人物有张穆、祁寯藻、徐继畬、乔松年、彭作邦、王轩、董文涣、冯婉琳、刘奋熙、杨笃、杨深秀、耿文光、曹润堂、刘在湄等人。此期诗歌可以分为前后两期——鸦片战争前后与戊戌变法前后的诗歌。道咸年间，在现实危机的刺激之下，学宋诗派进一步发展壮大，祁寯藻以高位倡导影响甚广，掀起了一场轰轰烈烈的宋诗运动，使之一跃成为当时的诗坛主流。以祁寯藻为中心，周围聚集着张穆、徐继畬、王轩、祁世长等人，他们或是父子，或是师徒，或是朋友，或是姻亲，集聚在一起作诗，讲求学问，重视考据，关注现实开启了由乾嘉考据转向经世致用的门径。同光年间山西诗人众多，有一代文宗董文涣、晚清著名女诗人冯婉琳、悲苦诗人杨笃、维新志士杨深秀、晋商巨子曹润堂、唱出末世衰音的刘在湄等。前期由于多是学者型诗人，诗歌表现出重视学问及议论化倾向。后期多诗人之诗，诗歌多重视真情，表达个人的穷愁哀感。诗风也经历了一个由宗宋为主到唐宋兼容，再到学唐为主不废宋诗的转变过程。综观晚清山西诗歌，主要有如下特征。

一、诗歌与社会联系紧密深度广度远超前中期

在中国由闭关自守的封建末世转向列强横行的半封建半殖民地时代，

① 赵尔巽等撰：《清史稿》第45册，第12678页。

山西诗人不是隔岸观火的旁观者，而是积极反映现实，关注国家命运和民生疾苦，诗歌与社会的联系非常紧密。他们的诗作或揭露清朝统治者的腐朽，或怒斥帝国主义的侵略罪行，或歌颂人民群众的抗敌斗争，或反映下层社会的痛苦和不幸……字里行间洋溢着爱国激情，充满了忧国忧民的思绪，在深度与广度方面远超前中期，开启晚清山西诗歌的新风尚。

张穆诗歌秉承自《诗经》以来现实主义创作传统，具有浓厚的“写实”色彩，表现出诗人在国门被打开之后的忧患心态。其《㐫斋诗集》大多写于道光十八年（1838）至道光二十七年（1847）这10年当中。目睹了清政府的腐败无能，英帝国主义的横暴凶残，正直之士的直言诤谏，人民群众的奋力抗争，张穆将这些一一书之于诗，展现了那个时代的人情世态，具有鲜明的时代烙印和史诗般的规模与气派。其诗入选反映鸦片战争的《射鹰楼诗话》颇多。祁寯藻《䜱䜪亭集》和《䜱䜪亭后集》按年分卷，既有对底层民生疾苦的同情，也有对社会战乱现实的反映。道光年间，鸦片大肆流入和泛滥，给百姓和国家都带来极大的危害。面对多地“栽种罂粟，熬煎烟土”的现象，祁寯藻深感痛心，主张严禁鸦片，作有《罂粟花叹》《新乐府三章》等，渗透着诗人深切的情思以及对社会的关怀和责任感。咸丰年间太平天国运动爆发，祁寯藻以此为写作内容的诗歌也很多，某种程度上也是太平天国的一面镜子。其弟祁宿藻时任江宁布政使，处于前沿战线，兄弟间常有书信诗文往来，郭则沄称祁寯藻“《得六弟金陵书感寄二首》云云，沉挚处直逼少陵”①。后其弟战死金陵，祁寯藻作有《哭六弟幼章三首》，在当时广为传诵。而此时里居的徐继畬，奉命协理山西境内防堵太平军、捻军事宜，其诗文对此多有反映。徐继畬有感于平阳军民的苦难，作有《哀平阳》。是诗叙事平实，注释详细，不失为太平天国运动可信的史料。又如《房烈妇行》叙写下层百姓寡居贫妇与恶少的英勇搏斗，诗歌先以比兴入笔，揭其题旨，而后写其智勇抗奸。王轩《耨经庐诗集》中也有反映民间疾苦、揭露社会弊病的诗作，如《盐池叹》

① 龙顾山人纂，卞孝萱、姚松点校：《十朝诗乘》，福州·福建人民出版社，2000年版，第693页。

《四月十八日大风作》《雁门太守行》等，均表现出诗人忧国忧民之情，有较强的思想性和社会现实意义。杨深秀诗歌多反映甲午战争带来的耻辱与困境，光绪“丁戊奇荒”时期百姓生活的艰难，以及教会欺侮百姓等情形。其诗境开阔厚重，形象地反映了山西日趋激烈的阶级矛盾与民族矛盾。其《闻邑竹枝词》咏叹家乡风物，描摹地域风土人情，从中可观当时地域生活状况。杨笃七言古诗继承杜甫现实主义创作手法，缘事而作写下了不少揭露官场黑暗的诗歌。《鄂吟》组诗则是为民请命、切中时弊的诗作。刘在湄诗歌多写乡村塾师馆居生活的寂寞、知识分子的穷愁潦倒以及民众日常生活杂事。

晚清山西诗歌既有对社会重大现实尤其是近代以来历次战争的反映，具有诗史功效，同时也有对地域风情风俗、日常生活以及知识分子的穷愁哀乐极尽细致的描写。他们的诗歌触角基本触及了社会的方方面面，大到国政大事，小到个人哀愁，以及各种变化带来的对诗人心态的影响。

二、受时代学术思潮影响诗歌学问化倾向明显

在时代风气与学术思想的影响下，晚清山西诗坛宋诗派占据主流，诗歌学问化倾向明显，逐步体现出论学辩理与诗歌的议论化、散文化倾向，甚至还将学术诗歌化。

祁寯藻是清代中晚期著名的汉学家，也是道咸诗坛宋诗派盟主。其诗歌中充斥着大量考订典章制度、探索学术源流、考证地舆山川和音义训诂等的篇章。其《考亭朱子祠敬纪》纵论自孔孟以来历代学术研究的特点，肯定朱熹在承接圣学方面所做的努力以及所取得的成就，主张将汉学与宋学相融合。在梳理考证学术发展脉络的同时，也强调经世致用。张穆是西北边疆地理和蒙古史研究专家，也是著名藏书家。与“宋诗派”盟主祁寯藻亦亲亦友，耳濡目染习之以渐。其诗歌中常探讨学问，是研究典籍的“学人”之诗。张穆曾寓居北京功臣馆抄写《元朝秘史》，为《蒙古游牧记》收集材料，其《读〈元秘书志〉簏书赠何愿船比部》称赞这部皇家秘籍材料翔实，甚至连贯似道屈节苟合的细节都有记载。历史地理学者徐

继畬山水纪游诗多加以详尽考证与注释，类似《水经注》，可谓独树一帜的山水地理诗。如《陈剑芝同年擢粤西观察使，将有岭表之行，追忆昔年宦辙所经，赋长篇送别》，送别友人的诗作可当旅程路线图，诗中充满了丰富的地理知识。冯志沂在京居20余年，笃志于学。古文师法梅曾亮，汉学师承张穆，学术上受曾国藩指点。其日常唱和及送别诗多用典故、重视学问，在写景、纪事等古体诗歌中多采用叙事手法为诗，纪实性较强。王轩以博学著称，咏史怀古是其诗歌主要题材之一，常借典故议论国家盛衰，抒发心中感慨。杨深秀称其“闻道最早读书多”①。《光绪山西通志》说他：“湛深经术，于六书九数用力尤勤，诗文奇崛自成一家。”② 王轩去世后，友人赠挽联云：“以名士为通儒，统地舆、文字、诗礼、算术之全，荟萃成书，身后宜崇三立阁；谓经师即神道，继青主、潜邱、莲洋、彪西之次，家居奉诏，生前已作五征君。”③ 董文涣历任国史馆协修、功臣馆纂修、武英殿协修、文渊阁校理、武英殿纂修等官职，学识渊博，诗学韩孟，以宋诗派主张为然。杨笃为方志大家，前半生致力仕途，后半生倾注于地方志事业。其以治经之法治诗，诗歌具有浓郁的学术化倾向。

三、诗坛地域性内部交往与外在联系较为突出

地域性内在交往主要表现为诗人间关系密切，互动较为频繁，通过相互唱和形成了大体认可的、较为通融的诗学观念。外在联系突出主要表现为，与京师诗坛及朝鲜友人唱和频繁，通过交往唱和加强了彼此间的交流，开阔了诗歌视野。当然这两种交往是相互混同在一起的，没有严格的界限之分。

道咸年间山西诗坛以祁寯藻为中心，周围不仅聚集着山西籍张穆、徐继畬、王轩、冯志沂、祁世长等人，而且与程恩泽、何绍基、曾国藩等均

---

① 杨深秀：《寿王遐举先生》，《戊戌六君子遗集》第6集，上海·商务印书馆，1937年版，第43页。

② 转引董寿平、李豫主编：《清季洪洞董氏日记六种》第6册，第254页。

③ 山西省文献委员会编：《山右丛书初编》第12册，第629页。

有诗文交往。他们作诗讲求学问，重视考据，逐渐由乾嘉朴学转向经世致用的实学。后者大多是门生、同事或是后学。彼此唱和影响一代诗风，成为道咸诗坛的风向标。张穆博学能文，“为人豪放明锐，故能负气忤贵人，罢官亦能闭门读书，左图右史，日以讨论为事。相契者祁寯藻、宿藻及何绍基、绍业两兄弟”①。张穆与祁寯藻是姻亲，两人交往密切。祁寯藻对张穆很推崇，认为他“通孔氏微言大义，精训诂篆于史，通天文算术地理之学”②。曾请他编校父亲遗著《西域释地》和《西陲要略》。道光二十四年（1844），张穆收到徐继畬《瀛寰志略》初稿后，随即复信赞称：“考据之精，文诗之美，允为海国破荒之作。”③ 道光二十八年（1848），《瀛寰志略》刊行问世，遭人诬陷攻击。祁寯藻与张穆在朝中积极宣传，使得徐继畬免遭奇祸。同年张穆《小栖云亭图》图成，“道州何子贞绍基题其端，石州自有《小栖云亭记》及《索图诗》，皆书其后。文节及祁文端用石翁原韵各一诗，又有代州冯鲁川志沂一诗”④。在张穆去世后，祁寯藻捐资刊刻了其《蒙古游牧记》。

王轩从张穆问学研究地志，为其晚年编纂《山西通志》打下了坚实的基础。张穆去世，祁寯藻感叹“晋士学风不振”，见王轩则谓：“石舟后起有人，道不孤矣。”⑤ 张穆早年曾在报国寺旁建亭林祠，每年春秋之际约文人雅士致祭，并作诗唱和。张穆去世后，王轩曾主其会，并祭张穆于顾祠，长歌以记其事，“海内名士往往有寄书乞附名图中者”⑥。王轩擅长作诗，与叶名澧、潘祖荫、杨保臣、张之洞、孙衣言、沈秉成等京城人士均有唱和。当时学者王筠、何绍基等同其游。翰林院检讨董文涣兄弟三人及

---

① 王青路：《张穆跋砚》，载《雕虫小记》，北京·人民美术出版社，2005 年版，第 7 页。

② 转引刘长海《祁寯藻与张穆交游考略》，载《文史月刊》2003 年第 12 期，第 58 页。

③ 张穆：《复徐松龛中丞书》，载王俭《张穆年谱》，太原·三晋出版社，2012 年版，第 83 页。

④ 吴庆坻撰：《蕉廊脞录》，《清代史料笔记丛刊》，北京·中华书局，1990 年版，第 215 页。

⑤ 钱仪吉纂：《清代碑传全集》，上海古籍出版社，1987 年版，第 1226 页。

⑥ 转引刘纬毅主编：《山西历史名人传》，第 309 页。

冯婉琳都从王轩学习诗法。朝鲜使臣来华，投诗造谒王轩，甚至有执弟子礼者。同治元年（1862），王轩与许宗衡、董文涣、李汝钧、吴养源等聚会在咏楼待雪，有“聚星堂诗”之作，其后朋友知之以“聚星堂诗”韵唱和相赠者颇多，王轩搜集他人唱和之作成《十八叠山房唱和诗》一卷。此间，冯志沂曾从张穆研究实学，因张穆之故，又结识了京城同乡祁寯藻、王轩、洪洞董氏三兄弟，以及宋诗派诗人何绍基等，何绍基曾作《题冯鲁川小像册论诗》十五则。

道咸、咸同年间分别以祁寯藻、董文涣为中心的山西诗坛并不是截然分开的，相互之间亦有联系，小祁寯藻40岁的董文涣就曾从祁寯藻游。董文涣曾经师从王轩，王轩曾经师从张穆，而张穆是祁寯藻的好友兼姻亲，有时还兼做幕僚。王轩晚年与杨深秀、杨笃共事，关系非常融洽。杨笃与王轩相交最久，知之最深。王轩逝世后，《山西通志》任务由杨笃继续完成。晚清山西诗坛的诗人相互之间联系非常密切，不仅体现为地域内部诗文唱和的频繁，而且形成较为趋同的诗学倾向，通融的诗学风格——宗宋而不弃唐，趋向于学人之诗与诗人之诗融合，只不过在具体的师法上又各有侧重而已。

第二节　宋诗派盟主祁寯藻诗歌

祁寯藻（1793—1866），字叔颖，号淳甫，避讳改实甫，晚号息翁、观斋，山西寿阳人。嘉庆十九年（1814）进士，改庶吉士，授编修，累官至军机大臣、体仁阁大学士。历仕嘉庆、道光、咸丰、同治四朝，曾为道光、咸丰、同治三代皇帝授读，被称为“三朝帝师”“寿阳相国”。祁寯藻不仅是著名的汉学家，也是诗坛耆宿，“自嘉庆十七年至咸丰四年致仕以前诗，凡一千六百六十余首，编为三十二卷。后集则皆致仕后所作"①。著有《䜱䜩亭集》三十二卷，集诗1600余首，《䜱䜩亭后集》十二卷，集诗600余首。

一、祁寯藻诗歌思想内容

"有清二百余载，以高位主持诗教者。在康熙曰王文简，在乾隆曰沈文悫，在道光、咸丰则祁文端、曾文正也。"② 陈衍在《近代诗钞》中将祁寯藻与王士禛、沈德潜等诗坛盟主并列，足见祁寯藻在诗坛的地位和影响。祁寯藻不仅是晚清山西诗坛的领袖，也是诗坛宋诗派盟主。其诗歌大多与其经历有关，就内容而言可分为写景纪行、咏物抒怀、宦海纪实、考证题画及酬唱类诗歌。

（一）写景纪行诗

祁寯藻写景纪行诗多是对山川风物的吟咏，大多与其自身的经历有关。嘉庆十六年（1811），祁韵士受陕甘总督那彦成之邀主讲兰山学院，祁寯藻曾随父在兰山书院读书。西北塞漠奇特壮丽的风光激发了他的诗情，作有《九日兰州城上望河楼登高》，诗云：

昆仑虚接大荒西，极目长空尽处低。飞鸟似从银汉落，浮桥真与彩虹齐。凉天佳节酬尊酒，落日边城静鼓鼙。不用登临更搔首，青云已蹑谢公梯。③

诗从远处起笔，用雄健的笔法泼墨绘出眼中的奇观壮景。苍茫寥廓的祁连

① 祁寯藻：《丁巳岁余自题〈䜱䜩亭后集〉》，《祁寯藻集》第2册，第411页。前者为1812年（20岁）至1853年（62岁）间所作，后者为1853年（62岁）至去世之作。

② 陈衍：《近代诗钞》，上海·商务印书馆，1923年版，第1页。

③ 祁寯藻：《祁寯藻集》第2册，第2页。

山一色，荒凉却充满气势。同时，诗歌将兰州一河两山的城市特色，以及黄河边上的二十四座铁索桥呈现出来，颇具寂寥恢宏之感，继之以谢灵运登高入青云的典故来抒发自己的豪情壮志。是诗既突出瞭望河楼的高峻，浮桥横跨黄河的壮观，又洋溢着诗人对前途的自信，全诗显得豪迈奔放，大气磅礴。此外，还有对高耸青翠的《五泉山》以及充满书香的《兰山书院》的吟咏。此期诗中渗透着诗人对兰州风光的热爱之情以及对这段生活的怀念。这一时期的经历和诗歌创作为其雄浑壮阔的诗风奠定了基础。

祁寯藻考中进士步入官场后，时常奉命外出。诗歌中对宦海途中的风光也多有描绘。如《望庐山》诗云：

我出黄梅六十里，隔江已见江西山。人言此是庐山背，熨眼顿觉超尘寰。屏风几叠照江水，夕阳万皱明斓斑。不知香炉瀑布在何处，但见侧峰横岭高下云回环。云中五老似回首，一一闯露青髻鬟。有如蒲阪道中看太华，三峰飞影过潼关。黄河曲折走关下，亦如大江横锁浔阳间。山川灵秘造物惜，每为好事破其悭。我昔西游今南涉，胜境两遇非偶然。书生行縢苦不办，况骑驿马囊官钱。游山如此亦大好，只惜过眼空云烟。买田筑室吾不愿，但愿归途住此三日穷跻攀。①

此诗为诗人途经庐山的纪游之作，全诗紧扣“望”字，描绘远眺庐山所见之景。采用避实就虚、以虚写实的手法，言其“超尘寰”，既写出了庐山高峻雄伟之状，又为后面的具体描绘奠定基调。化用李白《望庐山瀑布》、苏轼《题西林壁》诗句而出以新意，写出整个庐山均在云雾缭绕之中。之后运用对比的手法，以远望华山的奇险来衬托庐山之壮丽。诗人在惊叹之余，又融以哲理性思考，“山川灵秘造物惜，每为好事破其悭”。诗中有未能攀登庐山的遗憾，也有诗人对宦游生活的厌倦，隐含着寄情山水的情趣。诗人在简放湖南提督学政期间也创作了大量的写景纪行诗，如《过洞庭西湖三首》《巴陵道上》《三月二十二日发武陵春宿桃源》《入湖南界》

① 祁寯藻：《祁寯藻集》第2册，第36页。

等。道光二十九年（1849），祁寯藻受命前往四川，途经风陵渡即景抒情作有《渡黄河》，是诗气象非凡，雄浑磅礴，写出了黄河的气势和特征。类似的诗歌还有《淇水》《经枣林下》《新郑县城南渡河》等，诗人热爱山水之情由此可见。

（二）咏物抒怀诗

祁寯藻在官事之余，不废吟咏，写了很多咏物抒怀诗。此类诗歌或借虫鱼鸟兽等讽喻、鞭挞社会黑暗，或借花草树木抒发自己的高洁情怀，或是直抒宦海忧国忧民之情。《鞭吠犬诗》诗云：

> 小园有吠犬，昼吠夜则眠。会无御寇劳，而有搏人权。其性恶褴褛，尤喜窘少年。行者畏其猛，次且不敢前。主人怒其横，召仆施以鞭。仆云犬无辜，吠影固所然。……吏不捕盗贼，而乃暴市尘。官不治豪滑，而乃凌愚颛。①

祁寯藻为官多年，深谙官场腐败和社会黑暗，认识的深切更加激起他的愤懑和担忧。诗中将贪官恶吏比作乱吠而无功的恶犬，无“御寇”之功，却有“搏人”之权，句句饱含讽刺。用仆人替犬辩言来隐喻官员间的包庇袒护，欺下瞒上，实在令人痛恨。此外，祁寯藻常借物象寄托自己的高洁情怀，如《晚菊》诗云：

> 百花零乱送秋光，冷淡惟余老圃香。自是君身多傲骨，不关时节有清霜。②

诗中将百花和菊花进行对比，当百花在秋风过处飘零洒落时，菊花却用自己的傲骨独迎霜秋。祁寯藻不愿与腐败的官僚同流合污，以菊花自励，表

---

① 祁寯藻：《祁寯藻集》第2册，第138页。
② 祁寯藻：《祁寯藻集》第2册，第174页。

明自己高洁独立的品性。又如《度岭见梅花》有云："满山红白春常在，如此孤寒可奈何。"[①] 独享孤寒的梅花，同样表达了诗人孤傲的风节。《幽兰二首》，诗人以幽兰自比，希望志洁行忠。"飞流下危磴，时有横风遮。香久亦不闻，山深愁路赊。"[②] 人生的不如意是难免的，自己能做到的便是不忘初心。此外，祁寯藻还有一部分单为咏物而咏物的诗作，诗中更多体现出的是一种生活情趣。如《秋后种花》有云：

红晚趁斜日，翠深藏古春。不愁不烂漫，烂漫却愁人。[③]

即使这花儿烂漫多愁，也藏不住诗人自享其中的快乐。《屋角桃花盛开得二绝句》有云：

小桃何事独先开，残雪栖枝梦尚猜。偏是奔蜂得消息，软红尘外破空来。[④]

将桃花亲切地称为"小桃"，蜜蜂奔向盛开的桃花，昭告着春天的到来，充满一片活泼的春意。

道光二十一年（1841），祁寯藻入军机成为枢臣。时鸦片战争尚未结束，时局艰难而朝中大臣实心任事者寥寥无几，祁寯藻颇有不堪重负之感。《辛丑九月奉命入值军机处纪恩述志》云："骤兼繁要职，适值时事艰。拜恩辞不获，感悚心难安。"[⑤] 鸦片战争以清朝割地赔款而告终，对此诗人感到无比痛心，《纪梦》诗云：

繄余违怙恃，茫茫涉宦海。远者三十年，近亦将十载。曰艾服官政，

① 祁寯藻：《祁寯藻集》第 2 册，第 45 页。
② 祁寯藻：《祁寯藻集》第 2 册，第 294 页。
③ 祁寯藻：《祁寯藻集》第 2 册，第 390 页。
④ 祁寯藻：《祁寯藻集》第 2 册，第 328 页。
⑤ 祁寯藻：《祁寯藻集》第 2 册，第 231 页。

鬓发忽已改。沧溟穴蛟蜃，玉帛走矛錞。万端忧愤急，力薄气益倍。中夜视星斗，彷徨若有待。胡为频入梦，顾影衣着采。笑语杂涕泗，澒洞不可汇。国威尚未复，臣辱奚逃罪。将毋忝所生，履险且及殆。白云翳松楸，茅屋渺何在。海波倘许填，衔石终不悔。①

是诗由追忆宦海经历写起，道出祁寯藻因居官未能侍奉双亲的愧疚感，以及战败带来的耻辱感和紧迫感。当中既有忧心国事独木难支的疲惫，又有因坚决抵抗外侮而陷入处境的孤独，但这一切都不足以动摇他报国为民的志向，在深沉的忧患中诗人仍有精卫填海、矢志不渝的勇气。咸丰七年（1857）春，祁寯藻作有《十春词》，诗歌表面看似歌颂实则暗含无奈。《春游》诗云："尔来别有心游去，奈此归云倦鸟何。"② 此时诗人已 65 岁且常有病痛伴随，用"归云倦鸟"比喻自己，透露出对岁月易逝的无奈。《太湖》则体现出祁寯藻对隐逸生活的向往，"扁舟不逐鸱夷去，未必黄金入画图"③。又如《暮春出游感怀》有云："飘忽人事迫，浩歌复三叹。"④ 用"飘忽"来形容世间的人事，表达对岁月短促、人生苦短的哀叹，可见诗人对人事沧桑变化的敏锐。

（三）反映现实的诗歌

祁寯藻少时，其父祁韵士因亏铜案发牵连下狱，其曾有近十年颠沛流离的生活。这一切使祁寯藻对宦海的升沉、人情的冷暖以及民生疾苦有了较早的接触，在其少年的心灵留下了清晰的印记。祁寯藻继承现实主义传统，诗中既有对底层民生疾苦的同情，也有对社会战乱的反映，体现了诗人忧国体民之心。《苦旱》诗云：

都城久不雨，炎天苦烦热。火云烧骄阳，气挟焚柴烈。维时夏方仲，

---

① 祁寯藻：《祁寯藻集》第 2 册，第 233 页。
② 祁寯藻：《祁寯藻集》第 2 册，第 365 页。
③ 祁寯藻：《祁寯藻集》第 2 册，第 220 页。
④ 祁寯藻：《祁寯藻集》第 2 册，第 114 页。

麦秀已黄折。农人汗禾土，望泽急如渴。西山来片云，倏忽乾风掣。丰隆殷不闻，雷车走无辙……侧身望乡庐，芜秽耕久辍。遥遥千里外，旱潦不可说。为客气多阻，谋生计转拙。草木异蕴枯，沟水东西决。安得归田园，荷锄从饮啜。[①]

是诗作于祁寯藻擢进士第正逢显达之时，然而却为天旱不雨而忧。诗歌受白居易新乐府诗影响，用白描之笔描绘出“农人汗禾土，望泽急如渴”的焦急，以及诗人为家乡田荒耕辍而悒悒不乐。情感极其真挚，绝无丝毫矫饰。道光二十七年（1847），祁寯藻受命赴四川、甘肃查案，途中作有《哀流民》，诗云：“连年荆楚灾，流民去复来，江汉城高蛟龙怒，潇湘泽远鸿雁哀。闻说内帑三十万，皇恩特沛由宸断。可怜三户盖藏尽，升斗未及先流散。蜀山嵚崟陇水咽，骨肉羁孤生死半。”[②] 天灾频仍致使百姓逃亡流散，而人祸更使百姓流离失所。类似反映现实之作还有《牵夫谣》《河之水》《采棉行》等。

道光年间鸦片泛滥，白银外流，财政受损，祁寯藻有感鸦片对社会危害极大，为之大声疾呼，作有《新乐府三章》，诗云：

鸦片烟流入中土，自南及北如狂澜。先皇有诏严禁此，为其伤生废事耳。伤生废事犯者法当徙，特未杀人罪至死。大哉国法轻重有权衡，尔辈乃以死为生。岂惟将身作药脯，坐使黄金化为土。初闻番钱满载来估船，近则以土代其钱。土日多，钱日少，艚艇朝朝出海岛。岂不知，黄金白金国之宝，民命系此为寿夭，掷之大洋真草草。如今朝廷岂乐以重典待尔曹，愿尔拔疽剔蠹善自保，尔不自保将焉逃。（之二）[③]

诗人以形象生动的语言描绘了鸦片的泛滥成灾，百姓若染上鸦片之瘾不仅

---

① 祁寯藻：《祁寯藻集》第 2 册，第 12 页。
② 祁寯藻：《祁寯藻集》第 2 册，第 279 页。
③ 祁寯藻：《祁寯藻集》第 2 册，第 207 页。

精神麻痹而且会导致破产。于是发出了“坐使黄金化为土”的感慨，劝诫百姓要“拔疽剔蠹善自保”，珍爱生命戒绝吸食鸦片。这组乐府诗通俗易懂、题旨深远，将洋人的不义与诡诈、鸦片亡国灭种的祸害以诗的语言概括地揭示出来，令人警醒。咸丰年间，太平天国运动爆发，祁寯藻对此予以深切关注。咸丰三年（1953），时任江宁布政使祁宿藻殒命沙场。祁寯藻闻讯之后，以悲痛之笔写下《哭六弟幼章三首》，诗云：

金陵石头城，城大守非易。吾弟气素豪，艰险曾不避。武昌捍水蕃，劳心为抚字。粤东办剧贼，更拜长缨赐。（之一）

力挽不回颓，哀哉一腔血。喷洒何所向，将军率同行。抚疏陈其状，誓与城存亡。天容亦凄怆，赫然责失律。（之二）①

诗人在同年年谱“（咸丰）三年正月三十日”条中对祁宿藻呕血而亡的经过以及当时的战事均有记述，可补史载不足。官军擒太平天国运动首领林凤祥、李开芳，祁寯藻作有《喜闻官军攻克连镇，生擒逆首林凤祥》《闻大军攻克冯官屯，生擒逆首李开芳，河北肃清，感喜交集，纪事述怀》。官军连克武昌、汉阳，祁寯藻作有《武昌汉阳两城同日克复诗以纪事》，诗云：“捷书连日至，悲喜难自量。”② 某种程度上，其诗也是太平天国时期的一面镜子。此外，祁寯藻还有思乡怀友诗、酬赠唱和诗以及考证类诗歌。

二、学人之诗与诗人之诗融合

近代诗人、诗评家陈衍非常推崇祁寯藻，将其视为学人之诗和诗人之诗融合的典范。陈衍《石遗室诗话》云：“祁春圃相国有《䜄䛒亭集》诗及《自题䜄䛒亭图诗并序》已见前第十一卷。证据精确，比例切当，所谓

---

① 祁寯藻：《祁寯藻集》第2册，第284页。

② 祁寯藻：《祁寯藻集》第2册，第356页。

学人之诗也。而诗中带着写景言情，则又诗人之诗矣。”① 祁寯藻诗学于黄钺②，以性情为中心、以学识为涵养。祁寯藻在《禭釚亭集序》中借恩师黄钺之语表明“性情”是关键，但不能肆意为之，序云：

先生尝曰：“诗以言志，言为心声，若徒揣摩格律，雕琢词藻，纵成结构，终乏性情。古人颂诗读书，必先知人论世，盖非学无以扩识，非识无以范才。至于穷通显晦，境遇各殊，敦厚温柔，体要斯在，则视乎其人之自得耳。”③

祁寯藻在《说诗示世长》中指导其子作诗时有言：“趋庭赋春草，亦云性情厚。选理苦未熟，泛滥任所取。”④《凫芗前辈示近作赋答》又言：“学养见性情，感慨余悲欢。”⑤ 祁寯藻经学素养深厚，讲求通过学问涵养“性情”，出之以“温柔敦厚”，诗歌创作中将学人之诗与诗人之诗完美融合。祁寯藻转益多师，对杜甫、韩愈、苏轼、黄庭坚等均有不同程度的学习与吸收。

“诗人之诗”即诗歌要体现真性情，讲求含蓄。所谓“诗为心之声，即一言一话。当其欲发时，不发心不快”⑥。“敦厚存风格，艰难有性情”⑦，山水景物在诗人眼里不是单一物件，而是充满诗意和情趣。如《舍后丁香初开》，诗人用自己的哲思去诠释生命的孤独，使得这难得初开的丁香也染上了诗人的感情色彩，显得情深意远。诗云：“深院无人春易尽，

---

① 陈衍：《石遗室诗话》，第 434 页。

② 黄钺（1750—1841），字左田，号壹斋，当涂（今属安徽）人。乾隆五十五年（1790）进士。诗学韩、苏，有《壹斋集》四十卷。黄钺于嘉庆十年（1805）任山西学政，其间教诗于祁寯藻。

③ 祁寯藻：《禭釚亭集序》，《祁寯藻集》第 2 册，第 1 页。

④ 祁寯藻：《祁寯藻集》第 2 册，第 435 页。

⑤ 祁寯藻：《祁寯藻集》第 2 册，第 231 页。

⑥ 祁寯藻：《欧公过生日，涤甫分得“萁”字，复成此诗呈同人》，《祁寯藻集》第 2 册，第 387 页。

⑦ 祁寯藻：《题〈温云心诗草〉》，《祁寯藻集》第 2 册，第 125 页。

故园今日客归来。最是如醒如醉态，一回相赏一徘徊。”[①] 也许人生最好的状态便是如醉如醒，独赏虽显孤单，但亦是一种享受。又如《花朝雨雪》有云：“春深春浅总无聊，回首江南花乱飘。雨丝雪片纷如织，杨柳愁心千万条。”[②] 雨雪的背后是诗人致仕不得归乡的遥寄，是致仕却心怀忧国忧民的愁思，是飘摇半生仕途的感慨。其诗笔触细腻，特别注重意境的创造。如《山村夜雨》有云：“山村寂历夜深情，梦醒凉云枕簟生。三百人家灯火里，一时齐听洒窗声。”[③] 诗人用细腻的笔法描绘了偶遇山村夜雨的情境，试想300人家同听雨打窗儿的声音，顿感温情反而驱散了些许寒意。是诗写得富有情趣，意境悠远，颇有唐风气韵。

祁寯藻诗歌不仅是诗人之诗，也是“学人之诗”。祁寯藻作诗深受宋诗的熏陶和影响，主要表现在经训义理的融入和“以文为诗”的创作手法。咸丰七年（1857），祁寯藻与同人在慈仁寺为欧阳修做生日，分韵赋诗，祁寯藻作有《欧阳文忠公生日，白兰岳、王少鹤招集慈仁寺，拜公滁州像，分韵赋诗得心字》。欧阳修虽然不是宋代成就最高的诗人，但欧诗受韩愈影响较大，以散文手法和议论入诗，具有宋诗的典型特征。具体到祁寯藻诗中，便是以议论、才学为诗。《考亭朱子祠敬纪》夹叙夹议纵论历代学术发展脉络，说明训诂和义理不可分，“圣学尚多识，吾道一以贯。义理出训诂，两合无分判”。在考证梳理学术发展的同时，也强调经世致用，明确提出“融合汉宋，博采众长”[④]。又如《挽故东阁大学士文清公》连用6个典故，表达诗人对刘墉的尊崇与追慕之意，诗云：

孟尝三兔窟，晏子一狐皮。相业张安世，边功李贰师。贾生言抱火，谢傅赌围棋。斟酌将奚取，包容讵两持。素心无喜愠，黄口且瑕疵。[⑤]

---

① 祁寯藻：《祁寯藻集》第2册，第13页。
② 祁寯藻：《祁寯藻集》第2册，第326页。
③ 祁寯藻：《祁寯藻集》第2册，第13页。
④ 祁寯藻：《祁寯藻集》第2册，第226页。
⑤ 祁寯藻：《祁寯藻集》第2册，第176页。

是诗用典精当，学识性较强，通过营造三窟的冯谖、齐景公时贤相晏子、西汉为官廉洁的张安世、贰师将军李广利、长沙王太傅贾谊以及匡扶晋室的功臣谢安等六人的功业来作比，烘托出大学士刘墉的历史功绩，使得诗歌意蕴丰厚。祁寯藻为诗不仅用典，还讲求炼字，力求语句精工。《太湖城北大雨渡河》有云：

阴云挟石飞，狂飙卷林折。喷出万斛珠，团作一条雪。中流怒雷吼，平地惊涛裂。孤舟乘轻危，众峰互明灭。神灵变幻意，苍茫不可说。临河雨骤来，收缆雨顿歇。①

"挟""狂飙""喷""团"等词语的选取，将在大雨中渡河的情状写得惊心动魄，夹杂着风雨欲来时不可阻挡的气势感以及变幻莫测的紧急状态。此外，祁寯藻常化用前人诗句入诗，恰到好处地体现出自己的情感。《消寒八集，呈梦岩先生并简心园亮功世讲》有"雪泥踪迹乡关梦，却望飞鸿有所思"句②，化用苏轼"应似飞鸿踏雪泥，泥上偶然留指爪"诗句，表达了浓郁的乡关之思。《十一月二十一日舟发澧阳，泛洞庭至岳阳，水程八日，得诗八首》中"夕阳无限意，斑竹满汀洲"句③，反用李商隐"夕阳无限好，只是近黄昏"句入诗，写出夕阳照耀下河中小洲的斑驳色彩，表达诗人对山水之景的热爱。《〈春明六客图〉为王子梅题，即送祁还济南》中"六客中有三韩士，海内天涯共知己"④，化用王勃"海内存知己，天涯若比邻"诗句入诗，表达友情的深厚及诗人旷达的胸怀。陈衍曾言："文端（祁寯藻）学有根柢，与程春海侍郎为杜、为韩，为苏、黄，辅以曾文正、何子贞、郑子尹、莫子偲之伦，而后学人之言与诗人之言合，而恣其所诣。"⑤

① 祁寯藻：《祁寯藻集》第2册，第345页。
② 祁寯藻：《祁寯藻集》第2册，第369页。
③ 祁寯藻：《祁寯藻集》第2册，第73页。
④ 祁寯藻：《祁寯藻集》第2册，第383页。
⑤ 陈衍：《近代诗钞序》，载《近代诗钞》，第1页。

三、祁寯藻与道咸诗坛的互动

陈衍《近代诗钞》云："有清一代诗宗杜韩者，嘉道以前，推一钱萚石侍郎。嘉道以来，则程春海侍郎、祁春圃相国。而何子贞编修、郑子尹大令，皆出程春海侍郎之门，益以莫子偲大令、曾涤生相国诸公率以开元、天宝、元和、元祐诸大家为职志，不规规于王文简之标举神韵，沈文悫之主持温柔敦厚，盖合学人、诗人之诗二而一之也。余生也晚，不及见春海侍郎，而春圃相国诸公皆耆寿俊至，咸同间犹存，故钞近代诗自春圃相国始。"①

程恩泽和祁寯藻是道咸诗坛宋诗运动的发轫者②。由于程恩泽去世较早，祁寯藻在道咸年间继续活跃于诗坛，故而陈衍《近代诗钞》将祁寯藻列于首位，视为近代诗的开端。程恩泽以博学负盛名，继清初朱彝尊、王士禛，尤其是中叶的钱载以及姚鼐等人后，推动了一场声势浩大的宋诗运动，在晚清诗歌发展史上地位相当重要。"程恩泽年长祁寯藻八岁，早中进士三年。嘉庆十九年祁寯藻中进士，殿试成绩为二甲第三名，改庶吉士，不幸次年其父祁韵士卒，二十三年服阕后进人庶常馆，二十四年散馆进入翰林院任职编修，此时程恩泽已是翰林院的老资格了。这样程、祁从翰林院开始交往。"③ 祁寯藻在《观斋行年自记》和众多诗歌中均称程恩泽为"前辈"。二人先后"以高位主持诗教者"④，对道咸年间宗宋诗风的最终形成起了不小的推动作用。祁寯藻与程恩泽私交甚深，亦师亦友，曾三

---

① 陈衍：《近代诗钞》"祁寯藻条"，第1页。

② 程恩泽（1785—1837），字云芬，号春海，安徽歙县人。嘉庆十六年（1811）进士，官至户部侍郎，著有《程侍郎遗集》。

③ 孙之梅：《程恩泽、祁寯藻澄怀园三次比邻与晚清黄诗"预热"》，载《文学遗产》2013年第1期，第106页。

④ 陈衍：《近代诗钞序》，载《近代诗钞》第1页。

次在澄怀园的直庐比邻而居[①]，常常相互唱和，共同提倡宋诗。祁寯藻《初迁翰林学士，春海前辈赋诗相慰，次谢述怀》有云："愧我沾微禄，看君费苦吟。终当狎海客，浩荡共相寻。"[②] 表达了二人互慰共勉的深厚友谊。《次韵春海阁部答舍弟幼章〈园居消夏〉》有云："台笠者谁见者怪，唯我与君交最久。"[③] 二人相交日久，最为相知。道光八年（1828），祁寯藻屋后野菊盛开，邀程恩泽小饮，作有《屋后野菊盛开与春海小饮》，程恩泽有《春浦直庐后垣黄菊盛开，赋诗见示，即次其韵》。道光十四年（1834）八月，祁寯藻为父母合茔，请程恩泽为其父撰神道碑铭。碑文中有云："恩泽与阁学祁寯藻契交，且同直十余年。"[④] 程恩泽卧病期间，祁寯藻每日探望。张穆《程侍郎遗集初编序》有言："穆甫出都门，公逮感暑疾，久不瘳。祁淳父尚书日往省之。沉顿有顷，尚以穆试为念。"[⑤] 亦见二人交情之深厚。

祁寯藻与张穆既是亲戚又是挚友，常在一起诗文唱和，既有探求学问的诗作，又有互相砥砺之诗。张穆山西平定人，爱国思想家、地理学家、诗人和书法家。鸦片战争中曾抱着爱国热情，上书言事，奔走呼号，联络在京友人，希望通过纪念顾炎武的活动能够振奋人心，著有《月斋诗集》。道光十七年（1837），张穆送祁寯藻龟砚一台，祁寯藻写有《宝贤堂龟砚歌为张石州瀛暹作》，探求龟砚来历。道光十八年（1838），祁寯藻请张穆看寿阳崇福寺僧卷，张穆有《题宋刘右宗十八尊者卷得晨字》，与祁共同考证僧卷来历。同年，张穆还有《春圃五兄惠盆梅赋谢》，感谢祁寯藻赠送盆梅，祁寯藻作有《石州答送盆梅次和》相互唱和，显得格外亲切。道光十九年（1839），祁寯藻组织张穆、苗先路、俞理初等人校刊宋本《说

---

① 雍正时期，圆明园东面的一座旧园赐予近臣居住，后来便作为南书房和上书房翰林的直庐，并命名"澄怀"。当时能在澄怀园居住，是文学侍从臣子们地位和荣耀的象征。

② 祁寯藻：《祁寯藻集》第2册，第149页。

③ 祁寯藻：《祁寯藻集》第2册，第158页。

④ 程恩泽：《程侍郎遗集》，《丛书集成》本，第167页。

⑤ 程恩泽：《程侍郎遗集》，《丛书集成》本，第1页。

文解字系传》，相互之间常通过诗歌来探求学术。祁寯藻作有《立春紫薇庭小集分韵得书字呈张石州并幕中诸君子》。道光二十一年（1841），张穆评价祁寯藻诗有沉郁之气，《题叔颖尚书近作诗卷》云："乍展新诗卷，如聆古艳歌。行间余感慨，空外郁嵯峨。"[①] 道光二十六年（1846），祁寯藻在《次韵答张石州见赠》中评述张穆云："不作凌云赋，偏闻下里歌。故交真落落，高论尚峨峨。老觉乡心重，诗怜壮岁多。莫辞今夕醉，离索意云何。"[②] 此外，祁寯藻还有《观斋摹潜邱先生像卷怆然题后》以及在海州送张穆入都时写诗5首，表达了他对张穆的敬佩与深切怀念。

祁寯藻同林则徐、黄爵滋都是禁烟运动的主将，彼此意气相投，相互之间也有诗歌往来，如《林少穆前辈则徐以苏抚述职来都旋拜湖督之命赋诗奉饯》《次韵树斋夏夜步月越王山麓》等。在写给林则徐的挽联中高度评价其人品及贡献："帝鉴臣忠，历艰危不敢爱身，一字定千秋史论；公为民望，想魂魄犹堪破贼，八闽系四海讴思。"[③] 此外，祁寯藻还与何绍基、莫友芝、王拯、徐继畬等相互唱和、切磋诗艺，形成一种风范。祁寯藻重视人才"延纳寒素，士林归之"[④]，曾举荐郑珍、莫友芝等寒士。其又曾为学政考官，门生故吏众多，其诗学主张借他人之力散及四方。"祁文端、曾文正出，而显然主张宋诗。其门生属吏遍天下，承流向化，莫不瓣香双井、希踪二陈。"[⑤] 程恩泽、祁寯藻以及稍后的曾国藩，他们三人以显赫的政治地位，高位倡导，使宋诗派在道咸年间逐渐壮大。以祁寯藻为首的近代宋诗派，对之后的"同光体"也产生了重要影响，甚至在某种程度上可将同光体视为道咸宋诗派的延续与总结。

---

① 王俭：《张穆诗词笺释·张穆传》，太原·山西人民出版社，2005年版，第142页。

② 祁寯藻：《祁寯藻集》第2册，第252页。

③ 彭一超编：《楹联集粹》，沈阳·万卷出版公司，2009年版，第232页。

④ 赵尔巽等撰：《清史稿》第45册，第12678页。

⑤ 由云龙：《定庵诗话》，民国诗话丛编（三），上海书店出版社，2002年版，第563页。

第三节　宋诗派羽翼徐继畲、冯志沂诗歌

道咸年间，在时代风气与诗坛盟主祁寯藻的影响下，山西诗坛呈现出一种较为通融宽泛的宋诗化倾向，当中影响较大的有徐继畲、张穆、冯志沂等。他们通过交往唱和及与京师诗坛的互动影响地域及时代风气。本节选取徐继畲与冯志沂进行论述。二人均为晋北人氏，出身于仕宦之家，诗歌具有明显的宋诗化倾向。

一、徐继畲诗歌的宋诗化倾向

徐继畲（1795—1873），字健男，号松龛①，山西五台人。著名地理学家，是晚清开眼看世界的先驱之一。徐继畲书香门第出身，其父徐润第进士及第，曾任内阁中书、湖北施南府同知等职。徐继畲自幼受到良好的家庭教育和儒学熏陶，后曾随父寓居京师，师从高鹗学习。道光六年（1826），以《政在养民论》朝考第一，高中进士，开始了仕宦生涯。在道光、咸丰、同治年间，相继任翰林院编修、陕西道监察御史、广西浔州知府、福建延津邵道台、福建汀漳龙道台、两广盐运使、广东按察使、福建布政使、广西巡抚、福建巡抚、闽浙总督、太仆寺少卿等职。著有《瀛寰志略》《古诗源评注》《退密斋时文》《退密斋时文补编》等。后人辑录为《松龛先生全集》，其中诗集二卷。

咸丰二年（1852），徐继畲革职归里之后，“晚而学诗，不主一家，稿出人争诵之”②。受乾嘉考据影响，徐继畲诗歌多据实而写，一笔不苟地详

① 《自题种松小照》云：“忆我生时感慈梦，盆植小松供三宝。”联下自注道：“畲生时，先母续太夫人梦人赠盆植小松，置佛座前。先师谭兰楣先生为命别号曰‘松龛’。”《徐继畲集》，第784页。

② 方闻编：《清徐松龛先生继畲年谱》，《新编中国名人年谱集成》第17辑，台北·台湾商务印书馆，1982年版，第324页。

加考证。诗歌具有明显的宋诗化倾向，主要表现为以叙事、议论、才学为诗歌。

徐继畬承杜甫“诗史”精神，以叙写现实、心怀忧国忧民之情的诗歌最为著名。常撷取一个片段展示社会现实，从中见出诗人的真情，其深厚的艺术魅力使诗成为社会生活的缩影。如《哀平阳》诗云：

愁云暗淡风酸烈，鸡犬无声烟火绝。夜来寒月照空城，惟见纵横抛白骨。驱车欲进马不前，填辙骷髅粘乱发。我闻此地古尧都，勤俭俗与他方殊。浩劫胡为不择地，三万男女一日屠。传闻闾左有郑姓，编管岭南及宽政。导贼来此肆荼毒，磨牙大恣虎狼性。一夫自复睚眦仇，万家遂并婴孺命。呜呼！蕴而生孽非一朝，元元厄运竟难逃。生聚十年诚不易，活我余黎在大僚。①

咸丰三年（1853）太平军北伐，攻入河北、河南、山西，捻军相应配合作战，攻入陕西，经晋南进逼北京。徐继畬奉命协理山西境内防堵太平军、捻军事宜。徐继畬有感于平阳军民的苦难而作有此诗。诗人不可避免地站在统治者立场，以“为国”“爱民”等名义来诛伐“匪”“贼”，悼念“忠魂”，有关其立场部分有待进一步商榷。不过，其诗歌也暴露了王朝的腐败与无能。在显示农民起义军英勇抗争的同时，也写出了其局限性与劣根性。起义队伍中有挟私恨报仇之人，诗人自注“临汾屠者郑福犯罪，充广西军，投入贼伙，引贼攻平阳，城遂陷。福寻为贼所杀”，这至少是太平军、捻军的一个侧影，客观上具有一定的史料价值。诗人有感于此，发出了“生聚十年诚不易”之悲怆，以及“呜呼！蕴而生孽非一朝，元元厄运竟难逃”的哀叹。徐继畬山水诗既不同于李白的浪漫雄奇，又异于王维的幽静闲雅，恰似《水经注》导游图，将叙事与纪游很好地融在了一起。如《陈剑芝同年擢粤西观察使，将有岭表之行，追忆昔年宦辙所经，赋长篇送别》诗云：

---

① 白清才、刘贯文主编：《徐继畬集》，第769页。

我昔游桂林，山川犹在目。君今赴岭南，万里驰轮毂。试以我所经，为君徐往复。夏口挂轻帆，岳阳泛舻舳。浩渺湖水平，湾回三十六。九面望衡山，绿水潇湘复。南道走零陵，渐睹奇峰秃。（永州山形已似粤西。）全州粤门户，舍舟还就陆。（水路可达桂林，惟斗河淹滞特甚，故仕宦多由陆路。）夹道多乔松，疏枝云自宿。（全州之南驿路皆植松，高至十余丈。）……兵气虽已销，噢咻赖人牧。知君能抚绥，卖剑还买犊。偕登衽席间，左右资饘粥。政成君亦暇，看山涉林麓。奚囊定不虚，新诗且盈轴。作诗送君行，举觞歌百禄。①

从其长达30字的标题可知，此为送别友人之作，临别之际为其提供行程路线，兼追忆昔年仕宦途经之地。其山水路途纯属纪实，从湖北夏口到广西阳朔，水陆路线分明至极；沿途松林花木、山水风光，宛然如画在目。类似的诗歌还有《太行绵亘上党之东，险隘林立，述其在潞安境内者，示朱生甫》《上党团练与陈剑芝同年经营一载幸得蒇事行将远别作诗以叙其事》《六十二岁生日，张豫庵、梁彭孙、张汉槎、白兰岩寄寿屏致，祝同学诸子并集，用放翁六十二翁吟元韵》等。

徐继畬诗歌常将叙事与议论相结合，叙事条理清晰，简洁明了，议论自然流畅，不落痕迹。如《抵馆后得友人书数十缄，懒于作答诗以谢之》诗云：

双鱼珍重屡相投，作答因循见恕不。买菜讵烦公府掾，种瓜休说故时候。白云可悦难持赠，青眼高歌且罢休。待我新诗成卷帙，不妨重觅寄书邮。②

全诗核心观点明确，开篇明义“作答因循见恕不”，好朋友之间交往以情

① 白清才、刘贯文主编：《徐继畬集》，第724页。
② 白清才、刘贯文主编：《徐继畬集》，第771页。

为真，应该简单真纯不需繁文缛节。颔联原文下注“素喜作长札”“书来多写旧衔”，写出自己对礼节过分繁缛的不满，借用“东陵种瓜”“买菜求益”正反两个典故，说明致仕之后希求简单平淡自然生活。“白云可悦”但难以“持赠”，“青眼高歌”但时势不允许，姑“且罢休”，希望日后“新诗成卷帙”再来“重觅寄书邮”。颔联、颈联对仗工整，典故运用恰到好处，很好地支撑了诗人的观点。又如《过野史亭》从元好问金亡不仕、哭行归乡写起：

> 繄昔遗山遭国变，白衣行哭归乡县。沧海横流身不死，兵火余生存笔砚。女真建国年近百，诗词不乏金闺彦。中都已弃汴京焚，累朝无复存文献。遗山乃构野史亭，河朔篇章搜罗遍。《中州》一集存巨编，微寓褒讥留小传。顿使金源生颜色，不与夏辽同鄙贱。①

元好问遭遇国变而不死，为的是编辑《中州集》，以诗存史。然而元好问死后声名不传，寂寞凄凉。诗人对此大为不平，呼吁要重视元好问，积极评赞元好问诗学成就及其在诗歌史的重要地位。徐继畬晚年担任平遥教席，借咏史抒写情怀，作有《祁县怀古》七律四首，当中《舅犯》《温太真》等都是描写历史人物于危难之时拯救国家，以夹叙夹议的方式，显示出对列强瓜分中国之忧患，又何尝不是诗人忧国爱民之体现。类似的诗歌还有《上党即事留别诸绅士》七首，既记载了陕、晋、豫交界处的作战情况，又通过评论战事稳定人心，同时还表达出离别留恋之意。《感事五首》《哭祁幼章方伯》等记述了太平天国起义，直至占领南京的过程，同时指评时事，将叙事、议论与抒情相结合，宋诗化倾向表现明显。

徐继畬诗歌注重才学，擅长化用他人诗句翻出新意，通过用典提升诗歌内涵，或是强调炼字，追求语意两工。如《重阳前三日》中“悲秋宋玉长吟望，把菊陶潜自徜徉”句②，化用陶渊明“采菊东篱下，悠然见南

---

① 白清才、刘贯文主编：《徐继畬集》，第 787 页。

② 白清才、刘贯文主编：《徐继畬集》，第 742 页。

山”，诗人以宋玉、陶渊明自比，向往纯然平和、悠然自得的人生状态。“未插茱萸乡思起”翻用王维诗句“遍插茱萸少一人”，通过重阳佳节未插茱萸这一细节，折射出诗人思亲的心曲，诗情真挚委婉动人。《悼安姬》云：“证果无由问宿缘，巫山云断化为烟。”[①]借佛语写二人姻缘未断但未得正果，安姬早逝引发诗人的伤悲。下句翻用“除却巫山不是云”，表达了安姬的离去使他深感人生的孤独和乏味，隐含着对生命的悲哀。此外，诗人用典往往信手拈来，恰当精妙。《上党即事留别诸绅士》“自嗟廿载滥吹竽，岭海周回数剖符”句[②]，借用南郭典故代指自己罢职之后，重新起用为官只是滥竽充数。又如《重阳遣闷》云：“门外催租声不到，裁诗强自慰无聊。”[③]《诗话总龟》记载潘大临得“满城风雨近重阳”之句，忽催租人至，败了诗兴，遂无下句[④]。这里反用其典写自己门庭冷落以及心态的落寞。

徐继畬诗歌在体现学人之诗倾向的同时，也将诗人之诗融入其间。如《七夕》写得清醇雅丽，耐人咀嚼。诗云：“天上逍遥才一日，人间倏忽已经年。如何夜夜常相会，犹怅银河少渡船。”[⑤]七夕是极平常的事，诗人信手写去，随意道来，纯系白描，不事雕绘。然而，诗意却并非平淡。又如《再题山水小幅》云：“老树翻红叶，苍然已报秋。山平隐苔藓，水静见凫鸥。蓑笠时还往，渔歌自唱酬。闲窗风月好，卷轴为频抽。”[⑥]诗歌由远及近，描绘出一幅色彩绚丽的秋景图，营造出一种清雅宁静、寂寥的氛围。对渔民高歌的特写使原本萧瑟的画面变得活跃起来，寂寞的秋景仿佛也融有鲜活的生气。

① 白清才、刘贯文主编：《徐继畬集》，第776页。
② 白清才、刘贯文主编：《徐继畬集》，第730页。
③ 白清才、刘贯文主编：《徐继畬集》，第774页。
④ 魏庆之：《诗人玉屑》，上海·商务印书馆，1938年版，第196页。
⑤ 白清才、刘贯文主编：《徐继畬集》，第763页。
⑥ 白清才、刘贯文主编：《徐继畬集》，第754页。

二、冯志沂诗歌的宋诗化倾向

冯志沂（1814—1867），字述仲，亦字鲁川，号柏泉、西隃山人，山西代州人。代州冯氏起于明末，兴于清代，延续十六代，代有诗文相传，几与清朝相始终，可谓雁门关内名副其实的文化巨族。冯志沂 7 岁时父亲去世，与母亲相依为命。后由伯父冯信节衣缩食供其读书。14 岁食饩，[①] 16 岁考取代州儒学优廪生，受到山西学政单独接见，嘉奖为“雁门奇童”。道光十五年（1835）山西乙未乡试恩科，冯志沂荣登“龙虎榜”举人，道光十六年（1836）中进士，授刑部主事，后任庐州知府，凤颍六泗道，以皖南兵备道兼署按察使，卒于任。冯志沂雅负气节，以清廉正直著称，不苟取钱财，不喜好声色。为曾国藩所器重。政事之余，以吟咏为乐，古文受姚鼐影响，后又以梅曾亮为师，同时与洪洞董文涣、平定张穆等人为友，一同致力于古诗文辞。著有《微尚斋诗集初编》四卷、《微尚斋诗续集》二卷、《适适斋文集》二卷，合编为《西隃山房集》，共八卷。

冯志沂诗歌 200 余首，诗多述怀纪事、送别友人及唱和之作，体裁上以近体律诗和古体诗为主。其近体诗多用典故、重视学问，同时融以性情，在日常唱和及送别诗中体现明显。古体诗多以叙事手法为诗，纪实性较强，在述怀、纪事诗中较为显著。

冯志沂身处晚清道咸诗风大变革之际，诗歌经由学唐而入宋，是宋诗派重要成员。其在《余小颇先生诗序》言：

余童幼喜读诗，窃意古人诗非可学而至也，则取近人诗仿之，见者谓多似袁简斋、张船山也。戊戌春，因天津王益之得识余君小颇，以所作请正，君奋笔涂抹，谓无一篇有当于古人，且谕之曰：子诗近人习气太重，间露本色乃绝佳，盍求之古人乎，退取汉魏六朝唐宋诗熟读之，遂焚弃旧作。盖余之学诗自君始，后因君识宣城梅先生伯言，及桂林朱伯韩、马平

---

① 食饩：明清经考试取得廪生资格的生员享受廪生补贴。

王少鹤、南丰吴子序诸人，文酒过从无虚日，然交之密无如吾两人者。[①]

余坤时任户部郎中[②]，是京城颇具名气的诗人，为诗宗法韩愈、李商隐、苏轼、黄庭坚。冯志沂早岁学诗以袁枚、张问陶等“性灵”诗人为榜样，后经余坤指点，“遂焚弃旧作”，始知诗歌不仅要有灵性，而且要以学问涵养，始得有真性情。冯志沂后来又受梅曾亮指点，“我从宣城受诗法，上溯枞阳有流派”（《消寒第四集润臣斋中，得观宋椠苏诗，以姚惜抱先生题句分韵，得会字》）[③]，“稍从枞阳溯豫章，尽归铅华等尘垢”（《张竹汀主事赠诗赋答》）[④]。“枞阳”指桐城，代指姚鼐。“豫章”指江西，代指黄庭坚。冯志沂师从梅曾亮而诗学姚鼐，上溯江西诗派黄庭坚。隐隐有广大姚鼐之教的意图，且俨然也有以桐城诗派中人自居之意。梅曾亮在《赠冯鲁川》中评价其“清酒一开书一握，醒时即饮醉还读。吟安一字脱口难，百转千缫丝在腹”[⑤]，可见冯志沂诗歌学问用功之深，对宋诗风气的推动作用不容忽视，堪为当时宋诗风的重要一翼，其《悼龙翰臣方伯》诗云：

昨见除书意已悲，谓君新废蓼莪诗。谁知远道怀人日，正是高堂哭子时。樽酒欢娱成昔梦，名山事业渺前期。年来亲旧凋零甚，我亦繁霜满鬓丝。[⑥]

龙启瑞，字辑五，号翰臣，是清代音韵学家、文学家、目录学家。首联

① 冯志沂：《适适斋文集》卷二，《续修四库全书》集部 1553 册，上海古籍出版社，1995—2002 年版，第 246 页。

② 余坤，字子容，号小颇，诸暨人。道光九年（1829）进士，著有《寓庸室诗集》。

③ 冯志沂：《微尚斋诗集初编》卷三，《续修四库全书》集部 1553 册，上海古籍出版社，1995—2002 年版，第 188 页。

④ 冯志沂：《微尚斋诗集初编》卷三，《续修四库全书》集部 1553 册，第191 页。

⑤ 梅曾亮：《柏枧山房全集》诗集卷七，《续修四库全书》集部 1514 册，上海古籍出版社，1995—2002 年版，第 156 出页。

⑥ 冯志沂：《微尚斋诗集初编》卷三，《续修四库全书》集部 1553 册，第187 页。

“除书”和“蓼莪”分别出自韦应物《始治尚书郎别善福精舍》“除书忽到门，冠带便拘束”和《诗经》“蓼蓼者莪，匪莪伊蒿。哀哀父母，生我劬劳”，诗人借此写好友丁忧满后重新授职，未曾想福无双至，祸不单行，正在怀念好友之时，远行人身死异地的消息已传闻至此。忆昔日觥筹交错彼此相知甚是惬意，如今已是人世两隔，所有的事业都已虚幻如梦。尾联通过两鬓斑白凸显诗人的年老及形单影只，近来亲友的渐趋离去，令人不胜伤感。又如《悼润臣》诗云：

南客相逢御水滨，言君消息共沾巾。家逢多难生无乐，官未真除死尚贫。欲问平安成永诀，更倾怀抱向何人。桥西文酒淋漓地，华屋山丘迹已陈。①

叶名澧，字润臣，号翰源，道光十七年（1837）举人，湖北汉口人。“南客”代指叶名澧，典出五代齐己《寄澧阳吴使君》“南客西来话使君，涔阳风雨变行春”②。尾联借南朝江革“优游闲放，以文酒自娱”之典③，回忆过往诗酒流连生活。借曹植《箜篌引》“生在华屋处，零落归山丘”④，比喻世事沧桑、兴亡盛衰变化的迅速。整首诗虽然多处用典，但却浑化无迹，与诗歌自然而然融为一体。又如道光二十九年（1849），冯志沂送别梅曾亮，作《伯言先生决意南归有感赋呈》，诗云：

浮云变灭那可道，酒人一散如轻沤。朱云慨慷幸不死，王郎抑塞谁相收。江南劳客鱼赪尾，塞北逐臣乌白头。如数子者岂得已，当时颇惜余雅州。⑤

---

① 冯志沂：《微尚斋诗集初编》卷三，《续修四库全书》集部1553册，第192页。

② 王秀林：《齐己诗集校注》，北京·中国社会科学出版社，2011年版，第460页。

③ 李延寿：《南史》，北京·中华书局，2000年版，第985页。

④ 萧统编：《文选》，上海古籍出版社，1998年版，第210页。

⑤ 冯志沂：《微尚斋诗集初编》卷一，《续修四库全书》集部1553册，第168页。

是诗借《诗经》“鲂鱼赪尾，王室如毁”形容早已南归的友人朱琦，困苦劳累负担过重。借《史记》秦王嬴政“乌头白，马生角，乃许”燕太子丹回国，比喻好友王拯被贬，回京已无希望。是诗既是送别友人诗作，也是对昔日京城朋友间诗酒唱和的追忆。在情感的抒发过程中不是一味地宣泄，而是通过典故的丰富内涵传达出对朋友离别的伤感与留恋。将抒情与叙事，学问与性情很好地融合在了一起，学人之诗与诗人之诗融合，得到了较好的体现。

冯志沂写景纪游、述怀纪事诗歌中多采用叙事方式书写，纪实性明显。咸丰三年（1853），冯志沂再次奉命赴庐州任，路经陕西、河南交界的潼关，循原路进入秦岭山区。十月秦岭山区，气候变幻莫测，初为晴日忽又蒙蒙细雨，突然飘起大雪，变幻美景装点壮美山河，此景此情与以身许国之壮志相交融，豪情发于中而抒发于诗，《秦岭遇雪》诗云：

> 我来值新霁，雨具未夙戒……雨雪之所居，人自入其内。山民习已惯，客子甚矣惫。疾走下林麓，晴郊历如绘。简视童仆存，始知身有届。丈夫志许国，顶踵非所爱。要当亲矢石，未忍葬沟浍。兹游信奇绝，吾意不可再。挑灯改新诗，醉语聊一快。①

这首长诗叙述简洁明了，曲尽自然之妙有，宛如一幅风景画。开篇直截了当叙述峭壁之貌，怪石歧出。接着叙述雨雪夹杂之境况，记录了沿途所见所闻。诗中看似写景，实则是在借题发挥，从侧面烘托出自己所走过的坎坷之路。是诗典型的学习宋人以叙事为诗、以议论为诗之例。而诗人在叙事议论中写得较为真切，娓娓道来不令人生烦，更体现出了熔铸唐宋的特点。又如《登妙峰》写其赴妙峰山朝拜，心理过程极其细腻。从整体来看，其依照游历前后的顺序——登山、峰顶、下山来写，当中详细地叙述了登山前后遇到的困难，依据游历的情形展开合理叙述，句句均可落在实

① 冯志沂：《微尚斋诗续集》卷一，《续修四库全书》集部 1553 册，上海古籍出版社，1995—2002 年版。第 208—209 页。

处，纪实性较强，类似游历笔记。同时，诗人还能精细地描写山峰各处形态，以诗人的心态，感触登山的情感。诗云：

长松偃蹇山蜃属，倚空矗立如悬梯。回旋三百六十级，绝顶上与浮云齐。我来山下日卓午，林风飒飒篮舆攲。忽如舟行上急濑，长篙巨石相撑搘。蜿蜒一线入空碧，后迷来径前无蹊……①

该诗开篇写出了山峰之气势与怪石歧出的状态，倚空独立如天梯，有槎枒瘦硬之感。接着以叙事为诗，描述行程与游历的环境，“林风”一句写出了山中清凉及日影斑驳所营造的意境。用“舟行急濑”的比喻写出了山势的奇特，“长篙巨石相撑搘”写出游历之处行走的艰难。恰似无路可走，但却柳暗花明，顺接之句有如神来之笔，出乎意外又在情理之中。之后通过舆夫之语从侧面烘托出山势艰险，由登峰的艰险想到人世的艰难。是诗也是学习宋人以叙事为诗、以议论为诗的典型。只不过在叙事议论中写得较为真切，娓娓道来不令人生烦，更多体现出将唐宋融合的特点。此外，还有反映太平天国战争的诗歌《雁门童子行》，诗云：

童子十四名福基，瑶环瑜珥玉雪姿。早有才语惊父师，弱龄能解《易》与《诗》。贼窥灊霍遭劫持，身非不能走险巇。恐母不免躬尝之，日夜念母惟涕洟。豺狼安识字孝慈，闻儿夜哭为心悲。怀中短刃勤磨治，誓不与贼生同时。贼走药肆方晨炊，儿喜窃谓计可施。怀毒乘间投釜锜，贼十余辈皆横尸。伟哉童子真权奇，自仰余药甘如饴。杀贼十数贼不疑，委弃野寺不以随。荒山兵后难求医，一瞑不复瞻庭闱。异哉童子能尔为！我欲再拜呼以师，忍以谱牒侪孙枝。孰状其事言天墀，谓天盖高蚁虱卑。题诗泪堕如绠縻，告千万世无愧词。②

---

① 冯志沂：《微尚斋诗集初编》卷一，《续修四库全书》集部1553册，第162页。

② 冯志沂：《微尚斋诗集初编》卷四，《续修四库全书》集部1553册，第193页。

诗人虽然站在统治阶级立场，对太平军有所诋毁，但所写之事确为属实。《清史稿》记载："福基年十四，匿母他所，藏利刃，计伺隙杀贼，不可得。日夜涕泣从至黄梅，市毒药置饭中，毙贼十七，亦吞药死。巡抚李续宜奏言：'福基以童稚之年，护母陷贼，计杀凶党多人，从容就义。奇节至性，深可嘉愍！'被旨旌恤。"[①] 同期董献臣为赋《雁门童子歌》记载此事，有云："我固此事心暗悲，五尺之童才智奇。自古无独却有偶，千载以上童汪锜。"[②] 某种意义上，冯志沂诗歌可谓"太平天国"另一个侧面的"诗史"。

三、冯志沂与京师诗坛的互动

冯志沂在京居 20 余年，笃志于学。古文师法梅曾亮，汉学师承张穆，学术上受曾国藩指点。在京期间交友甚广，冯志沂与林则徐、曾国藩、梅曾亮、何绍基、张穆、魏源、余坤、王拯、朱琦、龙启瑞、王轩、莫友芝、郭嵩焘等人均有交往。这些人虽然被后世分成桐城派、宋诗派等，但当时诗坛并无明确畛域之分，冯志沂与其相互酬唱，声名甚盛。

冯志沂最初与京师诗坛接触，以道光十八年（1838）得识余坤开始。冯志沂因余坤而结识朱琦。朱琦字伯韩，是桐城派在广西的代表作家之一。冯志沂《送朱伯韩序》言："余初识君在戊戌己亥间。时海内无事，两人居并门，日相从谈文字甚乐也。"[③]朱琦《酬冯鲁川比部》有云："我昔识子自余君，谓子年少兼能文。九衢人海老问讯，同巷咫尺不相闻。余君大笑为我说，尔我结邻已一月。"然后描写二人的交往："风高叶落秋气清，披衣径往坐石枰。酌酒花前竟谈笑，叩门时时闻棋声。"[④] 冯、余、朱三人相得益彰，互相促进诗艺。在此过程中冯志沂已经自觉不自觉地走进了宋诗派的门径。三人曾同居一巷，相处聚居之乐让冯志沂记忆犹新，其

---

① 赵尔巽等撰：《清史稿》第 45 册，第 13769 页。
② 龙顾山人纂，卞孝萱、姚松点校：《十朝诗乘》，第 788 页。
③ 冯志沂：《适适斋文集》卷一，《续修四库全书》集部 1553 册，第 232 页。
④ 朱琦：《怡志堂诗初编》卷三，咸丰七年刻本，第 20 页。

《古民移居相邻以诗柬之》有云：

昔年曾结岁寒盟，散雪抟沙事屡更。（余小颇、朱伯韩皆尝寓此巷。）偶对棋枰虚夜月，每思灯火共书声。[①]

后来冯志沂又因朱琦“识马平王少鹤、南丰吴子序诸人”[②]。道光二十一年（1841），经朱琦引见认识梅曾亮，其《伯言先生决意南归有感赋呈》谓：“昔岁辛丑时初秋，朱君介我从翁游。”[③] 拜梅曾亮为师，执后进礼。冯志沂深得梅曾亮赏识，经常被邀至家中相聚探讨。“传梅曾亮之学者有南丰吴嘉宾、马平、王拯，善化孙鼎臣，临桂朱琦、龙启瑞，代州冯志沂，长沙周寿昌，汉阳刘传莹，武进杨珍彝，瑞安孙衣言。而南皮张之洞复学于从舅朱琦。”[④] 冯志沂与其广为交往，互相唱和。与余坤、朱琦、王拯、邵懿辰、张岳峻、吴嘉宾、陈学受、刘椒云并称“京城九君子”。又从梅曾亮处，得识张岳峻、孔宪彝等人，相互间也有诗文交往。

道光二十八年（1848），梅曾亮在生日召集冯志沂、张穆、邵懿辰、何秋涛等同集寓斋。冯志沂有《伯言先生生日，招石州、位西、愿船同集寓斋，即事有作，兼怀余小颇雅州》，诗云：“高会僧寮忆昔年，当时同伴各山川，更招诗老开文宴，预典春衣作酒钱。”[⑤] 次年梅曾亮南归，京师同人为其饯行，参加者有冯志沂、曾国藩、邵懿辰、孔宪彝、边浴礼、秦缃业、何秋涛、黄彭年等。冯志沂作有《伯言先生决意南归有感赋呈》，诗云：

如数子者岂得已，当时颇惜余雅州。轻将麾盖易觞咏，一官万里天西

① 冯志沂：《微尚斋诗集初编》卷三，《续修四库全书》集部1553册，第186页。

② 冯志沂：《余小颇先生诗序》，《适适斋文集》卷二，《续修四库全书》集部1553册，第246页。

③ 冯志沂：《微尚斋诗集初编》卷一，《续修四库全书》集部1553册，第168页。

④ 陈柱：《中国散文史》，南昌·江西教育出版社，2018年版，第227页。

⑤ 冯志沂：《微尚斋诗集初编》卷一，《续修四库全书》集部1553册，第166页。

瞰。年来自视颇失笑，簿书堆案如山丘。得闲对酒不敢醉，始知人事难自由。①

回顾往昔京师同人，樽酒论文颇为惬意，现如今大都星散于各地。此次离别不知何时能够再相见，人世艰难世事难料，心生无限感慨。冯志沂在《书张端甫遗稿序后》曾言："士闲居时，有朋友游从聚处之乐；其治学也，又得砥行能文章之儒以为依归。此其乐，宜举天下快意之境无以易之。"② 冯志沂从小失去父亲，又无兄弟之亲，后为官在外多年，平生所乐之事，唯友朋之相聚，因此对朋友的离别分外感伤。同行人所作也大都抒发惜别之情，如孔宪彝《七月廿八日同邵蕙西、曾涤生、边袖石、何愿船、秦淡如、冯鲁川、黄子寿饯伯言丈于龙树寺蒹葭阁》、曾国藩《送梅伯言归金陵三首》、梅曾亮《己酉八月出都，邵位西员外、孔绣山舍人、曾涤生侍郎、边袖石编修、秦淡如明经、冯鲁川、何愿船两主政、黄子寿庶常饯于龙树寺因留赠》。

咸丰十一年（1861），冯志沂任期届满外放庐州，京中好友为其送别。王拯《送冯鲁川出守庐州序》云：

昔余小颇出守雅州时，与上元梅先生及鲁川诸子为文送之，当时交游最盛。嗣是惟孙琴西出守安庆，余亦为文以送，回念送小颇时，已不胜其友朋聚散盛衰之感。琴西行，独余与鲁川犹在京师。今年春，鲁川乃复得庐州守，及秋且去。于是京师旧游，一时以道艺相切劘，遂无复有一人在矣。③

原先在一起的好友逐渐离去，这已是王拯第三次为圈中同人作序送别了，故感慨尤深。冯志沂在京多年，交友甚广，其诗歌为时人认可。徐珂在

---

① 冯志沂：《微尚斋诗集初编》卷一，《续修四库全书》集部 1553 册，第168 页。

② 冯志沂：《适适斋文集》卷一，《续修四库全书》集部 1553 册，第 227 页。

③ 转引陈文新主编：《中国文学编年史（晚清卷）》，长沙·湖南人民出版社，2006 年版，第 163 页。

《清稗类钞》“朱伯韩工诗文”条指出，朱琦“与梅伯言、邵位西、张端甫、吴子序、余小颇、陈艺叔、刘椒云、冯鲁川及其乡人龙翰臣、王少鹤同时各成一家。盖道光朝魁伟振奇人也”①。当时诗坛名宿祁寯藻、陶澍、张祥河等会集京师，常相观摩诗作，品评高低，“最推重者，为扬州潘四农，亦如梅伯言之例，迎来京师。观冯志沂‘微尚斋’、叶名澧‘敦夙好斋’及宗涤楼诸家集，本末具在。名琛获谴，诗坛亦寂然”②，从侧面可见冯志沂诗坛地位，才会为祁寯藻等宋诗派大家所欣赏、揣摩。言南金《读冯鲁川廉访微尚斋诗集书后》有云：“鲁川冯公诗，温厚清且遒。讽劝意言外，微显赅春秋。柏枧山木长，高风不可留。缅怀金石契，斯诣今谁俦。”③ 可谓对其推崇之至，虽显过誉，但从中也能够见出其在道咸诗坛的影响力。

第四节　洪洞董文涣和冯婉琳诗歌

乾嘉时期洪洞董氏以经营官盐而逐渐致富，为在政治上谋求更高的依托，在这一时期更加重视家族文化修养的提高，咸丰、同治年间出现了“三珠之目”“三凤之目”，即蜚声京华的董麟、董文涣、董文灿三兄弟。董氏家族以经商起家，商而优则学、学而优则仕，是山西盐文化官商家族的典型代表。

董氏兄弟各有所爱，公事之余，董麟喜好收藏碑帖字画，董文涣时常吟咏唱和，研究音韵学，董文灿则喜欢钟鼎彝器。咸同年间，山西诗坛形成以董文涣为中心，包括冯志沂、王轩、李文田、董麟、董文灿以及数名朝鲜诗人等积极参与的京城山右文人圈，成为晚清山西诗坛继祁寯藻为中心之后的第二次创作高峰，在晚清诗坛占有重要地位。董文涣弟媳、董文

---

① 徐珂编撰：《清稗类钞》第 8 册，北京·中华书局，1986 年版，第 3883 页。

② 刘禺生：《世载堂杂忆》，《清代史料笔记丛刊》，北京·中华书局，1960 年版，第 36 页。

③ 徐世昌：《晚晴簃诗汇》，北京·中华书局，1990 年版，第 6911 页。

灿妻子冯婉琳出身代州望族，自幼受家族影响，亦能诗，为晚清著名女诗人。

一、董文涣的诗歌历程及特点

董文涣（1833—1877），字尧章，号研秋、研樵，山西洪洞人。晚清学者、诗人、诗律学家。“十一岁曾有《端阳移竹》小诗，为秀峰师所赏。”① 道光二十八年（1848），董文涣受知于学使龙无僖，随到京城受业。咸丰六年（1856）中进士，因病乡居两年。咸丰八年（1858）以在籍劝捐有功赏加五品衔。咸丰九年（1859）散馆授翰林院检讨，自此开始了8年的京宦生涯。同治五年（1866），授甘肃甘凉兵备道，后因母丧去官。十一年（1872）授甘肃巩秦阶道。光绪三年（1877）殁于天水道署，年四十五。董文涣学问渊深，诗文书法俱为一时高手，诗有瘦老苍峭之格，书法亦如其诗瘦健深沉。著作甚富，有《砚樵山房诗》初集八卷、续集四卷，《藐姑射山房诗集》二卷、《集韵编雅》十卷、《孟郊诗评点》二卷和《声调四谱图说》十四卷。

董文涣诗歌创作颇丰，按照诗歌内容分类，主要有朋友唱和及送别等应制诗、沿途见闻及写景咏物述怀诗、反映社会重大现实及揭示民生苦难的诗作。以咸丰九年（1859）散馆受职步入官场、同治五年（1866）仕途遭变仓皇辞京为界。其一生大体可以分为乡居故土、寓居京师和仕宦西北三个时期。不同时期的诗歌有着不同的风格，乡居故土时多直抒胸臆，闲适吟咏诗作居多。仕宦京师期间，撷文癖史喜韩愈、孟郊等诗歌。晚年仕宦西北，阅历大变，能将学问熔铸于性情。

咸丰九年（1859）董文涣初涉宦海，与朋辈醉心于结社唱和。在京师时，与翁同龢、张之洞、王拯、冯志沂、许宗衡等相唱和，同时又与朝鲜诗人金柄国、徐相雨、朴永辅等以文字相交。咸丰十一年（1861）董文涣仿孟郊《秋怀十五首》而作《秋怀八首》，一时海内外和者甚众。其《同

① 董寿平、李豫主编：《清季洪洞董氏日记六种》第6册，第4页。

治壬戌京城龙文斋刻秋怀唱和诗序言》有云：

辛酉夏，闭关习静，吟咏自遣，性本幽忧，逢秋多感，良宵渐永，触绪无端，忽忽于中，不能自已，遂成八首，命曰秋怀，出以示人。顾斋见而善之，爰评反歌，辄以呈海秋、鲁川两先生，俱蒙首肯。一时同人属和遂多，人事好乖，吟侣俄复星散，既以出稿装衮箧衍。不忍自秘，因付剞劂，用志泥鸿鸺迹，编第先后一依成诗早晚，补和诸什，随示随梓，海客联吟，亦并列焉。①

董文涣《秋怀八首》诗成后，王轩作《秋怀八首和韵》唱和品评，一时引起海内人士群起唱和，董文涣将其汇为一编以便保存。初编付梓后，相关友人及慕名交往者寄“和秋怀诗”仍络绎不绝，于是在同治三年(1864）春再次付梓，董文涣将相关唱和诗歌结集刊行取名《秋怀唱和集》。《秋怀八首》感叹宦海险恶，抒写希望归隐乡间之志，侧面见出其对京师仕宦生活的厌倦。《秋怀八首》诗云：

炎夏苦夜短，秋至悲夜长。寒灯照不寐，耿耿难为光。庭柯一叶动，万象非故常。浮生抱虚警，令我思颓阳。(之一)②

首句袭用《古诗十九首》之“昼短苦夜长，何不秉烛游”而来，由一叶之飞落，联想到浮生短暂易逝，老之将至，诱发诗人永无了期的悲哀。写出其敏锐的人生感受，充满了哲理的人生意味，抒发了一种无可奈何的落寞怅惘之情。其三谓“荣枯各有归，先后何能数”③。借树木荣枯有时，说明命运无法把握，充满对时代无望的悲叹，表达对官场互相倾轧的险恶生活的厌恶。其五写人情浇薄，世风日下。官场的胜利者固不必羡慕，失败者

① 董文涣：《砚樵山房诗稿》，太原·山西古籍出版社，2007 年版，第 224 页。
② 董文涣：《砚樵山房诗稿》，第 221 页。
③ 董文涣：《砚樵山房诗稿》，第 221 页。

也无须怜悯。诗云：

大道本夷直，末路多险峨。杯酒指天日，醒醉还相疑。倾挤无坦步，系援有危基。一羡与一怜，悠悠岂多时。(之五)①

怀秋是古代诗歌中常见的题材，在晚清动荡的年代，董文涣广征唱和诗，所表现的社会情怀较为隐晦。这不仅是他个人的生命感怀，也是时代群体对王朝末路的集体哀叹。

董文涣与既是同乡又是宋诗派的重要诗人祁寯藻、冯志沂、王轩等人关系密切。但在诗学观念上又不完全趋同，在宗宋的同时也学唐。古诗取法韩愈、孟郊、黄庭坚。近体以中晚唐为宗，字字不苟，对孟郊尤其偏好。董文涣主张转益多师，既重性情也重形式，既有法又不为法所囿，表现出独特的个性。其对孟郊诗以及一些中晚唐诗作的认可，与由盛转衰的社会现实，遭受排挤的坎坷仕途，殇女悼子的家庭之悲，以及个人多病的身体有关。这些原因使他对孟郊诗作产生了深切的共鸣。有如上述《秋怀八首》，通过人生悲苦、仕途艰辛、生不逢时折射出对时代的绝望。论者以为“《砚樵山房诗草》，诗学韩孟，亦一时之能手也”，“董研樵所作诗稿，其诗专以避熟为主，词意生苦，笙谷言其命薄，殆不虚也”②。董文涣认为中晚唐诸诗家中可与杜甫比肩者只有孟郊，其《读孟东野集即柬沈仲复同年》诗云：

杜陵夔后诗，万象供雕搜。艰危出深语，百尺元龙楼。千古涪翁爱，非笑今未休。吾观东野作，縋凿力与侔。哀哉时命穷，潦倒不见收。五十始一第，逼仄死参谋。半世忧乐鸣，终身肺腑愁。岂其务蹇涩，身心故相化。东坡寒凿诋，遗山讥诗囚。得毋言之过，岛瘦焉足俦。③

① 董文涣：《砚樵山房诗稿》，第 222 页。

② 金梁辑：《近世人物志》，《近代中国史料丛刊续编》第 68 辑，台北·文海出版社，第 137 页

③ 董文涣：《砚樵山房诗稿》，第 154 页。

董文涣对孟郊的诗作极为喜好，对苏轼、元好问以“诗囚”论孟郊诗的观点表示不满。该诗前有序言：“余夙爱东野诗而未见善本，庚申冬，仲复同年自厂肆购得此本，余假而读之，爱不忍置。”是诗具有浓厚的忧患意识，表现出诗人独特的灵性。董文涣并不囿于一家一户门派之见，充分注意到孟诗风格的多样化，评价孟郊《寒溪八首》有言：“八首与《秋怀》笔意相似，但寒而不苦，义别其奇峭，又似《石淙》，固知此老无所不可者，岂得以一体名之。”[①] 孟郊诗歌中不仅有奇崛瘦硬的一面，也有自然真淳、清新流畅的一面，是诗可看作董文涣对孟郊诗风多样化的理解和总结。

同治五年（1866），董文涣结束了“十年衣惹帝京尘”的京宦生涯[②]，外放任甘肃甘凉兵备道。从此一直至病逝，董文涣辗转奔波于晋、秦、宁、陇等地。此期是董文涣诗歌创作的又一重要阶段。离京后他时常怀念京师，这种情绪多次出现在诗中，如：

去住一官累，艰难八口重。已是游子身，犹作长安梦。（《清河晓发》）[③]

衣仍京国雨，梦只故园蹊。衰疾惭强仕，星星渐欲齐。（《途中感述再用前韵》）[④]

由京官变为地方官，是董文涣人生的重大转折。经历过官场的倾轧和各种变故，以及离京后广泛接触社会现实与民间疾苦，董文涣对现实的认识也更深刻了，文学思想倾向和诗歌风格发生了明显变化。《并门述怀》有云：

---

① 转引刘达科《董文涣〈李选孟诗补遗〉发覆》，载《文学遗产》2001 年第 6 期，第 137 页。

② 董文涣：《连日俗物败意且实怯敌，不敢再叠海老衡翁，责以取巧乃为我强恕耳，因勉效步以自解，五叠前韵奉柬海老》，《砚樵山房诗稿》，第 331 页。

③ 董文涣：《砚樵山房诗稿》，第 547 页。

④ 董文涣：《砚樵山房诗稿》，第 779 页。

廿载依京华，一官寄闲散。赋奏明光宫，讲侍仙吏案。修史愧班笔，上封误雄谏。一朝违台合，万里走漫汗。敢辞畷樾荫，遂作文囿窜。尘埃长安陌，风雨泾渭畔。过秦伤贾谊，去国悲王粲。①

诗人在京都时踌躇满志，生活也是舒适萧散的，而眼下却不得不过着一种到处奔走、颠沛流离的生活。正所谓象因牙亡，蚌因珠毁。董文涣在亲历亲见了下层社会民众遭受的种种苦难后，带着极强的忧患意识，完成了由追求闲散自适的京官，到志在兴利恤民的地方官的转变。诗人赴任甘肃路经陕西高陵，作有《高陵夜行》，诗云：

荒陲兵燹余，古镇瓦砾集。园庐付灰烬，荆榛夺原隰。御畏径萦回，马愁石嵬岌。地赤人烟渺，月黯鬼火立。狐兔烧外鸣，星斗雨中湿。②

这里刚刚平叛了一场战乱，繁华大邑化为一片瓦砾，田园荒芜荆棘丛生，诗中始终没有一句歌颂，有的只是诗人的愤慨以及对百姓的同情，对官吏欺诈、侵掠民众罪恶行径的抨击。如《初春感兴》诗云：

设官缉民盗，官盗多于民。官复盗驱之，无民盗亦贫。盗困与民合，官仇而盗亲。去盗先去官，庶几民风驯。（之三）③

诗人对社会现实认识得非常清楚，官匪一家，逼良为娼，写出了封建官吏掠夺百姓胜于强盗的行径。又如其咏物《鼷鼠篇》诗云：

鼷鼠食牛，维口实甘。角之觫觫，爰饱爰馋。岂不觳觫，乃饵以舔。匪惟忘苦，反嬉而恬。一恬一啮，用售其贪。牛身如叶，鼠口如蚕。茧栗

① 董文涣：《砚樵山房诗稿》，第620页。
② 董文涣：《砚樵山房诗稿》，第577页。
③ 董文涣：《砚樵山房诗稿》，第635页。

有尽，果腹未厌。剥肤孔亟，以痛厥心。牟焉长号，命随以斩。嗟尔利口，君子何堪。履霜有始，由来者渐。夫焉处之，不恶而严。①

鼷鼠是一种小鼠，长不过三寸，《左传》言其吃食郊牛角。小小鼷鼠居然敢蚕食庞大的牛，最后令牛身形状如叶。传说吸食时能将毒液渗入被食的兽类或人身上，使被食者毫无知觉或甘心让食不觉痛苦。诗人借此讽喻社会现实，意在让人警惕阿谀奉承者的卑劣用心。“履霜”语出《周易·坤》“履霜坚冰至”，因履霜而知坚冰将至，意为须防患于未然。寓意世人对待小人仅仅厌恶是不够的，而且需要时刻提防。

随着社会阅历的增加，对京师官场生涯的反思，对做地方官体验的深入，董文涣对现实有了更加清醒的认识，诗歌风格也由前期的闲适恬淡转向沉郁朴实、蕴含深厚。论者认为董文涣晚年“诗好杜子美，《同谷》以后之作，坚苦枯寒，风骨愈老”②。董文涣不仅纪事诗风格前后不同，而且其在陕西创作的纪游写景诗风格亦有变化，如《太华八咏》等篇什，一扫过去那种闲适的情趣，感情深挚沉郁，字里行间融有浓郁的忧患意识。

二、董文涣与京师诗坛的互动

董氏三兄弟在京城时，曾购置阮元在兵马司后街的宅院，公事之余邀请朋辈诗酒留恋品茗唱和。“城南阮文达故宅饶花木，每公退联吟，或时从文酒之会，时有三凤之目。”③ 徐世昌《晚晴簃诗汇》有云：“砚樵诗境清迥，寄托遥深，值咸、同之间，军事方殷，多感时之作。集中与王定甫、冯鲁川、许海秋诸人唱和最多，诗格亦相骖靳，已跻坊局。”④ 董文涣与翁同龢、张之洞、冯志沂、许宗衡、鲁一同、林寿图、王轩、沈秉成、

① 董文涣：《砚樵山房诗稿》，第79页。

② 王闿运著、马积高主编：《湘绮楼诗文集》第5册，长沙·岳麓书社，2008年版，第163页。

③ 常赞春编：《山西献征》，山西省文献委员会，民国25年本。

④ 徐世昌：《晚晴簃诗汇》，第6773页。

王闿运、王拯等相交甚笃，唱和尤多，形成了一个诗歌创作群体。咸丰十一年（1861），董文涣经沈秉成结识朝鲜使臣申锡愚、赵云周等，揭开董文涣与众多朝鲜驻清官员及往返使臣诗文交往、酬唱赠答的序幕。同时与朝鲜诗人徐相雨、金柄国、林致学、朴永辅等亦有交往。同年，董文涣抒发仕途坎坷作有《秋怀八首》，一经流传唱和之人甚众。代州冯志沂、洪洞王轩、闽县林寿图、吴县陈昌年、曲阜孔宪彝、长沙李寿蓉等30余人均有唱和，其中朝鲜诗人有朴凤彬、李容肃、林致学、赵徽林、朴永辅等人。《山西文献总目提要》称："董文涣于咸丰辛酉年（1861）八月作诗《秋怀八首》后，先是在友人间广为传示，友人多有唱和诗作，后又有朝鲜友人寄来唱和诗作，董文涣将这些诗作编为两册，先后在同治壬戌（1862）、辛未（1871）于陇陕斋刊版。"①

同治元年（1862），董文涣通过孔宪彝、李容肃与李尚迪相交，李尚迪为李容肃老师。董文涣曾寄信给李尚迪，有言："久仰盛名，未获识韩，歉仄何似，长惟道体珍摄为慰。兹呈《微尚斋诗集》《海秋诗录》《秋怀唱和集》并拙诗各一本，望检入正定是幸。"② 冯志沂、许宗衡、董文涣等的诗作因此漂洋过海远播异域。李尚迪收到后，即创作了唱和诗《董研秋检讨索和秋怀八首》。柯愈春《清人诗文集总目提要》称："文涣与朝鲜金奭准、李汝钩、朴桓卿、朴锦舫、李藕船等交游，诗文及日记中多记相互往来。"③ 吴庆坻《蕉廊脞录》记载有：

《朝鲜诗录》凡四册，盖从洪洞董研秋检讨文涣借抄，第一册自偰逊、郑梦周以下至女道士许景樊各诗，皆全录《明诗综》。自王徽以下至高丽妓德介氏止，凡十家，似是入国朝后诗人。其后又录郑梦周诗，几盈二册，繁简失当。又自柳得恭至李丰翼二十九家中，如申锡愚有与冯鲁川、王霞举、黄翔云唱和之作，朴珪寿有赠沈仲复、董研樵之作，赵云周、徐

① 刘纬毅编：《山西文献总目提要》，第427页。

② ［朝鲜］李尚迪：《海邻尺牍》，美国哈佛大学燕京图书馆收藏手抄本，董文涣书信条。

③ 柯愈春：《清人诗文集总目提要》，北京古籍出版社，2001年版，第1686页。

衡淳、申辙术、宗源奎、赵徽林均有和仲复、研樵、霞举、翔云之作，徐相雨有怀倪豹岑、方小东、李芋仙之作，俞致崇有同许海秋、黄翔云、王顾斋、董研樵谒顾亭林祠之作，则皆同治初来游京师者。[①]

从《朝鲜诗录》可见当时诗坛交往唱和之盛况。其间山西诗坛逐渐形成以董文涣为中心的交流圈，这既与其雄厚的经济实力有关，又与其博文约礼的个人修养密不可分，诗作及人格得到了众多友人的认可与推崇。姚奠中教授作《阅董文涣日记》诗，评价董文涣在文化交流上的贡献："文化无疆界，中韩交往多。前贤重意气，笺札越山河。"[②]

同治五年（1866），董文涣、王轩、祁世长（祁寯藻之子）等与入京的王闿运相互唱和，组织祭拜顾祠，有《笃旧集》刊行。《顾斋简谱》云："六月十二日同董研樵、王蓉洲、孙莱山、祁世长、张孝达、黄翔云、王信甫、杜鹤田、朝鲜人韩鲜、沈裕庆、李樵叟祀山谷生日于豫章别墅……十一月十七日同许海秋、张午桥、潘伯寅、黄翔云、李若农、孙莱山、张孝达、董研秋作消寒局。二十九日同潘伯寅、李若农作消寒二集。孙琴西录所作为《笃旧集》刊行。"[③] 是年秋董文涣修撰《文宗实录》成，例应升京官，因遭人嫉恨，被排挤出去，以甘肃甘凉兵备道外用，中途经护理陕西巡抚林寿图奏留，委办陕甘米捐总局山西分局办米捐事务。林寿图与董文涣是京师故友[④]，在陕西的数年间，二人相处融洽，时相唱和。董文涣有《赋赠颖叔》诗云："寥落平生侣，驱驰未定身。知君怜我意，不独为风尘。"[⑤] 虽为酬酢之作，但感情真挚深沉，读之令人泪下。同治七年（1868），董文涣经林寿图获交谢章铤[⑥]，二人诗词书札往来甚多。董文涣

① 吴庆坻：《蕉廊脞录》，《清代史料笔记丛刊》，第155页。

② 姚奠中：《姚奠中治学文集》，北京·研究出版社，2006年版，第1308页。

③ 山西省文献委员会编：《山右丛书初编》第12册，第621页。

④ 林寿图（1809—1885），字恭三、颖叔，别署黄鹄山人，福建闽县人，道光二十五年（1845）进士。

⑤ 《砚樵山房诗稿》，第592页。

⑥ 谢章铤（1820—1903），字枚如，号药价退叟，福建长乐人，光绪二年（1876）进士。

有诗《赠谢枚如孝廉即题其（赌棋山庄集）后》，谢章铤有《赠董文涣》。谢章铤诗集多由董文涣校订。同年王轩寄诗给董文涣，有《寄研秋》。同治八年（1869），谢章铤由林寿图获交主事王轩，谢章铤在《叠韵和霞举并视颖叔》序言："执友刘芑川长于诗，许秋史长于词，黄肖岩精于小学，著书甚富。不三十年俱尽矣。晚交颖叔，由颖叔并交霞举甚欢。"[①] 王轩对谢章铤赞誉甚高，"闽友谢枚如舍人人品学问目不数覯，其古文自海老外无与抗手者，与近今之羊质虎皮者大异"[②]。此期，董文涣、王轩、林寿图、谢章铤等相互激励，形成一个唱和的小圈子[③]。

除相互唱和之外，咸同年间诗人还相互编订诗集。同治十三年（1874），董文涣刊行王轩《耨经庐诗集》初编八卷。此外，董文涣与王轩还合作编写了有"声律研究的集大成者"之称的《声调四谱图说》。

三、晚清著名女诗人冯婉琳

代州冯氏家族历经数代而文化绵延不断，由冯如京、冯云骧发端，一脉传承至冯志沂、冯嘉漠，又至其冯婉琳等姐妹，前后百余年可谓源远流长。同治二年（1863），在族叔冯志沂的撮合下，洪洞董文灿与冯婉琳结为夫妻。代州冯氏与洪洞董氏均是以盐商起家的山西望族，相互间的通婚，可谓门当户对。既维护了彼此间的社会关系与家族地位，又成就了一段文史佳缘。冯婉琳凭借其独特的诗歌创作在晚清诗坛独树一帜，这与冯氏家族深厚的文化底蕴及地域文教密不可分。

冯婉琳（1848—1915），字佩芸，晚清著名女诗人，著有《馌芸室诗草》一卷。张籁《耘室诗章跋》云："夫人系习三之女，鲁川之侄，耘香

---

① 谢章铤著、陈庆元主编：《谢章铤集》，长春·吉林文史出版社，2009 年版，第 300 页。

② 转引袁志成《晚清民国福建词学研究》，福州·福建人民出版社，2013 年版，第 175 页。

③ 参看阎凤梧《董文焕在西北》，《清季洪洞董氏日记六种》第 6 册，第 246—250 页。

之令配，研樵之弟妻，而执贽顾斋先生门下也。”[①] 其父冯习三为“道光咸丰间以诗雄山右者”[②]，“此五人皆以诗文名世，冯鲁川著有《微尚斋初集》四卷，冯习三著有《聊自娱斋集》二卷；董研樵著有《砚樵山房初续集》十卷；董耘香著有《耘香书屋集》一卷；王顾斋著有《耨经庐诗初编集》十七卷，则婉琳出入诗门，受教名家，其诗可知”[③]。冯婉琳出身于世宦之家，自幼受诗书熏陶，家学诗风影响较为浓厚。“同治六年九月：‘初一，辛亥，朔，晴，风。读家秋木公古今体诗集。’‘初六日，阴，风。读家秋水公日记。’‘十八日，阴。早微雨，午后晴。读《微尚斋集》。’”[④] 结婚后与董文灿亦常诗文应答，往往“竟不知人间事何尘搅扰”。[⑤] 同治七年至八年冯婉琳从学于洪洞王轩门下，本就有家传的冯婉琳至此诗艺更为精进。然红颜薄命，光绪二年（1876）董文灿去世。冯婉琳从京城搬回洪洞居住，抚育继子寡居以终。《馌芸室诗草》收诗191首，体裁上主要以近体诗为主，其中最具有代表性的是其反映社会现实、思亲怀乡和咏物写景等诗歌。

反映民生疾苦自古以来就是诗歌的一大表现主题。对于具有官员身份的诗人而言，民生疾苦的表达更多是政治要求，未必是其内心的真实情态。身处闺阁的冯婉琳，虽然接触社会不是很广，但其以真情真实地写出了社会的弊端与百姓的疾苦。如《霖雨兼旬闻永定河泛溢感赋二十韵》有云：

田舍遭漂没，平地波涛扬。频年已苦潦，老幼无完裳。何堪为鱼叹，复此秋稼伤。闾阎饥寒迫，有司征敛忙。[⑥]

---

① 中国历史文献研究会编：《历史文献研究》，第316页。

② 山西省文献委员会编：《山右丛书初编》第12册，第720页。

③ 尚恒元、彭善俊编著：《王官集》，香港·天马出版有限公司，2005年版，第136页。

④ 冯婉琳：《佩芸日记》，《清季洪洞董氏日记六种》第4册，第454—459页。

⑤ 李豫、赵宝琴：《董寿平先生纪念文集》，北京图书馆出版社，2000年版，第321页。

⑥ 冯婉琳：《馌芸室诗草》，《山右丛书初编》第16册，第129页。

诗人以犀利的笔触接触到了百姓的苦难与官吏的无为，抨击那些只管征敛不为百姓着想的官吏，所写内容虽属常见，但体现出比较深刻的社会性，颇有杜甫“朱门酒肉臭，路有冻死骨”的诗史特色。又如写于同治十二年（1873）的《苦雨行》描写了京城六月阴雨连连，米价日益增长，百姓悲愁不已，“泽中嗷嗷哀鸿啼，强者铤走为盗贼。比户曾无儋石粮，屋舍荡然秋稼伤”[①]。在地方大吏如盗贼般的大肆征收下，屋舍空荡粒米不存。诗歌着力鞭挞了只顾征收而不恤民情的大吏，反映了当时吏治的腐败。冯婉琳的诗作不单单停留在对现实的描摹上，她还从整个社会基础之衰朽进行批判，其《书愤三十韵》“针砭时弊，俨然有须眉气概”[②]。冯婉琳虽身处闺阁，但她在用心灵抒写真感情、真抱负，表达自己的忧国忧民情怀。

冯婉琳从代县远嫁洪洞，岁末年终风雪之夜牵动诗人的乡思，家乡的山水频繁入梦，搅乱了诗人读书的心境。族叔冯志沂对冯婉琳的影响，不仅在于对诗书的热爱，也有对故园的深切情思，《岁暮述怀》诗云：

> 连朝风雪动乡思，盼到寒梅折远枝。岁暮家山频入梦，宵深灯火懒寻诗。迂疏依旧难谐俗，智巧由来易合时。太息廿年成底事，书丛寝馈未嫌痴。[③]

诗人叹息年来无所事事，年华虚度，有无尽的感慨。《月夜思亲》云：“竟夜不成寐，披衣且剔灯。乡关别离久，昕夕念老亲。”[④] 写出了诗人远嫁洪洞，思乡念亲整夜难眠，一种从未有过的孤寂凄凉之感油然而生，表达出对亲人真挚、深厚的眷恋之情。《中元夜寄怀仲姐》诗云：“飒飒西风动别愁，离怀无那又经秋。今宵一片团圞月，半照并州半蓟州。”[⑤] 飒飒西风吹动着树木枝叶，牵动着诗人的离愁别绪，而离愁又是那般的无可奈何，转

---

① 冯婉琳：《馌芸室诗草》，《山右丛书初编》第 16 册，第 129 页。
② 尚恒元、彭善俊编著：《王官集》，第 136 页。
③ 冯婉琳：《馌芸室诗草》，《山右丛书初编》第 16 册，第 140 页。
④ 冯婉琳：《馌芸室诗草》，《山右丛书初编》第 16 册，第 109 页。
⑤ 冯婉琳：《馌芸室诗草》，《山右丛书初编》第 16 册，第 113 页。

眼又是凋零萧瑟的秋天，诗人心头涌着一股愁情与乡思。此外，《思亲》《秋日寄怀二妹》《和琴舫中秋风雨感怀之作》以及《独坐感怀》等诗，都表达出诗人身处异乡对远方亲人的思念之情。

冯婉琳咏物之作大多借物托喻，抒发自己愤世嫉俗之情，富有浓厚的感情和深刻的内涵。诗人所选取的歌咏之物，多以封闭庭院闺中常见的植物作为比兴，如《凌霄花》诗云："柔蔓摇风难自持，萦回宛转上高枝。一朝遽作凌云势，忘却从前曲附时。"① 凌霄花柔软的枝蔓在风中摇曳难以自持，萦绕着大树攀缘。诗歌借"凌霄花"影射得势忘却从前依附之人的小人。又如《梨花》诗云："冰雪聪明不染尘，铅华洗尽见天真。纵然开向春风里，未许夭桃浪效颦。"② 借梨花不与群芳同伍，感慨俗人对其清高傲骨未能赏识。该诗虽是咏物实即咏己。诗中把梨花独特超群的气质写得生动鲜明，有清新脱俗之感。在冯婉琳的咏物诗作中，诗人也将自己孤芳自赏的心事寄托于清寒孤独的梅花，如《梅花》《咏梅》《对梅有忆》等，表达出诗人淡泊出世、卓尔不凡的精神特质。此外还有《白秋海棠》《白荷花》《榴花》以及《杏花》等诗都渗透着诗人对自己高洁人格的充分自信。

冯婉琳的诗歌情感表达非常细腻沉潜，对女性多愁善感的心理描写细致入微，呈现出一种婉转低回、阴柔婉约的特点。《刘夫人节孝诗》诗云："黄鹄难比翼，徘徊鸣声悲。泉下誓相见，忍死待须臾。"③ 诗人丈夫早逝，膝下无子，晚年长夜漫漫，独守空闺的寂寥难耐，其中的苦味只有自己知道。诗中表现出的既是刘夫人也是诗人自己内心的痛苦，以及对丈夫真挚的感情。诗中细腻、曲折的情感，显现出寡居女子孤苦忧愁的内心世界，婉转低回令人伤感。《暮春口占》诗云："流莺似恨春将老，故向人前诉不平。"④ 借"流莺"之口抒发春光将逝、心事茫然的叹惋之情。借对暮春景色的吟咏，委婉含蓄地反衬出诗人内心的孤寂。《送仲嫂之京都》以花红

---

① 冯婉琳：《馌芸室诗草》，《山右丛书初编》第16册，第146页。
② 冯婉琳：《馌芸室诗草》，《山右丛书初编》第16册，第146页。
③ 冯婉琳：《馌芸室诗草》，《山右丛书初编》第16册，第110页。
④ 冯婉琳：《馌芸室诗草》，《山右丛书初编》第16册，第126页。

柳绿的美景，衬托出分别时的伤感，诗云：“柳折汾堤绿，花看蓟岭新。临歧无限意，执手共沾巾。”① “无限意”“共沾巾”表现出诗人与仲嫂真挚深厚的感情，衬托诗人的悲凉之情，表现出细腻感伤的特质。

冯婉琳擅长用清丽、新奇的语言来营造优美的意境。其清丽、新奇主要表现在炼字、对仗、拟人等修辞手法以及通过叠字的运用加强诗歌的韵律感。如《雨余》诗云：“雨霁闲云淡欲流，清风习习挂廉钩。迷离花影闲阶堕，明月多情又上楼。”② 是诗清新淡雅，如唐宋绝句流转自然，营造出一片安闲静谧的境界。雨过初晴，云淡风轻，给人一种柔和宜人的感觉，“闲”字恰到好处地把诗人心中的恬静闲适表现出来，语言清丽含蓄。此外，诗人还运用对仗、拟人等修辞手法，如《书斋即事》诗云：“心闲但觉观书乐，性懒犹为觅句忙。蝶解怜香华底住，虫能镌篆华间藏。”③ 前句对仗整齐，语言简练，写出了闲暇之时以读书为乐的情形。后句运用拟人手法，形象地刻画出蝴蝶闻香、书虫镌篆的意境，字里行间充满活力。整首诗语言清新明丽，写出了诗人书斋生活中的闲情逸趣。又如《荷花》诗云：“绿叶田田满玉池，微风吹浪影参差。红英露滴疑含笑，仿佛华清酒困时。”④ 叠词“田田”增强了语言的韵律感，突出了荷叶层层叠叠，绿叶铺满玉池，相连遮盖的繁茂景象。后句运用拟人手法，赋予了红花灵动的生命，让人有身临其境之感。诗歌语言清丽自然、新奇独特，整首诗朴素中显示出天然的魅力。类似的作品还有《山行即景》《即事有感》《放蛛丝蝶》《中秋夜口占》等。

第五节　“诗学唐人”杨深秀诗歌

杨深秀（1849—1898），初名毓秀，字漪邨，一作漪春，别号昚昚子，

---

① 冯婉琳：《馌芸室诗草》，《山右丛书初编》第 16 册，第 115 页。
② 冯婉琳：《馌芸室诗草》，《山右丛书初编》第 16 册，第 119 页。
③ 冯婉琳：《馌芸室诗草》，《山右丛书初编》第 16 册，第 149 页。
④ 冯婉琳：《馌芸室诗草》，《山右丛书初编》第 16 册，第 155 页。

山西闻喜人。杨深秀出身于家道中落的书香之家，自言“仆本农家子”[①]。7岁丧母，8岁丧父，先后跟随伯父和外祖母生活。同治八年（1869）中举，之后两次会试不中，“以举人入赀为刑部员外郎”[②]。光绪八年（1882），张之洞巡抚山西，创崇修书院令德堂，[③] 特聘杨深秀为院长。光绪十五年（1889），杨深秀中进士授任刑部主事，累迁郎中。任职期间常为国事忧虑，“愤甲午之耻而无由中”[④]。光绪二十三年（1897），授山东道监察御史，曾上书言改革，“时势危迫，不革旧无以图新，不变法无以图强”[⑤]。光绪二十四年（1898），与康有为、梁启超等一起领导了维新变法运动。不避艰危援引古义，请慈禧撤帘归政，遂遇害，为“戊戌六君子”之一。梁启超誉其为“岝峣独出，为山西儒宗”[⑥]。著有《雪虚声堂诗钞》。[⑦] 是集收咸丰十年（1860）到光绪八年（1882）诗作122题，计317首。凡三卷：第一卷为《童心小草》，是其12岁到26岁之作；第二卷为《白云司稿》，是27岁到30岁之作；第三卷为《并垣皋比集》，是33岁到34岁之作。杨深秀34岁之后的诗作几乎全部散佚。

一、杨深秀诗歌内容及风格

杨深秀不仅在行动上积极参与维新变法，还在诗歌中大声疾呼，关心民瘼与国家命运。杨深秀出身于家道中落的书香之家，到他时已需以躬耕为生。少年劳作的经历使其对民生疾苦有切肤之感，对百姓的艰难困苦抱

---

① 杨深秀：《雪虚声堂诗钞》卷一，《续修四库全书》集部第1567册，第86页。

② 赵尔巽等撰：《清史稿》第42册，第12743页。

③ 令德堂与晋阳书院于1902年合并，即今山西大学前身。

④ 《闻喜县志（民国7年版）》，北京·现代出版社，1999年版，第295页。

⑤ 赵尔巽等撰：《清史稿》第42册，北京·中华书局，1977年版，第12743页。

⑥ 梁启超：《饮冰室合集》第6册，北京·中华书局，1989年版，第99页。

⑦ “雪虚声堂”是杨深秀在京师闻喜会馆寓所的室名，《雪虚声堂诗钞》为其居省城太原期间整理付刻，“王顾斋师、杨秋湄先生并劝镘木以代钞胥，余亦敦迫再四，乃始付梓，署曰《雪虚声堂诗钞》”（武育元：《雪虚声堂诗钞序》，第65页）。

怜悯之情。自言“壮志未衰矜未去，旁人错道为功名”[①]。杨深秀走科举之路并不是为个人谋取功名富贵，而是为国为民谋福利。光绪三年至四年（1877—1878），华北地区发生了特大旱灾，史称“丁戊奇荒”，百姓颗粒无收，十室九空。其《除夕感怀四首》诗云：

黔首纷沟壑，苍苍意未休。舟空输粟国，辙涸监河侯。耗鬼灯难照，芳草价不酬。遥怜焚柏叶，尚欲辟鸺鹠。（之三）[②]

百姓遭遇饥荒借贷无处，官府不顾百姓苦难，反而征敛、劳役不断。是诗以“沉重有力笔触，揭示人民痛苦的真正根源，正因为官府的横征暴敛，才使灾上加灾。可谓天灾可恶，人祸更惨”[③]，见出诗人浓郁的悲天悯人情怀。杨深秀不仅用诗歌抒其情怀，而且身体力行为民解忧。光绪四年（1878）他请假归乡，协助钦差阎敬明督办荒政，“条上改革差徭法，困少苏”[④]。

鸦片战争以来，国势衰微，西洋教会不断渗入内地，一些西洋教士趁机大肆掠夺，横行不法。杨深秀有一首诗歌，题目很长：“湖南宜章宋蘅少好剑术，里有邪教讲堂，不逞之徒聚焉，或以药术迷里中儿取儿睛，蘅怒纠里人毁其堂，互有歼者，教徒贿官名捕蘅，蘅亡至黔中，又念老母弱妹恐陷狱，乃阴归省，而捕者数百围其宅，蘅孤剑转斗出，威勇关卒无敢逼者，事既解，绘仗剑入关出关二图志其痛，其同邑吴醉琴农部与余善，代为索题，乃各系以为诗。”据此已知诗歌内容，即反映百姓与西洋教会的斗争。是诗采用纪事诗形式，高度赞扬了宋蘅之类的义士，抨击官员颠倒是非助纣为虐，表达了除暴安良的愿望。此外还有《田间作四首》《负米歌》《挽车行》等反映时事之作，以及当时发生在晋中，在全省有较大

---

① 杨深秀：《京师寄表兄翟海田》，《雪虚声堂诗钞》卷一，《续修四库全书》集部第1567册，第73页。

② 杨深秀：《雪虚声堂诗钞》卷二，《续修四库全书》集部第1567册，第87页。

③ 崔洪勋、傅如一主编：《山西文学史》，第339页。

④ 赵尔巽等撰：《清史稿》第42册，第12743页。

影响的“赵二姑冤案”的《烈女赵二姑诗》。其诗笔锋犀利，富于战斗精神。

在用现实主义表现百姓苦难的同时，诗人还用颇富想象、语言华美的浪漫主义诗风来表现自己的忧国忧民情怀。如《自题所作画》诗云：

深林叠巘隐牛宫，略彴弯环处处通。槲叶冷回千嶂溜，稻花香飐一川风。鱼龙卷水江翻白，燕雀穿云日漏红。闻道故园春不雨，聊将泼墨补天功。①

诗人关注家乡旱情，运用夸张和想象的手法，将画面写得活灵活现。尾联语调诙谐不失幽默，以虚幻的想象表现自己真实的期盼，希望上天普降甘霖，以解除民困。是诗既激发读者的想象，令人回味无穷，又展现了关心民生疾苦的士大夫情怀。光绪三年（1877），杨深秀在京师接到好友杨笃从太原寄来的书信后，写诗回复。其《春暮得秋湄太原书却寄》诗云：

美人在雁门，寄我一端绮。春风吹我愁，忽满晋祠水。晋祠春水绿沄沄，万树桃花粲锦云。长亭短亭一百五，茅龙一夜度吟魂。却从天际路，邂逅云中君。月映群帝佩，风摇列仙裙。红尾小凤臆语我，使我手措碧玉称外臣。臣家赤野无春草，麦苗桑叶青欲了。往日膏腴比龙鳞，即今灼裂成龟兆。臣谨顿首伏俯，私告帝旁玉女：“何不排青云，撒白雨，使我士女前歌而后舞。”帝乃嘘万里之天风，送我太行之西，洪河之东。鲸波百丈悬瓮寺，羊肠九折铜千宫。美人幽居怨瑶瑟，明睐垂泪双玉红。告我春欲尽，寂寞无花丛。台骀之帝子，藐姑射之神人，赤豹云耕日六博，屯膏不下愁吾民。美人美人尔莫怨，三十六帝余亲见。无须膜拜祝香花，会有唾咳激竹箭。君不闻，唐祠莪莪晋水曲，自昔能为一方福。若令群黎靡孑遗，至今谁为荐椒菊。还君锦绣段，持作荒年谷。不用蓬首怨春归，行看

① 杨深秀：《雪虚声堂诗钞》卷二，《续修四库全书》集部第1567册，第87页。

夏雨生众绿。[1]

适逢山西南部干旱，诗人虽在京师，仍关注着地方旱情，希望上天普降甘霖，以解民困。全诗将现实和理想、天上与人间、事实与神话传说熔于一炉，在无限广阔瑰丽的天地，寓真于幻、真幻结合，塑造了一个神奇瑰丽的幻想世界。全诗想象奇特，辞彩华美，辅以长短句结合的语言，自由奔放颇有太白之风。

杨深秀抒情言志之作最能体现其艺术造诣和诗学特色，其中尤以同治八年（1869）乡试中举到光绪十五年（1889）中进士之间的诗歌为最。杨深秀自视甚高，但20年的科场坎坷之路，使其诗歌染有志不得抒的悲怆之情，颇有鲍照之风。如《除夕感怀四首》，诗云：

又送残冬去，灯花旧年似。壮志星犹灿，春风无不到。飘零尚客中，爆竹故乡同。牢愁雪未融，真见几英雄。（之一）

虚生三十岁，自命竟何如。过虑乾坤大，空谈日月除。哀鸿中泽集，异鸟国门居。无用成迂阔，徒矜万卷书。（之二）[2]

是诗笔力荡快，情感深沉，感叹时光蹉跎志业未就，忧愁似雪难以消融，抒发诗人久不得志、牢愁满怀的抑郁之情。在那风雨如晦的年代里，要实现个人的理想抱负谈何容易？《鞠歌行四首》诗云：

吾昔年十二，号为千里驹。常思荣足青云上，岂有下民敢侮予。大来渐渐更事久，忽复嗒然丧其祸。剑敌一人书记姓，所著只堪覆酱瓶。如此头颅欲何为？只应闭户学雌守。呜呼当时神骏姿，岂意今成牛马走。（之二）[3]

---

① 杨深秀：《雪虚声堂诗钞》卷二，《续修四库全书》集部第1567册，第87页。
② 杨深秀：《雪虚声堂诗钞》卷二，《续修四库全书》集部第1567册，第87页。
③ 杨深秀：《雪虚声堂诗钞》卷二，《续修四库全书》集部第1567册，第86页。

诗人少年得志，偶受挫折方知世事之艰危人生之坎坷。是诗直抒胸怀，表达了自己请缨报国的雄心，但又无路可循，徒增悲怆之感。此外，杨深秀还有反映地域文化和风俗特征的《闻邑竹枝词》十五首，主要写家乡风土人情、节庆婚嫁之俗等。

二、诗学"唐人"间涉宋诗

杨深秀诗是在继承魏晋南北朝以及唐诗的基础上发展而来的，受时代风气影响，其诗歌中又自觉地融以学问。因此，他所取法的对象较广，主要有魏晋之绮丽，"初唐四杰"之流丽和宋诗之深厚。概言之，杨深秀诗歌学唐而间涉宋诗。

杨深秀论诗主唐音，主要以魏晋之绮丽与"四杰"之流丽婉转为学习对象。其好友仇汝嘉在《并垣皋比集序》云：

> 温柔敦厚诗教也，而陆士衡更为缘情绮靡之说，前辈鄙之为六朝之习言。吾友杨仪村比部独曰，是于六朝为习言，于近世则为药言也，近世之称诗者，往往俭腹固陋而蕲于速成，既揣摩登昔贤之堂，遂遁而援性灵以自解，不难取鲍、谢、徐、庾，概薄之为绮靡之音，而唐初四子勿论矣。下至张、王、温、李……诸公胥指为绮靡，而弗视矣，此诗之所以日趋于佻薄也。①

杨深秀之"绮靡"是针对当时诗坛"日趋于佻薄"，不讲究声色华藻而提出的。诗歌有其自身的独立性与排他性，如果完全与"文"不相区别，就不成为诗歌了。杨深秀讲求语言的表现力，注重辞采的艳丽。绮靡更多指的是缘情而"绮丽"，更接近于曹丕所说的"诗赋欲丽"。其《仿元遗山论诗绝句五十首》有云：

---

① 杨深秀：《雪虚声堂诗钞》卷二，《续修四库全书》集部第1567册，第68页。

闲云潭影咏滕王，绮丽独先卢骆杨。水府效灵消受得，一帆风送到南昌。(之十一)

约指银钩弹落雁，搔头宝髻咏佳人。漫因绮语轻温路，着手能成天下春。(之三十一)①

“四杰”之流丽与魏晋之绮丽一脉相承，绮丽之风是浓而后淡。诗人对王勃、文彦博、司马光的赞赏都是从绮丽这一角度出发的，在华丽中糅合了清淡自然之气。好友杨笃言其“诗则渊源魏晋，泛滥百家”②。杨深秀《拟何大复明月篇序》云：

夫歌行之制，原于乐府，心声绮靡，斯歌喉渺绵。故自魏帝《燕歌》、晋人《白纻》、庾子山之《折柳》、卢之行之《听蝉》，斯并清便婉转，乃唐初王、杨、卢、骆之权舆也……杜子美一生歌行，与此貌异神似，间不尽似，要于四子者不似也。是则身际其变，不期而成变征之声矣。③

杨深秀所指的绮丽，就是这种清秀明丽的特色。其律诗、歌行无论内容和形式，都有明显模仿“四杰”的痕迹。如《洌石寒泉》诗云：

远望云根点数星，近寻山脚一涨停。悬流爆曳千条练，落井风摇九子铃。侧石熊登披碧醉，圆波鱼接破青萍。何当谢弃人间世，漱齿晨翻贝叶经。(之二)④

是诗写阳曲县境之景，远处的云根近处的山峰，飞瀑而下的湍流，清澈见

---

① 杨深秀：《雪虚声堂诗钞》卷三，《续修四库全书》集部第 1567 册，第 97—98 页。

② 杨笃：《杨仪村白云司稿序》，载《雪虚声堂诗钞》，《续修四库全书》集部第 1567 册，第 67 页。

③ 杨深秀：《雪虚声堂诗钞》卷三，《续修四库全书》集部第 1567 册，第 92 页。

④ 杨深秀：《雪虚声堂诗钞》卷三，《续修四库全书》集部第 1567 册，第 94 页。

底的池水，池中穿行于青萍底下的鱼群，披着碧藓奇形怪状的巨石。这一切无不激起诗人对自然的热爱之情与对宁静心境的向往，绮而不靡，华丽中糅合了清新自然之气。杨深秀“不论是写景状物，还是抒写怀抱，都渗透着作者的真情实感，而且境界开阔，气度豪迈。他尤其擅长五、七言律诗。他的律诗，不仅对仗工整，寓意精巧，且无斧凿之痕迹，具有清新舒展，明白晓畅的特点”①。在诗学绮丽的同时，杨深秀也对雄健而多气的北方刚劲诗格特别赞赏，其《仿元遗山论诗绝句五十首》中对苍茫雄健的《敕勒歌》，唐代耿沣、卢纶“笔挟洪河万丈涛”般的诗句，萨都剌充满“英雄气”的诗篇，都给予了较高评价。而对柔弱绮靡的浮华之词，缺乏韵致的宫体诗则予以鄙薄。但他并不是肯定豪放而排斥婉约。前文对温庭筠的“丽”、对司马光、文彦博“绮语”的肯定已见其诗学观。

杨深秀认为诗歌不仅要缘情而发，而且需要学问来涵养。晚清山西诗坛多重学问，这与当时整个诗坛持以学济诗、诗学互补的主张基本一致。仅为诗人不足以细细品味，只有融以学问才显气韵浑厚。武育元在《雪虚声堂诗钞序》中云：

> 君以考据名家，是集也，故出其绪余而为之者也，出绪余为之已足。一空依傍而兼诸家之长矣，他若天算之精，地望之确，形声训诂之核，君故积有著述，其益辑而成之，出以问世，庶将与潜邱、确轩、古愚、翼圣、半塘父子诸老宿并峙不朽，而岂徒然与前辈诗人斤斤然，较短长与字句间。②

学问是诗歌的基础，只有具有深厚的修养才能写出好诗。杨深秀认为要兼取性灵与学问之长，规避各自所短。在诗学唐人上溯汉魏六朝的同时，还阑入宋诗，“吸收中唐韩愈、北宋欧阳修以文为诗手法，将自己的才情融

① 丘铸昌：《戊戌六君子诗简论》，载《华中师范大学学报》1988 年第 4 期，第 88 页。

② 武育元：《雪虚声堂诗钞序》，载《雪虚声堂诗钞》，《续修四库全书》集部第 1567 册，第 65 页。

入其间，形成独特风格”[①]。如《下第次日送卫庄游天津》，诗云：

风气新成绕指柔，问君能否曲如钩？几人飘落黄霉雨，有客思观碧海流。垂柳千条春夏别，扶桑一望古今浮。鸡虫得失须臾事，大鸟从他笑莺鸠。[②]

是诗写于同治十年（1871）会试落第之时，诗人借“绕指柔”“曲如钩”“莺鸠”等典故表达对浇薄世风的鄙夷，抒发自己宦途失意的惆怅之情。又如《狱中诗》诗云：

久拼生死一毛轻，臣罪偏由积毁成。自晓龙逢非俊物，何尝虎会敢徒行！圣人岂有胸中气，下士空思身后名。缧绁到头真不怨，未知谁复请长缨？[③]

是诗夹叙夹议，诗情悲壮。首联反用典故言自己无罪入狱，颔联借龙逢进谏被杀、虎会因耿直遭斥的史实，显出诗人胸怀之坦荡。颈联既以圣人来自勉，同时又告诫自己，不要计较身后之名。尾联将诗人忍辱负重、尽忠报国的忧国忧民情怀表现得淋漓尽致。梁启超在《杨深秀传》称其：“狱中有诗十数章，怆怀圣君，蜷念外患，忠诚之气，溢于言表，论者以为虽前明方正学、杨椒山之烈，不是过也。”[④]

杨深秀诗歌以爱国忧民为主线，这既是其投身于维新变法的动力，也是其诗中宣泄的心声。他的行动和诗情是完全可以互为印证的。杨笃评其诗云：“所为诗不下千余篇。巧缛而谢雕琢，奇崛而出以婉逸，实脱才人

① 王增斌：《变法义士杨深秀诗》，《山西文学史》，太原·北岳文艺出版社，1993 年版，第 341 页。

② 杨深秀：《雪虚声堂诗钞》卷一，《续修四库全书》集部第 1567 册，第 75 页。

③ 杨家骆编：《戊戌变法文献汇编》第 4 册，台北·鼎文书局，1973 年版，第 344 页。

④ 梁启超：《梁启超全集》第 1 册，北京出版社，1999 年版，第 228 页。

之习，祛经生之弊而兼擅其长。”① 所谓“脱才人之习”，即不尽以诗人之才为诗，同时也融以才学、知识等为诗。汪辟疆在《光宣诗坛点将录》将杨深秀列为天牢星“病关索”杨雄，认为“晚翠（林旭），漪春（杨深秀），裴村（刘光第）”的诗是真正的“诗人之诗”②。陈衍列杨深秀诗居六君子之首，“似以漪春为最，漪春根柢盘深，笔力荡决，而发音又皆诗人之诗”③。就艺术评价讲，虽然汪辟疆和陈衍对杨深秀诗歌地位的评价略微不同，但都肯定了其诗人之诗的诗歌特点及其在诗学史上的地位。

第六节　晚清山西诗歌小结

道光年间朝廷内忧外患日益频繁，国势渐趋衰败。鸦片战争后，社会阶级矛盾和民族矛盾日趋尖锐。晚清山西受时代风气及社会巨变的影响，学者们逐渐从考据之风中脱离出来，提倡经世致用，由经世致用而重视实学。反映到诗歌领域，则是关注现实的宋诗受到诗人重视。道咸年间以诗坛盟主祁寯藻为中心，周围聚集着张穆、徐继畬、冯志沂、王轩等人，他们的诗学趋向偏于宋诗格调，作诗多讲求学问，重视考据，史学地理一脉相承，基本创作倾向是“学人之言与诗人之言合”。他们彼此唱和影响一代诗风，成为道咸诗坛的风向标。

同光年间，随着祁寯藻、张穆等人的去世，在宋诗派独占山西诗坛的同时，崇尚唐诗的风气也逐渐兴起。洪洞董文涣诗喜韩愈、孟郊，但其诗歌中表现出的仕宦偃蹇的抑郁之情，又明显具有唐调。其诗学宋诗又兼具唐音，《秋怀八首》是其典型代表。董文涣弟媳冯婉琳诗学唐诗，诗歌多表达浓郁的乡思之情，诗歌情感细腻委婉曲致，显得较为伤感。戊戌六君

---

① 杨笃：《杨仪村白云司稿序》，载《雪虚声堂诗钞》，《续修四库全书》集部第1567册，第67页。

② 舒位、汪国垣、钱仲联等原著，程千帆等整理：《三百年来诗坛人物评点小传汇录》，郑州·中州古籍出版社，1986年版，第135页。

③ 陈衍：《近代诗钞》，第1232页。

子之一的杨深秀渊源魏晋，诗宗唐人。其《狱中诗》写得慷慨激昂，悲壮苍凉。从此期诗歌整体发展历程看，诗歌风格由宗宋而唐宋兼举，进而崇尚唐诗。当然，有清一代诗歌注重学问的特点，已经注入每一个诗人的作品中，诗学唐人的杨深秀诗歌也间涉宋诗，这里只是就诗歌风格的大致发展脉络而言。同时，即使是宋诗派诗人，虽然为诗宗宋，但也推崇唐人中开宋调者，讲求通过学问涵养性情。祁寯藻就提倡杜、韩、苏、黄并学，不分轩轾。

晚期山西诗歌与社会现实联系紧密，对时代重大史实及民生疾苦均有反映。诗歌叙事性与学问性较强，体现出浓郁的时代风貌。诗人地域内部交往与外在联系较为频繁，这在一定程度上促进了诗歌的繁荣，掀起了有清一代山西诗歌发展的新高潮。

结　语

有清一代，山西涌现出了众多的诗人诗作，这是继唐代、金代之后的又一次繁荣。本书系统地梳理了清代山西诗歌的发展历程，按照清初、清中、晚清三个主要的发展阶段，指出其“U”形发展格局的诗歌现状，结合清代山西的政治经济、文化思潮等因素详细分析了山西诗歌不同时期的主要特征及其形成原因。同时作为一种地域文学，清代山西诗歌还具有地域空间性分布特征，即由南向北逐步呈现下降趋势。个案研究部分选取十余位具有代表性的诗人深入分析其诗歌内容、创作特点、诗学理论等。当中尤为重视清代不同时期山西诗人与整个诗坛横向的交往互动，从中探寻他们在当时诗坛的地位及对地域诗风的影响。

就诗歌发展的历时性而言，明清鼎革及清初时期，山西诗歌的中心经由遗民诗人傅山转至台阁诗人陈廷敬。二人分别在清初近80年时间里引领了山西诗歌的发展趋势，完成了由鼎革之际的“凄急幽奥”到清初“温柔敦厚”诗风的转变，取得与当时诗歌巨擘相颉颃的地位。在全国诗坛都在不遗余力地批判明代诗歌之时，山西诗歌呈现出地域的保守性，虽然对明诗的空疏不学、粗俗浅薄等弊病也进行了批评，但更多是在继承的基础上继续向前发展，逐渐在扬弃中形成清代山西诗歌的自身特色。由于地域贰臣诗人较多、民族交融度较高以及被新朝占领较早等多重因素的影响，山西诗风的转变起步虽然较晚，但转变过程较快，“和声以鸣盛”的诗风与以山水为题材的诗歌内容逐渐成为清初山西诗坛的主体。此期，遗民诗人、贰臣诗人、台阁诗人、布衣诗人先后出现在山西诗歌发展的历史舞台，共同构成了清初山西诗歌复杂的文学生态。清代中期由于诗人多是低级官吏或是布衣，政治地位较低，诗歌影响范围较为狭窄，多局限于地域之内。此期诗歌就影响度而言，无疑是处于山西诗歌发展的低潮阶段。但它又从另一层面显示出不同于山西清初和晚清诗坛的另一种繁荣，即诗人诗作众多，诗集刊刻较多，并出现了诗话等诗学理论。同时，在诗歌选本、总集整理方面较以往任何时候都更为兴盛，在全国来说也居于前列，标志着在意识形态上，诗歌受到了极大的重视。此期诗歌多山水纪游之作，主要反映仕宦游历之地的山川景致和地域内的风土人情。随着乾隆盛世的逐渐逝去，诗歌在弘扬盛世恢宏气度的同时也显现出衰世的征兆。诗人都在努力寻求着新的出路，但大都未能弃绝依傍，越出唐宋藩篱。晚清道咸年间，山西诗坛出现了以祁寯藻为核心，张穆、徐继畬、冯志沂、王轩为羽翼的宋诗化倾向，提倡或践行"学人之诗与诗人之诗合"。他们彼此唱和影响一代诗风，成为道咸诗坛的风向标。同光年间，以董文涣、冯婉琳、杨深秀、杨笃为代表的诗人先后走上诗坛，逐渐开启了晚清山西诗风转变的门径，表现出较为通融的诗学风向，不以唐宋分界。此期诗坛地域性内在交往与外在联系较为突出，通过相互唱和加强了彼此间的联系，开拓了诗歌发展的新领域。

就诗歌自身而言，清代山西诗歌秉承自《诗经》以来的现实主义创作传统，具有浓厚的"写实"色彩，呈现出较强的叙事性。首先，反映的社会现实内容更为广阔，既有对社会重大事件、民生疾苦的关注，也有对怀才不遇、沉沦下僚的哀叹。从清初夏县、盂县等地的抗清斗争，到清末鸦片入晋、太平军过境，以及光绪"丁戊奇荒"等风云变幻几乎贯穿山西诗歌始终。有清一代的社会风云、历史行迹和文人心态都在诗歌中得到真实的表现，具有较强的叙事性。其次，"中国诗歌发展到清代，前面已有从《诗经》到汉魏六朝唐宋这样悠久丰富的传统，欲想另辟蹊径、再造天地，就非要具备厚实的学识与广博的艺术修养不可，这是古典诗歌发展的大趋势，也是清诗发展的必由之路"①。清代山西诗人往往不单单是诗人，同时也是官员或学者。在其诗歌中常以学问为诗。主要表现为，典故运用随处可见，化用他人诗句点铁成金，加深了诗歌的知识性，内涵较为深厚；常

---

① 钱仲联、严明：《沈曾植诗歌论》，载《文学遗产》1999 年第 2 期，第 97 页。

以考据入诗，具有浓厚的学术元素和学术精神。同时，体现出的缺点便是始终未能克服学问有余而诗性不足的缺憾；诗歌典故运用的经常化和冷僻化使诗歌有奇崛兀傲之风。最后，在艺术风格取径上，清代山西诗人往往对前人已经开拓的诗歌境界，进一步加以深化，即在模拟中求发展。不仅追求风格的多样化，更进一步追求多种风格的熔铸，从而创造了更广泛更深微的艺术境界。清代前期山西诗坛在继承明诗的基础上，沿袭着“七子”、竟陵宗唐的传统，同时逐渐兼及宋诗。清代中叶，在诗坛博学广采风气的影响下，山西诗坛对各种诗学主张均予吸收，宗唐学宋之风并峙于诗坛。晚清山西诗坛以学宋为主，同时又不为之所囿。在感时国变之际，将个人情感融入其中，学宋诗而兼具唐音。同光间甚至重新回归唐调，间涉宋诗，形成较为独特的山西诗歌风采。

作为一种地域性文学，清代山西诗歌的发展还与地域社会经济、科举文化等密切相关，整个清代山西诗歌还呈现出显著的地域性特征，主要表现为三方面。一是地域内部各区域呈现出空间分布的不均，主要体现在诗人地域分布的不均、地域诗歌发展的不平衡以及家族性诗人群体的显现。二是诗歌总集编纂的地域性特征明显。有清山西一代，以保存地域乡贤诗歌为目的的地域性诗歌总集编纂较多。由于经济、文化以及科举等方面的原因，晋东南的诗人诗作数量较多、成就也较区域内其他地方高，因此无论是辑录者还是辑录诗作的分布均以晋东南居多。三是地域诗歌作为一个整体呈现出不同于其他省域的诗歌特点。主要体现为诗歌注重地域风情的表现、对地域乡贤前辈的继承以及地域形态对诗歌的影响。总体而言，有清一代，晋东南诗歌发展较为繁荣，晋中、晋南居中，晋北除代州冯氏家族之外，相对比较落寞，地域内诗歌分布空间性特征明显，呈现由南而北诗歌繁荣程度逐渐降低的趋势。

作为地域性的断代诗歌研究，本书首次勾勒出清代山西诗歌的演变轨迹及其变迁历程，建构了清代山西诗歌发展的基本框架。对每个时期的总结基本能够把握该期诗歌发展的特点，梳理了山西诗坛与清代诗坛不同时期的交往互动，评价其诗坛地位或影响。同时，从地域文化角度关注诗歌生成的机制及其空间分布的地域性特征。总之，以清代山西诗歌为原点，对其历时性纵向发展、与诗坛的横向互动联系、地域空间性分布状态等方面的探讨，有助于帮助我们认识清代山西诗歌整体发展状况，可以从这一地域角度去管窥清代山西的政治经济、地域文化等问题，以及以地域诗歌为基础构成的整个清代诗歌的真实面貌。

当然，作为一种地域形态的诗歌，清代山西诗歌不仅与自然环境等外在因素，而且与科举文化等内在因素，以及人文历史、风土人情等潜在的因素密切相关。山西地域文化源远流长，本书只注意到其中粗浅的一部分，未能深入开掘，在相关地域形态与诗歌的联系方面还有待进一步深化。同时山西有清一代，时间跨度长，诗人作品多，即使是一个断代性的地域诗歌研究，也是一个极其浩大的工程。在这个过程中，既要有理论研究的深度，又要兼顾涉及的广度，因之自己往往有力不从心之感。加之很多诗人前人几乎从未论及，在本书的研究中更多显示出基础性的研究，赏析性的评价时常出现，理论深度有待进一步提升，这不能不说是一种遗憾。此外，本书选取的个案未必能够全面反映各时代、各地域的诗歌发展状况，对个案的研究也未必深入。因此“清代山西诗歌研究”阶段性的结束，只是另外一种研究形式的开始。希望通过对地域诗歌研究的不断深入，还原出更加完整的山西清诗面貌，同时也为地域文化研究和重塑贡献微薄之力。由于笔者知识水平和眼界的局限，书中观点不免浅薄，其中疏漏之处敬请大家指正。

参考文献

一、专著（按书名音序排列）

B

［1］闵尔昌．碑传集补［M］．近代中国史料丛刊第 100 辑．台北：文海出版社，1973.

C

［2］长治市地方志编纂委员会．长治市志［M］．北京：海潮出版社，1995.

［3］温兆海．朝鲜诗人李尚迪与晚清文人交流研究［M］．北京：中国社会科学出版社，2013.

［4］卫庆怀．陈廷敬史实年志［M］．太原：山西人民出版社，2009.

［5］李正民．陈廷敬诗学研究［M］．太原：山西人民出版社，2009.

［6］任茂棠．陈廷敬大传［M］．太原：山西人民出版社，2012.

［7］程康庄．程昆仑先生诗文集［M］．李雪梅等，点校，太原：三晋出版社，2008.

［8］王士禛．池北偶谈［M］．北京：中华书局，1982.

F

［9］孙殿起．贩书偶记［M］．上海：上海古籍出版社，1982.

［10］丁宝铨．傅青主先生年谱［M］．清宣统三年丁氏刻霜红龛集本.

［11］白谦慎．傅山的世界［M］．北京：生活·读书·新知三联书

店，2006.

［12］傅山．傅山全书［M］．刘贯文，等，主编，太原：山西人民出版社，1991.

［13］侯文正．傅山传［M］．太原：山西古籍出版社，2007.

G

［14］王轩．顾斋遗集［M］．山右丛书初编第12册．太原：山西人民出版社，1986.

［15］钱仲联编．广清碑传集［M］．苏州：苏州大学出版社，1999.

［16］马卫中．光宣诗坛流派发展史论［M］．苏州：苏州大学出版社，2000.

［17］李锡麟，等．国朝山右诗存［M］．嘉庆六年刻本，山西大学图书馆藏．

［18］张维屏．国朝诗人征略［M］．陈永正，校点，广州：中山大学出版社，2004.

H

［19］栗守田．皇城石刻文编［M］．阳城：皇城历史文化丛书编辑委员会，1998.

J

［20］太原傅山研究会．纪念傅山国际学术论文集［M］．北京：中华书局，2011.

［21］李銮宣．坚白石斋诗集［M］．刘泽，点校，太原：山西人民出版社，1991.

［22］费正清，等．剑桥中国晚清史［M］．北京：中国社会科学出版社，1992.

［23］晋城市地方志编纂委员会．晋城市志［M］．北京：中华书局，1999.

［24］陈衍．近代诗钞［M］．上海：商务印书馆，1923.

［25］沈云龙．近世人物志［M］．近代中国史料丛刊续编第679册，台北：文海出版社，1983.

［26］朱彝尊．静志居诗话［M］．北京：人民文学出版社，1990.

K

［27］康基田，折遇兰．康基田和折遇兰诗集笺注［M］．寇宗基，邸建平，笺注，香港：天马图书有限公司出版，2005.

L

［28］延君寿．老生常谈［M］．山右丛书初编第16册，太原：山西人民出版社，1986.

［29］薛宗正．历代西陲边塞诗研究［M］．兰州：敦煌文艺出版社，1993.

［30］吴雯．莲洋诗钞［M］．上海：中华书局，四部备要本，1936.

［31］吴雯．莲洋诗钞［M］．四库全书集部第1322册，台北：台湾商务印书馆，1986.

［32］延君寿．六砚草堂诗集［M］．清代诗文集汇编第480册，上海：上海古籍出版社，2010.

［33］李晓廷，蔡芃洋．罗聘传［M］．上海：上海人民出版社，2001.

M

［34］郭兆麟．梅崖诗话［M］．山右丛书初编第12册，太原：山西人民出版社，1986.

［35］钱仲联．梦苕庵清代文学论集［M］．济南：齐鲁书社，1983.

［36］钱仲联．梦苕庵诗话［M］．济南：齐鲁书社，1986.

［37］朱万曙，徐道彬．明代文学与地域文化研究［M］．合肥：黄山书社，2005.

［38］浮山县地方志办公室．明清浮山县志［M］．太原：山西人民出版社，2010.

［39］谢沛霖，朱保炯．明清进士题名碑录索引［M］．上海：上海古籍出版社，1980.

［40］钱仲联．明清诗文研究丛刊［M］．苏州：苏州大学出版社，1982.

［41］唐富龄．明清文学史（清代卷）［M］．武汉：武汉大学出版社，1992.

［42］赵园．明清之际的思想与言说［M］．上海：复旦大学出版社，2010.

P

［43］王昶．蒲褐山房诗话新编［M］．济南：齐鲁书社，1988.

Q

［44］祁寯藻．祁寯藻集（第2册）［M］．任国维，主编，太原：三晋出版社，2011.

［45］马大勇．清初庙堂诗歌集群研究［M］．长春：吉林大学出版社，2007.

［46］严明．清代广东诗歌研究［M］．台北：文津出版社，1991.

［47］江庆柏．清代人物生卒年表［M］．北京：人民文学出版社，2005.

［48］张健．清代诗学研究［M］．北京：北京大学出版社，1999.

［49］蒋寅．清代文学论稿［M］．南京：凤凰出版社，2009.

［50］邬国平，王镇远．清代文学批评史［M］．上海：上海古籍出版社，1992.

［51］星汉．清代西域诗研究［M］．上海：上海古籍出版社，2009.

［52］李濬之．清画家诗史［M］．毛小庆，点校，杭州：浙江人民美术出版社，2014.

［53］董寿平，李豫．清季洪洞董氏日记六种［M］．北京：北京图书馆出版社，1997.

［54］袁行云．清人诗集叙录［M］．北京：文化艺术出版社，1994.

［55］柯愈春．清人诗文集总目提要［M］．北京：北京古籍出版社，2001.

［56］张舜徽．清人文集别录［M］．武汉：华中师范大学出版社，2004.

［57］赵尔巽．清史稿［M］．北京：中华书局，1977.

［58］王钟翰．清史列传［M］．北京：中华书局，1987.

［59］沈德潜，等．清诗别裁集［M］．上海：上海古籍出版社，2013.

［60］刘世南．清诗流派史［M］．北京：人民文学出版社，2004.

［61］钱仲联．清诗纪事［M］．南京：凤凰出版社，2004.

［62］邓之诚．清诗纪事初编［M］．上海：上海古籍出版社，1984.

［63］严迪昌．清诗史［M］．北京：人民文学出版社，2011.

［64］朱则杰．清诗史［M］．南京：江苏古籍出版社，1992.

R

［65］茹纶常．容斋诗集［M］．清嘉庆十三年增修本．

S

［66］刘贯文，任茂棠，等．三晋历史人物［M］．北京：书目文献出版社，1995.

［67］薛愈．山西藏书家传略［M］．太原：山西古籍出版社，1996.

［68］侯伍杰．山西历代纪事本末［M］．北京：商务印书馆，1999.

［69］刘纬毅．山西历史名人传［M］．太原：山西古籍出版社，2006.

［70］姚奠中．山西历代诗人诗选［M］．太原：山西人民出版社，1980.

［71］王志超．山西书院史话［M］．太原：山西古籍出版社，1999.

［72］阎士骧．山西省阳曲县志［M］．台北：成文出版社，1976.

［73］刘泽民．山西通史［M］．太原：山西人民出版社，2001.

［74］山西省地方志编纂委员会．山西通志［M］．北京：中华书局，2001.

［75］崔洪勋，傅如一．山西文学史［M］．太原：北岳文艺出版社，1993.

［76］刘纬毅．山西文献总目提要［M］．太原：山西人民出版社，1998.

［77］魏泉．士林交游与风气变迁：19 世纪宣南的文人群体研究［M］．

北京：北京大学出版社，2008.

［78］陈衍．石遗室诗话［M］．北京：人民文学出版社，2004.

［79］冯志沂．适适斋文集［M］．续修四库全书集部1553册，上海：上海古籍出版社，1995-2002．

［80］邓云乡．书情旧梦——邓云乡随笔［M］．上海：东方出版中心，1996.

［81］傅山．霜红龛集［M］．太原：山西人民出版社，1985.

［82］何道生．双藤书屋诗集［M］．清代诗文集汇编第481册，上海：上海古籍出版社，2010.

［83］徐继畬．松龛全集［M］．山右丛书初编第14册，太原：山西人民出版社，1986.

［84］张宏生．宋诗：融通与开拓［M］．上海：上海古籍出版社，2001.

［85］纪昀．四库全书总目［M］．北京：中华书局，1965.

T

［86］钱锺书．谈艺录［M］．北京：中华书局，1984.

W

［87］周明初．晚明士人心态及文学个案［M］．北京：东方出版社，1997.

［88］徐世昌．晚晴簃诗汇［M］．闻石，点校，北京：中华书局，1990.

［89］尚恒元，彭善俊．王官集［M］．香港：天马出版有限公司，2005.

［90］王士禛．王士禛年谱［M］．孙言诚，点校，北京：中华书局，1992.

［91］冯志沂．微尚斋诗集初编［M］．续修四库全书集部1553册，上海：上海古籍出版社，1995-2002.

［92］冯志沂．微尚斋诗续集［M］．续修四库全书集部1553册，上海：上海古籍出版社，1995-2002.

［93］闻喜县志办公室．闻喜县志（民国7年版），北京：现代出版社，1999.

［94］陈廷敬．午亭山人第二集［M］．清代诗文集汇编第153册，上海：上海古籍出版社，2010.

［95］陈廷敬．午亭文编［M］．四库全书集部第1316册，台北：台湾商务印书馆，1986.

［96］陈廷敬．午亭文编［M］．清乾隆四十三年刻本，苏州大学图书馆藏.

［97］翦伯赞，等．戊戌变法［M］．上海：上海人民出版社，1957.

［98］法式善．梧门诗话［M］．乌鲁木齐：新疆大学出版社，2006.

［99］吴雯．吴雯先生莲洋集［M］．李豫，等，点校，太原：三晋出版社，2010.

X

［100］祁韵士．西陲竹枝词［M］．山右丛书初编第9册，太原：山西人民出版社，1986.

［101］白清才，刘贯文．徐继畬集［M］．太原：山西高校联合出版社，1995.

［102］杨深秀．雪虚声堂诗钞［M］．续修四库全书集部第1567册，上海：上海古籍出版社，1995-2002.

Y

［103］董文涣．砚樵山房诗稿［M］．李豫，等，点校，太原：山西古籍出版社，2007.

［104］姚奠中．姚奠中治学文集［M］．北京：研究出版社，2006.

［105］王小圣编．阳城史话［M］．太原：三晋出版社，2010.

［106］赖昌期修，潭沄，卢廷纂．阳城县志（同治本）［M］．地方志人物传记资料丛刊华北卷．北京：北京图书馆出版社，2002.

［107］袁枚．袁枚全集［M］．王英志，主编，南京：江苏古籍出版社，1993.

［108］冯婉琳．馌芸室诗草［M］．山右丛书初编第16册，太原：山

西人民出版社，1990.

［109］张穆．月斋诗集［M］．山右丛书初编第11册，太原：山西人民出版社，1986.

［110］王士禛．渔洋诗话［M］．上海：上海古籍出版社，1999.

［111］张静．元好问诗歌接受史［M］．北京：中国社会出版社，2010.

Z

［112］张晋．张晋诗集［M］．太原：三晋出版社，2012.

［113］胡传淮．张问陶年谱［M］．成都：四川出版集团，2005.

［114］王俭．张穆诗词笺释·张穆传［M］．太原：山西人民出版社，2005.

［115］中国地方志集成．山西府县志辑［M］．南京：凤凰出版社，2011.

［116］梅新林．中国古代文学地理形态与演变［M］．上海：复旦大学出版社，2006.

［117］蒋寅．中国古代文学通论（清代卷）［M］．沈阳：辽宁人民出版社，2005.

［118］马亚中．中国近代诗歌史［M］．上海：复旦大学出版社，2011.

［119］梁启超．中国近三百年学术史［M］．北京：中国社会科学出版社，2008.

［120］曾大兴．中国历代文学家之地理分布［M］．北京：商务印书馆，2013.

［121］梁启超．中国历史研究法［M］．上海：上海古籍出版社，2006.

［122］朱良志．中国美学十五讲［M］．北京：北京大学出版社，2006.

［123］莫林虎．中国诗歌源流史［M］．北京：中国社会科学出版社，2001.

［124］袁行霈．中国诗歌艺术研究［M］．北京：北京大学出版社，2009.

［125］王小舒．中国诗歌通史（清代卷）［M］．北京：人民文学出版社，2012.

［126］葛兆光．中国思想史［M］．上海：复旦大学出版社，2000.

［127］许思园．中西文化回眸［M］．上海：华东师范大学出版社，1997.

［128］王树林．中国文化世家（山西卷）［M］．武汉：湖北教育出版社，2004.

［129］袁行霈．中国文学概论（增订本）［M］．北京：北京大学出版社，2010.

［130］章培恒，骆玉明．中国文学史［M］．上海：复旦大学出版社，1996.

［131］袁行霈．中国文学史［M］．北京：高等教育出版社，2003.

［132］钱仲联．中国文学家大辞典·清代卷［M］．北京：中华书局，1996.

［133］张少康．中国文学理论批评史教程［M］．北京：北京大学出版社，1999.

二、期刊论文（按著者音序排列）

［1］傅岩．傅山研究述要［J］．晋阳学刊，1984（3）：109-114.

［2］官大梁．程康庄的卒年及《自课堂集》［J］．学术研究，1989（5）：98.

［3］耿建华．清延君寿《六砚草堂诗稿》手稿本版本初探［J］．沧桑，2009（4）：248-250.

［4］贺国强．“学问”与“性情”的诗学同构［J］．苏州大学学报（哲学社会科学版），2006（5）：64-69.

［5］侯长生．清代道咸宋诗派与同光体派之间的断层［J］．河北学

刊，2007（11）：155-158.

［6］侯小宝．晚清以来祁寯藻研究的回顾与展望［J］．山西高等学校社会科学学报，2011（3）：111-115.

［7］黄建军．陈廷敬与康熙诗文交往考论［J］．山西大学学报（哲学社会科学版），2009（6）：132-136.

［8］冀满红，白文刚．祁寯藻与鸦片战争［J］．晋阳学刊．2001（5）：62-66.

［9］蒋丹．清王轩《耨经庐诗集续编》研究［J］．山西煤炭管理干部学院学报，2012（3）：72-74.

［10］蒋秋华．陈廷敬与汪琬的交谊［J］．经学研究集刊．2008（4）：250-270.

［11］寇宗基．折遇兰的诗歌艺术［J］．晋阳学刊，1991（1）：57-60.

［12］李浩．地域空间与文学的古今演变［J］．陕西师范大学学报（哲学社会科学版），2005（3）：74-77.

［13］林珊．《绵上四山人诗集》董柴批校本叙论［J］．北京青年政治学院学报，2011（4）：94-98.

［14］刘长海．祁寯藻与何绍基交游叙略［J］．文史月刊，2010（6）：23-26.

［15］刘长海．祁寯藻与张穆交游考略［J］．文史月刊，2003（12）：56-59.

［16］刘达科．董文涣《李选孟诗补遗》发覆［J］．文学遗产，2001（6）：135-137.

［17］刘达科．王轩及其文学创作［J］．山西大学学报（哲学社会科学版），1996（3）：42-45.

［18］刘纬毅．三晋文化的特质［J］．山西师大学报（社会科学版），1998（1）：66-72.

［19］刘夏清．试谈董文涣在甘肃的游宦经历及其诗歌创作［J］．天水师范学院学报，2015（3）：6-10.

［20］ 吕会东．清代山西进士的分布状况及原因［J］．孔庙国子监丛刊，2006（1）：126-141.

［21］ 马计全．徐继畬诗的忠厚之旨与亲民思想［J］．晋阳学刊，1991（2）：103-106.

［22］ 马卫中．明末清初江苏诗歌总集与诗派之关系［J］．苏州大学学报（哲社版），2008（5）：51-56.

［23］ 孟肇咏．“诗仙”吴雯诗作的艺术特色［J］．河东学刊，1999（5）：38-40.

［24］ 钱仲联，严明．沈曾植诗歌论［J］．文学遗产，1999（2）：93-97.

［25］ 丘铸昌．戊戌六君子诗简论［J］．华中师范大学学报，1988（4）：86-92.

［26］ 沈建中，刘长海．海峡两岸祁氏研究述略［J］．文史论坛，2003（6）47-49.

［27］ 沈建中．祁寯藻嫡裔事迹述考［J］．晋阳学刊，2004（4）：28-31.

［28］ 时志明．论明末清初晋中遗民诗人傅山的山水诗［J］．齐鲁学刊，2006（6）：80-83.

［29］ 孙之梅．程恩泽、祁寯藻澄怀园三次比邻与晚清黄诗“预热”［J］．文学遗产，2013（1）：105-117.

［30］ 王学泰．以地域分野的明初诗歌派别论［J］．文学遗产，1989（5）：100-111.

［31］ 王慎之，王子今．杨深秀及其《闻邑竹枝词》［J］．史志研究，1999（3）：59-62.

［32］ 王增斌．简论山西近代诗人董文涣的诗歌创作［J］．晋阳学刊，1991（5）：34-38.

［33］ 王国明．袁枚与何道生交游考述——兼辨袁枚集外书札考误一则［J］．国学学刊，2015（2）：85-90.

［34］ 曾大兴．中国历代文学家的地理分布兼谈文学的地域性［J］．

学术月刊，2003（9）：85-91+21.

［35］赵丽萍．融汇众有，以宋为宗：吴雯诗论［J］．北方论丛，2015（3）：80-83.

［36］赵丽萍．王士禛点评吴雯《莲洋集》管窥［J］．太原师范学院学报（社会科学版），2015（2）：80-82.

［37］张兵．论清初遗民诗群创作的主题取向［J］．西北师大学报（社会科学版），2000（2）：17-23.

［38］张兵：傅山的个性与其诗歌的主题取向［J］．西北师大学报（社会科学版），1997（1）：64-67+104.

［39］张兵．明清易代与清初遗民诗人［J］．江海学刊，2002（2）：149-154.

［40］张波．祁寯藻在道咸宋诗诗派中的作用及影响［J］．祁寯藻研究，2008（2）：6—8.

［41］张厚余．祁寯藻诗初探［J］．晋阳学刊，2001（2）：78-83.

［42］周晓琳．古代文学地域性研究的回顾与前瞻［J］．文学遗产，2006（1）：15-17.

博硕学位论文（按著者音序排列）

［1］黄治国．清初河南诗歌研究［D］．杭州：浙江大学人文学院，2014.

［2］降新宽．吴雯及其诗歌研究［D］．福州：福建师范大学文学院，2010.

［3］任瑞．明清以来山西洪洞董氏家族发展研究［D］．太原：山西大学文学院，2013.

［4］于慧．清代嘉庆道光之际诗歌研究［D］．济南：山东师范大学文学院，2007.

［5］智宇晖．三晋文化与唐代文学［D］．天津：南开大学文学院，2013.

后 记

本书是在我博士学位论文的基础上修改、充实而成。书稿凝结着导师马卫中先生的心血与睿智，学生谨向恩师致以真诚的谢意！本书得到了山西省教育厅基金（2021W110），忻州师范学院基金（ZT201316）资助，中国社会出版社在本书出版过程中付出了热切的关注和努力，在此一并郑重致谢。

回首初入苏州大学，自己对于潜心读书、钻研学问，可谓略知皮毛。从以前的懵懂无畏、粗浅了解到现在的如临深渊、如履薄冰，虽不能说是人生中的一种蜕变，但历经沉潜打磨，学术的影响早已深入骨髓，流播过去、现在和未来。2016 年毕业迄今，我一直在高校任教，其间工作的烦恼、生计的奔波、科研的压力纷至沓来。“两耳不闻窗外事，一心只读圣贤书”似乎成了一种奢望。但内心深处冥冥之中有一种呼唤，学问之神圣、庄严如初，使命与责任在肩，这让我一直努力坚持下去。现在呈现在大家面前的这部著作，可能有着这样那样的不足，抑或种种瑕疵，也许并不成熟，但经此一段时间的写作和学习，随着研究的越发深入，我深切感知，于此，治学修行远途才刚刚启程。希望以此为新的起点，能够走得更稳更远。正如太史公之言：高山仰止，景行行止。虽不能至，然心向往之！

最后，附上我的博士学位论文后记，致敬这段铭记于心的永恒美好时光。

论文至此，也算是告一段落，本应该松弛的心态，反而变得忐忑不安。“暨乎篇成，半折心始”，可能是我此时最真的感受。自己是否真的完成了原先规划的论文构想？是否恰如其分地展现了清代山西诗歌既有的历史现状？是否给予了其应有的诗歌历史评价与定位？可能没有，我的内心一直在询问自己，也似乎在印证这个问题。起初选择《清代山西诗歌研究》这样一个题目，实在没有预料到它的难度。随着研究的深入，自己渐感力不从心，发现事实远非我所掌握的那点材料，它比我想象的要复杂得多、困难得多，以我个人之学识实难把握。好在有先生马卫中教授悉心指导，选题立意、资料收集、谋篇布局、提纲审定、论文修改以及最终的定稿，都倾注了恩师马卫中教授大量的心血。对此我要表示由衷的感谢，感谢恩师马卫中教授。

回想硕士三年、博士四年跟随老师攻读学位的过程，自己深感庆幸，能够跟随这样一位学术上治学严谨、生活上关心学生的恩师一路前行。老师平时工作较忙，不苟言笑，学生不善言谈也较少交流，但每次请教问题时，老师都是仔细回答，同时由此及彼，帮助学生开阔思路。感谢恩师马卫中教授，对于我这样基础不牢的学生，他付出了太多的心血和时间。是他引领我走上学术之路，是他的鼓励、帮助和爱护，使我感受到了学者的高尚人格和学问的博大精深，我虽不能至，但永远心向往之。在感激的同时，我对卫中师还有许多的愧疚，自己远未能达到老师的期许与要求，这要留待进一步努力了。同时我还要感谢杨海明老师、马亚中老师、钱锡生老师、涂小马老师、薛玉坤老师，感谢他们毫无保留地提供自己的学术见解，在论文开题、中期答辩及授课中给我很多启发，使我受益匪浅。感谢董俊珏师兄、郭明友师兄、李亚峰师兄、潘宏恩学弟、郭宝光师弟等对有关资料的无私奉献，使我节省了不少时间和精力。感谢张智慧、陈东海、陈诚、唐北华、徐玉松、杨曦、李晨、高春花、卯萌等同学、师兄妹在我学习和生活中的诸多帮助。感谢苏州大学，是苏大给了我另外一种人生。人生的路上能遇到你们，是我一生的幸运。感谢忻州师范学院的领导们，在工作中予我诸多方便，使我能够抽出更多的时间专心致力于论文写作。

此外，最深的爱和感谢给我的家人，他们是我永远的归宿和永恒的支点。感谢妻子默默奉献、无怨无悔地伴随我度过四年的“艰苦岁月”。感谢爱女、爱子的出生，使我的人生变得更加充满阳光。感谢亲人们的帮忙、鼓励与鞭策，我会将对你们的感激深深埋藏在心底。

至此，读博即将成为人生故事，书写后记既是回忆过往的学习生活，也是梳理读博“欠账”“愧悔”之事，更是对自己今后学术道路的期许。唯望学有所用，不只为己，更能为人，以报诸多厚爱。

张瑞杰